广东戏剧文库
优秀剧作选

话 剧 卷

GUANGDONG XIJU WENKU
YOUXIU JUZUO XUAN
HUAJUJUAN

（第2册）

广东省艺术研究所
———— 主编 ————

中国戏剧出版社
CHINA THEATRE PRESS

目 录

大趋势	张晓然	001
情结	许 雁	071
梦断西樵	任 流 刘 宁	117
都市梦寻	吴 楠	169
泥巴人	熊 早	225
警钟	李景文	257
春秋魂	吴 双 潘伟行（执笔） 杨作玖 张之一	299
窗外有片红树林	陈慧中	337

·话剧卷·

大趋势

——一个军校女教员的报告

编剧：张晓然

人物表

梁丫丫　　女，二十七、八岁，某陆军学校教员
侗毅强　　军校毕业生，某新兵教导团排长
相静宜　　军校毕业生，某军事法院审判员
邱东明　　军校毕业生，某军区司令部参谋
刘　宇　　军校毕业生，某部队宣传科干事
张　践　　军校毕业生，某团侦察队副队长
陈　赤　　军校毕业生，某集团军炮旅旅长
梁团长、通讯员、一班长、新兵甲、马连长、副连长、三排长、副指导员、司务长、干部、男记者、女记者、服务员、男人、医生、护士、副营长、菁菁、二班长、郑副司令、姜参谋长、蔺处长、秘书、团政委、指导员、连长、二姑娘、妇女、哈同、芳芳、众战士、众干部

［夜色里的航空港。
［迷彩似的灯光，神秘地闪烁着，跳动着。一高一矮两条人影，静静地直立在暗蓝色的背景中，一动不动。

通讯员　（稚气地问）团长，你和你妹，有几年没见啦？
梁团长　（低沉地）噢……有三年多了。
通讯员　啊？
梁团长　嗯……那年她从科技大学毕业，高兴地告诉我，她的成绩全班第一，论文还得了奖……
通讯员　哇！
梁团长　我以为她一定会去考研究生，以后当硕士、博士什么的……没想到，她却要

求分到部队来，要在军校当女教官！被我知道后，狠狠骂了通！这下翻脸了，再也不给我写信了……

通讯员　（不理解）团长，你这是干啥？

梁团长　（长吁一声）你不懂……我父亲穿了几十年军装，到头来……（自语地）丫丫啊丫丫！

［忽然，一架喷气客机的啸声，白天而降，落在跑道上，变成令人震颤的轰鸣。广播里响起梦一般的喃喃呓语……

［"嗡嗡"的旅客噪声。

［身穿草绿色军服的梁丫丫，提着皮包上，她看上去二十七八岁的样子，留着短发，一张非常俊俏的脸蛋。眉宇间既闪露出军人持重的气质，又遮盖不住她那活跃、甚至有些调皮的天性。

梁丫丫　（绽开笑靥）哥！（扑过去）哥！

梁团长　丫丫！

梁丫丫　（双臂勾着梁团长的脖子，咯咯笑个不停）哥……

梁团长　放开！放开！

梁丫丫　……我还有件箱子。

通讯员　我去拿。

梁丫丫　（递）给你牌子。

［通讯员走下。

梁团长　丫丫，你也不小了。既然是军校的女教官了……

梁丫丫　（玩笑地打断）是啊，三年没理你，你倒成了野战军的大团长了。应该严肃点儿，是不是？

梁团长　不跟你开玩笑。（掏出电报）丫丫，你们学校给我发来一封电报，问我是否病危了。这是怎么回事？

梁丫丫　哥，你别生气啊，学校不给假，我只好这样……

梁团长　（奇怪）你要干什么？

梁丫丫　我想对军校毕业生做一次真实的调查。

梁团长　调查？你们学校不会调查？要你操这份心？

梁丫丫　官样文章？我才不要呢。我要自己调查！

梁团长　别胡闹，赶快回去！

梁丫丫　（倔犟地）我不！

梁团长　又犯犟了！（转身走去）那你别找我打掩护！

梁丫丫　哥！（走上前）哥……你怎么一点儿也不理解我呢……现在对我们军校毕业的学生官有各种各样的说法，还有很多怀疑。我是他们的教员，他们就是我的事业。究竟行不行，关系到我今后的抉择，我心里能不着急吗？

梁团长　抉择？你要干什么？

梁丫丫　现在不能说。等我调查完再告诉你。

梁团长　你搞什么名堂？丫丫，我可警告你，你是军人，可不能胡来。

梁丫丫　哥哥，我不是小孩子了。

梁团长　你还把这事看得那么认真。现在不就是要张文凭吗？

梁丫丫　（激烈地）难道就是要一张文凭吗？是不是你少了张文凭，就害怕别人会来抢你的乌纱帽？

梁团长　丫丫，你！

梁丫丫　（有些难受）哥，咱们别争了……这次，我又去扫了爸爸的墓。爸爸……他一生的愿望，就是想指挥一支现代化的集团军……哥，咱们都是这支军队哺育大的，你难道没有认真地想一想吗？

梁团长　想什么？

梁丫丫　中国军队八十年代的大趋势！

梁团长　大趋势？

　　　　〔通讯员提着箱子走上。

通讯员　报告！箱子拿来了。

梁丫丫　谢谢！（提过箱子）哥，先不说了。咱们走吧！

梁团长　嗯。通讯员，叫车开过来。

通讯员　是。（复下）

梁丫丫　（忽然有些羞涩地）哥，你看我老了吧？

　　　　〔梁团长不解其意。

梁丫丫　　我是不是该结婚啦？

梁团长　　结婚？

梁丫丫　　（大笑起来）啊哈哈哈……

梁团长　　好啊，你这小丫丫！原来是这么回事！是谁？

　　　　　［通讯员返上。

通讯员　　团长，车来了。

梁丫丫　　（笑着奔下）哥，到时再告诉你！

　　　　　［梁团长和通讯员跟下。

　　　　　［灯暗下去。

　　　　　［观众席前，延伸过来一块长长的平台，把整个天地溶合在一起……

　　　　　［出现一道光圈，梁丫丫缓缓而来。

梁丫丫　　（自语地）就这样我开始了我的调查和追寻。来到这里，我才知道，我最得意和喜欢的六个学员，像一把星星，撒到这绿色的世界里去了。我先来到新兵教导团，找何毅强。听说几个月前他成了一个有争议的人物。

　　　　　［光圈消失。梁丫丫隐去。

　　　　　［黄昏。天边一抹夕阳。连队营房前的鞍马、沙坑旁。

　　　　　［何毅强军容整齐，皮鞋铮亮，夹着几本书和一叠纸上。

何毅强　　（边走边喊）一班长！一班长！

　　　　　［随着喊声，"呼"地一下窜出一群没有领章帽徽的新兵。

众新兵　　（亲热地围着何毅强）排长！排长你回来啦！

一班长　　报告排长，你去团里开了一天会，我们正常训练，没出什么事……就是，就是想你早点回来，给我们上知识讲座……

新兵甲　　（打断）不对！还有我的情况……我老窦来信了，排长，我老窦给你取了个外号……

何毅强　　外号？

新兵甲　　你看……（掏信）

　　　　　［大盖帽推到脑后的马连长走上。

马连长　　（吆喝）去去去！搞副业去！搞副业去！

一班长	（不满）连长，菜地今天浇过水了。
马连长	那就再浇大粪去！别闲着。懂不懂？
一班长	（嘟哝）是。（带众新兵退下）
马连长	这帮鸟兵！（对何毅强）怎么，回来啦？
何毅强	回来了。
马连长	（上下打量，不无讥讽地）嚄，皮鞋咔咔响，骠马分队啊。（伸手抽过书）什么书？又是心理学。哎，托你买的《家具大全》，买到了没有？
何毅强	哟，忘了！
马连长	希里马哈！到底嫩了点儿！
何毅强	（笑笑）马连长，你要《家具大全》干什么？
马连长	（隐隐有火地）干什么？大四化都让给你们知识分子干啦，我们，只好干干小四化啦——让位滚蛋，回家做窝！（自嘲地）做个鸟窝！
何毅强	马连长……
马连长	跟我透个风，团里把你们学生官召去，开什么会？
何毅强	（笑笑）没什么保密的……

［正说着，副连长、副指导员、司务长、三排长都走了出来。

众干部	（打招呼）何排长回来啦！
何毅强	大伙儿都来了，我就传达传达！我的新兵强化训练大纲，团里采纳了！
马连长	噢……
何毅强	团里还决定，根据实际情况，在每个新兵连设一名强训教官。说这个教官也不是个正式的官衔，不任命，来个改革，发个榜，谁有本事当，谁揭榜！我把榜带回来了！（展开手里的大纸往鞍马上一贴）

［众干部忙凑上去看，然而一会儿都散开了。

副连长	我说，搞这二套干什么？
副指导员	就是！这谁敢揭呢？弄得不好，叫上面撸下来，丢脸。
司务长	乱套！

［三排长刚想伸手，被马连长一瞪眼，缩了回去。

马连长	（赞同地）就是啊，我们还是听上头的，叫谁干谁干。干好是大家的成绩，

　　　　　干不好大家找找差距。（一把撕下）我去还给团里……

何毅强　不，马连长，这个榜，我揭啦！（一把接过）

马连长　（眼睛瞪大了）你？

何毅强　（充满自信地）是！我。虽说这个官儿不是一个正儿八经的官儿，可我要制定我的施政纲领。嘿嘿，欢迎大家支持！（一一握手）

马连长　（一甩手）你！你当全连的教官？你还不是党员哪！

何毅强　这跟我不是党员有什么关系？

马连长　嗬，你无所畏惧了！（一扭头，走下）

　　　　［众干部也散去。

　　　　［新兵们又悄悄地围上来。

众新兵　"土八路"走啦！嗳，排长，你当营教头啦？太好了！

新兵甲　哎，你们别吵，让我把老窦的信说完。排长，上次老窦来信就问，你们当官的怎么样？兵熊熊一个，将熊熊一窝！我说，我排长是大学生，军校毕业的！你看，我老窦就来信说，知识排长好，你跟着他干！洗裤衩也干！——原话。

一班长　知识排长，这个外号起得对！

何毅强　我可不要你们洗裤衩！从下星期开始，我要搞你们的强化训练，脱皮、掉肉、流血，死去活来，不准装熊！做得到做不到？

　　　　［新兵们被吓唬住了。

一班长　做得到做不到——说做得到！

众新兵　（齐声）说做得到！

何毅强　（挥挥手）行啦行啦！走，上课去！

　　　　［新兵们傻傻地跟在后面。

何毅强　（边走边考问）昨天讲到哪里？

新兵甲　自我需要和自我实现需要……

何毅强　今天呢？

一班长　军人的职业道德修养……

　　　　［众人走下。声音渐渐远去。

［梁丫丫出现在光圈里。

梁丫丫　何毅强提出新兵强化训练，并自告奋勇担任全连的教官消息一传开，就像插上了翅膀，向四面八方飞去。顿时，领导重视，派出各级工作组来抓他的先进典型。各报的记者和通讯员也蜂拥而至……（隐去）

［连队营房前的路上。一班长和新兵甲拿着半导体收音机走过。收音机里传出："知识排长何毅强不畏艰难，开创新兵训练新局面……"马连长与一干部拿报纸迎面走上。

马连长　（看着报纸，骂道）奶奶个熊！又是电台又是报纸，吹吧！

干　部　何排长的照片也印上去了！

马连长　哼！我早知道这帮学生官硬在一张嘴上。你看他夸夸其谈，好出风头，小资产阶级的名利思想！弄两个新名词吓唬吓唬人，马上就吹开了！

干　部　连长，你也别有偏见。何排长的脑子里是有不少新想法……

马连长　新想法，我还有两个呢！鬼！打仗卖命，还要靠咱们这号土包子！他们，玩去吧……

［何毅强孤零零地走上。

干　部　（小声）别说了，别说了……

马连长　怕什么！（走上前去）知识排长，何大教官，脸上臊不臊呀？（把报纸往何毅强身上一塞，走下）

干　部　（指着马连长）他灌了马尿，别在意。（下）

［报纸从何毅强手中滑落下去。他难受得如针刺一般。一群记者向他跑来，纷纷把话筒和采访本伸到他面前。

男记者　何排长，听说报道你以后，连队有些干部说怪话？讽刺打击你？

何毅强　不完全是。我觉得文风不正，是要害死人的！

女记者　我理解你。听说学生官的处境很艰难？

何毅强　是的，正像第一个参加奥运会的女人，和刚刚诞生的试管婴儿那样。

女记者　我们写文章宣传你们。

何毅强　一听宣传，我就害怕。大做广告的，不一定是真理！

男记者　我们是在为你说话！

何毅强　谢谢。最好的宣传，还是用自己的行动，证实自己的价值！

老记者　马上就要到"七·一"了。你作为一个共产党员，下一步有什么设想和打算？

何毅强　我很惭愧。我还不是一个共产党员。

男记者　（摇头）笑话笑话！

何毅强　一点不可笑，真的不是！

男记者　这还谦虚什么？谈几句！（话筒伸过去）

众记者　对，谈几句……

　　　　［何毅强步步后退，众记者步步紧逼。

何毅强　我谈什么？你们要把我逼疯是不是？（威胁）我要喊救命啦！

　　　　［静场。众记者悄悄退去。

　　　　［梁丫丫出现在台前。

梁丫丫　我就是在这个时候，来到连队的……（向何毅强走过去，欣喜地望着）你好啊！何毅强同学！

何毅强　（惊跳起来）你？

梁丫丫　怎么，不认识了？

何毅强　（意外地）梁教员？梁教员！（立正敬礼）教员同志，陆军学校第二十队四区队十二班学员何毅强向您报告。请指示！

梁丫丫　（端正地回礼）稍息！

何毅强　（把手放下）是！

梁丫丫　（哈哈大笑起来）长高了，也长壮了！

何毅强　（感到温暖地）梁教员，真没想到您会来。

梁丫丫　你得意了是吧？别以为大报小报穷吹你那个新兵强化，吹你这个知识排长，本教官就不来查你。不及格，照样叫你哭鼻子！

何毅强　（警觉）怎么？梁教员，您也是来抓我的典型？

梁丫丫　（小声）告诉你，别声张出去。我这次一无证明，二无介绍信，绝对私人访问。懂吗？

何毅强　哎，那中午在我这儿吃饭，我给你加菜，让炊事班㓥鸡……

梁丫丫　（拉着他）不吃鸡。走，带我去看看你的"领地"。

何毅强　（慌忙拉住她）这连队有啥可看的，都是些野小伙子，眼睛都像刺刀似的，您不方便……

梁丫丫　有什么不方便？让他们看看怕啥？还能把我吃掉？你陪着我，说说你开创了哪些新局面……

何毅强　（受触动地）梁教员……

梁丫丫　怎么？

何毅强　一提新局面，我就心里打哆嗦。不过，我已准备撞它个头破血流！这样，梁教员，您先回招待所，晚上我去找您详细汇报。

梁丫丫　我不住招待所，我就住在你们连里！

何毅强　千万别！

梁丫丫　条件差无所谓。

何毅强　不是的。我在这里和连干部的关系十分紧张。他们不知道您是来干什么的，怕对您不那么客气……

梁丫丫　不客气，那才好呢。

　　　　〔马连长上。

马连长　何大教官……（发现梁丫丫）噢，这位首长是……

梁丫丫　（自我介绍）不是首长。我是何毅强的军校的教员，梁丫丫。

何毅强　这是我们马连长。

马连长　准备下马的马连长。这几天，我见到的作家、记者、报道干事——抱腿干事，像走马灯似的。今天又见到了军校女教官！（冷笑）这是人抬轿子啊，还是轿子抬人呀？

何毅强　连长……

马连长　（斜着眼）告诉你一个好消息。今晚开支委会，讨论团里的指示——"七·一"要让你入党！

何毅强　连长，这？

马连长　你们谈你们谈。（甩手走去）

何毅强　（追上几步，恼声地）连长！

［梁丫丫跟上，扶住何毅强。

［灯暗。

［连部。一条铺着塑料布的长桌，两溜椅子。马连长端坐在桌头。

［灯渐亮。

［支委成员：副连长、副指导员、司务长、三排长鱼贯而入，他们依次坐好，默不作声。

马连长　（扫视了一圈，咳嗽儿声清清喉咙）好了，都到齐了。指导员探家了，今天支委会由我主持……（顿了顿）今天我们主要的议题，是讨论学生官何毅强同志入党的问题。大家说一说吧。

［各支委有的在抽烟，有的在望天花板，有的在剪手指甲……

马连长　大家说一说吧。

［还是没人发言。

马连长　（一个个望过去）说嘛。副连长，你带个头。

副连长　我没什么好说的。嗯……何毅强同志这个人，还是不错的。

副指导员　（应声）对，对，人不错。

司务长　人不错。

三排长　人不错。

马连长　完啦？人不错。这叫什么？我怎么到团里去汇报？就说人不错？

副连长　行！说就说，我也不站潜伏哨了。我有意见！何毅强同志知识带兵，提出强化训练，是新鲜事物。可是子弹刚上膛，就说已经打中了十环，这不是马列主义！别人要吹，我一个小连副，管不着。但要凭这个入党，我是支部委员，不举这个手！（闷头抽烟）

马连长　（正中下怀）好！这样说好！副指导员呢？

副指导员　副连长说得有道理，我不重复了。我带了新党章来，（摸出来，放在桌上）我也不念了。这两天我一直在看，看来看去，也没看出上面写着，能自告奋勇入党的啵……

马连长　怎么叫自告奋勇入党？

副指导员　咦，不就是因为何毅强自告奋勇接了营教官的训练任务，才要发展他入党

	的吗？（扭身）司务长，你说呢？
司务长	倒也是。小何是个学生官，知识分子嘛，难琢磨！我们是新兵连，常聚常散的，在一块儿时间不长，还不了解。就像咱们饭堂的馒头面揉好了，总要再发一发，蒸熟了，才能吃。不成熟，就再考验考验。
马连长	（赞扬地）别看司务长才读了两年小学，做馒头，还做出哲学来了咧！
司务长	（既得意，又不好意思）不会说话，就这意思。
马连长	谁？还有谁？再说说？
三排长	我来说一点。何毅强同志和我都是连里的排长，这里面可能算我比较了解他。他是大学生，文化高。平时无论是带兵还是学习，有想法，有开拓精神，比我这个土生土长的强多了。当然，他也是有缺点的。可是，我们不能老戴着有色眼镜去看人家……
副连长	（呼地站起来）谁戴有色眼镜啦？
三排长	我不是说你。
副指导员	那你说的谁？
马连长	（敲敲桌子）要允许人家说话！把话说完。（努努嘴）你说吧。
三排长	不说了！
	〔僵场。
马连长	好。各位都谈过了。基本意见是一致的：何毅强同志还要考验考验。我表个态，同意！下面大家换换脑子，我们开下半部分会。
副连长	咋？会还分上部分、下部分的？
马连长	上部分大家发个牢骚，来个痛快；下半部分，转移目标，执行上级指示。不准说怪话，让何毅强成为党的人！
副连长	不同意！就是杀了我，我也要说这句话：何毅强入党不符合党章！
马连长	除了党章，还有命令哪！
司务长	我想不通……
马连长	我还想不通呢！
	〔何毅强严肃地走上。
何毅强	（准备了一下，大声地）报告！

马连长　进来。(转过脸)何排长?

何毅强　连长,能让我这个非党群众参加几分钟党的会议吗?

马连长　欢迎。

何毅强　我有几句话想说。我知道你们在开支委会,讨论我的入党问题。我发表点个人意见,行吗?

马连长　行。你说吧。

何毅强　坦白地说,我很想入党。可是这几年,我没有在一个支部呆够三个月。碰到公差勤务,老兵新兵,就说我是学校出来的,需要多锻炼锻炼,次次派我出来。有人叫我是派出所。我连申请书都没法递。

马连长　你的意思……

何毅强　现在要我入党,我很高兴。但是我也说实话,我不想混入党内。堂堂男子汉,有损光荣。我当教官,靠真本事;入党,也要靠真功夫。日子在后头,干好干不好,组织上考验我。至于那些抬高我的不实之词,我就不客气了,不承认,也不负那个责任!

马连长　真的?

何毅强　半点不假。

马连长　(干笑几声)很好。我们的觉悟,也比你不低!我们就没有通过你的入党。现在既然你表了态,我们也好汇报了……行啦,我宣布,散会!

　　[众人站起来,欲往外走去。梁丫丫披着军装走上。

梁丫丫　慢!

马连长　梁教员?

梁丫丫　(走到中间,望了望大家)很有幸,我住在你们隔壁的招待房里,声音传了过去,我听到了你们支委会的全过程。作为一个有十年党龄的共产党员,我很有感触!

马连长　梁教员见笑了。我们就这个水平,你可以向上级党委反映,我们写检讨!

梁丫丫　为什么写检讨?

马连长　我们没有执行上级的指示。

梁丫丫　哪有命令入党的?我看你们顶得对!你们坚持了原则,证明你们有责任心!

　　　　　这使我很感动。

马连长　（高兴地）梁教员，没想到哇！咱们想一块儿去了。

梁丫丫　（逼视着）可是我还想说的是，何毅强同志他为什么不能入党？他够不够条件？

马连长　啊？那你说呢？

梁丫丫　（肯定地）够！他够条件！又有多少党员，能做到他这样的呢？（难受地）一个身边的战友，别人怎么捧他、吹他，你们可以不相信；别人怎么贬他、骂他，你们也可以不理睬；可是你们自己是怎么看他的呢？刚刚那位排长说对了，你们戴着有色眼镜！为什么学生官就要多考验考验？有知识就有错吗？我们军队，现在就是需要这样的"知识排长"。他们接过你们的班，你们应该高兴呀！你说是吗？连长同志？

　　　　　〔马连长无言以对。他们相视片刻。

　　　　　〔灯渐暗。马连长等人散去。梁丫丫沉思地望着他们的背影，走到光圈中。

梁丫丫　……他没有点头，也没有摇头。可见人们思想和观念的转移和更新，是十分艰难的。

　　　　　〔火车汽笛的嘶叫声响起。灯光的闪亮，形成车站月台那种忽明忽暗的气氛。

　　　　　〔梁丫丫的情绪转换，一副准备乘车旅行的神色。

　　　　　〔梁团长和通讯员上。

梁团长　丫丫！

梁丫丫　（故意冷淡地）哥。

梁团长　你走，怎么也不打个招呼？你嫂子在家骂我没人情味……

梁丫丫　嗯，有点儿。

梁团长　丫丫，跟哥回去。你要结婚，也让你嫂子做做参谋……

梁丫丫　以后再说吧。我现在要去找相静宜！哥，我对你有意见！（不容分辩）你明明知道相静宜从你们团调到军事法院去了，你也不阻止！

梁团长　为什么阻止？上级来调的。

梁丫丫　可是他改行了！凭他的军事才能，以后可以成为一个打仗的将军！

梁团长　哪个人的才能，都要服从革命的需要！

[火车的汽笛又响起来。

梁丫丫 （提起包）我不跟你说了。跟你说不清楚！必要时，我要向军里反映，对学生官使用的问题！（扬了扬手）再见，哥！（走下）

梁团长 （追上几步）丫丫，到那儿来个信！

["呜——"汽笛声响。

[灯光暗。

[闹市。一座透明的玻璃房内外。墙上写着"冰室"，房周围贴满了各色广告。人来人往，声音嘈杂。

[相静宜陪着梁丫丫，提着行李走来。相静宜白白净净、瘦瘦长长，沉稳，显得很有自信。

相静宜 喔，冰室！梁教员，咱们进去喝点什么吧？

梁丫丫 好。

[他们走进冰室，在位子上坐下。一个服务员走过来。

相静宜 梁教员，你想喝什么？

梁丫丫 来两杯冰冻牛奶咖啡吧。

相静宜 （爽快地）嗳！（对服务员）两杯牛奶咖啡，要冻的！

[服务员走去。

梁丫丫 小相，看你精神气不错嘛。

相静宜 前运动健将，当然不错！（一笑）

梁丫丫 怎么样？干得挺有意思吧？

相静宜 （眉飞色舞）以前我在体校，当过运动场上的裁判；现在，我当的是人们道德、心灵的裁判。你说，这有没有意思？

[服务员端来咖啡。

相静宜 请，梁教员。（自己喝了口。得意地）我没想到，自己会成为一个军事法院的法官……

梁丫丫 （忍不住）可是当时调你来，你就没有向领导提出，让你这样改行，是不对的！是对军校毕业生不负责任？

相静宜 （瞪大眼睛）为什么？

梁丫丫　小相，你不是对我说过，你从小就崇拜力量的吗？

相静宜　是啊。

梁丫丫　所以你进了体校。后来又认为，只有军人，只有在战场上才能真正体现出力量，你就考进了军校，立志当一名指挥官……我觉得，你是有前途的。可是，你现在却当了什么法官！

相静宜　梁教员！（想了想）当时调我来时，我闹过情绪……可是我来了之后，到政法学院听了半年课，发现这里也很需要我们来占领阵地。这里也需要力量，也能体现力量。我们办案涉猎的范围很广，各种部队、各个兵种、各种人……在军校学的知识全用得上，还感到不够呢……

梁丫丫　（笑）我这个教官，还有什么没教给你？

相静宜　爱情。

梁丫丫　爱情？

相静宜　嗯。我正在办一个案子。

梁丫丫　什么案子？

相静宜　一个副营长行凶的案子。

梁丫丫　行凶？为什么？

相静宜　是这样的：这是个海岛部队的副营长。夫妻长期分居，他妻子就有了外遇。他回来探家时发现了，一怒之下，揍了那男的。报告说重伤致残，这就构成了犯罪……

梁丫丫　（感兴趣地）其实，这是个家庭第三者的案子……你怎么判呢？

相静宜　不那么简单。这里面有很多复杂的爱情问题……梁教员，你说呢？我很头痛，我没有经验……（喝了口咖啡）正好你来了，帮我出出主意。好吗？

梁丫丫　我？

相静宜　我正要去找原告和被告谈谈。你陪我去，行吗？

梁丫丫　（高兴地）当然愿意。（与相静宜付完账，向外走去）咱们先去找哪一个？

相静宜　我们先到电子厂找副营长的妻子菁菁。她是个技术员……

　　　　〔灯暗。

　　　　〔车间休息室一角，可以听到轻微的机器声菁菁坐在相静宜和梁丫丫的对面。

她漠然地望着他们。

相静宜　菁菁同志，我们还有些问题，想了解清楚。

菁　菁　问吧。

相静宜　你说你丈夫行凶，目的是想威胁你，报复你，有什么具体的根据吗？

菁　菁　结果就是根据。现在我神经受到了刺激，每天都是半休。

相静宜　据你丈夫说，他在出事前，一直不知道有第三者插入你们的家庭。当他发现后，感情失去了理智。

菁　菁　我不承认有什么第三者。我丈夫和这个男的，原来也认识。这个男的平时对我很关心，很理解我……而我和我丈夫感情早已破裂。

相静宜　早已破裂？你真正爱过你丈夫吗？

菁　菁　我说不清楚……我们没有共同语言。他是军人，感情很粗，不能体贴我。他远在海岛，一年回不来一次，就是回来了，也没啥话说，全是吵架……他身上又脏，全是烟味，袜子一个月不洗，顿顿喝酒，经济上也困难。我受不了……（说着说着啜泣起来）

〔梁丫丫与相静宜相觑。

〔灯渐暗。

〔他们俩走到光圈中。

梁丫丫　（叹息）唉，一个女人，也够难为她的了。

相静宜　是啊……

梁丫丫　再去找谁？

相静宜　找那个被副营长打伤的男人，第三者。

〔灯光明亮。医院病房内。受伤的男人手臂用纱布吊着，半躺着。相静宜和梁丫丫坐在他面前。

相静宜　我是军事法院的。你的手好些吗？

男　人　还是动不了，发麻。

相静宜　其他还好吧？

男　人　什么还好？我脑子乱哄哄的。

相静宜　你的记忆力还清楚吗？

男　　人　还可以。

相静宜　你能谈谈你与肖副营长的妻子菁菁,是什么时候开始来往的吗?

男　　人　(暴跳地)不!我拒绝回答你这样的问题。我没有破坏军婚,我不是和他的妻子私通!

相静宜　请你冷静些!

男　　人　我不需要冷静!我知道,你们就是想包庇他,替他说话,好使他逍遥法外!

相静宜　(大声)我在执行法律责任!公民!

梁丫丫　(劝道)小相,你声音轻些。(对男人)你冷静。

　　　　[男人渐渐平息下来。

相静宜　据被告说,在他打你的当天,他发现了你写给他妻子的十五首情诗。是你写的吗?

男　　人　(又激动起来)是的!是我写的!不错,我是爱他的妻子!从认识的第一天起,我就爱上了!虽然他们已经结婚,但他们的家庭没有感情,生活没有幸福,双方都在忍受痛苦。菁菁是个软弱、孤独、感情丰富的女人,需要有人去爱她,理解她,体贴她。我没有罪!她需要我!需要我的爱……(过于兴奋,竟昏了过去)

　　　　[相静宜连忙按铃喊来了医生、护士。

梁丫丫　(对相静宜小声感叹道)是爱,爱得疯狂了。

相静宜　是吗?真不可思议!(转身,从皮包里抽出一张纸)医生,这位病人的伤情诊断书,是您开的吗?

医　　生　(接过,扫了一眼,还回)是的。外伤性引起右上臂瘫痪。

相静宜　(拿着诊断书,想再问什么,又止住了,放回皮包,点点头)好,谢谢您。(转过身)我们走吧,梁教员,去看看那个肖副营长……

　　　　[灯灭。

　　　　[军人看守所内外。

　　　　[灯亮。

　　　　[一群战士拥在铁门外,向哨兵请求着。

众战士　让我们见一见副营长!……我们是他的兵,让我们见一见!

哨　兵　不行！这是规定！

　　　［相静宜和梁丫丫走上。

相静宜　（向哨兵）什么事？

哨　兵　报告！这是一些海岛来的战士，请求见肖副营长。

相静宜　（看了看战士们）就是见一见吗？

众战士　就是见一见。

相静宜　（对哨兵）好，让肖副营长出来，和他们见一见。

哨　兵　是。（走进去）

　　　［片刻，满脸胡子的副营长被哨兵带出来了。

众战士　（一下子扑上去，隔着铁门齐声喊道）副营长！副营长！（都"呜呜"地哭起来）

副营长　你们怎么来了？（从铁门里伸出手，替一个战士抹去眼泪）别哭，别哭……不值得！

二班长　副营长，你有什么罪？你日日夜夜守海岛，流血流汗，到头来老婆也被人抢走了。那个家伙不该揍吗？

众战士　该揍！该揍！

战士甲　副营长我们去帮你揍！揍死那狗娘养的，我们来替你坐牢！

众战士　对！对！

副营长　（喝住）胡说！老子一人做事一人当！你们离我远点！（顿了顿）二班长！

二班长　到！

副营长　带弟兄们回去！以后不准来了！

二班长　（不情愿地）是。（回过头来，小声地）报告副营长，还有一个情况……（挥了挥手）大姑娘，快拿上来！

　　　［被称为大姑娘的战士，手里握着一大包食品，挤上前来。

大姑娘　副营长，您平时待我们像亲爹亲娘一样。眼下您受苦了，我们不能照顾您，这点吃的，是我们的心意。您收下。

副营长　（手一缩）不不不，你们拿回去……

大姑娘　（急了）副营长，您收下呀！

众战士　副营长，你收下呀！

大姑娘　（捧着包裹）副营长，你有胃病，不能吃硬的，这儿有麦乳精、奶油蛋糕。大伙都说，你应该少抽几支烟，要是烟瘾憋不住，咬几块糖。这里有酒心巧克力，还有荔枝……

副营长　（眼泪像断线的珠子，滚落下来）好兄弟……（再也说不下去）

相静宜　（走过去，接过包）交给我吧。副营长现在不能拿。

二班长　（走过来，拉住相静宜的手）同志，你是这里的首长吗？

相静宜　（连忙道）不不……

哨　兵　（介绍道）这是我们法院的审判员。

二班长　噢，您就是法官呀！

　　　　［战士们都围上来。

二班长　法官同志，你们真的要判我们副营长的罪吗？

相静宜　案子还在审理……

二班长　要是判的话，那就，那就太不够意思啦！

大姑娘　谁能为我们当兵的说说话呢？

二班长　法官同志，说句良心话，咱们副营长哪点对不起嫂子呢？结婚前，嫂子家困难，读中专的钱，不全是副营长给的吗？他自己抽八分一包的劳动牌。不懂感情？嫂子来岛上两次，副营长早上带她爬山去看日出，晚上带她去走沙滩看夕阳。诗情画意还少吗？两大本彩色照片可以做证。谁说没有感情？我偷看过嫂子的情书，什么没有你，我亲爱的，就不活啦……

副营长　（痛苦地捶门）别说了！

二班长　好，不说这个！如果要说副营长有哪点对不起嫂子的话，那就是副营长太爱咱们海岛了，太爱咱们这些大头兵了，舍不得甩下我们，回家去和嫂子过好日子！

众战士　对！对对！

相静宜　好。你们的辩护词，我记住了。但我要提醒你们，你们现在的情绪很危险。人有感情，但感情不能像脱缰的野马，没有理智的控制。那是没文化的表现！

[战士们有些发愣。

相静宜 你们回去吧。肖副营长的案子,我们会公正处理的。

[战士们三步一回头地走下。

相静宜 (转过身)肖副营长,这真像你带出来的兵啊!
副营长 (倔犟地)要判就判,别说这些酸话!
相静宜 (望了望副营长)我问你,你是用什么家伙打人的?
副营长 什么家伙?一根小竹扁担。
相静宜 小竹扁担,钝器。还用过别的东西吗?
副营长 没有。两下他就趴下了……
相静宜 嗯。(示意哨兵)下去吧。

[哨兵带副营长走下。

[灯渐暗。

[场上只剩下一直在旁观的梁丫丫,和思索中的相静宜。

梁丫丫 小相,我知道你的难处了。这个案子,你不好判。
相静宜 为什么?
梁丫丫 说起来,他们谁也没有错。而你一判,就可能你错了。还可能招来后果……
相静宜 不可能。
梁丫丫 那你准备怎么判?
相静宜 我再想想。
梁丫丫 (疾色地)别逗能了!你根本不懂得这里面的错综复杂。你如果判副营长有罪,那些守边防海岛的战士,非豁出命来把你打扁!你如果说那个第三者错了,那些正在为爱情神魂颠倒的人们,会掀起一股股社会舆论,骂也要把你骂死!
相静宜 我不怕!
梁丫丫 不是怕!是不值得!中外古今,爱情纠葛,谁也断不了公案。你在战场上可以成为雄才,在这里,会成为蠢才!
相静宜 那依你说,怎么办?
梁丫丫 你如果不便和领导说,我去说,放你回部队!

相静宜　不！梁教员，我不愿意……你别生气，我理解你，你爱才，你是，为我好……可我不能走。让一个学生官站在这里，不就象征着那种落后、愚昧、人治而不是法治的时代在结束吗？好不容易的这一点进步，我怎么能退回去呢？

梁丫丫　（笑着摇摇头，做了个暂停的手势）咱们别吵了。你能用事实来说服本教官吗？

相静宜　（自信地）能！您再跟我到医院走一趟。

梁丫丫　对不起，我不奉陪了。（走下）

〔相静宜无奈地微笑着目送她。
〔灯渐暗。
〔红十字医院外科办公室。一个女医生坐在桌前看病历。
〔灯亮。相静宜和前次出场的医生走上。

医　生　（不太高兴地）你一再来查我的诊断书，是什么意思？不相信我吗？你坐吧。

相静宜　不客气。医生，你说病人上臂瘫痪，可病人的颈丛神经、臂丛神经没有损伤……

医　生　（坐下）是你懂我懂？我是根据病人被打后的外伤史、病人手臂发麻无知觉来诊断的。

相静宜　但我向被告了解过，他的凶器只不过是根小竹扁担，外伤不至于瘫痪……

医　生　（呼地站起）我明白，你想推翻我的诊断！

相静宜　那天你也看见的，这个病人有神经官能性症状，如果用暗示疗法，诊断他只不过是癔病性瘫痪的话……

医　生　那么被告就无罪了！是吗？我理解你的感情，解放军不能有罪。

相静宜　不对，你该知道，军法无情！但对一个人的判决，要经得起科学的考证。一个人啊，不是您实验室里的一只兔子！（恳切地）拜托您了……

医　生　（稍顷）好吧，我再复查一次。你等着。（匆匆走去）

〔相静宜无法掩饰期待的焦虑，不安地走动着。女医生偶尔抬眼看看他。
〔片刻，医生走上。

相静宜　（急忙迎上去）怎么样？

医　　生　（有些发涩）复查了……

相静宜　结果呢？

医　　生　你去主任办公室，就知道了……

　　　　　［相静宜转身就走。

医　　生　哎！法官同志，你知识很丰富。以前学过医？

相静宜　（笑着摇摇头）没有。以前在体校，学过运动生理学、肌肉的解剖和损伤原理……

医　　生　怪不得！（不好意思地笑笑）你赢了。

相静宜　（嘴一下子张大了）啊！

　　　　　［灯暗。

　　　　　［军人看守所门口。

　　　　　［灯亮。相静宜和一名保卫干事上。副营长被哨兵领出来。

副营长　（见到相静宜腿一弯，欲跪）审判员，您救了我……

相静宜　（忙拉住副营长）是法律救了你。轻伤不判罪。

副营长　（紧握相静宜的手）审判员同志，听说您是军校毕业的？唉！您大学生就是比咱大老粗会转脑子！

相静宜　你亏就亏在不懂法上！像这种事，你可以通过法院来解决，怎么能打人呢？

副营长　是的是的！我马上就去告他个破坏军婚罪……

相静宜　肖副营长，你爱兵如子，使我很敬重你。你也很爱你的妻子……可是感情是双方自愿的。她已经不爱你了，何必强求呢？我们军人是苦一点，但不可怜，不一定非要别人来爱。我们问心无愧！这样不是显得素养很高，不是更让人敬佩和尊重吗？

副营长　（双手一拱）兄弟我大彻大悟！（语塞）……（转身随保卫干事而去）

　　　　　［梁丫丫悄悄地从一边走上。

梁丫丫　干得好！你把本教官说服了！

相静宜　梁教员！

梁丫丫　我真傻我真傻！我还想帮你摆脱困境呢，没想到你却给我一个证明，大趋势，在更广阔的天地里……（沉入退想）小相，我明白了，你在军事法院应该干的事很多。部队的条令、大纲、规则，都必须用军事法来定，这样军队才能正规化……

相静宜　（玩笑地）那我还走不走？梁教员？

梁丫丫　（伸手撸了撸他的头）鬼东西！

相静宜　梁教员，有一个人，倒是需要你去帮他一把。

梁丫丫　谁？

相静宜　我们一个班的邱东明！

梁丫丫　活电脑？

相静宜　对，他不是经常口若悬河，从古代的赤壁之战，一直给你扯到现在的英国马岛之战、法国尤里卡计划？他调到首长身边当参谋了，人称电脑参谋。

梁丫丫　他出了什么事？

相静宜　（叮嘱）绝对保密！（在梁丫丫耳边悄语）

〔灯渐暗。

梁丫丫　（走进光圈里，向观众走来）绝对保密的事，对你们不保密。这要从几个月前的一天说起……

〔灯渐亮。郑副司令家的休息室。中间放着一张台球桌，边上放着几张沙发。

〔邱东明正在和郑副司令打台球。邱东明高个，长相英俊，富有魅力，一副少年气盛、目空一切的模样。

郑副司令　（右手操杆，向一红球击去）进去！（见球撞上了）遗憾！想绕过去，又撞上了！

邱东明　首长，您这个球，很像德军1942年攻打法国马其诺防线……

郑副司令　噢？

邱东明　那次战斗，德国人出其不意，绕了过去……（耸了耸肩）而您，没绕过去，撞上了……

郑副司令　小子！联想得真快！

邱东明　（弯下腰瞄准）看我的——（一杆击去）呀，太重了！太重了！

郑副司令　（哈哈大笑地）还看你的呢！

邱东明　（解释战局）原来想重兵攻下斯大林格勒，现在反弹了回来……正好给您创造了条件。

郑副司令　（操起杆来）那当然……（琢磨着怎么打）嗯，看一看，这个球……

邱东明　（出主意）首长，您这么打，拉个三角，围过来……古代的淝水之战，就这么打的……

郑副司令　我说你这个电脑参谋，脑子里信息那么多？和你在一起，说句话都像在军事科学院！

邱东明　（得意）首长您说对了！战国大将吴起有句名言："将每日不离其兵法！"

郑副司令　（笑着摇摇头）这小子……（又看球台）你说拉个三角围过来？对对，还是包围、包围……（沉思起来）

邱东明　首长，您想什么？

郑副司令　（思路转回来）噢，我被你逗的，又想起那个沙盘作业。（点起一支烟）上午摆了个沙盘，比方说——（拿起几个台球放位置）这，这、这……四六九、三七一，这是一条河流，敌军两个摩托化加强步兵团，配置一个战术导弹营、两个防化连，在河谷地带集结。这是敌军一个集团群的薄弱右翼，我们要吃掉它！

邱东明　（老练地）考什么题目？

郑副司令　我军决心。几个师长，答得不理想，最后都抬出我在1948年打老蒋的战例，想迎合我。被我狠狠撸了一通！什么年代、什么条件、什么作战对象了嘛。但是，最后我也没想好……哎，算了算了，咱们还是打球……

邱东明　（口气很大地）首长，咱们探讨探讨？

郑副司令　嘀，你？（鼓劲地）好，你说说看！

邱东明　是！（拿着球杆，俨然指挥官的派头）我认为，采用包围战术不变。

郑副司令　嗯。

邱东明　用一个摩托化步兵师，配置轻型、快速坦克……

郑副司令　等一等！用一个师？

邱东明　对。

郑副司令　根据是什么？

邱东明　摆脱解放战争时期，用几倍于敌的兵力打围歼战的老战术！

郑副司令　（厉声）你小子好大的胆子！这是老人家解放全中国的胜利经验，你敢突破？

邱东明　不是我大胆，是首长大胆！

郑副司令　我？

邱东明　您刚才说过什么年代、什么条件、什么作战对象了嘛！

郑副司令　嗯！（无语）

邱东明　首长，根据中东战争、两伊战争、美国入侵格林纳达以及星球大战计划来看，现在战争条件下，你集结几倍于敌的兵力，敌人一旦察觉，等你未能展开，就可以用战术核武器歼灭你。或动用航空兵突袭，甚至反包围。所以我军一方面要兵员精、隐蔽严，二要速度快，不被察觉……所以，我意图用一个精锐师……（稳操胜券地一笑）

[郑副司令在琢磨，坐到沙发上抽烟。

[静场片刻。

郑副司令　（站起来）有道理有道理……不过你别高兴，我给你打四十分，还是不及格。

邱东明　为什么？

郑副司令　嘴上谈兵！什么时候搞演习，让你和蓝军对抗，来点真格的才算数！（提起球杆击去）进！

["啪"地一响，球进洞。

[二姑娘走上。她烫了个大瀑布头，脸上浓妆艳抹，蹦蹦跳跳，单纯直爽。

二姑娘　爸！（对邱东明露出很甜的笑容）小邱，电脑参谋……

郑副司令　你回来啦？你怎么把鸡窝做到头上去啦？

二姑娘　（撒娇地）爸！人家这是最新式的大瀑布！你看、你看……

郑副司令　新鲜。瞧你那脸，好端端的，抹成这样子，鬼哭狼嚎的！

二姑娘　什么呀！（对邱东明）电脑，你看我爸老土！思想太不解放了！

郑副司令　咱们解放不到一块去。

二姑娘　代沟！

郑副司令　你稍息去吧！

二姑娘　　（夺过父亲手中的球杆）你睡觉去吧！

郑副司令　什么？

二姑娘　　（笑着说）真的睡觉去吧。妈叫我告诉你，你该躺一躺啦！

邱东明　　首长，您休息吧，下午还要开会。

郑副司令　（看看表）好吧。（走下）

　　　　　〔邱东明也欲下。

二姑娘　　小邱……邱参谋！

邱东明　　（停住）什么事？

二姑娘　　（嗲声嗲气地）你别走嘛……不能陪我玩一玩吗？你来呀……

邱东明　　（蔑视地）和你玩？

二姑娘　　我爸是老封建。你看我这头烫得怎么样？

邱东明　　（随口道）挺好。

二姑娘　　合适吗？

邱东明　　合适。

二姑娘　　真的假的？

邱东明　　（瞧不起她）真的真的。你这种姑娘，不就烫烫这种头而已嘛！

二姑娘　　（感觉颇佳）我这种姑娘……（羞涩地）你真理解我，你一定时常在琢磨我吧？

邱东明　　（觉得可笑）我琢磨你干什么？

二姑娘　　还不好意思呢。（摸出两张电影票）哎，晚上我请你看电影去。

邱东明　　抱歉。晚上要编外军资料。

二姑娘　　今天是星期六，散散心嘛。

邱东明　　什么电影？

二姑娘　　最新美国电影《第一滴血》。

邱东明　　对不起，看过了！

二姑娘　　骗人！你说，电影讲什么的？

邱东明　　讲一个医院，手术没做好，流了一滴血……

二姑娘　　（捧腹大笑）连骗人都不会！（撒娇地拉住邱东明的手臂）小邱，陪我去吧……

邱东明　（挣脱）干什么！干什么！

二姑娘　（不在乎）怕什么！（又小声地）小邱，你真的不明白吗？

邱东明　（戒备地）明白什么？

二姑娘　我、我喜欢你呀……

邱东明　（不为所动、冷冷地）喜欢我？你搞错了吧？

二姑娘　你……你瞧不上我？

邱东明　不是。

二姑娘　你已经爱上了谁？

邱东明　是的。我已经爱上苏沃洛夫、诸葛亮了！

二姑娘　苏沃洛夫是谁？

邱东明　（鄙夷地）嗤。一个俄国元帅。

二姑娘　（背过身去，哭起来）我知道，你自以为是军校毕业的大学生，以后要当将军，看不起我……

邱东明　（瞥了她一眼）哭吧，你哭吧，拿破仑最讨厌哭泣的女人！

二姑娘　（大声地）就哭，我就哭！你管得着吗？

邱东明　那就请你嘹亮地哭吧……（索性干脆地）是的，我是瞧不上你，你那么浅薄！不仅是你，甚至连你爸，哼，都有点……

二姑娘　（一抹泪，炸起来）什么？你敢说我爸！你太狂妄了！

　　　　［蔺处长手托大盖军帽，笑呵呵地走上。

蔺处长　哎哟，二姑娘……（发现邱东明，笑脸一收）邱参谋？

邱东明　蔺处长。

蔺处长　怎么现在还在首长家里？不影响首长休息吗？

邱东明　是，我现在就回去。（头一昂，走下）

二姑娘　（憋着火，没好气地）你来干什么？

蔺处长　（笑着问）首长休息了吧？

二姑娘　休息了。

蔺处长　首长夫人呢？

二姑娘　也休息了。

蔺处长　（笑着）好、好。

二姑娘　你还找谁？

蔺处长　嘿嘿，找你也行呀。

二姑娘　找我？

蔺处长　（笑着）对对，你是首长的宝贝女儿呀！（说着，把大盖帽翻过来，提出洋酒洋烟）一点心意。两瓶"马爹利"，一条"万宝路"。

二姑娘　（看了一眼）有什么事？

蔺处长　一点个人困难。其实，一点不违反政策。就是现在社会上的不正之风，逼得你拿它没办法——这是条子。（递条子）适当的时候，请二姑娘……

二姑娘　行。不过这烟呀酒呀的，你给老头子。我可不要！

蔺处长　（连忙）你要什么？我一定帮你解决。

二姑娘　我要请你帮我做一个人的思想工作……（在蔺处长耳边悄悄说了一句）

蔺处长　（一惊）电脑参谋？这小子太傲啦！

二姑娘　我就喜欢他这股傲劲！

　　　　［灯渐暗。

　　　　［邱东明的宿舍里。墙上贴着"闲谈莫过三分钟"的字条。邱东明伏在堆满书籍的桌上，奋笔疾书。

　　　　［灯亮。蔺处长走上。

蔺处长　（探头探脑地）邱参谋！邱参谋！邱……

邱东明　（被喊得不耐烦了，走出来，站在门口）干什么？

蔺处长　嗨！你住在这里？一个人猫在屋里做什么呢？

邱东明　（拒人千里之外地）有事吗？处长大人！

蔺处长　有事，当然有事……走，到你屋去看看。（硬挤进屋来）啊，写的什么材料？这么厚一大本。

邱东明　（纠正）我写的不是什么材料。是一本书，《二十世纪中外战例选评》。

蔺处长　我说是嘛……（不改口，很感慨地）人有文化啊，写起材料来也不一样，就像我们吃馒头那么随便。

邱东明　（无心扯下去）蔺处长，有什么事？我是有言在先过，开会学习读文件，我可没那个时间。

蔺处长　不要紧张，没叫你开会。

邱东明　那么是打牌？我也没有那个闲工夫！

蔺处长　（摆摆手）没事没事。今天来找你聊天，吹吹牛皮。

邱东明　吹牛皮？

蔺处长　对，唠唠家常谈谈心。（坐下）你也坐！

邱东明　（冷冷地看着他）对不起，我这里只有一张凳子。我这里不欢迎别人来坐。

[静场。

蔺处长　喝！（愠色地站起来，想了想，又忍住了）好嘛，咱们都站着说。

邱东明　（眼睛又向墙上瞟去）处长大人，我这儿还有规矩。

蔺处长　规矩？（向身后望去）那写的是什么？字太小，我看不清楚呢。

邱东明　（念）"闲谈莫过三分钟"……

蔺处长　（一拍桌子）你还真敢念出声来！你以为我真瞎了眼睛看不见？我一进门就看见了！你给我老老实实站好！你眼里有没有我这个处长？我今天就是要和你好好谈谈！

邱东明　……

蔺处长　（见镇住了，喘了口气。坐在凳子上，摸出烟来抽）啊，这从何谈起呢？啊——你军校毕业几年啦？

邱东明　（生硬地）三年。

蔺处长　很快呀。今年二十几啦？

邱东明　二十三。

蔺处长　你是湖南人吧？

邱东明　是的。

蔺处长　湖南什么地方？

邱东明　益阳。

蔺处长　你看！和首长是老乡。怪不得首长一家都喜欢你呢。（笑起来）嘿嘿嘿……

邱东明　（被他笑得很不舒服）……

蔺处长　（声音变得异常柔和）有没有对象呀？

邱东明　没有。现在不考虑。

蔺处长　（站起来，拉过邱东明，把他按到凳子上）你给我坐好，啊。（在屋里走来走去）我知道，你们这些大学生，一脑子花花世界！找对象，都像得了美尼尔氏症，眼睛就盯在那些漂亮姑娘的脸蛋上。其实，嘻！小老弟，你听我过来人说一句心里话，那都是假的。中看不中吃，中吃不中用。一结婚，吃喝拉撒睡，什么问题都来了。要没一棵大树替你撑着，你这个小参谋，拿着一张小文凭，还搞什么罗曼蒂克？做梦！

邱东明　（注视着蔺处长）依你的意思，我结婚好像应该去找棵大树，不要找个姑娘。

蔺处长　要是姑娘和大树站在一起呢？

邱东明　我没看到。

蔺处长　（真事似的）再看看，别眨眼睛。那首长的二姑娘，虽然丑一点……

　　　　〔恰好二姑娘花枝招展地走上。

蔺处长　（哑声）啊——

二姑娘　（羞涩地）小邱，蔺处长，你们在谈工作呀？

蔺处长　没有没有。正好谈到……

邱东明　（截住话头）正好谈到滑铁卢之战，拿破仑以进攻失败而告终。诸位，对不起，我不陪了！（说罢转身，径直走下）

二姑娘　他说什么？他怎么见到我就走？

蔺处长　（耐着性子）他就这么个人，刚刚我好不容易才镇住他……

二姑娘　那他是不好意思呢？还是不愿见我？

蔺处长　我想，嘿嘿，他是不好意思吧。

二姑娘　你跟他谈了吗？

蔺处长　谈了。

二姑娘　他怎么说？

蔺处长　（搜肠刮肚地）他对你印象嘛，还是不错的……

二姑娘　你别绕弯子。他到底怎么说的？

蔺处长　我还要做做他工作。二姑娘，你放心……

二姑娘　我知道了！男人的心都是铁做的。他不和我说话，看见我就躲……（说着，

委屈地哭起来）

蔺处长　（慌了手脚）哎呀，二姑娘，你别哭！我命令他马上来，陪你说话，陪你玩！

二姑娘　（喊道）不要！我不要再看到他！永远不看他！

蔺处长　那也好！这种人，尾巴翘上了天，不能放在首长身边！

二姑娘　（拉长了声调）嗯……（抹着泪，蹬蹬地走了）

　　　　［蔺处长紧随而下。

　　　　［灯渐暗。梁丫丫出现在光圈中。

梁丫丫　几天后，邱东明的命运就被决定了。蔺处长，把他叫到办公室……

　　　　［暗光中，邱东明拖着长长的影子，缓缓走过。

　　　　［梁丫丫隐去。灯亮。

　　　　［处长办公室。蔺处长坐在桌前。邱东明走进来。

邱东明　报告。

蔺处长　（漠无表情地）噢，你来了，好。

邱东明　有事吗？

蔺处长　有个决定告诉你。军区后勤八分部缺少一名仓库警卫连长，上级考虑让我们处调一名干部去。处里决定让你去。你有什么意见吗？

邱东明　（感到突然）我？这……

蔺处长　当然，条件艰苦些，不如在大机关里。但是，我早就说过，我们是革命一块砖，哪里需要哪里搬。思想不要有想不通。

邱东明　（冷笑一声）哼哼。一块砖……

蔺处长　怎么？有意见？

邱东明　没意见。我只是可惜……

蔺处长　可惜什么？可惜你？

邱东明　我不可惜。（高傲地）我可惜我们军队，将会少一个将才！

　　　　［灯骤灭。只剩下邱东明一个人，在孤灯里形影相吊。

邱东明　（心里的悲鸣）在一座大山沟里，守着那沉默的房子。沉默、沉默、永远沉默下去……

　　　　［灯渐亮。

[郑副司令的办公室。郑副司令正在阅读文件。邱东明挟着一包手稿轻轻地走来。

邱东明　　（滞立片刻，小声地）首长，首长……

郑副司令　（抬起头，见是邱东明，十分高兴）啊，电脑参谋，好几天没见啦！坐！

邱东明　　（强作欢颜地）首长，您还没休息呀？

郑副司令　事太多。哎呀，真想去打盘台球……但是，（指了指桌上）走不开呀。明天，明天一定争取打一盘。

邱东明　　首长，明天……明天我要走了。

郑副司令　上哪去？

风东明　　要调走了。

郑副司令　噢，是吗？调到哪里去？是部队吗？

邱东明　　（支支吾吾）嗯，是的……首长，有件事，想拜托您。

郑副司令　什么事？

邱东明　　（捧上手稿）这是我写的一部书。您看看，看完以后就烧掉它！

郑副司令　（接过手稿，诧异地）为什么？

邱东明　　（苦笑一下）没什么意思……

郑副司令　（沉吟）好，我一定看。

邱东明　　那我走了，首长。

郑副司令　好，小鬼，不送了。

邱东明　　首长休息。

郑副司令　嗯。（又拿起文件）

[灯渐暗。

[邱东明在暗色中，拖着长长的黑影走下。

[处长办公室。蔺处长正在喝茶、看报，悠然自得。二姑娘提着包走上，气汹汹地闯进来。

二姑娘　　喂，姓蔺的！

蔺处长　　（一抬头）哟，二姑娘！

二姑娘　　别什么二姑娘三姑娘的。我问你，你把邱东明弄哪去啦？

蔺处长　　他调走啦。

二姑娘　　他为什么调走？为什么调走？全是你捣的鬼！

蔺处长　　哎，怎么是我？你不是说，不要再见到他吗？

二姑娘　　我那是气话！皇帝不急，急死太监。你就是整他！你还我邱参谋，你还我邱参谋……（又是跺脚又是闹）

蔺处长　　哎、哎，二姑娘，你也要讲道理嘛！

二姑娘　　讲道理？好，跟你讲道理！（从包里掏出洋酒洋烟）还给你！弄得我被老爹老娘臭骂一通。你这是不正之风！整党要好好整整你！（东西一摔，气咻咻走下）

蔺处长　　（吓得从地上拣起烟、酒追上去）二姑娘，二姑娘！（下）

[灯渐暗。

[梁丫丫在光圈里，向台前走来。

梁丫丫　　这时候，我赶到这里。可是已经晚了，邱东明已经走了。（抽出一封信）这封信，是他给我留下的，就是刚才告诉你们的，那些应该保密的事。可是我偏不！我要找首长直接汇报！

[灯亮。

[郑副司令办公室。郑副司令坐在办公桌前。

[秘书走进来。

秘　书　　首长。

郑副司令　唔。

秘　书　　军校的女教员梁丫丫想见您。

郑副司令　梁丫丫？是不是底下部队说的那个军校女教员？没有上面通知，到处找她的学员调查，还动不动表态？

秘　书　　是的。我们向陆军学校了解过，说没派人出来调查，梁丫丫是请事假，到部队看她哥哥的。

郑副司令　噢？她找我有什么事？

秘　书　　她说是关于她的学生邱东明的情况。

郑副司令　邱东明？请她进来。

秘　书　　是。（退出）

［片刻。梁丫丫走上。

梁丫丫　（敬礼）首长好。

郑副司令　你好。（打量）你就是梁丫丫？

梁丫丫　首长认识我？

郑副司令　（点点头）听说了。你找邱东明？他已经调走了。

梁丫丫　我就是为这件事来向首长汇报的。首长知道邱东明为什么被调走吗？

郑副司令　不知道。

梁丫丫　因为他没答应您女儿的求爱，被蔺处长借故调走的。

郑副司令　属实？

梁丫丫　首长可以了解。

郑副司令　唔。那么邱东明现在在哪里？

梁丫丫　在一座大山沟里，看守仓库。

郑副司令　（意外）怎么？不是下部队？（想了想）你等一等。（拿起电话）接二处……二处吗？叫你们蔺处长马上到我这里来。对，叫他跑步来！嗯。（放下电话，心烦地踱步）我那个二姑娘，都是她妈惯的！（又问）这些情况，你怎么知道的？

梁丫丫　邱东明给我留下一封信。（递信）请首长看一看。

郑副司令　唔。（接过信，戴上老花镜，看起来）

　　　　　［片刻，蔺处长气喘吁吁地跑上。

蔺处长　报告！

郑副司令　（放下信，满脸怒容）进来！

蔺处长　首长有什么指示？

郑副司令　我问你，我那二姑娘是不是看上了邱参谋？

蔺处长　是……

郑副司令　邱参谋干不干？

蔺处长　不干……

郑副司令　我那二姑娘就让你去逼人家？

蔺处长　不是不是。是让我去做工作……

郑副司令　（挥着信）有这样做工作的吗？人家还是不干，你就把人家弄到大山沟看仓库去了！

蔺处长　（抬不起头来）首长……

郑副司令　你丢我的老脸！

蔺处长　首长，我错了。我回去写检讨。我马上把邱参谋调回到您身边来。

郑副司令　我要他回来干什么？把他调到野战部队，当指挥员去！

蔺处长　是。

郑副司令　（痛心地）你们啊，当家不理财。不知道他们都是些宝贝啊！我们还能干几天？以后都是他们的天下。军队下了多大本钱，把他们堆出来的？被你们这样糟蹋！

蔺处长　（连连点头）是，是。我一定按首长的指示办。（欲退）

郑副司令　等一等。你再去告诉一下我的老伴，就说要关二姑娘三天禁闭！

蔺处长　（犹豫）首长……

郑副司令　（严厉）这是我的命令！

蔺处长　是。（退下）

梁丫丫　（有些不好意思）打扰首长了。

郑副司令　（自责地）我没有教育好子女，我对不起邱参谋。（转过身）梁丫丫同志，你愿不愿和我同行一次？

梁丫丫　去哪里？

郑副司令　去后勤仓库，看看邱东明。我要亲自向他道歉。

梁丫丫　首长，这就算了……

郑副司令　不，我心不安啊。还有，他临走留下一部《二十世纪中外战例选评》的书稿。我给军事科学院看了，他们很感兴趣，所以我也正要找他。去吧！

梁丫丫　好。

　　　　［灯渐暗。

梁丫丫　（出现在光圈里）……没想到，我遇上了一个好老头。我们坐着一辆越野吉普，在深山沟里走了很久很久，才到达邱东明所在的仓库。（隐去）

　　　　［灯亮起来。

［一间破陋的石头屋子里。桌上堆满了空酒瓶，到处挂着脏衣服、烂袜子，遍地狼藉。户外日头高照，鸟语啾啾。邱东明还躺在床上呼呼大睡。
［通讯员走上，着急地推醒邱东明。

通讯员　老邱！老邱！

邱东明　（翻身坐起，打哈欠）干什么？

通讯员　来了一个首长，还有一个女干部，说要找你。

邱东明　（一声冷笑）首长？哼哼，不见！脚掌来我也不见！

通讯员　已经来了……

邱东明　（抓件衣服披上，向外溜去）我去拉泡屎，躲一躲。你帮我挡着！（说完，已没影了）

［郑副司令和梁丫丫走上。

梁丫丫　你们邱连长呢？

通讯员　（讷讷地）他、他不在了。

梁丫丫　你刚才不是还说他在睡觉吗？

通讯员　（下意识往后瞧瞧）是，是。可是，他不见了。

梁丫丫　（打量着屋子四周）这是他的房间？怎么这么乱？

通讯员　他不让我们收拾，说这是他的内心世界。

郑副司令　（扶起一只空酒瓶）小鬼，这些酒都是谁喝的？

通讯员　邱连长。

梁丫丫　（吃惊）他喝这么多酒？

通讯员　他说借酒浇愁愁不愁。

梁丫丫　愁更愁！

通讯员　（从地上捡起一张纸片）你看，这是老邱作的醉酒歌："天天有点醉，三天一小醉，五天一大醉，睡觉梦里醉，醒来再喝醉！"

梁丫丫　醉生梦死！你去把他找来，叫他马上来！快！

通讯员　是。（转身下）

梁丫丫　（有些难受）首长，他……

［郑副司令沉重无语。

［邱东明走上。他与以前判若两人，沮丧、冷漠，一副邋遢的样子。

邱东明　（看到梁丫丫有些意外）梁教员？

梁丫丫　（有些激动）小邱！

邱东明　梁教员，你怎么来了？

梁丫丫　首长和我特意来看你……

郑副司令　邱东明同志，你的事情我知道了。作为一个不称职的父亲，我向你表示歉意。

邱东明　（冷冷地）不用了，首长。

梁丫丫　小邱，首长还要告诉你，你那本书稿，有回音了……

邱东明　别提那个了！我已经不再想它了……（转身）首长，如果您觉得我邱东明这个人，还值得您救一救的话，求您开个恩……（从袋里掏出纸）让我马上转业吧，这是报告！

梁丫丫　胡说！你受了点委屈，可这个军队没委屈你。

邱东明　是的，我们谁也不欠谁的。现在我不想干了。实话说吧，我已经在地方上的一家公司，找好工作了！

梁丫丫　你敢！你是一个军人，在军校你发过誓，要为共和国戎马一生！（指报告）你收回去！

邱东明　不！

梁丫丫　你！

郑副司令　（冷静地）把报告给我！邱东明同志，你的这份报告，先留在我这儿。我现在命令你，马上到野战部队去！马上去！

邱东明　谢谢首长！（咬咬牙，跑下）

梁丫丫　（气得忍不住哭起来）他怎么能这样！首长，他是军校培养出来的，他是学生官……

郑副司令　生活里什么沟沟坎坎都会有。作为一个军人，要做好各种各样的准备，不能受了点子挫折，就丧失了意志！这些学生官正处在一个跨世纪的年龄，到了二十一世纪，他们将是这支军队的中坚力量！梁丫丫同志，我理解，你的心情，现在部队对学生官有偏见，认为他们不行。你这次调查，就是想证明他们的完美是吗？

梁丫丫　您知道？

郑副司令　知道。你的想法不全面。学生官也有他们的弱点。但是这些弱点，丝毫不会阻挡他们将成为我军的栋梁！你在调查，我也在了解。我建议你去找一找那个刘宇……

梁丫丫　刘宇？我正要找他。

郑副司令　我个人认为，这个学生官意志坚强，水平很高，是个很了不起的同志！

［灯暗。

［"哗哗"掌声如潮，逐渐落下去。灯亮，

［出现团礼堂大会讲台。团政委在发言。

团政委　（戴着眼镜，拿着讲稿）同志们，现在我讲第五个问题。我团的两用人才，在军委首长的指示精神下，从低层次走向高层次，已经遍地开花，硕果累累，（喝口水）到了收割季节。（放下讲稿，摘下眼镜，高兴地）同志们，这两用人才好啊，从小的来说哩，可以修厕所、修鸡笼、起炉灶；从大的来说哩，可以修电视机、修汽车，甚至——（兴奋地站起来）可以加工航天产品，上天！这不是吹牛的，这不是不可能的！

［底下响起热烈的鼓掌声。

团政委　（坐下，戴上眼镜又念）这些人才，到了地方上，可以为四化建设，发挥巨大作用……噢。（摘下眼镜，朝下扫视）师里的刘宇同志来了没有？

［刘宇在下面答到。

团政委　哎呀忘了。请你坐到上面来！

刘　宇　（露了个头）不用啦。

团政委　上来上来。你是贵宾呀！

［刘宇走上台。这是个书生气满面，但又不失精明的小伙子。他面对大家笑了笑，坐在政委旁边。

团政委　老兵的复退工作就要开始，师里很关心，来给我们两用人才考核，发放证书。这就是考官，师里的刘干事，刘宇同志。

［底下欢呼起来。鼓掌声、口哨声、拍凳子声杂在一起。把政委的话打断了。

团政委　（摆手）老兵同志们，安静，安静……（站起来吼）安静吧你们！夸你们几句，就猴骚屁股，坐不住啦！

［全场顿时无声。

团政委　应该说，大部分连队是好的！是应该表扬的可是有个别连队，我说的是个别！想糊弄人啊！（顿了顿）糊弄我可以，我才高小毕业。可你们别想糊弄刘考官。人家是地方名牌大学毕业的军校毕业生，两个文凭，都是原装的！提醒你们注意，别撞在人家枪口上。

［灯灭。

［某连队饭堂，挂起了彩灯，一闪一闪的。忙碌着的战士跑来跑去，张罗着摆桌子，嚷着："加菜、加菜、加菜喽！"

［灯亮。一桌酒宴五彩缤纷，热气腾腾。上面悬挂着写有"考场"两个大字的横幅。连长和指导员，以及一些身穿杂色衣服的老兵站立一旁，欢迎刘宇。

刘　宇　（奇怪地）怎么？你们加菜？不是考试吗？

指导员　（把刘宇请到上座）就是考试，就是考试。

连　长　（摸出一张纸）好。我现在宣布考场纪律。第一，每桌白酒不准超过两瓶；第二，不准交头接耳，议论别人的考试成绩；第三，考试时不准大声喧哗。宣布完毕，大家入座。

［众人坐下。

指导员　（举起酒杯）刘干事，喝杯白酒。

刘　宇　不，指导员，我一点不能喝！

指导员　无论如何要喝一点，你在考试。

连　长　（抓紧时机）准考证001号，答题！

［老兵A走过来。

指导员　（介绍）这个酒，就是他酿的。你尝一口，看香不香？

刘　宇　（硬着头皮尝了口）香、香……这个酒多少度？

老兵A　六十度，土茅台。

刘　宇　你酿酒，懂不懂经济循环？

老兵A　什么……循环？

刘　宇　　比方说，你的酒糟去喂猪，猪粪再肥田，打下粮食再来做酒。

老兵A　（摇头）不知道。

刘　宇　　（点点头）好。

　　　　　[老兵A纳闷走下。

指导员　　嘿嘿，（猛夹菜）刘干事，吃！这是红烧猪蹄。你看这腿有多粗，就知道那猪养的有多肥了。

刘　宇　　你们养的猪最重的几百斤？

连　长　　准考证002号。答题。

　　　　　[老兵B走上。

指导员　　（介绍）猪，都是他养的。（扭头）问你最重的几百斤？

老兵B　　四百五。用了添加剂。

刘　宇　　（点头）嗯。你养的猪，是什么种？

老兵B　　良种。

刘　宇　　你学过猪的生理结构原理吗？你知道世界上有多少种猪吗？你懂猪的杂交优势吗？

老兵B　　（被问傻了）这个、这个还没想过……

刘　宇　　（善意地）你应该去三连学习学习，他们养猪都写出了论文。

老兵B　　是。（垂头走下）

　　　　　[连长暗暗捅了捅指导员。

指导员　　（分外热情地）刘干事，多吃菜多吃菜。你吃这白切鸡、爆三样、菊花鱼。味道怎么样？

刘　宇　　（一一品尝）不错。

连　长　　准考证003号，答题。

　　　　　[围着白饭单的老兵C走过来。

指导员　　（介绍）这些菜，都是他烹调的。

刘　宇　　噢，你学的是南菜，还是北菜？

老兵C　　（不好意思）到城里的馆子学了两天，也不知道是什么菜。

刘　宇　　噢，挺好吃的。谢谢你啊。

老兵 C　刘考官，您多吃啊。嘀嘀。（乐不可支地下）

指导员　（受到鼓励）刘干事，你再看，那小灯泡五彩的，闪得多漂亮？

刘　宇　（有点不相信）那也是你们做的吗？

连　长　准考证004号，答题。

　　　　　［老兵 D 走过来。

指导员　（介绍）这是他装的。

刘　宇　噢，你是电工吧？

老兵 D　对，对。我学的电工。

刘　宇　除了装灯泡，还会什么？

老兵 D　会装日光灯管，接个电线什么的。

刘　宇　物理学到什么程度？

老兵 D　（结巴起来）欧姆、欧姆、欧姆……

　　　　　［指导员连忙岔开。

指导员　刘干事，喝，喝。

刘　宇　（按住）不喝了。指导员，我跟你摸摸底。你们数学学到第几册？

指导员　学到第二册。后来忙，嘻嘻……你吃菜。

刘　宇　好。那语文呢？

指导员　语文啊？

刘　宇　对。古汉语学到哪里？

指导员　嘻。他们要学现代的，不学古代的。

刘　宇　那现代汉……

　　　　　［挎着照相机带闪光灯的老兵 E 上。

老兵 E　连长，修好了修好了，拍吧。

连　长　行。准考证005号……

指导员　（拉着刘宇）来来来，刘干事。我们拍张合影留个念。

　　　　　［闪光灯左闪右闪，闪个不停。

刘　宇　行啦行啦！脸上全是光板，别浪费胶卷啦。

老兵 E　（被提醒）哟！还没装胶卷！（拔腿跑去）

连　　长　（追着骂）这浑球！这浑球！

刘　　宇　（十分认真）指导员，那你们现代汉语学到哪里了？

指导员　嘻，刘干事，你不知道，这些兵学那些有什么用？他们要能啃得动书本，还来当兵干吗？

刘　　宇　这么说，你们文科都没有学？那考试你们考什么？

指导员　不就是刚才那些吗？虽然水平低了点点，但，还凑合。刘干事，您就多包涵吧！（目光含着哀求）

刘　　宇　你们……

　　　　　［一个抱吉他的老兵，和一个吹笛子的老兵走上来。

指导员　刘干事，您看，这都是音乐人才，发个证，能进县剧团哪……

连　　长　（大叫）准考证006号，准考证007号……

老　　兵　（边弹边唱）

　　　　　　　"你到我身边，

　　　　　　　带来了微笑，

　　　　　　　带来了我的烦恼……"

众战士　（连喊带叫）好，好呀！

刘　　宇　（忍无可忍）行了，别唱了！

　　　　　［静下来。

刘　　宇　你们是怎么理解两用人才的？你们的水平也太低了！你们看看人家连队，都在向高、精、尖发展了。可你们，在糊弄事儿！连科学文化这个基础，都丢掉了！好了，我感谢你们这顿饭。（掏出钱来）这十块钱，算我交的伙食费！（说罢，一人走下）

连　　长　（讪讪地）到底是两个文凭，好厉害！

　　　　　［灯渐暗。
　　　　　［连队的营区里。星夜静谧深邃。稀疏的杉木林中，有一座小屋子，透出灯光来。
　　　　　［一群老兵提着手电筒吵吵嚷嚷地走上。

老兵A　（指小屋）他就住在这里！

老兵B　走！找他去！

老兵A （拦住众人）嗳，弟兄们。（有经验地）咱们先别发火，好好跟他说。要是不行，咱们再……

老兵B （赞成地）对对，先求求他。（上前去敲门）

［门开了。刘宇走出来，身上披着军衣，手里拿着课本。

老兵B 嘿嘿，刘考官。

刘 宇 噢，是你们？（高兴地）来，到里面坐。

老兵B 嘿嘿，不用了。我们就是有句话想问问你。

刘 宇 什么话？

老兵A 噢，是这样的。有人跟我们说，说你打了个报告到师里，说我们这些两用人才都不行，不能发证。我们想，嘿嘿，怎么可能呢？

老兵B 就是呀。刘考官大知识分子，心肠好水平高，只会关心我们，哪会干那种缺德事呢？

刘 宇 噢，我向同志们解释一下，这个报告是我打的。

［老兵们一愣，大眼对小眼。

老兵A （干笑几声）噢，那证，还发不发呢？

刘 宇 现在不能发。

老兵A 不发？（压了压火）嘿嘿，刘考官，你就行行好，发了吧。

老兵B 刘考官，你不知道我们的苦楚。没有那个证，我们回家找不到工作呀！你想想，眼下干部转业，降两级，还没地方要。何况我们小兵癞子呢。

老兵A （鼻子一酸）刘考官，我家里困难。父亲死了，就剩下生病躺在床上的老娘，和一个才十岁的小妹妹。以后，都要靠我了。我想回去后，办个小酒厂，好挣点钱给我娘治病，供小妹妹读书。可是我们那儿，要申请个营业执照，不花千儿八百的送礼，就不给你。如果部队能发个人才证书，就帮大忙了……

刘 宇 （同情地）这是真的？

老兵A （点点头）嗯。

刘 宇 这些情况，我们要向地方政府反映！

老兵B （迫不及待地）反映有什么用？你把证发了就行啦！

刘 宇 证，会发给你们的。但要等你们合格以后。你们听我说，两用人才，一是军事技术人才，二是民用技术人才。两种人才都离不开科学文化知识。可你们，把最根本的东西丢掉了。就学了些小手艺……

老兵A　（冷笑）小手艺？说得轻巧，容易吗？你放个香屁，就把我们全抹杀啦？

老兵B　姓刘的！你别以为自己军校毕业，当了学习官，红得发紫，就想来卡我们这些穷弟兄。

刘　宇　我不是卡你们。你们别误会。你们看，（举起课本）我正在备课，给你们补习文化……

老兵A　（一巴掌打掉课本）你留着自己慢慢补吧！痛快点，把证发给我们！

刘　宇　现在不能发！

老兵B　你发不发？

刘　宇　（坚决地）不发！

老兵A　（威胁）不发的话，我们可要进屋自己拿了！

［众老兵向屋门挤去。

刘　宇　（用身子挡住屋门）不准胡闹！你们想干什么？

老兵A　干什么？老子揍你个小舅子！（挥起手电筒砸过去）

［刘宇帽子被打飞，跌倒在地。

［众老兵失去理智，冲进屋去，乱成一团。

［忽然有人喊："连长来啦！快走！"众老兵欲跑。

［连长带了几个战士赶上。

连　长　怎么回事？都给我站住！（发现刘宇，忙上前）刘干事，你怎么？

刘　宇　（摸到帽子，戴上，挣扎着爬起来，笑了笑）没事儿！你们这些两用人才，还会来点八卦掌。刚才露了一手给我看看……（疼得）哟，（摸摸头）破了点儿皮。噢，连长，明天一定要开课……我已经汇报了，全师的军地两用人才一体化训练，就在你们连首先试点！

连　长　（意外）真的？

［灯光骤灭。

［"谁英雄，嗨！谁好汉……"响起战友们的歌声。沙哑、粗鲁，古朴的声音一阵高过一阵。

[灯亮。

[连队的集合地。老兵们坐在小板凳上,讲台上方挂着"课堂"两字。连长在指挥唱歌。指导员在焦急地翘首张望。

指导员　（喊）来了来了!

连　长　停!

[歌声止。

[刘宇和梁丫丫走上。

刘　宇　（一连声地）对不起对不起,我来晚了……噢,我来介绍一下,这是我在军校的梁教员,她特地来看我……

[梁丫丫和连长、指导员握手。

梁丫丫　你们好,你们好!

刘　宇　（拿好书、课本、笔记）那我就开始讲课了。

[梁丫丫突然过去拉住刘宇。

梁丫丫　刘宇,我劝你还是……

刘　宇　（暗暗用手势制止她）放心,我能讲好!

[梁丫丫不放心地望着他。

[刘宇走上讲台。

刘　宇　（一下子有许多话涌到嗓子眼,顿了顿）同志们,今天第一课,我想先讲一讲我们的民族。我们中华民族,发源于黄土高原和黄河流域一带,有悠久的历史；我们的民族很贫穷,长期以来遭受其他民族的压迫、欺凌；我们的民族是黄种族,他们被人惧怕时的名字叫黄祸,他们被人轻蔑时的名字叫病夫；然而,在这个世界上,我们的敌人不是其他的民族,而是愚昧、落后、无知和非正义!（停了停）我知道,你们不愿意听我说这些。你们恨我。因为我把你们的个人利益看得太轻了。我不想申辩。我只想问你们,要是我们这个民族被开除了球籍,你们能这样平静地坐在这里吗?（过于激动,一阵昏眩）

[众哗然。梁丫丫急步上前。连长和指导员也快步跑上去。

梁丫丫　（扶着刘宇,着急地）刘宇!刘宇!

刘　宇　（缓过来,轻声地）不要,不要紧的……

连　　长　刘干事，你病了吗？

梁丫丫　（扭头问）他到底是怎么回事？我是在医院门口碰到他的。他脑袋受伤了，但他一定要来上课，还坚决不让我说。你们看——（摘下刘宇的帽子）

刘　　宇　梁教员……（想挡没挡住）

　　　　　［他的头部被纱布裹着，血仍然渗透出来。
　　　　　［全场吃惊。

指导员　（一阵唏嘘）呀呀呀，怎么搞的？

　　　　　［老兵A、B突然从板凳上立起，拨开众人，泪流满面地冲到刘宇身边。

老兵A　（颤声地）这是我们打的……

老兵B　（咽声）刘考官，我们对不起你！

老兵A　（泣声地）刘考官！我是个浑蛋！我一定跟着你学！不把榆木脑袋劈开灌进墨水去，我就不是人！刘考官……

刘　　宇　（一把搂紧老兵A）兄弟……

　　　　　［灯渐暗。

梁丫丫　（走向前台，置身在光圈中，感慨地）这是个了不起的同志！他没有向压力屈服，他用真诚溶化了隔膜；用知识战胜了愚昧！

　　　　　［全副武装的梁团长带通讯员上。

梁团长　丫丫！

梁丫丫　哥，你怎么来了？

梁团长　我来取东西，然后上前线。

梁丫丫　上前线？（轻声地）是有行动？

梁团长　主要是侦察队……

梁丫丫　侦察队？哎，我有个学员，叫张践，人家都叫他大水牛，是不是在侦察队？

梁团长　张践？对，有这么个人，他在当副队长。

梁丫丫　（喜悦地）他当副队长啦？

梁团长　哼！这些拿了文凭的家伙，到底行不行，还要战场上见！

梁丫丫　（不满）哥！你别老瞧不起学生官！战场上怎么啦？我的学员不会是孬种！走，我跟你一块儿去前线。

梁团长　你别瞎凑热闹了!

梁丫丫　怎么啦?（得意地）现在是你们郑副司令请我在部队调查。

梁团长　（挥挥手）我不带你。我的车是作战用的!

梁丫丫　不稀罕!我坐火车去!（扭头走下）

梁团长　哎!丫丫……这个犟脾气!

[灯暗。

[灯渐亮。傍晚。前线寂静无声的出发地。

[披上伪装网的野战帐篷边上,身穿迷彩服的战士围坐在便携式日光灯前。他们一声不吭地等待着。

[梁团长带着通讯员走上。

哨　兵　（向帐篷内轻喊）张副队长,团长来了……

[张践身穿夏季军服从帐篷里走出来。他身体壮实高大,一张被太阳晒红的脸盘,显得十分憨厚和倔强。

张　践　（敬礼）团长!

梁团长　（还礼）都准备好了没有?

张　践　准备好了。

众战士　（开始整队,低沉地报着数）一、二、三、四……

梁团长　（看了看）战士们的情绪怎么样?

张　践　（咬了咬嘴唇）前两次执行任务,牺牲了三个战士,全是被敌人的夜视眼狙击步枪打的。情绪不太好…

梁团长　（点点头）嗯。你要加强革命英雄主义的教育!

张　践　是。我们把电影《英雄儿女》的录像又放了一遍,今天听说您要把防红外线油膏带来,他们的情绪受到了鼓舞,又开始高涨起来……

梁团长　（想起来）对对对!那两桶油我带来了。（命令）通讯员,你快去拿来!

通讯员　是。（跑下）

梁团长　（对张践）你要向同志们多宣传宣传。这是国防科委听说前线的敌人用了新式武器,立即研究出的新产品。马上就给我们送来了!叫……名称还挺复杂!

张　践　（接口）叫还原灰M防红外线油膏。

梁团长 对！就是这么个玩意儿。

［通讯员提着两个油桶走上。

通讯员 报告，拿来了！

张　践 （急切地接过）给我！（端详）怎么没有标记？

梁团长 这是咱们的新装备，也得保保密嘛。

张　践 （用匕首撬开）怎么搞的？味道这么大？（用手电光照了照）嗯？是油漆！

梁团长 （以为自己听错了）你说什么？

张　践 这是油漆！

梁团长 （斥责）你胡说什么？

张　践 团长，你自己看！

梁团长 （拿过手电照射，有些糊涂）嗯哼？怎么搞的？怎么和刷大床的油漆一模一样？

张　践 不可能。还原灰M，是一种能吸收红外线的化学染料，灰颜色无气味……

梁团长 你叽哩呱啦的……你怎么知道？

张　践 （平淡地）这是本人研究的一项小小成果，送到国防科委，被用上了。

梁团长 （大为惊讶）你？

张　践 是我。

梁团长 那这是国防科委送错了？

张　践 （摇摇头）国防科委没有错。（指了指油桶）我看了，这是我们团农场出的油漆桶。

梁团长 （冒火）通讯员！这是他娘的谁掉了包？查出来老子枪毙了他！

通讯员 （害怕地）你交给我的，就、就是这两个油桶……

梁团长 我？

张　践 （发自肺腑地）团长，这不怪我们哪一个人。如果有勇气，就怪我们太无知了吧。要是我们懂得多一些的话，马克思的话到了我们的嘴里，就不会成了圣经；党中央的每一项决策，下到我们身上，就不会走了样子。科学也就不会成为谬误，真理也就不会被扼杀。（苦笑一下）我这个小小的发明，也就不会错换成了油漆！

［梁团长沉思无语。一名班长走过来向张践报告。

班　　长　　张副队长，整队、装具检查全部完毕！
张　　践　　好！现在我命令你，把你的装具和迷彩服全部脱下！
班　　长　　（不解）副队长！
张　　践　　快！（转过身）团长，我有个请求，请你一定批准我！
梁团长　　什么请求？
张　　践　　这次行动，由我带队。
梁团长　　你带队？为什么？
张　　践　　在危险面前，干部应该冲在战士的前头！
　　　　　　［梁团长内心难以平静地凝望着他。
张　　践　　（恳求）团长，批准我吧！
梁团长　　（点点头）好！
张　　践　　是！（迅速地穿上迷彩服，套上装具）
　　　　　　［小分队做好了一切出发准备。
张　　践　　（走向梁团长）团长，我们出发了。
梁团长　　等一等！（换了一种口气说道）张践，你一定要平安归来！我妹妹梁丫丫，她可能马上就要来看你。
张　　践　　梁教员？（深情、激动地）梁团长，要是我……请你代我问梁教员好。我永远忘不了军校对我的哺育。我热爱军校，也敬爱梁教员……是军校把我变成了一个大写的军人！
　　　　　　［梁团长点点头。
　　　　　　［张践庄严地行了军礼，返身走去。
　　　　　　［小分队行进，鱼贯而下。
　　　　　　［梁团长等肃立目送。
　　　　　　［灯光暗。
　　　　　　［"呜——"列车汽笛声由远而近，长鸣不绝，震耳欲聋。然后瞬间呼啸而去，渐渐消失……
　　　　　　［车站。流动的色彩，喧闹的人声，交汇在一起。

[身穿草绿色军服的梁丫丫，提着皮包走上。她那活跃和调皮的天性，又外溢在内重的气质之上。

梁丫丫　（向远处挥手，兴奋地）哥！

[梁团长身后跟着通讯员，匆匆走上。

梁丫丫　（双臂又勾上梁团长的脖子，咯咯笑着）哥！你看，我来了吧?

梁团长　（拿下她的手臂）丫丫，别闹……

梁丫丫　哈哈哈……张践呢？他怎么不来呢？我特地来看他的……

梁团长　（岔开）他有点事……丫丫，我们走吧，车就在外面等着。

梁丫丫　（高兴地）是吗？那快点走！快点……（与梁团长走下）

[灯光转暗。吉普车在一团摇动的光亮中颠簸，发出怒吼声。

[梁丫丫坐在梁团长身旁，用新奇的目光激动地眺望着窗外。

梁丫丫　（滔滔不绝地）哥，你看，这云、这山、这村、这人、这狗……（收回目光）哥，你知道吗？张践的家也在这么一个很偏僻的山村里。他出来当兵前，没见过电灯，没见过汽车。家里父母兄弟姐妹十几个，生活很贫困。他曾经跟我说过，他从小就要干很多活儿。割草、砍柴、挑水，还要喂猪、放羊、放牛……没有时间读书，小学三年级就退学了。长到十六岁，只会写自己的名字和田字、厕所……哎，哥，你知道吗？张践为什么叫大水牛？大水牛，他话少极了，难得吭几声，就是有时笑一笑。其实他一点也不笨的。哥，你这个大团长，可别以为人家傻。他心里很聪明。哥……

梁团长　（突地舞着拳头，大吼道）司机！停车！停车！

[吉普车猛地刹住。四周都静止不动了。

梁丫丫　哥？

梁团长　（头埋下去，哽咽地）丫丫，你别说了，别说了……

梁丫丫　哥，你怎么啦？怎么啦？你快告诉我！

[灯光暗。

[阵阵山风瑟瑟吹拂而来，发出浓浑、深沉的啸音，在空谷中连绵不绝地回荡。

[灯光复明。

[这是一处绿山旷野。一切喧嚣都消失了，万籁俱静。

[梁丫丫和捧着一罐精致的油桶的梁团长走上。

[迎面，两排满脸硝烟、身穿迷彩服的战士，肃穆地抬着一副担架缓缓走过来。担架上蒙着雪白的被单。他们走到梁丫丫跟前，放下担架，脱下橄榄绿的钢盔。

梁丫丫　（眼神僵住了，口齿发硬地）这、这就是张践吗？

[梁团长蹲下身，轻轻地把油罐放在张践的身旁。

梁团长　张副队长，这是你的防红外线油膏。我找到了……（站起来）张副队长，你是条硬汉子，你肚里不光有了墨水，也有血胆……（说不下去）

梁丫丫　（放声悲鸣）张践——（跪倒在担架前）

[众战士泪如雨下。

梁团长　（难受地扶着她）丫丫、丫丫……

梁丫丫　（扑在梁团长怀里，用拳头捶击着）哥哥，我恨你！我恨你……

[山风低沉的啸音，在峡谷滚滚而过……

[灯渐暗。

[一束光圈照在梁丫丫身上，她抬起满是泪痕的面孔。

梁丫丫　大水牛的死给我以极大的震动。使我对自己的工作有了更新的认识，几乎动摇了我的抉择。我马上就要去见陈赤，他给我写的信，还在我口袋里装着……可是，我怎么对他说呢？我一点勇气也没有了……

[光暗。

[灯复亮。一间崭新的、装有隔音膜板的会客室。内有一台录音装置，靠墙放着几张皮塑料沙发、几张木椅子。屋里几乎坐满了来向陈赤旅长反映问题的干部。

[一个中年干部正在和年轻的旅长陈赤谈话。通讯员拿文件请陈赤签字。陈赤签署文件。

干部甲　（待陈赤签毕，诉苦地）旅长，不是我不愿为部队作贡献，我实在是待不下去了！我辛辛苦苦自学了六年，掌握了计算机技术，可有的领导说我不务正业，两次没提我级，把我当龟孙子……

陈　赤　你的问题我们准备研究。新班子刚成立，事情太多……但你不能走。我们自动化指挥中心需要你这样的人才。

干部甲　（牢骚地）什么人才？木材！让我走吧。

陈　赤　（摆摆手）绝对不行！

〔又走过来两个干部，脸色都很阴沉。

干部乙　旅长，我有个情况要跟你说一下，就两分钟。

干部丙　旅长，我有个情况要跟你单独谈谈。

陈　赤　（站起来）等一等吧。你看他们（手指众人）都是来找我谈话的。

干部乙　我就两分钟。

众干部　我也两分钟呀……我就两句话呢……

〔又一个送文件的通讯员走上，请陈赤签阅。

〔这时，随着一阵"哇哇"的孩子哭闹声，前台跳出一个正在拣菜的妇女。

妇　女　（对着远处）哭哭哭！再哭打死你！我在屋里能干活吗？（脖子一扭）有的人不愁哎，光棍一条，还要造什么微机房、母机窝的！可是我们老少五口，挤那么两间破房，看得过去吗？（又一扭头）哭！打死你！（走下）

干部甲　（看不过）旅长，这是副政委那个老婆吧？

陈　赤　嗯。

干部乙　（惊愕地）她在骂谁？

陈　赤　（笑笑）她在骂我！我干了件大缺德事。我把首长盖小楼的钱挪用买了电脑、盖了微机房、建了自动化指挥中心！

干部甲　这是党委通过的，她骂什么！

陈　赤　天要下雨，人要骂娘。谁要骂就让谁骂去！

〔通讯员带着梁丫丫走上。

通讯员　报告！

梁丫丫　陈赤！

陈　赤　（喜出望外）梁教员！

梁丫丫　（对通讯员）我就是找这个陈赤嘛。你要我见什么旅长呢？（对陈赤）我说要找你，他就一定要带我到旅长那里去。我找你行了，何必再去见旅长……

陈　赤　（不好意思）梁教员，我、我就是旅长啊。

梁丫丫　（呆了）什么？你就是旅长？我怎么也没想到你已经当上旅长了呀！

陈　赤　（立正）噢，不不。我还是您的学员。（笑了笑，小声）你等等。（转身对众干部）我说同志们，咱们来点儿现代化处理吧。你们回去把自己要谈的问题，都填上卡片，（拍拍干部甲）交给他，他帮我存入电脑。我尽快给你们信息反馈！

众干部　好！好！（走下）

陈　赤　（把他们送出去）很对不起，抱歉了……（转身）唉，成天就是这些人来找你谈话。今天还算人少的。

梁丫丫　怎么都来找你？其他领导呢？

陈　赤　我推行过分层管理，发挥各部门的职能作用。可是不行，接受不了，都推到我这儿来。结果呢，该干的干不成，不该干的一大堆！

梁丫丫　（笑了笑）一见面就发牢骚！

［随着一阵"哇哇"的孩子哭声，副政委的老婆又拔着鸡毛跳出来。

妇　女　（威吓地）哭！哭！再哭踢死你！（头一扭，又骂开了）人家现代化哎！有一张香喷喷的文凭，年轻轻就搂了个副师！（鄙夷地冷笑）神气个什么哟。还不是狗掀门帘，靠张嘴！

［当着梁丫丫的面，陈赤气得忍不住，手一拍桌子。

陈　赤　（喊）通讯员！

［通讯员跑上。

通讯员　到！

陈　赤　你把副政委给我叫来！

通讯员　是！（走下）

妇　女　（听到声音害怕了）别哭了、别哭了……（溜下）

陈　赤　（又唤道）回来！算了算了！

［通讯员站住。

梁丫丫　（关切地）怎么回事？

陈　赤　怎么回事？（不平静地踱步）这个炮旅还是炮团的时候，就要建自动化指挥中心，可是房子造了一半，没人管了！买的苹果牌电脑，缺十几万块钱，卡在供应站提不回来。居然有人说不如换成彩电，配给领导！我当旅长后，上面给我们旅一笔钱，盖旅首长小楼。我说暂缓，先把电脑抱了回来。这可不得了，犯了弥天大罪！刚才那个是副政委的老婆，住在我边上，成天指桑骂槐，弄得鸡犬不宁。

梁丫丫　当然要骂！一幢房子几亩田，老婆孩子热炕头，典型的中国小农思想。你一个陈赤，跑来就要更新换代，这不等于要挖人家祖坟吗？（说完含笑而视）

　　　　〔一个干部提着瓶酒，冒失地闯进来。

干　部　（喊）旅长……

　　　　〔通讯员把他挡出去。

梁丫丫　（摇摇头）你真忙！

陈　赤　走！去欣赏一下我们的C3I系统吧？

梁丫丫　（迷惑）什么C3I系统？

陈　赤　（笑笑）就是英文指挥COMMAND、控制CONTROL，通信COMMUNICATION 和情报 INTELLIGENCE 的第一个字母缩写。军语称自动化指挥中心——C3I！

梁丫丫　（连连点头）OK! OK!

　　　　〔灯光转暗。

　　　　〔一段奇妙的电子音响引入。然后响起逼真的枪炮模拟声、爆炸声，有如亲临战场。激光束在空中排列出无数种几何图案，令人目不暇接。在一片排山倒海的机械化冲击声中，音响突地戛然而止。

　　　　〔灯光大亮。指挥室。陈赤和梁丫丫站在各种电子器件之中。

梁丫丫　这是一场战争？

陈　赤　不，这是一场模拟战争。但是马上，我要在这里，指挥一场现代化的大规模炮兵演习！

梁丫丫　（神采飞扬地赞叹）太棒了！

　　　　〔陈赤陪着梁丫丫参观。

梁丫丫　（手指着）这是什么？

陈　赤　（如数家珍）微机指挥网。数据储存、方案优选，由经验型指挥上升为科学性指挥！

梁丫丫　（走过去）这个呢？

陈　赤　自动译码机网。

梁丫丫　那个呢？电报？

陈　赤　不，传真网。这又叫三网制通讯。

梁丫丫　陈赤，我看你在这里、不像个旅长，（笑笑）像个科学家！

陈　赤　现代战争就是现代技术，这是克劳塞维茨说的。而我说，世界上再也没有比军事更难的科学了。军事家就应该是科学家。

梁丫丫　（点点头）陈赤，我真羡慕你。这一切，太美了……

陈　赤　（神往地）这是我的事业，和理想……你再听听这个——（按响放音装置）

　　　　［钢琴曲《爱情的故事》缓缓而起。

梁丫丫　（脱口而出）《爱情的故事》！

陈　赤　（凝视着她）是的。我知道你爱听。

梁丫丫　（神思地）是的，我是喜欢听这首曲子……

陈　赤　这也很美……（装作随意地）梁教员，你这次来，就是调查调查？

梁丫丫　……就是调查。

陈　赤　（眼睛移向别处）没有别的事？

梁丫丫　没有别的事。（反问）你有什么事吗？

陈　赤　哦，没有没有。（稍顷）梁教员，我，我给你写的那封信，你收到吗？

梁丫丫　（装糊涂）哪封信？没有呀。

陈　赤　（急了）什么？你没收到？

梁丫丫　啊。

陈　赤　（不相信地）真的？

梁丫丫　不会丢吧？你在信里写了些什么？

陈　赤　（心慌意乱）哦，信里面啊……也没写什么。

梁丫丫　那就算了。

陈　赤　（无奈地）算了算了……（不自然地笑了笑）嘿嘿，梁教员，你还没结婚呀？

梁丫丫　　（笑道）你又来关心我的这个问题呀？

陈　赤　　（尴尬地）你、你不是说，等到我们当将军的时候，你就结婚吗？

梁丫丫　　（狡黠地）这么说，你当了旅长，马上就该是将军了，我就该结婚喽？

陈　赤　　（傻笑）嘿嘿，你说呢？

梁丫丫　　怪不得你就写了封信给我，要同我结婚！

陈　赤　　（又惊又喜）丫丫，不，梁教员。你收到我的信啦？

梁丫丫　　收到了。我很高兴……

陈　赤　　真的？

梁丫丫　　我高兴我的学员，竟敢这么大胆无礼，向他的教员求爱！

陈　赤　　（一愣，鼓起勇气）怎么不可以！虽然我是你的学生，你是我的教员，但我们的年纪差不多大！梁教员，不，丫丫，请你相信我，我是一片真心！你知道吗？我自从到了军校，一见到你，就爱上你了。我爱你，就像爱我们的军队一样，爱这身军装一样啊！

〔梁丫丫心情复杂，默默地看着他。

陈　赤　　丫丫，你答应我吗？

梁丫丫　　陈赤……

〔红色蜂鸣器"嘟嘟"响起。通讯员跑上。

通讯员　　旅长，姜参谋长来了。

〔姜参谋长急冲冲走上。

姜参谋长　旅长！

陈　赤　　（掩饰地）噢，我来介绍一下：这是我在军校的教员，梁丫丫同志。这是姜参谋长。

梁丫丫　　你好。（与姜参谋长握手）你们谈。

陈　赤　　（对通讯员）你先陪梁教员到招待所去休息。

〔梁丫丫随通讯员下。

陈　赤　　你从军里回来啦？我们的 C3I 演习方案批了没有？

姜参谋长　（说不出话来）旅长……

陈　赤　　发生了什么事情？

姜参谋长　（难受地）C3I 演习方案，被退回来了。

陈　赤　（意外）退回来了？

姜参谋长　是的。说是我们党委意见不统一。

陈　赤　不统一？谁说不统一？党委通过的！

姜参谋长　可是有人向军党委反映了个人意见。

陈　赤　什么意见？

姜参谋长　说我们的 C3I 不成熟。用于实弹演习，为时过早！

陈　赤　为时过早？（压了压火）嗯，还有什么？

姜参谋长　还有的就是小道了。

陈　赤　也说说看。

姜参谋长　据说，这是旅里有人针对你来的。

陈　赤　针对我？难道就是因为没有给他们先盖小楼？

姜参谋长　这只是个炮弹的引信。你想想看，你这里 C3I 全指挥自动化了，不能掌握自动化的人怎么指挥？你是计算机硕士到部队来的。我土生土长，发愤了三年，才捞了个电大文凭，勉强过得去。可是你叫那些老兄……

陈　赤　内耗！严重的内耗！那军里怎么说？

姜参谋长　让我们等一等。

陈　赤　（冒火地）等一等！再等下去，这批计算机全成了淘汰品！等于几十万人民币全在等待中哗哗流掉！钱还是小事，更重要的是，现在打的是电子战！我们的海岸线全暴露在一个超级大国的航空兵攻击面前！就让我这个堂堂的 C3I 旅长，干瞪着一双眼睛吗？

　　［传声系统指示灯突然跳亮。传出干部甲的声音："旅长，谈话干部的问题已输入电脑。孙副科长，老婆调动；刘司务长，计划生育问题；严管理员，申请救济问题……"

　　［通讯员走进来。

通讯员　（大声）报告！旅长，文件……

　　［陈赤痛苦地揪紧头发。

　　［灯暗。时钟"嗒嗒嗒"地响。

[舞台灯亮。陈赤的办公室，里外两间。陈赤手拿红铅笔，站在大幅军事地图前。

[姜参谋长轻轻走上。

姜参谋长　旅长。

陈　赤　（没有回身）参谋长吗？你来看，我又调整了两个数据。（拿着比例尺）我们争取把方案再报一次……（见姜参谋长没反应，转过来，询问）怎么？有事吗？

姜参谋长　嗯。来了一个电影厂的导演，还有一个女演员。他们要见你。

陈　赤　让他们找政委去。

姜参谋长　政委说还是要你来处理。

陈　赤　（奇怪）什么事？

姜参谋长　他们要拍一部电影，里面有很多战争场面。要我们旅配合给他们打炮。

陈　赤　给他们打炮？

姜参谋长　对。

陈　赤　扯什么淡！去去去，告诉他们，我们自己还没炮打呢，还给他们拍电影打炮？简直是笑话！

姜参谋长　我也这么说了。可是他们说，他们有上面的批文。

陈　赤　（一挥手）我没空。你去说一说，回了他们。（转过身，又伏到地图上）

姜参谋长　是。（走出去）

[通讯员乐呵呵走进来，冲水。

通讯员　旅长，泡的热茶。您喝。

陈　赤　（哼了声）嗯。

通讯员　（笑着）外面来了个女的，好漂亮。好像是演过哪部电影的……（见旅长不理，知趣地走下）

[姜参谋长返上。

姜参谋长　（小心翼翼）旅长……

陈　赤　（淡淡地）什么事？

姜参谋长　电影厂的那几个人，还是要见你。

陈　赤　　　（转身，不高兴地）你怎么搞的？叫你把他们弄走，怎么又来了？

姜参谋长　　他们一再说，他们有批文，是上面同意了的。你不见，他们就不走。我有什么办法？

陈　赤　　　（烦得踱步）我早就说过，我这个旅长，该干的没法干，不该干的一大堆！什么转业，什么房子，什么老婆调动，什么生第二胎……现在又来个拍电影的！早知道，我当个计算机工程师去！

姜参谋长　　（犹豫）这……

陈　赤　　　行行行。你去把他们请过来吧。

姜参谋长　　是。（走下）

　　　　　　［陈赤把军装穿整齐，把地图的幕拉上，喝了口水，抖了抖精神，来到外间。

　　　　　　［姜参谋长引着戴贝雷帽的导演哈同、服装摩登的女演员芳芳走上。

姜参谋长　　（介绍道）这就是我们的旅长陈赤同志。陈旅长！

　　　　　　［哈同、芳芳都发出惊叹。

哈　同　　　（几分夸张地）啾，陈旅长，您真是太年轻了！

芳　芳　　　（娇媚地）听说陈旅长是个硕士。见到您这样的硕士旅长，我感到荣幸极了！

陈　赤　　　（和他们一一握手，客套地）哪里哪里。

芳　芳　　　（殷勤地一旁介绍）陈旅长，这是我们厂著名的电影导演哈同。

陈　赤　　　（机械地）欢迎欢迎。

哈　同　　　（笑嘻嘻地）这是我们的女演员——

陈　赤　　　（接口道）她不用介绍。如果我没认错，这位就是电影明星芳芳吧？

芳　芳　　　（高兴）哎呀，陈旅长认识我？

陈　赤　　　怎么会不认识？画报上、挂历上，都是你的大照片嘛。

芳　芳　　　（娇甜地）陈旅长过奖啦。

陈　赤　　　坐。

　　　　　　［众人落座。

哈　同　　　陈旅长，我们要拍一部电影。这部电影中外合资。题材是二次大战时期，一个美国将军在中国的经历。规模很大，有很多战争场面。请求你们部队

		帮助拍摄。你看，这是批文。（把批文递给陈赤）你们领导都同意了。请你们炮旅解决。实地炮战，越真实越好……
陈　赤	（眼睛扫完批件，摆了摆手）老导演，你们的意思我明白了。可是很对不起，我们有困难哪。
芳　芳	有什么困难？听说你们还有一套先进的什么自动化指挥？那有多方便呀！
陈　赤	你的信息量很大呀。我说的困难，是说我们正在休整，不能打炮。
芳　芳	休整？什么休整？
陈　赤	这个我无法解释。
芳　芳	要休整多长时间？
陈　赤	不知道。反正要等一等。
芳　芳	等一等？我们有批文呀！
陈　赤	（把批文一推）没用。要我们解决，怎么解决？一纸空文。
芳　芳	（脸涨红了）什么？你说这批文没用？这是我找了多少叔叔伯伯弄来的！
哈　同	（劝道）哎，别急别急。陈旅长，上面领导同意了，当然还要求助于你们底下部队……
陈　赤	那好，你们再去找上面吧。（站起来）参谋长，你接待吧。我失陪了。（说完，进里屋去了）
哈　同	（急了）哎！这、这……（转身）姜参谋长，您再说说……
姜参谋长	我再说也没用。情况都摆着。
芳　芳	导演，您别急。
哈　同	我还不急？
芳　芳	（向姜参谋长）我要挂长途。电话在哪里？
姜参谋长	（指了指）旅长办公室有一架。
芳　芳	好，导演，你们等等，我去给首长挂电话。（向里屋走去）
哈　同	（不放心）你……
芳　芳	您放心。（走进里屋）
	〔姜参谋长引哈同下。
芳　芳	旅长同志。

陈　赤　（漫不经心地）还有什么事吗？

芳　芳　（微笑）我想挂个电话。行吗？

陈　赤　挂吧。

芳　芳　（往电话机旁走了几步）我是给首长挂电话。您不反对吧？

陈　赤　（抬眼看了她一眼）什么意思？

芳　芳　没什么意思。

陈　赤　想吓唬我吗？

芳　芳　（笑了笑）怎么敢呢？我只不过听你说，那批文没用，想再问一问。

陈　赤　（手一指）请。

芳　芳　（拎起电话）喂，总机吗？请要长途，北京……什么？噢……（放下话筒）

陈　赤　（故意地）怎么？挂不通吗？

芳　芳　不。总机说，要您旅长亲自挂。

　　　　［两人双目对视。

陈　赤　好吧。（欠身拿起电话）喂，我是旅长。挂长途。唔！（把电话递给芳芳）

芳　芳　（接过话筒）请要北京一号台，要炮兵王部长家。好，谢谢。（放下电话）我能在这儿等吗？

陈　赤　请坐。

芳　芳　谢谢。（坐下，拿指甲钳修指甲）

陈　赤　（向她投去琢磨的目光）你真的认识炮兵王部长？

芳　芳　怎么，怕啦？

陈　赤　笑话。

芳　芳　当然认识。

陈　赤　你父亲和王部长是老战友？

芳　芳　（冷笑）我不是那种扛着老子招牌，到处招摇撞骗的纨绔子弟。我父母都是工人，我是在部队体验生活时，和王部长认识的。他特别关心文艺工作。不像有的人，官不大不小，就摆开了臭架子。

陈　赤　（笑着）你在骂我？

芳　芳　谁像就骂谁。

陈　赤　（赔着笑）芳芳同志，您别发火嘛。

芳　芳　发火？刚刚谁在发火啦？

陈　赤　好，好。我检讨，我检讨。

芳　芳　（数落开了）你不想想。我们拍部电影多难哪！本子审查、外商谈判、找演员、拉赞助。这个领导点头，那个首长批示。求爷爷告奶奶，好不容易到了你这儿，没想到你……

陈　赤　（同情地）我理解，我理解。是难哪！办什么事都难哪。

芳　芳　（不理解）你有什么难的啊！

陈　赤　（摇头苦笑）嘿嘿，这你就不知道了。我见你不是外人，就向你透露点军事秘密。你不是也知道我们有个自动化指挥中心吗？

芳　芳　啊。

陈　赤　上面不让动，所以才让我们休整。关键在这儿！

芳　芳　是吗？

陈　赤　我是孙悟空被念了紧箍咒啦！

芳　芳　（真犯愁了）那怎么办呀？原来以为你们旅自动化，方便些。没想到这么复杂。早知道，联系别的部队……

陈　赤　你也别泄气。（指点）这样嘛，你如果能说通王部长，让他过问一下，事情就好办了。

芳　芳　（犹豫）这样好吗？

陈　赤　你和首长的关系，到底怎么样啊？

芳　芳　（没把握）我试试看吧……

　　　　［电话铃突然响起来。

芳　芳　（有点慌）你接吧。

陈　赤　怎么我接？

芳　芳　好好。（拿起电话）喂，对对……（急促地）你快把话写下来！我不知道怎么说。

陈　赤　哎。（飞快地用笔在纸上写着）喏，你这么说。

芳　芳　（一看，头皮炸了）哎呀，太复杂了！我说不清楚……

陈　赤　　　你就照着念!

芳　芳　　　(对电话)喂,是王部长吗?首长好!我是芳芳啊……对,我们已经到了炮旅,他们很热情。对。(看纸)现在就是碰到炮旅在休整的问题……什么休整啊?好像是什么指挥休整。噢,不不,是什么C3I的问题……(喜悦地)什么?您也知道C3I他们有!他们有啊!具体情况?(看纸,为难)哎呀,王部长,他纸上写了,可我说不清……

[陈赤在边上急得火烧火燎。

芳　芳　　　对,旅长在边上。一个大学生,硕士,人不错的……(突然把话筒伸给陈赤)快!快!王部长要跟你说话!

陈　赤　　　(接过话筒)喂,是的。我是旅长,我姓陈,叫陈赤。是学生官。首长好!我们建立了自动化指挥中心……全军第一代?首长夸奖了!电影厂……知道了。什么?您亲自来?参观?不,请首长视察!是!是!

芳　芳　　　(抢过电话)王部长,您来吗?(娇滴滴地)您一定来噢!谢谢首长,再见!(放下电话)怎么样?解决了!

陈　赤　　　(迅速地思考起来)嗯,不错!(冲向外面)参谋长!参谋长!

[姜参谋长和哈同走上。

姜参谋长　　旅长……

哈　同　　　(焦急地)怎么样?

芳　芳　　　(走出来,得意地)成了!

陈　赤　　　哎呀,老导演,刚才说话不注意,有冒犯之处,请多包涵!

哈　同　　　不用客气,不用客气……

陈　赤　　　既然上面领导都同意。这个任务,我们接了!

哈　同　　　那么陈旅长,你就是我们的军事总指挥了!

陈　赤　　　我一定严密组织,积极配合,打一个漂亮的胜仗。(话锋一转)哦,老导演,您能不能把剧本先给我看看?

哈　同　　　(赶紧掏出一本)在这里。请总指挥审阅。

陈　赤　　　(一笑)不敢。我们可以一块儿探讨。好,参谋长,你带客人去小招待所休息,晚上加菜!

姜参谋长　是。请走吧。

芳　芳　（朝陈赤摇了摇手）拜拜!

陈　赤　再见!

〔姜参谋长带哈同、芳芳下。陈赤返身进去，翻阅剧本。

〔片刻，姜参谋长走上。

姜参谋长　旅长，怎么回事?你也演起戏来了?

陈　赤　（拿着批文）这出戏的名字叫《将计就计》。你看，这个批件显然是在开踢皮球的玩笑，给电影厂的人做做样子的。军里根本不会让我们打炮!

姜参谋长　我看也是这样的。

陈　赤　但是刚才在电话里，首长那儿点头了。而且还说要亲自来看我们的C3I指挥!这对我们来说，是个很好的机会。真打假打，都是一个打。我们何不来个假戏真做，进行演习呢?

姜参谋长　（听罢表情顿时很复杂）旅长……没有通过上级，直接捅到首长那儿，好不好?

陈　赤　又不是我打的电话。

姜参谋长　（老成地）旅长，我理解你现在心情。我也同样如此。但这种事情急不得。中国几千年的旧传统，不都是在等一等中才慢慢变化的吗?我们也一样。毕竟我比你年长几岁，军装比你多穿了几套，请你相信我的忠告!

陈　赤　（看了他一会儿）你的忠告，我心领了。有什么责任，全由我担着。你马上通知召开军事会议。叫文印室把这个剧本复印二十份，让作训科结合剧本，拟定演习计划!

姜参谋长　（滞重地）是。（不太自然地）旅长，您能不能签上你的名字，和年月日?

陈　赤　可以。（签名）

姜参谋长　好。（走了几步，停住了转回身）旅长，请你原谅。我年纪不轻了，冲不动了。也许你是具备了现代军人的素质，你是对的。

陈　赤　去吧。

〔姜参谋长点点头，下。陈赤一动不动地望着。梁丫丫走上。

梁丫丫　（轻轻喊了声）陈赤!

陈　赤　（从恍惚中惊回）到！（回身）梁教员！

梁丫丫　（关切地）你……

陈　赤　（情绪异常热烈地）啊，你来坐你来坐。我这个人历来都是幸运的！哦，你不相信？你看我昨天还在山重水复疑无路，今天就柳暗花明又一村了！你真有眼福，真有眼福！过两天，你就可以看到我亲自指挥的C3I演习了……

梁丫丫　（沉重地）是的，我是可以看到你的自动化指挥演习了。可是陈赤，你真是那么高兴吗？

陈　赤　那还不高兴？为了这个演习，我费尽心血，愁白了这少年头！现在你看，全解决了，都顺利了……

梁丫丫　（喝道）你别高兴了！

陈　赤　梁教员？

梁丫丫　陈赤，说心里话，你是我最寄予希望的一个学员。在你身上，我是曾经描绘过浪漫、理想的色彩。现在，你又到了旅一级的岗位上，我以为，你的境况会好一些……但你的处境也这么艰难！

陈　赤　梁教员……

梁丫丫　（摇摇头）陈赤，你不要说了，我知道了……你今年靠个电影明星把自动化用上了。可是明年呢？明年还会来个电影明星吗？

陈　赤　（沉重地）是的，我是可悲的。并且，在这片古老的土地上，不仅仅是我一个人要遭受这样的嘲弄。还有更多的人，为祖国、为军队的现代化，这样苦苦奋斗着！（深情地）丫丫，你还记得吗？在军校的时候，你对我说过，你爸爸是一个抗大毕业的老军人，他一生都在梦想着指挥一支现代化的集团军！

梁丫丫　是的，我说过。爸爸的梦想没能实现，但你的梦想，是一定会实现的……

陈　赤　对！丫丫，你刚刚说到明年。（充满憧憬）明年，历史会前进，尽管再等，再慢，旧的总要淘汰，总要更新！这是自然规律，一定会实现！

梁丫丫　……但愿！（走近他，凝视着）可是陈赤，你要做好准备，准备付出代价，甚至生命……

陈　赤　（点点头）丫丫……

梁丫丫　（狠了狠劲，坚决地）陈赤，我，我已下了决心，我要向你告别了……

陈　赤　丫丫！难道你……

梁丫丫　（努力克制感情）陈赤，我不否认，我心里是爱过你的。可这种爱，我又一直说不清楚……本来，我想答应你了吧……可这一路来，却又使我醒悟过来，我的这种爱，不是单单要我来爱一个人。我自己，孤僻、固执、郁郁寡欢。我习惯了……我是你们的教员，我只是爱着你们。这次我见了何毅强、小相、小邱、刘宇，还有大水牛……更坚定了我的信念，你们是一个整体，你们都需要我，我也需要你们，我无法把我的感情分开，给一个人。（顿）说来不可信，可就是这样的。这样的女人，还值得你爱吗？

陈　赤　（眼睛湿润了，感伤地）我在事业上，可以算是个强者，战胜者。可在爱情上，我是个弱者，失败者……我没有幸福。

梁丫丫　不，陈赤，你千万别这么想。一个人，幼年时父母的慈爱、童年时好奇心的满足、少年时荣誉心的树立、青年时爱情的热恋、壮年时奋斗的激情、中年时成功的喜悦、老年时受到晚辈敬重的尊严；以及暮年，回顾全部人生毫无悔恨的安详……这一切，全是幸福。可我们在曲折的人生中，常常得到这一个，而失去那一个。你不要悲伤。何况，还会有很多很多值得你爱的姑娘，爱上你的。你在我心目中，永远是一个使我骄傲的将军！

〔陈赤早已是热泪盈眶，但他仍坚强地昂起头来。

〔他们双目久久凝望着，凝望着……

〔灯光渐暗。

〔天幕大开。东方微熹，群山叠峦的远方大地，视野开阔。

〔炮旅指挥所内，装着各种自动化仪表、显示器、模拟器。荧光屏在闪烁、蜂鸣着，数排神情专注的各职能指挥员，抬起手腕看表。一片紧张而又肃穆的气氛。

〔陈赤精神抖擞地站在电脑控制台前。

陈　赤　各部队注意：现在离 C3I 演习炮火准备还有一分二十秒。请最后检查一遍落实情况。蓝军指导——

〔何毅强画外音："到！我是蓝军指导何毅强，作业条件清楚，一切准备完毕！"

陈　赤　一号明白！红军指导——

[邱东明的画外音:"到!我是红军指导邱东明!部队已经做好冲击准备!"

陈　赤　一号明白!请接集团军演习考核指挥所!

[刘宇的画外音:"我是集团军演习考核官刘宇。"

陈　赤　刘宇,是你!没想到,我们这些老同学,都来到一块了!正像梁教员说的,像一把星星,撒在这绿色的世界里!请你报告首长,C3I微机已拟出炮兵群行动计划,速度比过去手工作业提高了五倍。请首长审示,批准我旅演习开始!

[刘宇画外音:"首长命令:演习开始!——陈赤,祝你成功!"

陈　赤　是!"南海"射击。"东江"M105,支撑点表尺285,+0-40。"苹果"输入诸元软件——

[参谋人员递次报时:"十二秒、十秒、八秒、六秒……"

[片刻的停顿。

[电子报时器"嘟"的响声划破凝固的空气。

陈　赤　(大声命令)放——

[大地被震动了。天空交织着的火红的梭线,闪闪发光。远天亮起火红的光晕,腾空而起,弥漫广宇……

[如潮的歌声渐起。

[天幕的红光缓缓暗淡下来,转换成深邃暗蓝、群星密布的夜空。

[梁丫丫提着旅行包,由梁团长陪着,走入光圈。背景是五光十色的航空港。滑上跑道的飞机正在尖啸着,向远方冲去……

梁丫丫　您别问了,就这样定了,不结婚就是不结婚啦。

梁团长　我做哥哥的总该知道为什么吧?

梁丫丫　(沉思地)为了未来……

梁团长　什么?

梁丫丫　哥哥,还记得我刚来的时候,问你的那句话吗?

梁团长　记得!

梁丫丫　我这次,感受最深的是:我们的军校毕业生,在军队的现代化建设中,努力奋斗着。付出着他们的知识、才华、和痛苦、鲜血……他们作为军队的未来是无愧的。军队的现代化、知识化是必然的大趋势!为了它我要献出我的一切……

[梁丫丫和梁刚长转身向背景深处走去。

[飞机终于向天空升去,发出巨大的轰鸣。

[灯渐暗。

[剧终。

(剧本版本:《剧本》1986年第12期,原广州军区政治部战士话剧团首演)

·话剧卷·

情结

编剧：许 雁

人物表

崔长河　　男，市委副书记、纪委书记
崔　灿　　301工程施工队队长，崔长河之子
崔　云　　雕塑家，崔长河之女
玉　妹　　女工，崔灿之妻
杜战威　　男，湖东开发区管委会副主任
杜　母　　杜战威的母亲
张秀梅　　女，四海贸易公司总经理
蔡泳潮　　男，四海贸易公司副总经理
舒　乐　　女，南方大学新闻系毕业生
小　王　　女，市纪委三处副处长
大力士　　男，301工程施工队员
小皮猴　　男，301工程施工队员
爱听收音机的老头儿
爱听收音机的老太太
少男少女数人
法警两名

地点　某开放城市
时间　20世纪80年代末期

序

［在舞台深处，高高的平台上，有一个男子怀抱吉他，弹拨着琴弦，悠悠地哼着歌。似有雾气缭绕、弥漫。歌声也似那如纱的薄雾，朦胧而迷离。

［天和地都显得寥廓无垠。

［几乎可以看到极远的地平线，一个人影，从那极远的地平线处缓缓地向我们走来，他的步履沉重而艰难。他的身影显得孤独而渺小。当他听到歌声时，猛然驻足，谛听良久——他就是本剧的主人公崔长河。

［歌声变得清晰起来，但仍然听不清唱词。

［在以下对话进行时，歌声一直轻轻地继续着……

崔长河 孩子，是你在唱吗？

［弹吉他的男子——崔灿，回答。

崔　灿 是我。父亲，喜欢么？

崔长河 我常常在梦里听到你的声音，却怎么也梦不到你。有时，我看见你向我走来了，离我很近，但仍然看不清你的脸，看不清……

崔　灿 一个人的躯体可以袒露无遗，一个人的灵魂却永远也无法看清，灵魂只存在于感觉之中。所以，躯体总要消失，灵魂却是不死的，永恒的……

崔长河 "灵魂是不死的，永恒的"……这话说得好极了。

崔　灿 怎么了？父亲，这话是您说的。

崔长河 我说的？

崔　灿 是您教训我的时候说的。

崔长河 我……记不清了。

崔　灿 因为您教训我的时候太多了。

崔长河 你在责备我。

崔　灿　不，我敬重您，佩服您。还有，父亲，我还非常怕您。真的，我总觉得，支撑着您几十年漫长生涯的不是血肉之躯，而是钢筋铁骨……

崔长河　我真想问问苍天，我是血肉之躯吗？我——是——血——肉——之——躯——吗？

　　　　[仿佛千山万壑都在回响着崔长河的喊声，那声响令人震颤。

崔　灿　父亲，您落泪了……我从小到大，从没看到您有过这样的时候……

崔长河　"灵魂只存在于感觉之中"……可是，孩子，我想看见你，让我看你一眼吧……

崔　灿　原谅我，父亲，我们离得太远，太远了……

崔长河　不，我觉得你就在身边，好像伸手就能触摸到你……

崔　灿　那是您的幻觉。父亲，我们真的离得很远，在两个不同的世界里……

崔长河　（喃喃地）哦，两个不同的世界里……（欲走）

崔　灿　父亲，您匆匆忙忙，又要赶着去哪儿？

崔长河　又一个案子在等着我去办。孩子，我得上路了……

崔　灿　我陪伴着您，父亲，我的灵魂，还有，我的歌声……

　　　　[崔长河猛然转身，背对着观众，向着远处的地平线走去，同样是那样的艰难、沉重。

　　　　[崔灿站了起来，现在，我们第一次听清了唱词。

崔　灿　（唱）

　　　　　　　　如果乌云锁住天空，

　　　　　　　　我愿意奉献一线光明；

　　　　　　　　如果冰雪覆盖大地，

　　　　　　　　我愿意奉献一缕春风；

　　　　　　　　如果生活只给你虚假，

　　　　　　　　我愿意奉献坦荡和真诚；

　　　　　　　　如果世界只给你孤独，

　　　　　　　　我愿意奉献友爱和深情。

　　　　　　　　哦，奉献，奉献不能索取，

哦，奉献，奉献只有牺牲。

如果前进需要火把，

我将奉献明亮的眼睛；

如果道路布满荆棘，

我将奉献燃烧的生命……

[崔长河一直向着地平线走去，走去……

[几个一身素裹的少女，从地平线向我们翩翩飘来，像圣洁的天使，召唤、陪伴着在人生旅途上艰难跋涉的崔长河——她们仿佛就是那一线光明，一缕春风。

[当舞台深处高平台上的崔灿唱完最后一句歌词时，他的全身沐浴在血红的光焰之中。那火焰，仿佛是他的躯体在燃烧，火光冲天。

[几个少女匍匐在地，向着那火炬般的身躯……

1

[林荫道上。

[远处有几个女孩子在练健美操，伴随着富于节奏的乐曲。

[崔灿蹬着自行车上，舒乐坐在自行车的后架上。

崔　灿　（停住车）下车，现在是 6 点 25 分，再过五分钟他准到。

舒　乐　真那么准时吗？

崔　灿　他的时间概念比表还准。不过，我再一次奉劝你，放弃采访他的想法，什么结果也不会有。我甚至可以预先告诉你，他会怎样回答你，连用的什么词，我都能准确无误地告诉你。

舒　乐　这么神？我不信，就算你是他的儿子，总不会连他怎么回答我，用什么词句你都知道。

崔　灿　不信？我告诉你吧。第一，当他知道你是一个记者时，他的第一句话是："对不起，我不想和记者打交道。"

舒　乐　女记者也不例外吗？

崔　灿　这个问题他不会用语言，而是用眼睛来回答。这时他会看你一眼，那眼神告诉你的是："是的，我尤其不和女记者打交道。"然后，当你向他提出各种问题后，他会说："你想了解什么情况，请到机关来，会有人接待你的。"……他来了，现在是6点29分，一分不差。我得走了，要是让他知道是我提供的"情报"，准得剋我三天三夜……（蹬上自行车急下）

　　　　[稍顷，崔长河跑步上。舒乐向他迎去。

舒　乐　（彬彬有礼地）请问，您是市纪委书记崔长河同志吧？

崔长河　（微微一愣）有什么事吗？

舒　乐　我是南方大学新闻系应届毕业生。

崔长河　记者？

舒　乐　嗯，只能算作见习记者吧。

崔长河　对不起，我不想跟记者打交道。

舒　乐　女记者也不例外吗？

崔长河　……

舒　乐　（忍不住乐了）是这样的，毕业之前，我们每人要交一篇毕业作品。我选的题目是："赞美你，阿特拉斯！"阿特拉斯，您知道吗？

崔长河　希腊神话中的擎天巨神，他可以把地球扛在肩膀上行走。

舒　乐　您真了不起。就这个问题，我已经问倒了十几个被采访的对象，您是第一个没有被问倒的。咱们言归正传，为了写好这篇报告文学，我准备采访各方面的人士。也就是说，我在寻找当代中国的阿特拉斯……

崔长河　您想了解什么情况，请到机关来，会有人接待你的。（径自跑步下）

舒　乐　果然，一字不差！（极其沮丧，气得把笔和笔记本都扔了）

　　　　[远处那几个练健美操的女孩子，正练到最剧烈之处。

　　　　[崔灿骑自行车上。

崔　灿　怎么样，记者同志？

舒　乐　什么会看我一眼，他压根就没正眼瞧我一下。你爸准是个同性恋者！

崔　灿　（一愣，继而大笑）什么？我爸是同性恋者？

舒　乐　（也忍不住跟着笑了起来）……

［崔灿笑着笑着，突然咳嗽起来，越咳越厉害。

舒　乐　（收住笑声）崔灿，你怎么了？（忙掏出纸巾递给他）

　　［崔灿用纸巾捂住嘴。

舒　乐　好点儿了吗？

　　［崔灿说不出话来，只是点了点头。

舒　乐　（接过崔灿手上的纸巾欲扔掉，突然发现了什么）啊，血丝……

崔　灿　别大惊小怪的，支气管发炎。不信，马上给你亮一嗓子。（随即唱了起来）

　　　　我思恋故乡的小河，

　　　　　还有河边吱吱歌唱的水磨……

　　［崔灿的歌声富于天然的乐感，那几个练健美操的姑娘都停下动作倾听着……

舒　乐　崔灿，你的嗓子真棒，你应该去当歌唱演员。

崔　灿　（神色变得黯然）歌舞团到工地调了几次，想让我参加去美国、加拿大的巡回演出……

舒　乐　太棒了。

崔　灿　去不成了，被人卡住了。

舒　乐　谁卡你？告他。

崔　灿　我父亲。

舒　乐　（意外）你父亲？……为什么？

崔　灿　因为他是市委副书记兼纪委书记，因为我是他的儿子。

舒　乐　（愤愤不平）这算什么理由！里根还是总统呢，他儿子照样跳芭蕾。你这个爸爸该"炒鱿鱼"。

崔　灿　（又一次被逗乐了）爸爸还能"炒鱿鱼"吗？

　　［玉妹急匆匆上。她一眼看到了舒乐，或许出于女子的本性，她蓦然停住了脚步，闪在一边。

　　［崔灿很开心地笑着。

舒　乐　别笑，别笑……

崔　灿　怎么了？

舒　乐　笑得太厉害，又该咳嗽，又该出血了。

崔　灿　（像兄长那样捏了捏她的鼻子）你是个好心肠的姑娘……我要赶班车了，什么时候还去工地？你不是要找什么拉斯吗？

舒　乐　擎天巨神阿特拉斯。

崔　灿　（调侃地）别到处瞎找了，写写我吧，我就是阿特拉斯……（又捏了捏舒乐的鼻子，骑自行车急下）

舒　乐　他说什么来着？他就是阿特拉斯！瞎吹牛。（摸着自己的鼻子，像在回味着什么，忍俊不禁悄悄乐了，吹着五音不全的口哨下）

　　　　［玉妹走上前来，疑惑地望着舒乐的背影。

　　　　［灯暗。

2

　　　　［舞台上一片漆黑，只能看见烟头一明一灭。沙发上坐着一对衣衫不整的男女。看不清他们的脸，只能听见他们的声音。

男　人　那笔钱给我准备好了吗？

女　人　不就是要 14 万吗？

男　人　听你这口气，像个银行行长。

女　人　我不是银行行长，可我手里掌握了几个行长。

男　人　顺着杆就往上爬……你还掌握了什么长？我倒想听听。

女　人　什么长都有，不过……这是机密，绝密！无可奉告。

男　人　嗬，瞧你抖的。钱放在哪儿啦？

女　人　卧室里。说好了，十五天后还本还息。

男　人　一星期就还。

女　人　又出什么纰漏了？悠着点劲儿，听说崔长河四处调查我，指不定哪天派个工作组进驻……

男　人　消息可靠吗？

女　人　新华社消息，你说可靠吗？我倒没有什么，本来就是名不见经传的小人物，

您老先生要是给抖搂出来，可就给我们伟大光荣正确的党抹黑喽！（怪声怪气地笑了起来）

男　人　（一把将女人拎起来）任何时候也不许提到我的名字，不许！听见吗？

女　人　（挣扎着）放开，放开我，真狠！快卡死我啦……

男　人　好了，把钱给我吧，我要走了。对了，护照很快就能拿到手了。

女　人　哼，很快这个词，我听得耳朵都长茧子了。

男　人　这回找了个硬关系，不出一个月保管让你远走高飞。不过，还得给那人意思一下。

女　人　又要意思一下！要多少啊？

男　人　再给个整数吧。

女　人　嗬，血盆大口，不怕噎着你？

男　人　谁也没强迫你，悉听尊便。

女　人　护照的事，您老到此为止吧！我已经托别人去办了。

男　人　谁？什么人？

女　人　有必要告诉你吗？人家可不像你，左一个意思右一个意思。我付出的代价就是偶尔让他摸摸手背……

男　人　（发怒）你他妈到底有多少个情夫？说！

女　人　吃醋了？（荡笑）就这会儿，你还有那么点人情味儿！情夫……哼，告诉你吧，男人对于我来说，只不过是各种各样的通行证和标签，需要的时候，随便抽他一个，那么，就没有我办不成的事、走不通的路！

男　人　你他妈的不是女人，是魔鬼！

女　人　才知道？（笑）不过，你是个例外，不是通行证，不是标签，是男人，我想要的男人……（走近男人，慢慢地把脸凑上去，勾着男人的脖子拉向自己）

　　　　〔他们的身体隐没在沙发里……

　　　　〔突然，传来一阵玻璃破碎的巨响。

　　　　〔沙发里的一对男女同时蓦地坐了起来。

女　人　有人……

　　　　〔男人急下。

[一阵急促的脚步声。

[男人匆匆复上。

男　人　小偷……是小偷……

女　人　偷了什么？

男　人　看不清，好像拎走了一只麻袋……

女　人　啊，麻袋！

男　人　怎么了？

女　人　里面装着给你准备的 14 万港币……

男　人　他娘的！（拿起电话就要拨）

女　人　干什么？

男　人　报警。（又要拨电话）

女　人　（按住电话）你是不是活得不耐烦了？笨蛋！

男　人　那 14 万……没有这笔钱，我明天就过不去……

女　人　不就是 14 万吗？（从沙发底下拿出一只密码小皮箱，打开皮箱，抓出几叠钱，又轻轻一弹，港币散开，哗哗地飘落下来）

[男人看傻了，呆了。

[女人有点歇斯底里地笑了起来。

[一束光照在女人的脸上，她是张秀梅。

3

[台口的灯亮。那里插着一个醒目的指路标："301 工地由此进。"

[爱听收音机的老头儿拿着小收音机正在找台，当调到"听众朋友们，又到古龙的长篇小说《绝代双骄》的播出时间了，请大家注意收听……"时，老头儿不再调台，把收音机的音量调大，装进上衣口袋，全神贯注地收听着。一阵音乐声后，浑厚的男中音绘声绘色地讲述着："今天我接着给大家播讲第二十四章，'死里求活'。……在月光下，慕容九已看清了这怪物的面目，那

不是小鱼儿是谁？深夜荒山，阴风阵阵，荒山中突然跳出这个披头散发、满身是蛇的怪物……"

[舒乐吹着五音不全的口哨上。

舒　乐　大爷，早上好！

[老头儿聚精会神地听着，根本没有理会舒乐。

舒　乐　（摇了摇头）没治，老古龙迷！（吹着五音不全的口哨下）

[汽车喇叭声，老头儿居然立即精神抖擞，站到路标下，变戏法似的举起了两把红绿旗，打着旗语，吹着哨子，俨然一副指挥员的模样。

[汽车声远去，老头儿又坐了下来，继续听他的收音机。

[崔灿等人上，他们浑身上下都是泥巴。

小皮猴　十几个桩位都漏沙漏水折腾了整整一晚上，妈妈的，累得我回家抱老婆的力气都没有了。

大力士　我有力气，把老婆借给我吧……

小皮猴　行啊，就怕你小子没起色，抱不动……

崔　灿　（制止）行啦，我看你们一点儿也不累。（就势躺了下去）

小皮猴　队长，漏沙漏水的问题这么严重，这活儿我们没法接。

大力士　一期工程是港商承包的，应该追究港方承包商的责任，他们拉的屎，凭什么让我们擦屁股！

小皮猴　这样的工程质量，我们的头儿居然验收合格。呸，卖国贼！

大力士　队长，听说港方要把所有的机械设备撤走，那价值几十万美元的设备一撤，人家可就跟你彻底"拜拜"了。什么索赔、追究责任都他妈扯淡了。

崔　灿　责任不分清，一根绳子也别想从工地上撤走。

小皮猴　我们小萝卜头儿有个屁用？人家的交易都是在碰杯中进行的。

大力士　队长，你想好什么招儿了吗？我们跟着你干……

[舒乐上。

舒　乐　崔灿，到工地找了你一大圈……（展开一张小广告画）"青春杯"卡拉 OK 大奖赛……

崔　灿　"青春杯"？免了罢，本人已不再青春了。

舒　乐　别倚老卖老了。我替你报了名，不去也得去……

　　　　〔汽车喇叭声。

小皮猴　班车来了，还有几个空座。大力士，你先冲！

　　　　〔大力士急跑下。

小皮猴　队长，快来……（下）

崔　灿　好吧！参加。

舒　乐　说定了？（伸出小指头要拉钩）

崔　灿　你呀！（只好与舒乐拉钩）

　　　　〔大力士的声音："队长，快，车子快开了……"

崔　灿　哎，来啦！

舒　乐　我给你伴奏，我是个极棒的吉他手……（与崔灿边说边下）

　　　　〔老头儿站在路标下，挥舞着红绿旗吹着哨子……

　　　　〔汽车声远去。

　　　　〔老头儿口袋里的收音机还在播放着古龙的小说。

　　　　〔灯暗。

4

　　　　〔崔长河办公室。

崔长河　（正在接电话）……美华电子集团的问题已经基本查实，总经理解斌同志没有任何违法乱纪行为。所谓的乱搞男女关系，纯属无中生有的造谣。所以，没有理由不让解斌同志去美国签订协议书。他是当然的法人代表……对，这是我们的结论……好吧，我们等着市委的批示。（放下电话）

　　　　〔小王上，拿着几封信。

小　王　又是一封揭发解斌的匿名信。

崔长河　有什么新的情况？

小　王　还是那些，看来是出自一个人的手笔。

崔长河　这是蓄意诽谤、陷害！应该把他查出来，该受法律制裁的是这种人。

小　王　今天又收到一封揭发湖东开发区杜战威建私房的信……老崔，这已经是第三封了，我们是不是……

崔长河　唔，这几封信写得含糊不清，究竟是杜战威自己建的房子，还是县里为了照顾他……据我所知，他在家乡只有一个老母亲……

小　王　正因为不清楚，我认为有必要派人去调查一下……

崔长河　这个事……暂时先放一放吧！

小　王　老崔，我对你有意见。

崔长河　说吧。

小　王　果断、尖锐，是您的秉性，也是您的办案作风。可是，我发现，每次一提到杜战威的问题，您就变得优柔寡断……

崔长河　（打断）好了，有些事不好解释，你们年轻人是很难理解的……

小　王　很好解释，也很好理解。因为杜战威是志愿军一级战斗英雄，还因为您和他是生死之交……

崔长河　（恼怒，严厉地）小王，说话要有根据！

　　　　［有人敲门，喊："长河在吗？"

崔长河　请进！

　　　　［进来的正是杜战威，他的左面颊上有一道十分明显的刀疤。

崔长河　（有点意外）老杜……小王，你们还不认识呢？湖东开发区管委会杜主任……三处副处长王敏同志。

杜战威　久闻大名。女包公，铁面无私，六亲不认。

小　王　你们谈吧！（有意提醒）老崔，那封信的事……

崔长河　你先去吧！

　　　　［小王下。

崔长河　（给杜战威倒了一杯水）你好像是第一次来这里吧？

杜战威　光顾你这儿的都是些什么脓包蛋，啊？咱这一身正气凛然的人民公仆，该进的是人民大会堂、中南海……（自说自话地笑了起来）最近又查什么案子？是不是又在制造爆炸新闻？

崔长河　我们根据事实查案办案，从未想过要制造什么爆炸新闻。

杜战威　老弟，你上任以来的轰动效应，在全国恐怕都数得着了。先是查办了一个副市长的案子，接着又拿一个谁也惹不起的公子开刀，将他送进了监狱。这可是两次八级大地震啊！这第三次大地震不知要轮到哪个倒霉蛋了……听说，四海贸易公司的张秀梅，问题挺严重的？

崔长河　（把话锋一转）大娘怎么样？你不是想把她接来住吗？

杜战威　老太太不来，说是快死的人了，还是在本乡本土守着吧。老人家一生劳累，什么福也没享过，至今还住着又破又旧的老屋子，我这个当儿子的真他妈的……（顿住，从包里拿出两瓶包装得十分精致的酒）哎，长河，你看，正宗长白山虎骨酒，专治腰伤腿疼。别忘了，咱们可都是残废军人啊……

崔长河　（接过酒瓶，赞赏地）好酒啊，老杜，这酒……

杜战威　（打断）怎么？还是老规矩，不拿群众一针一线？你啊，也就是在这个铁衙门里蹲着，挪个地方你就混不下去。是啊，你不拿人家一针一线，也不许人家拿你一针一线，那么你就寸步难行，什么事也办不成。这年头，知道老百姓说什么吗？"有钱能使官推磨……"

崔长河　（正色地）老杜，你怎么也人云亦云呀？

杜战威　唉，咱们俩，怎么也尿不到一壶里啊！

　　　　　［片刻深默。

杜战威　（有意岔开话题）长河，又到了打猎的好季节了，趁着我还没下台，咱们再去过一次枪瘾吧？等离了休，连他妈一辆车子都要不出来了。

崔长河　不过瘾还好，一听见那不伦不类的枪声，我就希望立即爆发一场战争！

杜战威　你这个好战分子！小心，别把老战友当作靶子来瞄准喽！（莫名其妙地笑了起来）

　　　　　［灯暗。

5

〔崔长河家。十分拥挤,但收拾得有条不紊,一套人造革旧沙发,是这个小厅最昂贵的家具了。

〔玉妹一手拎着菜,一手抱着大大小小的绒毛玩具上。她把玩具摆放在沙发上,欣赏了好一会儿。

玉　妹　(对着玩具)等着,我马上就来陪你们,啊……(亲昵地摸了摸两个大娃娃的头,下)

〔稍顷,玉妹系着围裙拿着塑料筐子上。她一边摘菜,一边不时地抬头看一眼玩具,尤其是那两个娃娃。看着看着,玉妹陷入沉思,良久,她抱着两个大娃娃轻轻地抽泣起来。

〔崔灿扛着煤气罐上。

崔　灿　玉妹……

玉　妹　(急忙站起来接应)怎么不喊我一声……

〔两人抬着煤气罐下。

〔稍顷,崔灿擦着毛巾上,玉妹随上。

崔　灿　嗬,买了这么多,可以开玩具店了。

玉　妹　今天厂里发了季度奖,我拿了一等……喜欢吗?

崔　灿　(显然没有多大兴趣)嗯,挺好。你喜欢,赶明儿我给你买,比这还好看……

玉　妹　别买,够了……

崔　灿　玉妹,有饭吃吗?

玉　妹　我这就做……(麻利地收拾东西)你……又要出去?

崔　灿　唔,有点儿事。简单点,下点面条就行了。

玉　妹　哎!(想说什么,又忍住了,拿着青菜急下)

〔崔长河上。

崔　灿　爸。

崔长河　你是不是打着我的旗号,去医院要什么治喉咙的进口药啦?

[玉妹急上。

玉　妹　爹，是我。

崔长河　你？

玉　妹　是的。这些天，阿灿总说他的喉咙不舒服，常常沙哑。我要他去医院看看，他总说没时间……我就拿了您的病历，到医院去给他要了点药。

崔长河　（严厉地）以后不许这样做！（把几盒药放在桌上，又从公文包里拿出一叠书）玉妹，给你买了几本书。

玉　妹　哎。（拿着药和书下）

崔长河　又要出去？

崔　灿　有点儿事。

崔长河　有人告诉我，你常常光顾歌舞厅，唱一些乌七八糟的歌……

崔　灿　我不想做任何解释，您应该了解我会做些什么，不会做些什么。

崔长河　我也以为我是了解的。现在的事实是，你让我很失望，很不满意！

崔　灿　我知道，我从来就没有让您满意过。（一阵咳嗽）

崔长河　还有，转告歌舞团的那些人，不要三天两头往纪委跑，什么出国演出，我不会同意的。

崔　灿　我知道，您永远也不会同意的。您把我们家所有的人，包括死去的妈妈，全都纳入您的轨道，您的规范中去。您不喜欢的，我们也不能喜欢；您喜欢的，我们也必须喜欢。从小到大，我几乎没有个人的意志、个人的选择，因为，您不允许。所以，我的一切，都融进了您的意志，甚至，包括我的事业，我的婚姻……即使这样，我也不能让您满意，因为，我毕竟有我的一点点爱好，我的一点点追求……爸爸，您苛刻得连这一点点都不允许！（急下）

[稍顷，崔云背着画夹，拎着旅行袋上。

崔　云　（故意压着嗓子）崔长河同志在家吗？

崔长河　小云……

崔　云　爸爸，没想到吧？

[玉妹闻声走出。

崔　云　玉妹……

玉　　妹　　云姐，你回来得太好了……

崔　　云　　爸爸，又跟小弟闹别扭了吧？我在楼梯口碰到他，一脸的不高兴，您的脸上也是乌云密布。唉，你们之间的战争什么时候才能结束呢？

玉　　妹　　（有意岔开话题）云姐，怎么不先打个电话呢？

崔　　云　　打电话干吗？反正也不会有人派车去接我，对不？……玉妹，有什么吃的吗？火车上的饭，像猪食，我忍了一路。

玉　　妹　　哎，正在做，马上就好。

崔长河　　玉妹，开几个罐头……

玉　　妹　　哎。（下）

崔长河　　来开会的？

崔　　云　　不，我是来筹办一个雕塑作品展的。爸，我准备选送的作品中，有一件是为您而作的。这个雕塑的形象，在我的脑海中，已经酝酿很久了……（不知为什么，声调突然低沉了下来）爸，您老多了，去年我回来时，您只有几缕白头发，现在这两鬓几乎都花白了……

崔长河　　嫌爸爸老了？

崔　　云　　爸，我常后悔，五年前不该离开您，调到广州去。我应该留在您的身边，照顾您……

崔长河　　好啦，我女儿什么时候学得多愁善感了？

崔　　云　　从我自己当了母亲，我才开始懂得，什么叫可怜天下父母心。

崔长河　　我这个父亲很不称职。刚才，崔灿还在控诉我专制独裁，说我的意志主宰了这个家庭，包括你们死去的母亲……在他的心目中，我哪里是什么父亲，简直就是一个不通人性的暴君。

崔　　云　　我理解小弟，他在事业上不顺利，婚姻又不十分满意。爸，他和玉妹并不和谐……

崔长河　　玉妹这样的姑娘上哪儿去找？勤劳、朴实、真诚，配他绰绰有余。

崔　　云　　那是您的标准，您的尺寸。小弟作为一个独立的男性。他有自己的审美标准和追求。是啊，我们全家下放农村时，玉妹一家人把我们当作亲人看待，这种感情是珍贵的。可是爸爸，我至今认为，以牺牲小弟的爱情作为一种报答，并不合适。小弟服从了您,可他很痛苦。

崔长河 我这个父亲从来就没有让你们满意过……

崔 云 不谈这些了,爸,我又学了几套按摩的手法,让我尽尽孝心吧。来嘛,爸……

(给父亲按摩)

崔长河 我这一生最大的憾事,恐怕就是至死也不知道怎么当好一个父亲。有些事,我总以为,你们能够理解,现在看来,事与愿违啊。

崔 云 爸爸,几十年来,您一直生活在忧国忧民的重负之中,您还让我们一家人也一起陪着您。您对我和小弟的要求,已不只是严格,而是近乎苛刻;我们家的日子,也不只是清贫,已近乎寒酸。我们家至今还住在这样一套又小又破的房子里。我学的是雕塑,需要一间工作室,哪怕只有几平方米的小房间。可是,直到我出嫁的前一天,我都只能在自己的卧室里,堆上泥巴、画盒、画架、颜料……谁会相信,堂堂市纪委书记的家里,至今最昂贵的家用电器就是一台十八时彩电。爸,如果不是出于对您的秉性和人格的深刻了解,连我这个女儿都要怀疑,这一切都是您装出来,做给别人看的。其实,您是真心诚意这样做的。

崔长河 你以为,我不想住进宽敞一点的新房子吗?你以为,我就不想把你们也送到国外去留学深造、扬名四海吗?你以为我不希望生活得轻松愉快舒适吗?夜深人静的时候,这些念头也无数次在我的脑子里翻腾过,可是,我不能够!

崔 云 是啊,您总以为80年代末期这场像瘟疫一样悄悄蔓延的信任危机,会因为您这样超负荷地奉献而重新燃起希望之火。可是,爸爸,您想过没有?在庞大的社会集团中,您只是小小的一分子,您实在太渺小太渺小了。当人们在金钱和权力的面前,都变得不顾廉耻的疯狂和贪婪时,您所有的努力都是徒劳的。一棵古老的树,如果爬满了蛀虫,即使您用自己的血去浇灌,也无法让它抽出一片新叶……

崔长河 (几乎吼了起来)小云,你太偏激了!我承认,我的作为,对于历史和社会的嬗变,都不会留下任何痕迹。悠悠千古,有多少人留下了痕迹呢?我只是在做我所应该做的事,实践我在党旗下的誓言。

崔 云 哈哈,党旗下的誓言……崇高而又神圣的时刻。可是,有多少人真正记得呢？人们现在信奉的只有两条，有钱就有一切，有权就有一切……

崔长河　小云，我真为你担心哪，你这样下去要犯错误的……

崔　云　（做了个暂停的手势）不说了，决不再说了。进家门的那一刻，我还在告诫自己，不跟您争吵，不辩论，不惹您生气……结果还是忍不住，我们这个家……（声音变得哽咽，说不下去了）

　　　　〔父女俩谁也不再说话，仿佛都在克制着内心的不平静。一种压抑感向人们袭来……

　　　　〔电话铃却十分清脆地响起来了。

崔长河　（接电话）是我，崔长河……嗯，那就用不着等到明天了吧！

　　　　〔崔长河放下电话，转身时，崔云已经把公文包和外衣递到他的手上了。

崔长河　（声音有些颤动）……小云，能在家……多住两天吗？

　　　　〔崔云默默地点了点头。

　　　　〔崔长河仿佛还欲说什么又克制住了，急下。

　　　　〔玉妹拿着一折叠方桌上。

玉　妹　云姐，吃饭吧！爹呢？

崔　云　到机关去了。

玉　妹　爹总是这样……（抹着桌子）

崔　云　玉妹，总一个人在家，寂寞吗？

玉　妹　（淡淡地）习惯了。

崔　云　你们应该要个孩子。为什么不要个孩子呢？

玉　妹　（使劲地抹着桌子）……

崔　云　玉妹……

　　　　〔玉妹突然转身向里屋跑下……

崔　云　玉妹……（拿起那个绒毛大娃娃，沉思着）

　　　　〔突然传来一阵刺耳的火车汽笛长鸣声……

6

　　[301工地的一角。灯火通明，临时休息的地方堆放着各种杂物。
　　[远处有人大声喊着："快，17号桩也开始漏沙漏水……"紧接着喊叫声此起彼伏："27号，30号""78号也漏水啦！""队长，队长……队长昏倒了，大力士，快把队长背出去，快……"
　　[大力士背着崔灿上，后面紧跟着小皮猴。他们浑身上下湿漉漉的。

小皮猴　队长……队长……这个姓钱的港商，奸商！我操他祖宗十八代！

大力士　操人家干吗？在工程验收合同上签字的是我们的头儿，操我们自己吧！

小皮猴　队长……好点儿了吗？刚才你吐了好几口血……要辆救护车，送你去医院吧？

崔　灿　（声音变得嘶哑）大力士，我的包里有一份材料。

大力士　（从包里取出一份厚厚的材料，念）《关于301工程严重事故的调查报告》……队长，怪不得这些日子你白天黑夜地连轴转……就是在搞这份材料吧……

崔　灿　根据调查，姓钱的港商无论是技术和资金，根本就无法承担这个工程。他们负责的一期工程，必须重新返工……把这份材料给大伙儿传看，同意的签名。

小皮猴　好，告他们！奶奶的，我们的头儿大概从屁眼到嘴都被姓钱那家伙塞满了港币、金条，所以，话也说不出来、屁也放不出来。我先签名。（在材料上签名）

大力士　算我一个……（签名）
　　[早已上来的舒乐大声喊了起来。

舒　乐　也算我一个。（签名）

崔　灿　舒乐？黑灯瞎火的你跑来干什么？

舒　乐　你忘了，咱们约好今天晚上练歌的。我给你们家打电话，说你出去了。我一想，你准是上工地了。我就蹬着自行车来了……

崔　灿　用你们的术语，叫作跟踪采访，对吗？

舒　乐　崔灿，这份材料，我要整理出来，拿到报纸上去发表……

崔　灿　太岁头上动土，你不怕？

舒　乐　你们都不怕，我怕什么？

小皮猴　够哥儿们！

舒　乐　崔灿，你的声音怎么哑成这个样子？大奖赛马上就要开始了……

崔　灿　（做了个弹拨吉他的手势）带了吗？

〔舒乐从自行车后架上拿来了吉他。

崔　灿　开始练吧！

舒　乐　现在？

崔　灿　现在。

〔舒乐拨动琴弦，大力士、小皮猴坐在一旁欣赏。

崔　灿　（唱，声音有点嘶哑，但仍然是动听的）

　　　　如果乌云锁住天空，

　　　　我愿意奉献一线光明；

　　　　如果冰雪……

〔几个人一起唱了起来。

〔灯渐暗。

7

〔四海贸易公司总经理室。豪华奢侈的摆设中显出一种俗气。隐约能听见锣鼓声、鞭炮声、流行音乐声。

〔张秀梅身着高级时装，珠光宝气，浓妆艳抹，正在拨电话。

张秀梅　……市府办公厅吗？请问徐主任在吗？……徐主任吗？我是四海公司秀梅啊……给您发的请柬收到了吗？请您参加我们公司两周年庆典活动啊，就是今天。少了您这个主角，我们这台戏可就没法唱了……徐主任，（压低了嗓子）您要的港币，给您换到了，您今天要是来就顺便带走吧……您不是马上就要赴港考察吗？咳，咱们之间还说什么价不价的……那今天的庆典活动，您到底是来还是不来啊？

〔蔡泳潮拎着一个礼品袋上，欲说话，被张秀梅制止住。

张秀梅	哎……好嘞，徐主任，我可等着您呐！哎，好，一会儿见。（放下电话，舒了一口气）总算把徐庆东给搬来了。
蔡泳潮	过目一下吧。
张秀梅	（心不在焉地随便翻了翻）给那几个头儿的袋里再放上一个红包。
蔡泳潮	什么数？
张秀梅	（做了个"八"的手势，晃三下）把他们喂饱。别装错了，来得差不多了吧？
蔡泳潮	那些个美食家，能不来吗？
张秀梅	你快去张罗张罗，我还得打几个电话。那些科长、处长大人们，无论如何要把他们弄来，县官不如现管……（开始拨电话）
蔡泳潮	嗯，对了，刚才有人给你送来一封信。（把信交给张秀梅，一直在察言观色）
张秀梅	（拆开信看，脸色顿时变得很难看）谁？是谁送来的？
蔡泳潮	（幸灾乐祸地）怎么了？是收到恐吓信还是收到了情书？
张秀梅	你去把这个人给我找来。
蔡泳潮	上哪儿找？早没影儿了。
张秀梅	（发作）我让你去找，马上去！……不不，等一会儿……算了，也没什么大不了的事，别人想跟我们公司做一笔兔毛生意……今天这忙乎劲儿，别理这茬儿了。
蔡泳潮	（阴阳怪气地）哦，做一笔兔毛生意……是这样的吗？（趁张秀梅不备，夺走了那封信）
张秀梅	（扑了过去）给我，把信给我。
蔡泳潮	奇文共欣赏嘛。（按住张秀梅，念）"尊贵的张总经理，你家失窃14万港币，为什么不报案？"……这是怎么回事啊？背着我蔡某人，独吞了14万……张总经理，这未免太不仁不义了吧？你不报案，我可要代劳向公安局举报……
张秀梅	威胁我？（大笑）蔡公子，想欣赏一段录像吗？（打开抽屉，亮出一盒录像带，又立即锁了起来）某月某日，东亚大酒店，一蔡氏男子宿娼的全部过程……蔡公子，你大概比我要清楚，国家干部嫖娼，要受什么样的法律制裁。如果此人犯有倒卖批文、投机倒把之类的前科，恐怕还要重判。蔡公子，还想替

我代劳报案吗?

蔡泳潮　讹诈!那是个空白带,里面什么也没有。

张秀梅　你可以这样认为。不过,我可以坦率地告诉你,为了买下这盒带子的版权,我花了这个数。(做了个手势)别自作多情,我不惜血本不是因为爱你,是为了保住四海公司的牌子,要不然,你蔡泳潮这会儿恐怕早就剃了光头在号子里蹲着了!

蔡泳潮　我他妈怎么撞到你这个阴险毒辣的女人门下来了。

张秀梅　骂得好,我张秀梅毒辣阴险,是为了对付比我更毒辣更阴险的家伙。有时,我是很仁慈很宽厚的。两年前,你刚从监狱晃出来,连你那个当部长的老子都不许你踏进家门的时候,是谁收留了你?好了,不说这些了,我可不是那种施恩图报的小人。咱们还是同舟共济为好。否则,只有一个下场,鱼死,网破!好啦,蔡公子,打起精神来,今天是我们公司喜庆的日子,你这位副总经理还要主持庆典活动。去吧,刮刮胡子,梳梳头。

蔡泳潮　哼!(欲下)

张秀梅　站住。那封私人信件,是不是该还给我呀?

蔡泳潮　好一封私人信件!你什么时候给我那盒私人录像带?咱们交换。(急下)

张秀梅　(气急败坏地)蔡泳潮,你……

〔电话铃响,张秀梅只好退回来接电话。

张秀梅　喂,哪里……是我……哦,您是……

〔耳机里传出一个苍老的声音:"崔长河带着工作组,马上就要进驻你们公司……"

张秀梅　什么时候?喂……喂……

〔对方已经放下电话,耳机传出忙音。

〔张秀梅呆愣了一会儿,打开酒柜倒了半杯酒一饮而尽。随即,她快节奏地动作了起来,紧张而慌乱地收拾东西。顷刻间,堂皇富丽的总经理室狼藉一地。

〔张秀梅拎着包正准备离开时,崔长河、小王正好来到了门口。

〔双方对峙着,谁也没有说话,在崔长河凌厉的目光注视下,张秀梅惶恐不安,手里的包脱落在地上……

［鞭炮声、锣鼓声大作。

［蔡泳潮的声音："庆典活动马上开始，各位嘉宾，请马上入座……"

8

［景同前场。

［夜已经很深了。清冷的月光下，依稀可见桌子、酒柜等物都贴上了白色的封条，豪华奢侈的总经理室，此时此刻显得凄清、萧条。

［崔长河独自一人来回踱着步子。不知为什么，他没有开灯。

［电话铃响，打断了崔长河的思路。

崔长河（接电话）哪里？我是崔长河……

［耳机传出那个观众已经熟悉的苍老的声音："小崔啊，我是唐纪生……"

崔长河 您好，有什么事吗？

［苍老的声音含混不清："小崔啊，四海公司的张秀梅，我很了解啊，是个女强人嘛，没什么经验出点错是免不了的，我们要看一个同志的主流嘛……啊……教育从严，处理从宽……小崔啊，治病救人嘛，啊，这是我们党的一贯政策……"

［那个声音还在絮絮叨叨地说着，但崔长河的思绪已经飘得很远了，耳机的声音变得更加含糊不清，终于，耳机传出了忙音……

［崔长河放下电话，心声："又是一个为张秀梅辩解说情的电话……咄咄怪事。一个贸易公司的总经理停职检查，几天之内竟然有十几个领导干部或他们的夫人出面查询，甚至，质问干预！这个女人，依靠金钱和色相结成了一张盘根错节的关系网。多少人禁不住诱惑，终于堕落在这张畸形的网里！肌体的腐败，是最可怕的腐败，将导致最终的灭亡，一种丑陋不堪的灭亡。张秀梅之流正不择手段疯狂而迅速地腐蚀着我们党和民族的肌体……"崔长河忧心忡忡，疲惫地坐了下来。

［突然，一阵轻微的脚步声，继而是开锁、转动门把的声音。

［崔长河警觉地坐了起来，闪进室内。

［一个人影闯进来，直奔桌子，他拉开抽屉翻了一遍，终于找到东西取出藏到衬衣里，他锁上抽屉，贴上封条，准备溜走。

［屋里的灯突然亮了。人影暴露在灯光下。

蔡泳潮　（惊呆了）啊，谁？

［崔长河犀利的目光正逼视着他。

崔长河　拿的什么？

蔡泳潮　……

崔长河　我问你拿的是什么？

蔡泳潮　放我走，放我走吧，求求你……

［崔长河走近蔡泳潮，一把撕开他的衬衣，一盒录像带立即掉落下来。

蔡泳潮　你为什么总是把两只眼睛睁得大大的？你为什么就不能像别人那样睁一只闭一只眼？这个世界还有多少人像你这样辛苦地活着认真地干着？我真不明白，你为什么？你究竟为的是什么？放我一马吧！看在你和我爸爸的情义上，崔叔叔……

崔长河　（忍不住吼了起来）不要叫我叔叔！……情义，是啊，情义！你知道这个词意味着什么？你知道它的分量有多重吗？

［停顿了许久。

崔长河　你父亲是在朝鲜战场上得到你母亲平安生下你的消息。当时，正是一场恶战之后，我们都还没有从死亡的恐惧中挣脱出来。是的，是恐惧，整整一个师的兵力打得只剩下一百多人。尸横遍野，有战友，也有敌人，没有散尽的硝烟中有一股浓烈的血腥味儿……当通讯员举着后方医院拍来的电报高喊着："师长，生了，生了，是个儿子……"你父亲愣了，问："什么儿子，谁的？"通讯员嚷道："你的，你的儿子……"你父亲突然醒悟了，一把夺过电报看了看，然后，他推开所有的人，独自跑到阵地的制高点，大声地喊着："儿子，我有儿子了……"这时，阵地上所有的幸存者，全都冲上了制高点，在滚滚的浓烟中，向着祖国的方向嘶喊着："祖国万岁！儿子万岁！"正是在那嘶喊中，我第一次明白了，作为一个军人的全部涵义！后来你父亲负了重伤，连那支他最心爱的手枪都滴着血。我们都以为他活不成了。当他终于从昏迷中醒来时，说的第一句话是："我又从阎王爷那儿回来了，我得看儿子一眼……"

蔡泳潮　（感情受到了极大的冲击，不停地抽着烟）我第一次知道这些，父亲从来没有提起过……我……

崔长河　如果你的血管里还流着一点点你父亲的血，就赶快从烂泥潭里爬出来，做一个人，而不是畜生！

　　　　［小王急匆匆上。

小　王　老崔，有情况向你汇报。

崔长河　（对蔡泳潮）你先出去。

　　　　［蔡泳潮下。

小　王　张秀梅的司机说，今天下午，张秀梅没有回家，让司机直奔湖东开发区……

崔长河　找谁？

小　王　司机也不清楚。但是，据他观察，回来的路上，张秀梅在车上哭了。

崔长河　把蔡泳潮叫进来。

小　王　好！（下）

　　　　［稍顷，小王、蔡泳潮同上。

崔长河　张秀梅今天去湖北东开发区，是去找谁？

蔡泳潮　（不假思索）杜战威。

崔长河　（一愣）哪个杜战威？

蔡泳潮　开发区不就一个杜战威吗？管委会主任杜战威。我说了你们也不会相信，他是张秀梅的情夫，还不只是情夫。

崔长河　（威严地）你撒谎！

蔡泳潮　我说了嘛，你们不会相信的……

小　王　老崔……

崔长河　（意识到什么）小王，准备记录。（对蔡泳潮）把你所知道的，全都说出来，从这盒录像带说起……

蔡泳潮　录像带的事，我会交代，我先从一只麻袋说起……（低垂下头）

[灯渐暗。

9

[纪委办公室。
[崔长河跟张秀梅的谈话已经进行很久了,双方都表现出某种程度的不耐烦和疲惫。

崔长河　……就这些吗?

张秀梅　还要我再重复一遍吗?我的错误是很严重的,盲目进口一批货,造成大量的库存积压,资金积压,这是公司亏损的重要原因,我必须负领导责任。其次,铺张浪费,讲究排场,多请了几次客,多送了一些礼,多买了几辆小车,尽管,这些都是为了搞活门路,搞好关系,迫于无奈所为,我仍然负有领导责任。最后一条,也是我最严重的错误,去年我在香港考察期间,我接受了港商三千元港币,尽管后来,我以平价还给他人民币,但,这件事是有损国格的,我作为一个共产党员……

崔长河　(不耐烦地打断)好了!四海公司亏损的数额不是几万几十万,而是几千万。单就这个问题而言,你,作为公司的总经理,有过一丝一毫真正的内疚忏悔之意吗?说得好轻松啊,多请了几次客多买了几辆车!你们的一席酒宴就花掉人民币一万七千多元,你一个人就有三辆超豪华高级小卧车,占有四套高级住房,面积高达六百多平方米,仅装修、购买家具一项,就花掉国家几十万。这样的穷奢极侈,国法不容,天理不容。

张秀梅　不不,这不是事实……证据,证据在哪里?

崔长河　(突然发问)张秀梅,4月12号晚上,你在北郊的住所,严重失窃,为什么不报案?

张秀梅　(浑身不由得一震)什……什么?失窃……我不懂……你在说些什么……
[崔长河按了按桌上的电钮。
[蔡泳潮和小王同上。小王的手里拎着一只麻袋。

崔长河　这只麻袋是你的吧?

张秀梅　(恍然大悟，对着蔡泳潮)那天晚上原来是你……(破口大骂)……小偷，白眼狼！喂不熟的狗！

蔡泳潮　贱货！臭婊子！

崔长河　(拍案而起，对蔡泳潮)你下去！

　　　　[蔡泳潮与小王下。

张秀梅　(整了整头发)好吧，崔书记，你说吧，是要我从下往上说呢，还是要我从上往下说？要我交代到哪一级？是市里还是省里还是再往上？

崔长河　你的犯罪活动涉及到哪里就交代到哪里！

张秀梅　我揭发到哪一级，你就能处理到哪一级吗？就凭你，崔长河？

崔长河　(威严地)不是我，是法律！

张秀梅　法律？(狂笑)法律值几个钱？公子王孙犯法，你们抓了多少，判了多少？皇亲国戚犯法，你们抓了多少，判了多少？达官贵人犯法，你们抓了多少，判了多少？拿我这个平民百姓的女儿开刀试法，算什么能耐，崔书记，我还要告诉你，托改革开放的福，现如今，我这个平民百姓的女儿，高兴时也可以直拨一个长途，跟某个部长随便聊聊天了！为我张秀梅两肋插刀的也不是等闲之辈，他们不会看着我落难，坐视不管的。崔书记，说句你不爱听的话，法律，是权力的儿子、孙子。

崔长河　(被激怒了)在我这里，法律就是一切。

张秀梅　我将拭目以待。对不起，我很累了，是不是先让我回家。

　　　　[两名检察院的法警上。

张秀梅　(完全没有料到，呆愣了)……

崔长河　从今天起，你的案子交给检察院审理，你被拘留审查了。

　　　　[法警出示拘留证。

张秀梅　崔长河，你要后悔的，会有人找你算账的！

法　警　走吧……

　　　　[两名法警带张秀梅下。

　　　　[小王拿着一叠文件材料上。

小　　王　老崔……

崔长河　（一直望着窗外）每处理完一个案子，我总像害了一场大病。我总希望不要再有什么案子，撤销纪律检查委员会，让我去干点轻松愉快的工作……我真想抱抱孙子……（似乎长长地嘘了一口气，才转过身来）说吧，什么事？

小　　王　刚收到吴阳县纪委寄来的材料，根据他们的初步调查，杜战威的问题很严重。县里有几个头儿也在那一带建了几幢私房，群众把那条街叫王府街、高级动物园，影响很坏，民愤极大。老崔，应该立即派人去进一步核实取证，尽快立案处理。

［电话铃响。

小　　王　（接电话）市纪委。请问哪位？……哦，请稍等。老崔，市委贺书记找你……

崔长河　（接电话）我是崔长河，你好。……美华电子集团解斌的问题要推倒重来……为什么？……如果时间允许，再查上三年五载我也没意见。现在的问题是，解斌同志必须如约去美国签订协议书……贺书记，美华电子集团每年上交给国家的利润是上亿元啊！……好吧……我当面向你详细汇报。再见！（放下电话）

小　　王　怎么回事？

崔长河　（苦笑）有人写信告我们，告市委，说包庇解斌。省里准备派人重新调查……我们也成被告了！

［电话铃响。

小　　王　（接电话）市纪委……哦，你好。嗯，这个事……请你稍等……老崔，解斌的电话，他问市委的批示下来了没有，他究竟能不能去美国。外商已经催促多次了……

崔长河　（接过电话）解斌同志吗？我是崔长河。做好去美国的一切准备。无论发生什么情况，市委、市纪委和我本人，都将对你负责到底。（放下电话）准备一下，我们一起去找贺书记。

小　　王　好。（下）

［崔长河整理各种材料。

［崔云上，背着一只塑料水壶和画夹。

崔　云　（悄悄走到崔长河身后）爸爸！

崔长河　小云！

崔　云　我总像一阵风，来也匆匆，去也匆匆。欢迎吗？爸爸？

崔长河　（略有不悦之色）怎么不回家，到机关来干什么？

崔　云　爸，瞧你的脸色，好难看。我只有两个小时的转车时间，是从机场直接来的。爸，你猜我从哪儿来？

崔长河　北京？广州？上海？

崔　云　（拿出塑料水壶）请喝一口吧！

崔长河　（喝了一口）泉水……（又喝了一口）是我们老家思泉的泉水……

崔　云　思泉，又叫恋泉、情泉……

崔长河　小云，你回老家去了？

崔　云　为了完成那件雕塑，我去寻找您童年的踪迹。用一句时髦的词叫作寻根，寻找艺术的灵感。爸，我在老家那一带的大山里转了二十多天，画了一百多幅速写。（从画夹里拿出一叠画）您看，低矮的土房，泥泞的村道，重重叠叠的山村，斑驳苍劲的古松，袅袅的炊烟……丝毫没有被现代社会冲击的痕迹，那是一片没有被污染的土地。在纯朴淳厚的乡亲们面前，一闪念的贪欲和伪善，都让我在内心深处无数次地自责、忏悔！那天，当我即将告别大山，就要回到现代社会的瞬间，我突然感悟到，您身上所有的一切源于何处！爸爸，历史的等级，已经把您和乡亲们隔离在两个完全不同的世界里，当年赤着双脚给地主放牛的崔家少年，已经走出大山很久很久，很远很远了。可是，那莽莽大山、悠悠清泉，依然是您生命和精神的集结地。爸爸，我第一次那样深刻地懂得了您，理解了您。于是我跳下了长途汽车，一直跑到了思泉泉边，装了这满满一壶水。我深信，这水对您依然是珍贵的。

崔长河　（少有地动了感情）岂止是水呢？家乡的一草一木一砖一瓦都让我牵肠挂肚啊！小云，正像你所说的，我已经有了很大的变化。谁不在变呢？金钱、权力、地位、名誉……这些东西可以摧毁人类的遗传基因，重新塑造一个人的精神和品格。变化是绝对的。我只希望自己的根不要变，永远扎在生我养我的那片土地之中，人民群众之中……

崔　云　爸爸，那个雕塑的题目我已经想好了，叫作《纤夫》……

崔长河　纤夫……

10

　　〔歌舞厅内。霓虹灯闪烁着"卡拉OK"的字样。

　　〔镭射灯光旋转着。正在狂舞的少男少女们，仿佛被切割、肢解成无数千奇百怪闪电般的碎片。

　　〔富于节奏感的乐曲把人引入奇幻、奥妙、亢奋的境界。生命在这里被强化了，充满了活力……

　　〔曲终时，少男少女们欢呼着散开，退回自己的座位上。镭射灯火也骤然熄灭。只剩下桌子上的烛光闪忽着，幽幽然然。

　　〔一束柔和的光照射着怀抱电吉他的舒乐。

舒　乐　"青春杯"卡拉OK总决赛的最后一名选手是——

　　〔四周欢呼："崔灿——崔灿！"

舒　乐　对！就是朋友们最喜爱的业余歌手崔灿。崔灿唱完，就要选出大奖赛的最佳歌手。朋友们手里都有一张选票，我希望大家投我们一票，投崔灿一票。现在请崔灿为大家演唱他自己创作的参赛歌曲《奉献》……

　　〔话音未落，又响起四周的欢呼声："奉献——奉——献——"

　　〔有节奏的喊声和掌声："崔灿，奉献……崔灿，奉献……"

　　〔玉妹上。她悄悄立在一旁。侍者立即给她端来了一杯饮料。

　　〔欢呼声中，崔灿跃上舞台，舒乐弹拨着琴弦。

　　〔崔灿刚一张嘴，整个歌厅立即鸦雀无声。四个天使般的少女，为他伴舞。

崔　灿　（唱）

　　　　　　如果乌云锁住天空，

　　　　　　我愿意奉献一线光明；

　　　　　　如果冰雪覆盖大地，

　　　　　我愿意奉献一缕春风。
　　　　　……
　　　[崔灿唱完一段时，少男少女们报以热烈的掌声和欢呼声。可是，当他唱第二段时，突然一阵咳嗽……舒乐只好停下来，等崔灿再次开始。崔灿的歌声变得嘶哑……紧接着又是一阵剧烈的咳嗽……
　　　[有人开始起哄，发出嘘声。
　　　[舒乐惊慌了，玉妹惊慌了。
　　　[起哄声越来越烈。

舒　乐　别吵，安静一下，请你们安静……崔灿是一名了不起的歌手。真的，不骗你们，请相信我。今天晚上他病了，本不该来的，是我硬把他拉来的。等他病好了，你们会知道，他的声音有多好。你们不是都听他唱过吗？我敢说，这次大奖赛，他是第一，崔灿是第一……
　　　[没有人响应，舒乐难过得快哭了。
　　　[玉妹举着选票走向舒乐。这个温良柔顺的女人，此刻，竟然变得那样的毅然决然。

玉　妹　我投他一票……

舒　乐　啊，谢谢！这是第一张选票……崔灿，你看，是她，第一个给我们投了票……
　　　[玉妹已经悄然离开了。

崔　灿　（望着妻子的背影）玉妹……
　　　[又有两个少女举着选票走向舒乐。

少　女　我们也投崔灿一票……
　　　[也许受到了感染，少男少女们撒出手里的选票，高喊着："崔灿，投崔灿一票……崔灿第一……"
　　　[五彩缤纷的选票飘舞着。舒乐激动地捧接着那纷纷飘落下来的选票。
　　　[音乐声骤起。镭射灯光又旋转起来了。少男少女们尽情地跳了起来。舒乐恣意地跳着迪斯科。
　　　[只有崔灿木雕泥塑般一动不动地站着。
　　　[镭射灯光旋转着，千奇百怪闪电般的碎片，令人遐思无穷的碎片……

11

　　[山林的一角。这里是一块小小的开阔地。远处，群山逶迤，林木叠翠。
　　[传来双筒猎枪的枪声。随即，杜战威举着猎枪跑上，他还在瞄准着猎物，扣动扳机连连发射。

杜战威　（停止发射）娘的，又给它跑了。长河，长河……
　　[崔长河背着猎枪上，手里还拎着几只山鸡。

杜战威　（劈头盖脸）你这个孬种！叫你从左边狙击，你倒好，你倒好，一枪不发！

崔长河　这儿已经属于游览区的范围了，禁止打猎，我可不想违法。

杜战威　违法怎么了？不就是罚几个钱吗？（拍了拍衣袋）这儿装着呢，早带上了。算了，没情绪了。一下午就打了几只破山鸡，你还好意思拎着。扔了吧，别丢人现眼了。真正的猎人，不打飞禽，只打走兽。懂吗？

崔长河　加点餐吧，我的肚子可提抗议了。
　　[两人铺开塑料布，拿出饮料、罐头、面包。

杜战威　（还在懊丧）要是在战场上，你刚才的行为就是通敌反叛罪，至少是不抵抗罪，要受军法制裁的。
　　[崔长河拧开水壶盖，正准备喝水时，杜战威一把夺去水壶，扔到了一边。

杜战威　我说崔书记，今天就咱哥儿俩，你是不是开开酒戒，嗯？（打开一只易拉罐）地道的法国黑啤，喝点啤酒不算受贿吧？
　　[两个人默默吃着东西，气氛显得很沉闷。

杜战威　少个女人！

崔长河　（没听清）你说什么？

杜战威　我说少个女人。长河，我是服了你，老伴死了有五六年了吧？你居然不沾女人的边。老弟，是不是机器生锈不管用了？啊……（笑）要真有病，告诉老哥，给你弄点"盖世雄"，听这药名，够劲儿吧？别看老夫今年六十高龄，只要来那么一小丸，管他妈土的洋的，胖的瘦的，黑的白的，全世界的女人都不在话下了。

崔长河　（听不下去）老杜！

杜战威　噢，对不起，本人忘了，今天是跟纪委书记共进午餐。

　　　　［两个人又沉默了。

崔长河　你认识四海公司的张秀梅有多久了？

杜战威　（冷冷一笑）哼，开始了。你主动打电话约我打猎，我就明白，你崔长河转的是什么花花肠子。打猎是假，审问是真！何必呢，跟我来这一套。一个电话召我到纪委，我杜战威敢不去吗？

崔长河　我不想那么做。

杜战威　你还有心慈手软的时候？

崔长河　我们同生死共患难的那段经历，是刻骨铭心的。

杜战威　难得！我以为那一段早他妈扫进历史垃圾堆了。你是谁？市里五套班子的领导成员。我是谁？小小开发区的主任！我们早不是一个笼子里的鸟儿了。

崔长河　老杜，我们之间的隔膜竟是这么深，连最起码的信任都没有了吗？

杜战威　假模假式！到底谁不信任谁？是你还是我？

崔长河　我一直是信任你的……

杜战威　（大笑）崔长河，你不但无情无义，还是个地道的伪君子。

崔长河　什么意思？

杜战威　是谁要张秀梅交代杜战威的种种罪状？是谁派人到我老家去调查我，臭我的名声？不都是你崔长河发的指令吗？这就是你所谓的信任，这就是你的刻骨铭心吗？（拉开一罐啤酒，一饮而尽）

崔长河　老杜，你冷静点……

杜战威　张秀梅那个贱货都放了些什么屁，嗯？不就是说我跟她睡觉吗？当初是她主动脱光了趴到我身上来的！非法姘居，乱搞男女关系，道德败坏，生活腐化……崔书记，够上纲上线了吧？搞女人的大有人在，你怎么单抓我杜战威呢？

崔长河　你比我更清楚，你和张秀梅之间是属于什么性质的问题。我希望你正视现实，包括你在老家非法建私房的问题，我们都掌握了充分的证据……

杜战威　（跳了起来）那就把我抓起来好了，我随时等候。（拿起猎枪就要走）

崔长河　老杜！难道你真的不理解我的苦心吗？

杜战威　你还有心？（笑）我可没有了，心早让狗叼走了。

崔长河　你说什么都可以。我只想再一次提醒你，正视现实，争取主动，此外别无出路。老杜啊，这些话从我的嘴里说出来，好艰难，我不想说，真不想说。

［沉默片刻。

杜战威　这么说，你们已经准备立案了？

崔长河　……

杜战威　（突然一阵恐慌）辛辛苦苦，流血流汗，为共产党卖了几十年的命，就混了个副厅级。难道连这小小的破乌纱帽，你们都不让我戴到底吗？再过几个月，我就整六十，就要离休了。你知道离休是什么滋味吗？你要去长排队买米买面买菜；要去挤公共汽车；要自己扛煤气罐。逢年过节，不会再有人提着各种土特产踏进你的门槛，你不会再看到逢迎的笑脸，不会再有记者前呼后拥，不再有机会签发什么批条之类的……你还活着，像往常一样的活着，可是，你已经被人遗忘了，像一块用烂的抹布，扔到了墙角。因为手里没有权了，一切都没有了。你变成了一个行将就木的糟老头子，一个废物！我掐着指头算着日子，我怕那一天的到来，怕极了……

崔长河　权力给了你一切，所以，你害怕丧失权力。当离休的日子一天天逼近的时候，你近乎疯狂地巧取豪夺，不放过任何一个捞钱的机会。有些时候，你甚至连伪装和廉耻都不顾，伸手向外商要钱要物……看着那一份份以无可辩驳的事实证明的材料时，我的确被震惊了。我无法相信，那是你，杜战威的所作所为！你害怕离休，害怕离休后不再有谋私的机会，所以你千方百计不择手段地赶在离休之前把房子修建起来。老杜，房子是建起来了，可你自己却要倒下了……

杜战威　我们老家建私房的人多了，一个普通的农民可以盖，那些个暴发户可以盖，我为什么就不能盖？为什么单抓我，为什么？

崔长河　因为你是公仆，人民的公仆！

杜战威　公仆？哼，这顶桂冠我戴够了！什么吃苦在前享乐在后，什么身先士卒鞠躬尽瘁！这些年我才明白，公仆的同义词原来就是穷光蛋，就是做牛做马！崔长河，你真的愿意当这种他妈的到头来一无所有的公仆、人民的公仆吗？指天发誓，回答我，回答我！

崔长河　是必须。只要我还活着，我就必须这样做。

杜战威　如果你不是在说假话，在演戏，那就是不可救药。我可是穷够了，苦够了。我是盖了房子，那是为我老母亲盖的。八十多岁的老人了，没有住过一天敞亮的房子。三十多年前，我从部队回家探亲。回到家的当天晚上就下起了倾盆大雨。天像被捅了窟窿，雨越下越大。屋子里没有一个地方不漏雨，母亲把全家仅有的一只脸盆给了我，让我顶在头上挡水，她自己披着破棉絮缩在墙角，淋了整整一夜的雨啊。正是在那个晚上，我发誓赌咒，今生今世要让母亲住上一幢好房子……

崔长河　不要亵渎你的母亲，母亲是神圣的。（停顿良久）我不怀疑你是想尽一个儿子的孝心。我理解这种感情，我甚至相信这个心愿已经折磨你几十年了。可是，现在的事实是，你的母亲并没有搬进新居，你把房子出租，收取高额租金。这是一种变相的压榨、剥削啊！

杜战威　我……压榨、剥削？

崔长河　岂止是压榨剥削？你的有些作为甚至是一种掠夺！你把人民群众创造的本应属于全社会的财富，非法地占为己有，用来满足自己贪得无厌的私欲。你用来建房的钱，难道不是浸透了别人劳动的血汗吗？（停顿良久）一个曾被剥削者吸过血的人，今天却反过来吸人民的血，吸国家的血！

〔夕阳已经沉落，薄薄的暮色开始悄悄地笼罩着山林。传来阵阵小鸟归林的鸣叫声。

崔长河　那份关于你的立案报告，在我的抽屉里压了很久。我手里的笔变得好重。我没有力气没有勇气去把它提起来。我怕一旦提起了它，一个写进志愿军战史的赫赫功臣，也许从此就要……

杜战威　（完全明白了自己的处境）长河，长河啊，你不会眼睁睁看着我锒铛入狱成为阶下囚吧？你不会真的对我下手吧？啊？兄弟，长河兄弟，看看我脸上的这块刀疤，再看看我胳膊上这弹痕……你刚才说的对，功臣，我是有过赫赫战功的功臣，我流过血，你知道的，我不止一次受过伤流过血啊。

崔长河　（痛心疾首，几乎从牙缝里挤出来）有军功就可以枉法吗？你好糊涂啊，老班长……

杜战威　老班长，你是叫我班长吧？那你再看看这个吧！（一把撕开自己的衬衣）这颗离心脏只有一厘米的子弹，是从我的背部穿过来的，这是为了救谁？（吼了起来）谁？

崔长河　我！那是我第一次参加战斗。枪一响吓得连东南西北都分不清了，没听到口令就跳出战壕往上冲，这时一梭子子弹扫过来，是你舍命一下扑在我身上，救了我……

杜战威　够了！让这些动人的回忆都他妈见鬼去吧！我现在只求你网开一面，给我一条生路，不要把我推到悬崖边逼我跳下去。怎么样，三十多年前的一条命，就换你今天高抬一下贵手。

［崔长河沉默不语。

［杜战威突然拿起了猎枪对准崔长河。

杜战威　崔长河，你一定要毁了我，看着我身败名裂粉身碎骨吗？

崔长河　（对着枪口反而变得冷静了）毁坏你的是你的私欲，靠着权力的魔杖你得到了一切，同时也毁掉了一切！

杜战威　（咬牙切齿失去理智）崔长河，我他妈的……（举着猎枪一步步向崔长河逼去）

［崔长河一动不动地站着，当双筒猎枪的枪口抵着他的胸口时，他仍然不动声色地站着。

杜战威　（完全失去了理智，困兽般地吼叫了起来）啊，我不活了……（把猎枪一扔，照着崔长河的头部、胸部猛烈击去，直到精疲力竭，或者说直到理智猛然间恢复的时候，才住了手）

［崔长河没有喊叫，没有倒下，只有一抹血从他的嘴角慢慢地流淌出来……

［杜战威惊慌了，惶恐了，倒退着，像一个临阵脱逃的败兵，跟跄着跑下……

［崔长河的身体摇晃了几下，他举起了另一枝猎枪，朝着天空猛烈射击着……

［砰，砰，砰，砰……惊心动魄的枪声，在群山回响，这里的每一座山峰，都在射击，都在怒吼，都在震颤，仿佛一场殊死的战斗正在这里进行。

［崔长河停止了射击，跟跄着，挣扎着，终于支撑不住，缓缓地、缓缓地倒下去了。

[枪声平息了，只有被惊起的飞鸟，在空中盘旋，鸣叫……
[山林被夕阳染得猩红猩红……

12

[台口的灯亮。
[黄昏之际，似有雾气流动着。
[有人坐在 301 工地的路标下听收音机。不是古龙的小说，而是河南豫剧《拷红》的片断。听收音机的是一个老太太。
[汽车喇叭声。
[老太太像原先那位老头一样，立即站到了路牌下，变戏法似的举起了两把红绿旗，吹着口哨，打着旗语。
[汽车声远去了。老太太又坐下，听收音机。
[舒乐吹着五音不全的口哨上。

舒　乐　（热情地）大爷，大爷，……（发现是个老太太）咦，怎么换人了？大娘，原先在这儿指挥车辆的那位大爷呢？

老太太　找他干吗？

舒　乐　采访。

老太太　啥？

舒　乐　哦，怎么跟你说呢，我是个记者，我想给那位大爷写篇文章，想问他点事……

老太太　（摇了摇头）问不到喽。

舒　乐　为什么？

老太太　他死了！

舒　乐　您开玩笑吧，前几天我还看见他在这里……

老太太　死喽，俺老伴是死喽！留下的一句话，就是让我来这里接他的班，说这地界车多事故多……

舒　　乐　（极大的震惊）这怎么可能呢？怎么可能呢？

老太太　（没有理解舒乐的话）姑娘，七老八十的人了，什么事不可能呢？

　　　　［崔灿上。

舒　　乐　（迎上前去，急切地）崔灿，记得在这儿指挥车辆的那位老大爷吗？我多次经过这里，经常跟他打招呼。开始，我只知道，他爱古龙的小说，是个古龙迷。后来，我听说，他是离休老工人，是自愿到这里来尽义务指挥车辆的。直到昨天，有人告诉我，他是一个有着光辉业绩的老英雄、老模范，是参加过淮海战役的一等功臣。我赶着来采访他，他……却不在了，他死了……

　　　　［崔灿无言以对，神色黯然。沉默良久，崔灿取下墙上的一块黑板，写了几个字，给舒乐看。

舒　　乐　（念）"一个真正的阿特拉斯，不是吗？"（少有的庄重、严肃）是的，一个真正的阿特拉斯……

　　　　［汽车喇叭声。

　　　　［老太太站到路牌下，像一个训练有素的指挥员，认真而庄重地打着旗语，吹着哨子。

　　　　［最后一抹夕阳的余晖，照射着老太太。她的如霜似雪的白发，在晚风中颤颤巍巍地抖动着……

　　　　［舒乐、崔灿崇敬地望着这位平凡的老人。

13

　　　　［病房。

　　　　［崔长河穿着病号服，戴着老花镜在读信。

　　　　［响起崔云的声音："爸爸，接到小弟的来信，真想立即赶到您的身边。我简直无法相信，事情竟会发生在您和杜伯伯之间。小时候，杜伯伯是我崇拜的偶像，我读过许多写他的文章。现在，又一个偶像在我的心底倒塌了，崩溃了。金钱和权力吞噬了杜伯伯，多么触目惊心的蜕变啊！"

[舞台深处的高平台上灯亮，崔云正在雕塑。

[崔云的声音继续："爸爸，还记得我跟您说的那个雕塑作品吗？我正在日夜加班，争取如期送去展览，这件作品是为您而做的……爸爸，我们这个古老的国度，就像一只航船，正在历史的长河中逆水而上，每前进一步都很难，很痛苦。有时，一个浪头打来，航船停滞不前，甚至倒退，多少人付出的牺牲和代价，都毁于那顷刻之间。可是纤夫们仍然紧紧地背着纤绳，哪怕皮肉撕裂，继续向前走去，也许能踩出新的脚印，也许只是在重复倒退时留下的脚印……爸爸，您就是这样的纤夫，几十年来，您日日夜夜都背着那根又粗又重的纤绳……"

崔长河 纤夫，纤绳……

[崔云还在雕塑着……

[响起沉重的拉纤号子，没有唱词，只有因为用力和沉重而发出的嘶喊、吼叫……有时却像一个老人在哭泣、呻吟……

[玉妹上，她是一路哭着跑来的。

[号子声消失。舞台深处高平台上的灯暗。

玉　妹 爹，爹……我刚才从医院拿的诊断报告，阿灿他……（哭得说不下去）

崔长河 （看诊断书）喉癌……

玉　妹 医生说是……晚期……

崔长河 他在哪儿？

玉　妹 工地上……

崔长河 走！（两人急下）

[稍顷，杜战威上。他苍老瘦削了许多，眼睛也失去了往日飞扬跋扈的神采，好像连背部都微微驼了。杜战威发现病房没有人，四下环顾，后拿出一叠厚厚的纸，塞在枕头底下。

杜战威 （站在崔长河的病床前）长河，我怎么会混成这个德行，怎么会啊……（趴在床沿上很久很久，听不见他的哭声，然而，他的全身都在剧烈地颤动着）

[这个曾经驰骋沙场的铮铮铁汉在用痛悔的泪水冲洗自己身上的污秽、尘垢……

14

　　〔301工地的一角。

　　〔崔灿脸色惨白躺在临时搭的木板床上。小皮猴、舒乐围在他的身边。大力士在拨电话。

大力士　（对着话筒）……急救中心吗？我是301工地，请马上派一辆急救车来……重病号，当然是重病号……什么，所有的急救车都派出去了……我是谁，我是301工地……（听见对方已搁下电话）这会儿工人阶级就他妈不是领导阶级了。你要告诉他是哪个书记家，十辆救护车都能给你派出来。

小皮猴　你再拨，就说市纪委崔书记家要车。

大力士　对，我怎么就没想到。

崔　灿　（着急地用手势比划着）……

舒　乐　崔灿，你想说什么？

崔　灿　（指了指黑板）……

　　〔舒乐把黑板拿给崔灿。

　　〔崔灿很吃力地写了几个字，响起了他的心声："不要提我父亲的名字……"

舒　乐　大力士，别打了。崔灿不让提他爸……

　　〔崔灿又是一阵剧烈地咳嗽。

舒　乐　崔灿，崔灿……

小皮猴　（同时）队长，队长……

大力士　管不了那么多了。（又拨电话）舒乐，你来，就说崔书记的儿子病倒了……快，通了……

舒　乐　（接过电话）……急救中心吗？我是市纪委崔书记家……

　　〔崔灿挣扎起来，夺走了话筒……

小皮猴　队长，都到这份上了，你这是何苦呢？

舒　乐　（快哭了）我恨，我恨死了……

　　〔大力士继续在拨电话。

[崔灿在黑板上写字，响起他的心声："我们写的调查报告，能发表吗？"

舒　乐　《时代日报》的总编说，报告写得好极了，准备发在头版头条，省委领导还做了批示，支持报社揭发披露这件事……

[崔灿在黑板上写字，响起了心声："谢……谢……"

舒　乐　崔灿，应该谢谢你，谢谢你们！真的，擎天巨神就在我的身边，你、小皮猴、大力士，还有那个默默无闻死去的老大爷，你们不就是我所要寻找的阿特拉斯吗？……崔灿，跟你在一起好开心，好高兴，真的，不骗你，我好愿意跟你在一起。

[崔灿在黑板上写字，响起心声："我们是最佳拍档，对吗？"

舒　乐　对，我们是最佳拍档。崔灿等你病好了，我还给你伴奏，咱们不是还要参加全国的大奖赛吗？崔灿，好好练，再拿它一个最佳……

[响起崔灿心声："傻姑娘，我不能再唱了，永远不能了……"

[舒乐弹拨起吉他，轻轻地哼起了《奉献》，可是，她的声音突然哽咽住，唱不下去了……

小皮猴　你这是干吗？快弹，我唱……

[小皮猴接着往下唱，然而，他的声音也是忧伤的，哽咽地……

大力士　（喊了起来）汽车，汽车声……

[崔长河穿着病号服和玉妹上。

玉　妹　（扑到崔灿身边）阿灿……

[崔长河父子俩久久地对视着。

玉　妹　阿灿，这么重的病，为什么不告诉家里，为什么不告诉我？我是你的妻子啊，阿灿……

崔　灿　（声音嘶哑得几乎听不清，但还是一字一字地说了出来）玉……妹……原……谅……我……（在黑板上写了几个字，把黑板交给父亲，又一阵剧烈地咳嗽，便昏死过去了）

大力士　快，上车。（背着崔灿下）

[玉妹、舒乐等人同下。

[现在只剩下崔长河一个人了。他显出从未有过的茫然，机械地凝视着手中的

小黑板。

［响起崔灿的声音："父亲，现在您该满意了吧？"这声音空灵极了，像从很远的地方飘来。崔长河仿佛在瞬息之间，苍老了许多，尽管他以极大的意志克制着，然而，此刻从不轻弹的泪花，在他的眼眶里闪动着。

［不知从哪里飘来崔灿的歌声，似烟似雾，如泣如诉……

崔长河　（不知对着谁，也不知对着何处）孩子，我同意你去歌舞团，我同意你去，我同意，我……同……意……

［歌声萦绕着夜空，萦绕着痛苦自责的父亲……

15

［舞台深处，大堤横贯。

［身着月白色布衫的杜母，拄着拐杖，站在大堤上，望着深邃的天际。

［崔长河上。

崔长河　大娘，您就是杜战威的母亲吧？

杜　母　（仍然背着身子）是我。

崔长河　我是来给您搬家的。县里已经同意，那幢房子的第一层留给您住。大娘，我们走吧……

杜　母　慢。（缓缓转过身来，审视着崔长河）你就是崔长河？

崔长河　是的。

杜　母　是你发令要处置战威的？

崔长河　是的。

杜　母　三十多年前，战威舍命相救的就是你？

崔长河　是的。

杜　母　三十多年前战威救了你。三十多年后你救了战威。你们俩这一生的人情债，两清了。谁也不欠谁了。

崔长河　大娘……

杜　母　（用手制止，继续说着）方便时替我给战威捎句话。浪子回头娘不嫌，我等着他回来……（停顿）房子的事，你的情，政府的情，我领了。那间老屋是破旧，可睡着心里踏实。战威糊涂啊，不懂得我这个做娘的心思。你比他明事理，你怎么也不懂呢？我一生贫贱，图的是一生清白啊！

　　［杜母拄着拐杖颤颤巍巍地走了，她消逝在大堤的后面，仿佛溶进了大地之中。

崔长河　（向着杜母走去的方向，向着无垠的大地，双膝跪下，真诚地呼唤）母——亲——啊——

　　［大地，静静的，静静的……

　　［什么地方古刹的钟声敲响了。深沉、雄浑的钟声，每一下都透迤得那么久远……

16

　　［一束光照着崔云，她一改昔日的装束，着一身曳地的白色长裙，显得端庄而华贵。

崔　云　朋友们，我把这件题为《纤夫》的雕塑，献给我的父亲，我死去的弟弟……还有千千万万在历史的长河中，负重拼搏奋进的共和国的纤夫们！

　　［崔长河走至舞台的最深处，慢慢地拉着绳子，白色的蒙布揭开了，栩栩如生的雕塑群像《纤夫》出现在眼前。几个男子背着粗重的纤绳，正奋力向前。有的昂首凝视前方；有的胸口几乎贴着地面；有的扭头审视走过的历程；有的双手托着粗重的纤绳，希冀能减轻一点沉重的负荷……没有任何声响，静谧平怡。只有一抹淡淡的光照着他们那不屈的身躯、坚毅的脸庞。

　　［蓦然间，响起了充满原始野性、粗犷而沉重的拉纤号子。那一抹淡淡的光消失了。刹那间，纤夫们的身后迸射出万道灿烂绚丽的光焰，他们的身影像浮雕般突兀在广袤的天地之间。

　　［随着时而昂扬，时而沉重，时而呐喊，时而呻吟的号子，纤夫们挣扎着，拼搏着，奋力着。有时前进，非常艰难的前进；有时倒退，同样非常艰难的倒退，然而他们的手总是紧紧地、紧紧地拉着粗重的纤绳。

[人们看清了,这支拉纤队伍为首的是崔长河。他的身后是崔灿、小皮猴、大力士……一定不要忘了那位爱听收音机的老头儿。也许,杜战威曾经是这支队伍中的一员,然而,他倒下了,再也没有跟上来……

[多么沉重的航船,历史不许倒退,时代不许倒退,人民不许倒退,只有向前,共和国的纤夫们!

[剧终。

(剧本版本:《许雁剧作选》,1990年广州话剧团首演)

· 话剧卷 ·

梦断西樵

编剧：任 流 刘 宁（执笔）

人物表

（年龄按出场时算）

陈启沅　　男，46岁，简村继昌隆汽机缫丝厂司理，南洋归来办厂的民族资本家

陈欧氏　　40岁，陈启沅妻，欧家村人

王禅荫　　男，50岁，大和丝庄老板，外号"王善人"

欧　旷　　男，40岁，西樵机织工行会"经纶堂"会长，欧家村族长

陈植恕　　男，47岁，学堂村裕厚昌汽机缫丝厂司理，陈启沅的同窗，举人

陈世昌　　男，约35岁，继昌隆的机械师傅，人称"大偈昌"

莲　姑　　30岁，陈欧氏的堂侄女，继昌隆缫丝工，原是欧家村的自梳女

醉　虾　　男，30岁，艇家，后为继昌隆工人

阿　欢　　女，28岁，醉虾妻，继昌隆缫丝工

奀女妈　　45岁，继昌隆的煮饭妇妪

奀　女　　9岁，继昌隆的童工

算命人、管家、师爷、小贩、家丁、缫丝工、农民等

时间　十九世纪七十年代（清朝同治、光绪年间）

地点　广东南海西樵

序幕

［夏日黄昏，西樵山下，江边。

［浓雾蔽江，岸上看不见一个行人。

［一首悠闲而悠慢的民歌隐约透雾传出：

    瓮菜落塘唔（不）在引哩——姑妹，

    大家情愿使乜（哪用）媒人哪哩；

    采桑养蚕运茧卖哩——兄哥，

    买条鱼肉等哥你打边炉呀哩……

［大偈昌打着"陈"字灯笼上，往江边四顾。

大偈昌　艇家，艇家。（没人答应，自语）怎么回事呀，连一个人影都不见的。（再喊）艇家，艇家！……

［醉虾手提酒瓶，摇摇晃晃上。

醉　虾　是谁呀，大呼小叫的，让人想舒舒服服打顿边炉都不成。

大偈昌　（迎上）哎呀，艇家大哥，你躲到哪里去了，喊了你老半天，我们急着过海（即过江）呢。

醉　虾　过海？你是盲了眼，还是吃了老虎胆。这么大的雾，不管什么人来了，就算是皇帝老子吧，我醉虾也不会替他摆渡过海啦。

［醉虾说罢，灌一口酒，便转身欲去。

［大偈昌连忙拉住他衣袖。

大偈昌　喂，这位艇家大哥，且慢走。我们老爷说了，这点儿雾根本算不了什么？……你要是真没胆量开船，那算了，干脆你将艇卖给我们，我们自己撑过去。

醉　虾　（一愣，转过身来，大笑）哈哈哈，好大的口气呀，我倒来问你，你家老爷到底姓甚名谁？

大偈昌　（不无自豪地）简村陈启沅。

醉　虾　（一惊）莫非是那个可眼观十里，在安南发了大财的"鬼眼七"——大名鼎鼎的陈七爷回来了？

大偈昌　正是，七爷从安南回来了。这次他把安南一条"广东街"的生意都卖了，带上了在国外的所有资产，要回简村办汽机缫丝厂哩。不瞒你说，我就是由广州陈联泰五金行派回来协助七爷装机开厂的。

　　　　[陈启沅夫妇与莲姑上。陈启沅一身东南亚侨服，陈欧氏则是当地有钱人家打扮，莲姑提着行李。

陈启沅　世昌。

大偈昌　哦，七爷。

陈启沅　（责备）怎么船这么久还没弄好？

大偈昌　七爷，这位艇家大哥说雾大不肯摆渡过海……

醉　虾　（抢辩）哎，谁说我不肯摆渡过海？

大偈昌　刚刚你不是说，不管什么人来了，就算是皇帝老子吧，你也不会替他摆渡过去吗？

醉　虾　（撒赖地）是呀，我是说过不管什么人来都不开船，但……但陈七爷是人吗？他是大名鼎鼎的"鬼"……（似觉失语，顿住）

陈启沅　哈哈哈，对，对，我不算是人，我陈启沅由鬼番回来，外号"鬼眼七"，这次回乡又带回鬼机，准备办起仿鬼的缫丝厂，哈哈哈，怎能算是人呢？

陈欧氏　（拉陈启沅衣袖，责诘）啐，大吉利是呀，一回来就"鬼、鬼"声的。我看艇家讲的也有道理，雾这么大，过海危险吧？

陈启沅　（望江面）不要紧，这点雾阻不住我陈启沅这双"鬼眼"，看得清！

醉　虾　请七爷和太太上船吧，今日我醉虾有幸认识七爷，撑你们过海，不，不，直接送你们到简村，船银分文不收。

　　　　[陈欧氏欲说话，陈启沅制止。

陈启沅　如此，有劳这位乡亲阿哥了。多谢多谢。

醉　虾　（反不好意思）七爷你是我们全西樵的荣耀嘛，有什么需要我醉虾效劳的，你尽管吩咐好了，切莫客气呀。

陈启沅　好，谢谢，谢谢。（感慨地）真是甜不甜，故乡水；亲不亲，乡中人呀。

莲　　姑　（高兴地）姑姐，这趟你和姑丈一回到家乡就遇上这等好事，真是好兆头呀。

陈启沅
陈欧氏　　（互相对望）是好兆头呀！

醉　　虾　（解缆）站稳啦！（喊）开船罗——
　　　　　［小艇破雾疾前。陈启沅等意气风发。
　　　　　［切光。

第一场

　　　　　［翌年秋，继昌隆缫丝厂门前，招牌上的红布赫然待揭。莲姑张罗祭台上的烧猪、水果等供品，大偈昌站得高高的正在挂灯笼，醉虾一手执着酒瓶在旁边，边饮着酒边帮忙大偈昌。

大偈昌　　醉虾，看高度合适了吧？

醉　　虾　（仰望）高了高了。（随大偈昌调整）唉，这回又低了低了。

大偈昌　　现在呢？

醉　　虾　高……哦，不，是……低，哦……不，应该是高，唔……（犹豫看不准）

大偈昌　　（急）哎呀，到底是高还是低哪？你看你，就不能先放下酒瓶一阵子么？

醉　　虾　（不服）哎——，我饮酒碍你什么事了？你——
　　　　　［陈欧氏与阿欢拿着元宝蜡烛等物上，见二人争执，笑了。

陈欧氏　　行了，行了，世昌，你下来吧。

阿　　欢　（责备地）阿虾，你怎么还是那样一天到晚拿着酒瓶不放呀，如今跟七爷做事，再不能像以往一样啦。

醉　　虾　咦，老婆，怎么连你也来教训我了，别忘了你能来这里还是全靠我的介绍呢。

阿　　欢　（气急）你……

陈欧氏　　（笑劝）得了，得了，瞧你们这对小夫妻，整天里唇枪舌剑、吱吱喳喳没完没了的，倒像冤家似的。（转问莲姑）阿莲，东西都准备得差不多了吧？

莲　　姑　都准备好了，姑姐。（拿出一包东西）这些是你让我包好的"利是"包，大的八十封，小的二百封。

陈欧氏　好，先给你们一人一封，图个吉利。（给在场众人逐一派"利是"）利是发财，利是发财。

众　人　（接"利是"）多谢太太，恭喜发财。

　　　　［当派到大偈昌和莲姑时，陈欧氏不禁语重心长。

陈欧氏　世昌，阿莲，你们俩可要记住老爷今天早上跟你们说的话呀，从此以后，你们就是老爷的左膀右臂了。（叹一口气）都说是创业最难，你们可一定要为继昌隆撑住劲呀！（递利是）

　　　　［大偈昌和莲姑认真地点头。

　　　　［这时，奀女母女俩上。一望二人打扮可知家境贫穷。

奀女妈　恭喜发财，太太。

　　　　［陈欧氏一呆，以为是来讨开张"利是"的乞丐，便爽快地掏出两封"利是"塞给母女俩。

陈欧氏　哦，利是发财，利是发财！

奀女妈　谢谢太太，谢谢太太。

　　　　［奀女妈接了"利是"仍然不走。醉虾看不过眼，上前驱赶。

醉　虾　喂，"利是"都拿了，还不快回家买番薯，做人可不要太贪啦……

　　　　［陈欧氏示意制止醉虾，又从供台旁拿出几个桔子递给奀女。

陈欧氏　小妹子，这些桔子你拿着回家去吧。

　　　　［奀女妈感动，按奀女肩让其下跪。

奀女妈　奀女，还不快给太太跪下。（奀女跪下）

陈欧氏　（急扶）哎哟，快起来，快起来，不要这样。

奀女妈　太太，我知道你是个好心肠的人，求你们丝厂把奀女收下吧。你就当可怜我们一家，让她在这里学点手艺，混口饭吃吧。

陈欧氏　（为难）这个……

奀女妈　你别看她长得矮瘦：其实她虚龄都满十岁了，在家里，劈柴、担水、煮饭、放牛、带弟弟妹妹，她什么都能干。太太，你行行好，就答应收下她吧，收下她吧。

[随着一阵爽朗的笑声和谈话声，陈启沅与陈植恕由厂内走出。莲姑见了，即上前要扶起奀女。

莲　姑　（对奀女妈）阿婶，你快让孩子先起来吧，其他事以后再说吧。（扶奀女，奀女不起）

奀女妈　太太，求你快答应下来吧，要不，奀女是不会起来的。

陈启沅　（见状）什么事呀？

[奀女妈有点怕，陈欧氏连忙上前解释。

陈欧氏　这位大嫂想留下这个小妹子在我们厂找事做。

陈启沅　（明白一切，长叹）生无节制，地少人多，重男轻女，珠江三角洲的妹子们，命苦呀。（对莲姑）阿莲，你就将她收下，带进去安顿了吧。（又对奀女妈）大嫂，你要愿意，也留下吧，就帮女工们中午弄弄饭，每月亦可多得三数十元帮补一下家庭呀。

奀女妈　（喜出望外）多谢老爷！多谢老爷！（对奀女）奀女，还不快给老爷叩头。

[奀女听话地在地上连连叩头。莲姑上前将她扶起，领她们母女下。

陈植恕　启沅兄，你真是一副菩萨心肠呀。

陈启沅　（摇首叹气）国弱则民穷呀。植恕兄，你可记得那一年冬天，我们不是跟这小妹子年纪差不多。那一天，天是那么的冷，地是那么的寒，你好不容易才挖到一个番薯，可行过村前小桥时一阵刺骨冽风刮来，你我衣单裤薄，止不住打起冷战，你的手指冻僵了，手一抖，番薯就掉进了冰冷的河中……

陈植恕　（感慨地）是呀，当时还是你强忍着严寒，赤着身潜入水中将番薯捞回来的。我记得很清楚，从水里爬起来时，你已是冻得浑身发紫，牙关格格响个不停，连番薯都无法放进嘴里……

醉　虾　哦哟，原来七爷过去还有这样的苦遭遇呀？

陈启沅　（笑）也是多亏了这一次遭遇。我和植恕兄就是从那以后，才双双对天发誓，一定要"头悬梁，锥刺股"，刻苦奋斗，倘不争得一番事业，就将我们俩的"陈"字倒过来写。

陈植恕　（有点激动）天行健，君子以自强不息。正是那个冻番薯的激励，我们十年寒窗，卧薪尝胆，读遍经史子集，熟诵诸子百家……

陈启沅　（自嘲）哈哈，植恕兄就有出息了，科举一中再中，成了举人老爷。而我就倒霉了，因为分心于星象风水等杂学，结果连童子试也落第，无颜见乡中父老，才卷起铺盖跑到南洋去的。

陈植恕　哎，孔夫子曰：君子不器嘛。说到底还是你启沅厉害赤手空拳，白手兴家，只十数载功夫，就发展成安南堤岸华侨中之大商首富。

陈启沅　哈哈哈，可这回我又将安南广东街的所有铺头变卖，携资本回乡办汽机缫丝厂。植恕兄，你是不是觉得我太冒险了？

陈植恕　你的脾性我清楚，总是好搞些出人意表的新鲜玩意。不过实话说吧，我确实为你担心，可同时又深感敬佩，刚才看过你的工厂规模，更看得到你的宏图大略了。

陈启沅　这些年来，我遍历印支半岛，南洋各埠，见法国人办的机器缫丝，大能生利。联想到我们家乡一带盛产桑蚕，缫丝由来已久，兼之民风淳朴，又地近广州、香港、澳门，正利于把农、工、商三者联成一龙。我相信，继昌隆的事业是一定能够成功的。植恕兄，我看你还是也跟我一样搞家汽机缫丝厂吧。当知耕禾种果，说来毕竟只是以本地之物换本地之财，得失赚蚀都不过如此而已，然汽机缫丝则不同，现今西人正大量收购生丝，我们缫丝卖丝，即能够以我之产物赚取洋人之钱银，这可是一件益国利民的大好事业啊！

陈植恕　此事……

陈欧氏　（打断）哎呀呀，你们二人不要自顾海阔天空了。看，揭幕开张的吉时就要到了。

陈启沅　（掏出怀表，笑）好，好。世昌，准备好开张。

　　　　［内传：经纶堂欧老爷，大和丝庄王老爷到。但见二顶青衣轿抬着欧旷和王禅荫上。陈启沅连忙迎前。欧、王二人施施然下轿，欧旷一身"响云纱"做的服装，王禅荫则提着佛珠，一身富贵的打扮。

陈启沅　噢哟，原来是欧会长和王老板二位大驾光临，有失远迎，有失远迎！

王禅荫　（双手合十）善哉善哉。陈七爷，今天是你继昌隆开张大喜的日子，我王某人焉能不来助兴呢，今后我大和丝庄，还要仰仗你多多关照哟。哈哈哈，（见到陈植恕）哟嗬，原来陈举人也在这里，幸会幸会。

陈启沅　确是幸会，幸会！
陈植恕

陈欧氏　（双双施礼）拜见族长老爷！
莲　姑

欧　旷　（盯莲姑）噢，这不就是我们欧家村的自梳女欧莲嘛？

陈欧氏　是啊，她现在帮我们继昌隆。

欧　旷　啊，我们欧家的女子也都有出息了。

王禅荫　哈哈，陈七爷，原来欧会长还是贵夫人外家的族长，那你们可以说是同行兼姻亲，亲上加亲喽。

陈启沅　（附和）是呵，亲上加亲，亲上加亲。

欧　旷　（抱拳拱手）陈七爷，据说你们的汽机一响，即可黄金万两，今天我这个专与土丝打交道的粗人特来见识领教。恭喜恭喜！

陈启沅　不敢当，不敢当。二位是不是先请里面用茶。

陈植恕　（主动地）对了，让我来陪二位先到里面喝茶吧。

王禅荫　不用了吧。吉时已到，七爷你们就不要客气了，还是赶快主持开张揭幕吧。

欧　旷　正是，此趟我还专门带来了我们经纶堂的一对醒狮，前来为七爷你捧场助兴呢。

陈启沅　（拱手）哦，如此真是多谢多谢了。

欧　旷　（向内招手）来人，见过七爷！

　　　　〔二家丁上，跪见陈启沅。

二家丁　见过七爷！

　　　　〔陈欧氏忙递上利是。

　　　　〔大偈昌内喊：七爷，吉时到了。

陈启沅　好，那么我们仪式开始。欧会长，王老板，请，请！

　　　　〔众人退开两旁，陈启沅焚香跪下，三鞠躬。莲姑等捧上酒来，众各拿一碗。陈欧氏用盘托几碗酒递给陈启沅。陈启沅单脚跪地，默默拿酒浇地，一酹，再酹，三酹。祭过天地鬼神后，站起，手捧一碗酒，面对众人。

陈启沅　诸位，所谓饮水思源，启沅我十余年离乡背井远在南洋，虽然生意也算兴旺，却是无时无刻不想着报效祖国，还哺桑梓。如今，我总算如愿以偿，终于能够还乡办厂，志在以汽机振缫丝，兴百业，一尝以科学强国富民。启沅不才，今后处处有劳诸位，在此谨先敬众位一杯。（一饮而尽，亮杯）饮胜！

众　人　饮胜！（齐饮）

　　　［陈启沅一放酒碗，大步迈向招牌，用力将盖着招牌的红布一掀。

陈启沅　（高声宣布）继昌隆开张大吉啦！

　　　［"嘟……"厂内传出一声雄壮的汽笛声，场上不少人大吃一惊。欧旷马步一扎，四顾喝问。

欧　旷　什么鬼叫声？！（说罢，将碗狠摔地上）

　　　［众惊愕。陈欧氏忧心忡忡地望一眼陈启沅，连忙上前捡起碎碗片。

陈植恕　（瞧不起地）欧老爷，你少见多怪啦。（调侃地）这是鬼机醒来时伸腰打呵欠啊。

欧　旷　（半信半疑）唔？

陈启沅　（忙解释）这是汽笛声，西人开工上班都拉响汽笛，就像我们敲锣集会一般。

陈植恕　（开心地）哈哈，哈哈……

陈启沅　（对工人们）今后我厂开工亦以鸣笛为号，早晨鸣三次，一是叫起床，二是通知来厂，三是开工。迟到者厂门关闭不得内入，作旷工论处。大家清楚了吗？

醉虾等　（齐声）清楚啦。

欧　旷　（尴尬地）哦嗬，原来是这么回事。可我怎么老觉得这汽笛声像鬼叫似的刺耳，听着不舒服呢。（奸笑）哼哼，我看还是咱们祖宗传下来的大锣大鼓来得痛快。（转身厉声对手下家丁喝令）来人，还不赶快敲起锣鼓，为陈七爷的"兴邦大业"舞狮致庆！

　　　［锣鼓齐响，家丁舞狮四窜，带有明显的挑衅意味。陈植恕欲上前斥之，陈启沅冷静地示意他稍安毋躁。

　　　［此时，内传：官差到！陈启沅喜形于色，快步迎上。

　　　［官差上，后随二人手捧贺匾。

陈启沅　啊，官差大哥来了，请，请。

　　　［官差欲与陈启沅接话，见醒狮无理取闹，即厉声喝道："狮子何事，退下！"二家丁托醒狮悻悻而下，官差转对陈启沅恭敬施礼。

官　差　陈七爷，欣闻继昌隆创办用汽机缫丝之新厂，县官大人令我专程送来贺匾。（揭下贺匾上之红绫，念）"造福桑梓！"

陈启沅　多谢县官大人厚爱。（转身对众人）"造福桑梓"，真是知我者，县官大人也！哈哈哈！

陈植恕　（开心地）哈哈哈！

王禅荫　（解窘地）嗬嗬嗬！

〔欧旷羞恼地拂袖冷笑"嘿嘿"，不辞而去。王禅荫欲拦不及，陈欧氏欲追又止，回头看陈启沅。

陈启沅　（朗声）放鞭炮！

〔场内响起"劈劈啪啪"的鞭炮声。

〔切光。

第二场

〔数月后的一个下午。王禅荫的厅堂，佛香缭绕，木鱼声声，几个小尼姑正围在一起喃喃念经，敲木鱼的尼姑年纪稍长。

〔王禅荫此刻半躺在烟床上吸鸦片，身着和服的东洋女子柔美子在旁边为他轻轻捶骨。不时，王禅荫在柔美子的脸上摸一把，淫笑。而柔美子则显得有点麻木。

〔"嘟……"窗外猛传来继昌隆的一阵汽笛声，王禅荫一震，神经质地撇下烟枪，站起身，烦躁地在地上踱来踱去。双手背在腰后，手上悬着佛珠。

〔柔美子踩着日式木屐，提着和服下摆悄悄退立一旁。

王禅荫　（哑声地）管家。（无人应，清清嗓子）咳咳，管家……

（仍无人应，转怒，泄愤般吆喊）管家！

〔回答他的，却是窗外传来的一声汽笛："嘟……"王禅荫忍无可忍，紧步走到窗前，将窗户"砰"的关上。

王禅荫　柔美子，你把斋藤先生的信再给我念一遍。

柔美子　哎！（转身到烟床前取信，念）"王老板台鉴：继昌隆开业以来，广东缫丝界当即热闹非常。继昌隆之生丝打入香港市场后，欧美客商更是对之大大青睐，极有迅速取代势头，盼及早联手经纶堂，设法遏止汽机缫丝在广东之发展。"

　　　［王禅荫轻轻挥手，示意柔美子退下。柔美子下。

王禅荫　（沉思地）设法遏止汽机缫丝在广东之发展？！

　　　［管家上，手里提着一把"厂丝"。

管　家　（低声）老爷。

王禅荫　（愠怒）你死到哪里去了，喊来喊去都不见答应。

管　家　（低声）老爷，刚才不是您吩咐我去打听继昌隆的情况吗？我这会儿才回来的。

王禅荫　唔？！（醒悟自己健忘，换了口吻）……那么，他们那边搞成个什么鬼样了？

管　家　（递上丝把）老爷，看来他们生意做得很精，继昌隆发展得好快呀。

　　　［王禅荫接过丝把细看不语，压抑着心头的不安和焦躁。

管　家　他们用汽机缫出的生丝，粗细均匀，光滑洁净，又有弹力又好柔性，而且产量比手工缫丝高十倍，卖出的价钱要比咱们的土丝好上三、四成咧……

王禅荫　（将手中丝把狠狠一扔）不要说啦！

　　　［王禅荫急如热锅上蚂蚁，嫌尼姑们念佛声噪，不耐烦地挥手道："你们收声，收声！"尼姑黯然低首。

管　家　（上前）老爷！还有一个消息，听说陈启沅不但在官山圩的蚕市掺了股份，开了不少米铺、杂货铺跟我们抢食，而且最近又专门派他的儿子陈蒲轩前往广州扬仁南街，要开办一个商号"昌栈"的丝庄……

王禅荫　（一惊，冷笑）唔？！那岂不是要连我王某人这份独市生意也想吃掉？……哼哼，没那么容易吧！（手捻佛珠沉思，阴沉地）管家，你快去一趟经纶堂，帮我把欧老爷请来！

管　家　是！

　　　［管家弓腰倒退，转身正欲出去，忽听内传：经纶堂欧老爷驾到。

王禅荫　（喜形于色）快请！

　　　［管家急下。王禅荫走到佛像前跪下，装模作样地数着珠作面佛修心状。

　　　［管家陪欧旷上。欧旷风风火火地进来，一见王禅荫还在面佛，就急嚷起来。

欧　　旷　唉哟，我的善人老爷哟，人家快把咱们的眼眉都剃光了，你还猫在这里拜什么佛噢？！

［王禅荫恍若未闻，继续念完那段经，又合手膜拜，后才起身笑迎欧旷。

王禅荫　阿弥陀佛。原来是欧老爷来了。管家，快去叫柔美子将昨天斋藤先生送我的那盒东洋京都绿茶泡来，请欧老爷品尝品尝。

管　　家　是的，老爷。（退下）

欧　　旷　老天爷，都什么时候了，你还有心思去品茗叹茶。你知不知道，学堂村那个陈植恕今天也开了一家汽机缫丝厂"裕厚昌"哪，我看照此下去，不出两三年，鬼眼七就会让这西樵遍地布满鬼机鬼烟囱，到其时，我经纶堂连站都没处站呀！……

王禅荫　（平淡地）菩提本无树，明镜亦非台，本来无一物，何处惹尘埃？佛说四大皆空。欧老爷，你又何苦为这凡世的物欲所扰呢？怒动易伤肝呀！……

欧　　旷　（更急）唉哟，你不要给我讲什么"菩提"不"菩提"了。我要你快点给我想出个对策来。你不要忘了，我经纶堂的不少生意，你也有股份的。要是像现在这个样子下去，人人都用汽机缫丝，不产土丝，我们没有土丝机房就要关机停工啦！……

［柔美子端日本茶具上，摆弄茶具。

王禅荫　色即是空，空即色也。老弟，我已经老了，心渐静如死水，机房的生意我不打算再要了，但求守得大和丝庄在，有个清茶淡饭了却余生也就满足了。唉，实话说，我也替你的处境难过哟，你既为机房行会的会长，自然也就身不由己、义不容辞地要为机房人着想呀。佛说：我不下地狱，谁下地狱。老弟，你好自为之吧。

欧　　旷　你也别给我耍花枪、装糊涂了。我欧旷虽是个粗人，却还不至于愚不可及。难道你还不知道，鬼眼七已在广州办起丝庄，跟香港、澳门搭上了关系，过不了多久，我看你非但断了在西樵这一带收丝卖绸的路，就算那些跟东洋人合作已久的买卖也要玩完！现在继昌隆的生丝已在香港市场压倒了东洋货，远销法国、英国、美利坚了……

王禅荫　（脸一沉，正色地）那你想我怎么办？

欧　　旷　（坐下）咱们还是快坐在一条船上，想法子一起干掉继昌隆吧。（呷茶，色眯眯地看着柔美子）

王禅荫　唔。……

　　　　〔王禅荫手捻佛珠转动着，边沉思边踱步。

王禅荫　水可以载舟，亦可以覆舟。蚕茧和汽机，固然可以使陈启沅猖獗一时，但不也可以置他于死地么？

欧　　旷　哦？愿闻其详，你讲明白点。

　　　　〔王禅荫招手叫过管家，三人窃窃私语。

欧　　旷　（心领神会）抢茧毁机？！

王禅荫　（虚伪地）阿弥陀佛，罪过，罪过！（走到尼姑那边，在一个小尼姑脸上捏了一把）念经！

　　　　〔旋即，厅中念佛声起。

欧　　旷　（得意地拍管家肩膀）这回就看你的了！

管　　家　（讨好地）一切听从欧会长吩咐。

　　　　（"呜……"这时，窗外又响起了继昌隆的汽笛声。王禅荫摇头，欧旷与之相视一哼，三人心怀叵测。

　　　　〔切光。

第三场

　　　　〔数日后，中午。继昌隆缫丝厂后院，可见石台、井台等，井台边，癸女母女俩正在洗衫，莲姑等几个女工在一旁捧着沙煲仔吃饭，欢声笑语不时泛起。

女工甲　哗，莲姑，什么时候打得这么条漂亮的金项链哟。

莲　　姑　你当是真家伙哪？只不过是"朱义盛"。（注：朱义盛是一家金铺，以卖成色很低的、为底层群众喜爱的金首饰闻名）

女工甲　有一条这么漂亮的"朱义盛"也愿啦，你想想，要象咱们过去土机缫丝那阵子，就是干到牛年马月你也挣不着一条"朱义盛"呀。

莲　　姑　那倒也是。

女工乙　（感兴趣地凑过来）让我看看，让我看看。哗，真的好漂亮哟！莲姑，你戴上了这条项练，简直都成了个白白嫩嫩的新娘子罗。（仿新娘子走路状）

莲　　姑　（羞涩，拧乙手臂）你个死妹头，几时学得这么坏的。（嬉闹）

　　　　　〔女工乙被莲姑追逐，笑着跑开，正好撞着一旁上来的王禅荫的管家，"哎哟！"管家身后还跟着欧旷的一个家丁。

女工乙　（一望管家）咦，你们是谁？

管　　家　（支吾）我……

莲　　姑　你不是大和丝庄王老板的管家吗？找我们老爷呀？

管　　家　是啊……嗯，不……

女工乙　（不客气地）那你们来干什么？

　　　　　〔管家一时不知所措，正巧大偈昌挟着汽机图及其他教学用具上，管家灵机一动。

管　　家　（指大偈昌）我们也来上课啊。

家　　丁　（应和）是的，是的……

大偈昌　哦，从外面来听课的吗？七爷马上就要来给大家上课的啦。

莲　　姑　（回头见大偈昌正要把图往墙上挂，即情不自禁地迎过去）世昌，我来帮你忙。

　　　　　〔管家身子一缩，趁机拉着家丁往机房方向溜下。

大偈昌　（对莲姑）不用了。你们快吃饭吧，七爷马上就来给大家上课啦。

莲　　姑　你吃了饭啦？（掏出手帕为大偈昌轻拂去身上的灰尘）

大偈昌　早吃过了。

　　　　　〔大偈昌摆放教学用具，莲姑拿起放在石台边的水烟筒，走到一边倒掉残水，又走向井边灌入净水，然后将水烟筒拿去给大偈昌，再帮他将烟丝装满，递上。大偈昌接过水烟筒，莲姑划上火柴为之点燃。
　　　　　〔女工甲、乙在一旁把这些看在眼里，指指点点的悄悄说笑着，终于"扑哧"笑出声来。

莲　　姑　你们什么事呀？这么好笑的？

女工甲　没，没笑什么。（作弄地）只不过觉得，这世上真是（怪声怪气地）"同人唔

（不）同命……"

女工乙　（怪声怪气接口）"同遮（伞）唔同柄"罗！（掩嘴笑）

莲　姑　（醒悟）哎哟，你两个死妹头，原来在笑话我。等我打死你们……

　　　　［莲姑脱下木屐，追逐女工甲、乙，二人边嬉笑边绕井台而走。"哎哟，救命呀。""哎哟，大偈昌快来救命呀。"大偈昌则在一旁看着憨笑。

　　　　［陈欧氏拿着一包钱银上，醉虾跟在后头兴致勃勃。

醉　虾　（高喊）出粮罗，又出粮罗！（见大偈昌）大偈昌，七爷找你哩！

　　　　［大偈昌听了即下。

　　　　［众人顿时停止追逐和放下手中事，围了上来，陈欧氏吩咐莲姑给众人发工钱。醉虾一接过钱，数也不数塞进口袋，举起酒瓶："还是这样好，半个月就出一次粮，又有大把钱买烧酒喝罗……"说罢转身跑下。

　　　　［奀女母女接钱高兴极了，奀女将自己那份全交母亲，奀女妈小心地把钱放好。

奀女妈　奀女，还不快点给太太道谢。

　　　　［奀女给陈欧氏鞠一大躬。

陈欧氏　哎，不要谢我，这是她自己辛苦换来的嘛。（对奀女妈）你在这里帮大伙煮饭，还行吧？（从身上掏出一个粮簿）呶，这个粮簿你拿去吧，你子女小，家里吃饭的人多，凭簿到我们的米铺每月可拿到三斗救济米，帮补一下也好。

　　　　［奀女妈感激涕零，与奀女双双跪下。

奀女妈　太太，你的大恩大德，我们一家就是来生做牛做马都报答不了呀！

陈欧氏　（扶起）不要这样，大家乡里乡亲嘛。其实，我何尝又没捱过穷呢，还不是这样一步一步熬过来的……（摸着奀女的头，叹气）听说奀女阿爸最近在机房被炒了鱿鱼，是吗？（女掉泪）现在机房失业的人越来越多，老爷已说起过这事多次了，接着我们还要多开些药店、肉档、米铺、茶庄之类的，到时就可以帮你阿爸又找到工做了。

　　　　［奀女懂事地点头，莲姑上前替她擦干眼泪。

陈欧氏　阿莲，昨天你买的项链怎么样？

莲　姑　（高兴地拉低衣领，含羞地）你看，姑姐。

陈欧氏　（疼爱地点点头，又从口袋掏出一只玉坠）阿莲，这只观音玉坠是我做姑娘那阵子戴的，跟我已很多年了。我昨晚将它从箱底里找了出来，就送给你配在项练上戴吧。

莲　姑　（高兴、感激）姑姐。

陈欧氏　来，让姑姐给你戴上。（为莲姑戴上）

［陈启沅与大偈昌上。大偈昌手挽一大水煲，放石台上。

大偈昌　（对众人喊）上课啦，七爷给大伙上课啦！

［莲姑马上也主动地四面招呼大家："上课啦，上课啦！（对那边）喂，你们那些外面想来听课的，也请快过来吧。上课啦。"

［众人立即安静下来，场外还有不少人涌了进来，大家或蹲或坐地围在汽机图前。

［这时，在外厂来听课的人群中走出一个高个子，他将一个请柬递给陈启沅。

高个子　陈七爷，我是裕厚昌的，陈举人让我送个请柬来，说明天我们二老爷的裕广昌汽机缫丝厂开张大吉，请你去饮开张酒。

陈启沅　（接柬）哦，他们还搞得真快呀，不过，不是说现在还缺茧吗？

高个子　是的，陈举人说开张的良辰吉日不好改，只好把裕厚昌的一船茧先让给了二老爷。

陈启沅　（点头）哦。

［人群中又走出一个矮个子，也递上一个请柬。

矮个子　陈七爷，人和村周老爷的汽机缫丝厂明天开张，特派我来请你明天前往指教。

陈启沅　哦，也是明天？（接柬）周老爷还是坚持利用旧的土机来配新的汽机吗？

矮个子　是的，只是现在试机效果不好，所以周老爷吩咐明天一定要请七爷你来指教。

陈启沅　（思忖）都是明天呀？可明天我有件急事要办哪。（对大偈昌）这样吧，世昌明天你代我去一趟。

大偈昌　不，不，七爷，我怎能代得了你呢？

陈启沅　哎，怎么代不了？他们两个厂的汽机都是你去帮忙安装的。明天你就去各敬两位老爷三大碗酒，行啦。

大偈昌　唉，七爷你知道我是从不喝酒的，明天要是陈二爷那里三碗酒、周老爷那里三碗酒，我非醉倒不可呀。

陈启沅　（作弄）那你更要借这个机会练练酒量，以后你这种应酬是要越来越多的。

（挤眼）明天就算你练酒功的第一课，醉倒了我让阿莲带人把你背回来……

大偈昌　（大急）七爷……

莲　姑　（解围）哎哟，姑丈，你就不要捉弄人家世昌啦，他是从来一沾酒就脸红的嘛。

陈启沅　（大笑）哈哈，好，好，（拍大偈昌肩）你怕喝醉，怎么就不会学着我的绝招——请枪嘛？

大偈昌　请枪？怎么请呀？

陈启沅　你让醉虾明天陪你一块去，不就等于请了枪吗？

大偈昌　（摇头）噢！——（望高、矮个子）那样行吗？

高个子
矮个子　七爷！——

陈启沅　哎，你们放心，我不会让你们难做的。

［陈启沅走到石台那边，拿起毛笔在纸上写了几个字，递给大偈昌。

陈启沅　世昌，你明天带一船茧和我这封信去见陈举人和陈二爷，就说这船茧是我送给他们的贺礼。

高个子　（高兴）谢谢七爷，这船茧对我们可真是雪中送炭呀。

矮个子　那……

陈启沅　你放心，你也有东西带回去。（展开手上的纸扇，在扇面两边写画题字，然后递给矮个子）这是我送给周老爷的贺礼。

矮个子　（看扇，读）蚕蛾破茧图？（抬头）七爷，你送给他们一船茧，怎么却只给我们一把扇子呢？

大偈昌　哎，你还没看另一面的题字呢。（读）"老茧不破，蚕蛾不飞，旧机不换，新厂不兴。"噢，这是七爷送一条灵方妙计给你们呀。

矮个子　（细细琢磨）七爷的意思是？

陈启沅　小钱不出，大钱不入，用旧缫丝机改装配汽机，看似省了点钱，其实是会影响丝质的，那样反而卖不了好价钱。周老爷或许现在一时资金周转不过来，（递一张已写好的银票给大偈昌）这张银票明天你帮我送给周老爷，就说我祝他的新厂有如蚕蛾破茧，脱胎换骨，蒸蒸日上。

矮个子　谢谢七爷。

陈启沅　（对陈欧氏）你帮我收拾一下，今晚我准备去一趟香港。

陈欧氏　去香港？什么事这么急呀？

陈启沅　刚刚接到蒲轩从广州丝庄捎来的信，说东洋人正在香港大幅度压低丝价，想要把我们从海外市场挤走哩。

陈欧氏　那该怎么办呀？

陈启沅　那就跟他们斗一斗，明天我亲自去香港丝市看看，他东洋人若是压价半美元，我继昌隆就减价一美金，东洋人斗不过我们的。

陈欧氏　可这价钱太低……

陈启沅　这样薄利多销，我们也不会亏。一旦把东洋人斗下去，我们的卖价就能马上转好。（对大偈昌）世昌，你明天跟陈二爷、周老爷说，他们新厂的生丝一出，马上即可运去广州我们的昌栈丝庄，我们包销。

大偈昌　明白了，七爷。

陈启沅　（对莲姑）阿莲，你要想办法尽快让新来的女工熟悉汽机缫丝。

莲　姑　知道了，姑丈。

陈启沅　你们放心，凭天时地利，东洋人是斗不赢我们的。（望众人）不要耽搁时间了，（对大家喊）现在我们继续上课。

大偈昌　大家坐好了，上课，上课。

　　　　［众人坐定。

陈启沅　好，我今天要给大家讲的，是汽机的一些原理。（指汽机图）大家都能看清这图吗？（招呼众人）哎，后面的人坐前一点嘛。

　　　　［后排的人移动位置向前。陈启沅在续讲。

　　　　［"哎哟，哎哟，疼死我了！……"场内传来醉虾和阿欢的吵闹声。"快点，你快点跟我来。"这是阿欢的声音。"哎哟，慢点，慢点，痛死我了！……"醉虾在叫唤。

　　　　［众人循声望去，只见阿欢扯着醉虾的耳朵上。

醉　虾　（护着耳朵）喂，喂，喂，耳朵掉了，耳朵掉了。

阿　欢　（把醉虾扯到人前，放手）把你耳朵扯掉就该了，鬼叫你这么没耳性，叫你上课却总说忘记。

醉　　虾　（捂耳朵）哎哟，哎哟，痛死我了。好你个衰婆，越发厉害啦，简直都成母老虎罗……

阿　　欢　好呀，你还骂人呢。（对众人）你们大伙来评评理吧。他一日到黑就只会醉醉醉的，多少钱都不够他当酒喝进肚里，当尿拉出来呀。别瞧他这么个大男人呀，如今其实他是要老婆来养着的呢。

　　　　　［众人哗笑。醉虾无地自容。

醉　　虾　（羞恼地）够了吧，你个衰婆是长了沙煲胆怎么的，如今会挣几个臭钱就想骑在老子头上屙屎屙尿哇？

阿　　欢　（一坐地上，蹬脚哭喊）好呀，你个醉虾，你真有种呀，在众人面前摆大丈夫威风，欺负老婆哇。得，得，得，你威风，你厉害，我阿欢一个女人算得了什么呀，从今儿起，你走你的阳关道，我行我的独木桥，我们井水不犯河水，谁也别想骑在谁的头上屙屎屙尿。咱们就此分手，算了……

醉　　虾　（傻了眼）哎！——

众　　人　（哄笑）哈哈，好家伙。这一出《阿欢休夫》演得真精彩，真好看呀！哈哈哈……

醉　　虾　你……你们。（无奈，望陈启沅求援）七爷，七爷……

陈启沅　（笑）阿虾，这回就是你的不是啦。瞧你这整天醉醺醺稀里糊涂的样子，也难怪老婆要把你给休了。（众哄笑）

醉　　虾　（急）七爷，你怎么也……

阿　　欢　（站起，叉腰得意）也、也、也，也什么也？

醉　　虾　（气得没话说）哎……

陈启沅　（笑）阿虾你别急，这样吧，我来出个主意，给你们夫妻俩来个约法三章，如何？

　　　　　［醉虾望望阿欢，阿欢望望醉虾，一齐点头。

陈启沅　那好，我说了。第一条，阿虾每次出粮，都要即刻将钱如数交给阿欢发落，（阿欢得意昂头望众人）……而阿欢则要保证今后再不能当着众人面前下阿虾的面子。

醉　　虾　（大声）对啦！

阿　　欢　（轻松地）行呀。（转头对众人）回到家里再泡制就是了。

　　　　　［众人哄笑不已。

陈启沅　第二条，阿虾只有在初一、十五才准饮酒，而且不准饮醉，（亲切地对醉虾）否则机器无情呀。

醉　虾　（跳起）哗，这岂不是要我戒酒！

阿　欢　什么呀？要是戒酒就连初一、十五都不让喝。哼，像你如今那样半醉半醒地上机，迟早命都赔了。

醉　虾　（无奈，指阿欢）那……那她呢？

陈启沅　阿欢则要理好家里所有内务，初一、十五还要㓥鱼陪阿虾打边炉。

众　人　哗，够美的呀！

阿　欢　（略显迟疑）好……好啦。（见阿虾在众人面前露出胜者之态，就又补充一句）我这是给面子七爷咋。

陈启沅　好，好。那第三条，是你们二人每天中午都要来这里上课学原理。（语重心长地）当知道，三数年后，继昌隆就要发展成上千的釜位，还要开分厂设分号，到其时，你们在座各人就都要当先生，做师傅的啦。

众　人　（一齐鼓掌）好呵！

陈启沅　阿虾，阿欢，这约法三章，你们能遵守吗？

阿　欢　（抢先）我听七爷的。

醉　虾　（无奈）我……我也听七爷的。

陈启沅　（大笑）哈哈哈，那么军中无戏言，我们一言为定。你们要是违背了，别怪我执法如山哟。

[众人鼓掌，大笑。醉虾、阿欢二人略显不好意思地双双坐下。

陈启沅　现在我们继续上课。（指图）今天要给大家讲讲汽机的一些原理。这汽机，是一个名叫瓦特的英国人发明的。这个英国人是怎样发明的呢？（拿起大水煲）你们且来看这个水煲，水煲的水滚，就会产生热气，热气一喷就会"嗤嗤"地……（猛顿住，侧耳细听，这时场内传出一阵刺耳的"嗤嗤"响，紧接着只见水汽漫出场上来）……咦，什么事？

[女工丙惊惶失措地冲上。

女工丙　不好了，不好了。里面到处都是热雾，到处都是鬼样的叫声呀。

大偈昌　（一跃而起）我去看看。（急下）

莲　姑　（追上）世昌，危险呀！（随下）

　　　　［众人惊惧，不知所措。陈启沅想冲进去察看，又怕在场众人大乱，只能跺足而望。

陈启沅　（镇定地）大家不用慌，可能是气阀出了毛病，就等于水煲的水煮得太滚，热气直喷而已……

　　　　［"轰隆！"此时只听内里一声巨响，紧接着，内里又传来大偈昌一声痛叫"哎哟！"和莲姑一声惊呼"世昌，世昌……"

　　　　［陈启沅正想冲进去，才迈出两步，已见气雾腾腾中，莲姑搀扶着负了伤的大偈昌出。

陈启沅　世昌，怎么了，怎么了？

大偈昌　（艰难地）锅炉爆炸了，汽机也、也……

众　人　怎么会这样的？

　　　　［大偈昌无力地摇摇头，疼痛难忍。

大偈昌　（将手上一只功夫鞋塞给陈启沅，低声地）这是在锅炉旁发现的……（昏倒）

陈启沅　（急抱住大偈昌）快去医馆请大夫，快！（细看功夫鞋，发现鞋上有字，念）经……纶……堂！

　　　　［切光。

第四场

　　　　［清晨。官山圩埗头前街上，一家临江的两层茶楼门前，四姆挂一盏煤油灯，摇着葵拂子摆卖元宝和西樵大饼："西樵大饼！西樵大饼！"另一侧，一个摆卖咸酸、凉茶的汉子正在开摊，边摆开茶碗、台凳，边与四姆搭讪。不时有行人匆匆而过。

凉茶佬　今晨有点凉，四姆，你来得早呀！

四　姆　（叹气）唉，不早点来，怕卖不完呀。你看，昨天就卖剩了好些个。

凉茶佬　是呀，如今这世道，生意确是越来越难做了。

["哎——，倒——水！"年轻的倒尿公挑着尿桶上，见到饼铛，放下担子走过去。

倒尿公　姆记，要一个大饼。

四　姆　好咧。（用纸包饼，递上）

　　　[倒尿公付钱，接过大饼，啃着，走过凉茶档那边，坐下，与凉茶佬聊起来。

倒尿公　凉茶佬！这段日子生意好哇？

凉茶佬　好个鬼！刚刚我还在跟四姆叹气哩。（递上一个碗）来碗竹蔗水，怎么样？

　　　[几个机房工人上，纷纷与凉茶佬打招呼，坐下买饼喝茶。看得出他们原来彼此熟识。

倒尿公　（追问）自从汽机缫丝兴起，一业带旺了整个官山圩。上上下下的人多了，你们的生意应该很好做才对的。

凉茶佬　呔，弊在这段日子蚕茧失收，茧市一淡，我们在埗头做开行船佬生意的，不也跟着淡罗。

倒尿公　如此说来，确是各家都自有一本难念的经呀。（放下碎钱，站起）呔，我还是赶紧去干活挣钱糊口吧。（挑担下）

　　　["哎——，倒——水！"望着倒尿公远去，凉茶佬感慨摇头。

机工甲　（对凉茶佬）阿汉，你还摇什么头呀，你算是好的啦，早早就从机房退出来转行，现在好歹有档自己的生意。我们就惨了，今日不知明朝事。

凉茶佬　怎么？该不是你们也被经纶堂炒了鱿鱼吧？

机工甲　现在暂时倒还不会，可我看今年蚕茧失收，土丝不足，机房是迟早要停工的了。

机工乙　（一拍桌子）丢那妈，一日到黑都是那个鬼眼七该死，引得处处都学他搞什么汽机缫丝，他们就发达罗，生丝钱赚得不清不楚，可我们手工缫丝和机织业的就给他害苦了，连饭都没一口好吃的！

　　　[王禅荫偕管家上。

王禅荫　谁没有饭吃啊？

　　　[众人见是王禅荫，即围上。

凉茶佬　呀，是善人老爷来了。

四　姆　（上前施礼）善人老爷，又去进香啊？

王禅荫　（慈祥地）是呵，是呵。你们刚刚在议论什么呀？

机工乙　我们正在骂鬼眼七只顾自己发财，搞得好多人丢了饭碗。

机工甲　善人老爷，再这么下去，我们经纶堂下面的机工可就真的没饭吃了，你去给陈七爷讲讲吧。

王禅荫　（叹息）罪过，罪过，我看这个事你们还是找欧会长吧，他会为你们出头的。至于陈七爷，他也懂得"多行不义必自毙"的因果报应的。（言毕，念佛而下）阿弥陀佛……

凉茶佬　其实也很难怪陈七爷的，做生意谁不想赚钱呢，各师各法罢了。更何况，他还做了不少善事哩。

四　姆　那倒是呀，陈七爷花钱在咱们先登堡和简村搞的"吉水窦"，确是使乡亲们种桑养蚕得了福呀。

　　　　［盲眼算命先生上，在凉茶铺旁开台设档，台布上书：算命、解签、占卦。

凉茶佬　还有呀，听说他给善堂捐了不少款，最近又说要出钱重修西樵山云泉仙馆呢。（问算命先生）是不是呀，盲炳？

算命人　那当然，昨天我在云泉仙馆前摆档，道长亲口讲的。

机工乙　喂喂喂，你们看，那个入庙求签的靓女是谁？

机工甲　（探头望）噢，真的好漂亮哟！是哪条村的呢？

　　　　［莲姑上，在四姆处买了些元宝蜡烛香后，过场下。众人被其美貌吸引。

凉茶佬　（望）哦，她不就是继昌隆的自梳女莲姑罗。

机工甲　继昌隆？噢，对了，前些日子他们的锅炉爆炸，汽机毁了，听说连那大偈师傅也炸伤了。哦，说不定这靓女就是来还神的呢？

机工乙　哼，把他们全炸死了才好呢，欧老爷早就说了，那些汽机最危险，动不动就会爆炸要人的命。

机工甲　还有哪，好多人都说，继昌隆的烟囱三丈多高，恰似一把魔剑戳住西樵山的龙脉，破坏风水，弄得今年到处蚕茧失收，他们这样迟早会闯大祸的。

机工乙　盲炳，你说是不是这么回事？

算命人　那还用问的！要不，鬼眼七他为什么要捐钱做那么多善事，还不是怕报应。

　　　　［埗头那边忽有人喊："有茧船来了，有茧船来了。"

［欧旷马上从茶楼二楼探出身子。

欧　　旷　好呀，你们快把茧船截住，快把茧船截住！

［欧旷说罢，即跑下楼来，身后跟着几个家丁。

欧　　旷　（吩咐家丁们）你们快传令各埗头的兄弟，凡有茧船来到，统统给我截了。（又低声）决不能让继昌隆、裕厚昌等汽机缫丝厂买到一粒蚕茧，明白了吗？

众家丁　明白了！

［场内传来喊声："茧船停住！"

［欧旷大步跨上涉头高处，对江高喊。

欧　　旷　那边过来的茧船，是哪里来的？

内　　应　（四邑口音）新会来的。

欧　　旷　你们赶快泊岸。

［一只满载蚕茧的船靠岸。

欧　　旷　谁是老大？

［一个精瘦的四邑老头上，后跟一个壮实的后生。

老　　头　本人叶五便是。你们学堂村裕厚昌的陈举人约我们来的。

家　　丁　什么陈举人、新举人，告诉你，现在凡是来西樵做茧市买卖的，一律都要经过我们这位经纶堂会长欧老爷。（指欧旷）

老　　头　哦？（思忖，抱拳拱手）还蒙欧老爷关照。

欧　　旷　（一摊手）请！

［机工甲、乙见状，识趣离开。

［欧旷与老头来到凉茶铺双双坐定。后生与家丁分立两旁。

［凉茶佬马上端上两碗茶："两位老爷请用茶！"

欧　　旷　（单刀直入）你的湿茧打算怎样卖？

老　　头　广东双毫八钱一市斤。

欧　　旷　老兄，要价太过分了吧。六钱半。

老　　头　七钱半。再退半步也不让啦。（站起身作欲离去状）

欧　　旷　（不动声色，仍坐着）喂，老兄，看来你的性子太急了点吧。（摸摸鼻子，若无其事地仰头望天）你可不要忘了这里是谁的地头哟。

后　生	（上前一步，愤怒地）你……

［众家丁马上"呼啦"摆开架势。

［老头泰山崩于前而色不变。

欧　旷	（装模作样地一瞪家丁）你们这是干什么？退下！

［家丁们垂手退下。

老　头	（重新坐下）好，客随主便。我叶五今天初临贵境，日后要仰仗欧老爷之处还多，就算交个朋友，齐头数七钱卖给你们。
欧　旷	（拿起碗来）好，成交！（将茶一饮而尽）
老　头	慢！
欧　旷	唔？！
老　头	有一条得事先讲清楚，陈举人那边有劳欧老爷给妥善处置。
欧　旷	（一按桌子，站起）这个你放心。
老　头	好，那多谢欧老爷啦。（也将茶一饮而尽，站起，转对后生）阿生，招呼弟兄们卸货。

［众人齐往埠头，入内。算命先生听人声已远，不禁感慨起来。

算命人	（摇头晃脑）唉，真是"天下熙熙，俱为利来；天下攘攘，俱为利往"。为了一钱半厘，几乎就要打将起来，值得吗？值得吗？
凉茶佬	喂，你在这嘀嘀咕咕些什么，这么多道理，刚才你何不跟欧老爷他们当面讲。
算命人	哎，"知命者不立乎危墙之下"嘛。恶人自然有天收，我盲炳又哪里管得这许多呢。（一摇龟壳，吆喊）解签、算命、占卦，能知过去未来……

［说话间，船工将一箩一箩湿茧抬上来，一字排开。陈启沅和陈植恕摇扇子，从另一侧上。

陈启沅	哈哈哈，植恕兄，开始是我继昌隆帮你建起裕厚昌，现在换过来是靠你裕厚昌帮我继昌隆度过难关了。昨天我已接到广州陈联泰五金行的来信，说新的汽机这几天就给我运来。哈哈，有你们这一帮志同道合的朋友帮助，继昌隆不出十天，又可以重新响笛开工啦。哈哈……
陈植恕	启沅兄，不过我看此次锅炉爆炸一定事出有因，你切不可掉以轻心呀。
陈启沅	是的，我已有物证断定爆炸乃是人为所致，昨天已正式报请江浦司巡检辖派

人前来协助查办，我看……

［这时，一个游动卖古玩的商人上来一把拉住陈启沅，推销古董。

古董商　（口吃）七……爷，我……我这里有一把宋……宋朝的古……古扇，请七……爷你看……看……呀。

［陈启沅推不脱，无奈只得接扇，低头细看。

陈植恕　（见启沅入迷）启沅，我且过去那边，看看从新会约的茧船来了没有。

［陈启沅点点头，边看扇，边被古董商拉着下。

［这时，船上的后生抬一箩茧上，放下，走到四姆档前买饼，扇汗。

陈植恕　（上前）后生哥，你的茧怎样卖呀？

后　生　不要提了，不要提了。

陈植恕　怎么不要提呢，我想大批收购茧哪。

后　生　（叹气）唉，我们听说官山的茧市价钱好，还以为真，谁知辛辛苦苦赶那么远的水路将茧运到这里，却原来价钱还比我们那边低。唉……

陈植恕　哦，那么请问你们从何而来呀？

后　生　（自顾吃饼）新会罗。

陈植恕　新会？那你可认识圭峰乡的叶五爷？

后　生　（抬头）他就是家父呀。

陈启沅　（喜）哦，是令尊大人呀？我约好他今天运三十箩湿茧给我的呀。

后　生　（恍悟）哦，你就是家父说的那个陈举人呀？

陈植恕　（拱手）正是。

后　生　唉，你怎么这会儿才来呢？我们的船刚靠岸，就让你们经纶堂的欧会长将货全截去了。

陈植恕　竟有此事？他出多少价钱？

后　生　七钱一市斤罗。

陈植恕　可我愿意出到八钱半一市斤啊。

后　生　（一惊）八钱半一市斤，是不是真的？

陈植恕　（正色）君子一诺千金。

后　生　（欢喜，跳起）好，那么我们的茧卖给你……（可一想，又坐下）不过不行

陈植恕	哪，你们经纶堂的欧会长说了，凡来这里做蚕茧买卖的，一律都要经过他的。岂有此理。你别怕，你们的茧船是我事先约来的，更何况"价高者得"乃是天公地道，你们的茧自然还是应该卖给我。至于欧旷那边，我自会与他理论。
后　生	（跳起）好，那么你等等，我去去马上就回。（转身往涉头跑，数步又停住回头）你可别离开呵，（跑下）阿爸！阿爸……
陈植恕	（看着后生离去，越想越气）这个欧旷真是蛮横无理，这还有王法吗？

〔这边，欧旷领着家丁们已怒气冲冲上。

欧　旷	（边走边喊）是哪个狗胆包天，竟敢起我的尾注！（上前看清）噢嚱，原来是陈举人呀！
陈植恕	欧旷，我正想找你理论呢！
欧　旷	（冷笑）理论？理论什么呀？
陈植恕	古云：君子不夺人所好。可你如今却欺行霸市，把我约来的茧船截去，我来问你，你还懂得"羞耻"二字吗？
欧　旷	羞耻？哈哈，我还想问问你呢，陈举人，这些茧我刚才已经付钱成交的了，你说茧船是你约来，有什么凭据，你付过钱了吗？哼！
陈植恕	你……，你真是恶人先告状，无耻之尤呵！
欧　旷	（恼怒）你个臭书呆子，别以为考了个举人我就不敢动你，如今这点功名还能顶个屁用！（唤家丁）弟兄们，上。

〔众家丁对陈植恕拳打脚踢至流鼻血。
〔陈启沅与古董商上，见状，即上前劝阻。

陈启沅	哎，住手，住手，有事好商量嘛。

〔众人停了下来。陈启沅扶陈植恕。

陈植恕	岂有此理，这还有王法吗？还有王法吗？
欧　旷	王法？哼哼，这批货是我欧某人成交在先的，现在我就只知道"行有行规"四字。（对陈启沅，故意地）陈七爷，你是个明白人，这回我就请你来主持公道，你——看着办吧！

〔陈启沅明白一切，即把陈植恕拉到一边。

陈启沅	（故意大声）植恕兄，这是何苦呢？行规有律例，不管怎么说，已付钱成交的

货是不能抢的。

陈植恕　（不服）怎么你也帮着他们……

陈启沅　（以手作压恕状）哎，你且回去敷敷伤吧，看鼻血都流出来。（推陈植恕离开）有道是"和为贵"，"和气生财"嘛。

陈植恕　不，士可杀不可辱。岂能让他们这些市井无赖横行霸道……

欧　旷　（怒起）你说什么？（众家丁围上）

陈启沅　（连忙拦住）哎，大家乡里乡亲，何必太认真呢？（转对陈植恕低声）秀才遇着兵，有理说不清嘛。你先回去。继昌隆还有几十箩干茧，你先拿回去用就是了。

陈植恕　你……（还欲争持）你是怕了他们还是真看不出，他们这是想截茧霸市，断我们蚕茧原料呀。

陈启沅　"小不忍则乱大谋"，植恕兄（强推他转身）你就算听小弟一回劝，行吧？

　　　　［陈植恕无奈，转身，临离开时，怒目欧旷。

陈植恕　欧旷，我们后会有期！（下）

欧　旷　（逞凶）唔！（跳起）

陈启沅　（连忙阻住）欧会长息怒，欧会长息怒。看在我的分上，请赏面到那边茶楼饮茶。行吧？

欧　旷　（一甩手）别给我来这一套。

陈启沅　哎，还是到茶楼坐坐吧，我陈某还有事要向欧会长你当面请教请教呢。

欧　旷　（一愣）嗯？

陈启沅　（从袖中取出功夫鞋）前些日子，我继昌隆发生人为的锅炉爆炸事件，明天江浦司巡检辖就要派人来查办，而我在爆炸的锅炉旁发现了这一只（一字一顿地）功、夫、鞋。

欧　旷　（一惊）这个……

陈启沅　（摇鞋一笑）这个——你看刚才的事？

欧　旷　哼，就算给个面子陈七爷。（转对家丁）我们走！

　　　　［陈启沅陪着欧旷等上了茶楼。

古董商　（欲追陈启沅）哎，七……七爷，这，这……

算命人　（用盲公竹一拦）这这这，还这什么呀？你睁眼白白都看不出，这不过是由硬跷硬马转为内功太极，依然是着着险招呀。懵人！

古董商　你……你怎知道呀，你、你、你又没……没眼睛看。

算命人　（一打龟壳，有点气愤地）连这都不知道，我还配吃这碗饭？你这懵人，难怪听声知贱格，一世没得发啦！

古董商　什……什么？（在空中虚舞一下拳头，无奈）懒得同你个死盲公一般见识。（转身，背起古玩袋，唱）"终……须一日龙穿凤，唔、唔通日日裤……穿窿！"

[莲姑上，与古董商撞个满怀。

古董商　喂，赶着去投胎呀？（边骂边下）

莲　姑　（抱歉）是不小心，对不起，阿叔。（走近算命人）

算命人　（已先问）要算命还是解签呀？

莲　姑　解签。

算命人　第几签呀？

莲　姑　第十五签。

算命人　哦，第十五签乃是上上签噢。

莲　姑　真的？

算命人　当然。（唱吟）"仙槎一叶泛中流，月殿蟾宫任尔游，盈耳霓裳声暂歇，酒诗吟饮几时休。"哈哈，此乃"明皇游月殿"之上上签也。此签倘是问家宅，则家肥屋润；问姻缘，则佳偶天成。阿姑，不知你想问哪样呀？

莲　姑　（四顾低声）姻缘。

算命人　（大声地）问姻缘呀？好好，那就要恭喜你了。

[这时，陈启沅正好在茶居上走出走廊："伙计，伙计，冲水呀。"无意听到算命先生的话，发现是莲姑，即感兴趣地探头偷听。伙计提水煲出现在茶楼："来了，滚水……"

算命人　（一摇龟壳）呀，此签说的乃是唐明皇宠幸杨玉环为贵妃，日日笙歌，夜夜恩爱的典故。阿姑，你想想，你求得此上上之姻缘签，还怎会不是万事称心如意呢？

莲　姑　（羞涩地）那……我应该同属什么生肖的人，才相合不相克呢？

算命人　你生辰八字是怎样呀?

莲　姑　丁丑年三月四日酉时。

算命人　那就是属牛，丁丑、壬寅、丁酉、己酉，（边喃喃而语，边掐指而算）

〔陈启沅在楼上听得眉飞色舞。茶楼伙计冲完滚水出，见陈启沅的神情感到奇怪，即好奇地上前叫陈启沅："七爷！（陈启沅不闻，又叫）七爷！……"陈启沅头也不回，也不问何事，从袋中拿出碎钱递过，挥手让伙计走，便自顾饶有兴致地听算命先生解签。伙计接过钱反倒莫名其妙，循声往下望算命人，觉得并无异处，摇摇头，露出觉得大人物的事情真不好懂的神情，一弯腰："多谢七爷了。"

算命人　（摇头晃脑，绕口令般）命中日干丁火为女方自身，用月干克壬水为丁火夫星，月支演甲木，既为丁火自身之印，亦为夫星壬水之吉神食神。再如儿子寄居之时官，一是丁火生出己土为子，二是夫星壬水得己为官，三是子星己土得寅中甲木为官，四是丁火克时支酉为财。（一顿，放慢）由是观之，阿姑你定是个旺夫益子的命呀。（莲姑闻喜）……不过，《三命通会》有云："丑为金库，生亥子而克寅卯。"亦即是讲，假如属猪属鼠的人娶着你做老婆就真是家山有发啦；但……倘若你嫁的是属虎属兔的老公，那就难说了。

莲　姑　（略带犹豫）哦?

算命人　阿姑，我盲炳虽然无眼，但听你声如水柔，便可知你定是个善良之好女子，所谓"恶有恶报，善有善果"，你将来一定会嫁得如意郎君的。（摊手索银，莲姑放钱。盲炳不停嘴）嘻嘻，只是到了洞房摆酒，生子派姜那时，不要忘记我这算命人就是了。承惠！承惠！

〔陈启沅在茶楼上听到此，忍不住朗声"哈哈哈"大笑起来。

〔莲姑抬头一望，见是陈启沅，羞得"哎哟——"一声，扔签在地，跺着脚，掩面转身掉头而去……

〔切光。

第五场

[晚上,陈启沅的书房。透过窗外,可见天边偶尔闪几下闪电。这个书房很特别,既像书斋,又有点像实验室。房内放着古玩,也放有机器小模型等,室内还醒目地放着一个地球仪。书房里悬挂着一对条幅:"百以十乘宜小蓄,豫非谦受不成恒。"

[此刻,陈启沅正专心地伏案写着东西。时而,他拿起大葵扇驱赶蚊子,时而,又笔走龙蛇地挥毫疾书。陈欧氏则静坐一旁,默默缝着衣服。

陈启沅 (放下笔,拿起纸,一口气念)缫丝之法既善,而养蚕之法然尤未精,故特悉心考究,神而昭之,幸望植桑养蚕之家,人人皆通此理,照法饲之不难,野无恶岁,处处丰年,有心人其为广传,亦于我国未尝无少补云尔,是为序。(不觉兴奋拍案)好!好呀!

[陈欧氏一旁抬头,笑了。

陈欧氏 老爷,你每次著书写文章,总是显得如此激动。

陈启沅 (站起身,在房内踱步)是呀,夫人,你可知道这次要写的这本《蚕桑谱》,意义委实非同寻常,它比我先前所著的《理气溯源》更为重要。在这本书里,我除了要将新器缫丝之法详尽记录外,还要把种桑养蚕的各种知识道理一一介绍。你看,今年四乡蚕茧失收,已经严重影响到我们缫丝业的发展,欧旷之流,乘机欺行霸市,无非是土机缫丝与汽机缫丝争夺蚕茧原料,假如通过我这本书,能教会乡民村妇种好桑养好蚕,蚕茧一旦丰收,也就无须你争我抢了。先父"耕以为民之本"的教诲,诚为至理之言呀!无桑何以养蚕,无蚕何以得茧,无桑无蚕无茧则焉谈缫丝,焉谈丝之市道昌淡?孟子曰:"树艺五谷,五谷熟而民人育。"亦工亦商而不忘重农桑,此方为富国强兵之大道呀!

陈欧氏 可是,老爷你更要注意休息呀,你白天操劳,夜间又不停地写书,很容易熬坏身体的。我总有一种预兆,继昌隆接下来要发生的事,是会越来越多的,今天早上裕厚昌陈举人已经被打了,我真担心你……你的书还是放下以后慢慢再写吧。

陈启沅 （感动地）夫人，若是为私，我陈启沅早就罢手了事了，（习惯地抚地球仪）可你是否知道，现在东洋人正想尽法子要挤垮我中华之缫丝业呀，他们不仅在香港市场压低生丝售价，又勾结一些汉奸败类在上海等通商口岸把持丝市、茧市，如今尚能与之在世界匹敌争雄者，唯我广东之汽机缫丝啦。你想想，作为中华汽机缫丝创始之第一人，我陈启沅又怎能不心焦如焚，热血沸腾？！我要抓紧时间著书立说，我要将我所懂得的蚕茧知识在中华大地上广为传播，我要在我南海简村高树一帜，我要与东洋人决一雌雄。

陈欧氏 （为之感染，将手中缝好的外衣披上陈启沅身上）老爷……

陈启沅 （拥妻）夫人，（用力一转地球仪，语重心长地）你看，地球转得多快多快呀，可我们国家却走得太慢太慢了。但尽管慢，只要我们继续走下去，就不会沉沦，就会有希望的。

〔二人共看地球仪，莲姑上。

莲　姑 姑姐，姑丈，世昌来找呀！……

陈启沅 哦，正好，快叫他进来！

〔莲姑向内喊：世昌，姑丈叫你快进来！

陈启沅 阿莲，你教的那帮香山来的女工现在学得怎么样了？

莲　姑 姑丈，你放心，我已经都教会她们了。只要一复工，她们就都可以上机了。

〔大偈昌手吊绷带上。

大偈昌 七爷，新运来的汽机已经装好了。继昌隆明天就可以响笛复工啦。

〔陈欧氏示意莲姑，莲姑即随之入内。

陈启沅 （上前一拍大偈昌肩膀）好呀，世昌。（见大偈昌咧嘴，即关心地）来，让我检查一下你的伤。（检查）哦，恢复得不错。（拿笔在纸上写药方）你再喝我三、四剂药，就会全部好的啦。

〔陈欧氏端着药与莲姑上。

陈欧氏 世昌，你快趁热喝了这碗药吧。

莲　姑 是呀，饮完茶还要敷药呢。

陈启沅 （见到莲姑的亲热劲）对了，世昌呀，接下来几天你要潜帮助设计改装"机汽单车"，晚上就不用来这里吃药那么麻烦了，就让阿莲每晚送药到你的房间，帮你敷药算了……

大偈昌　这……

陈启沅　不要"这这这"了，就这样定了。彼此都是自家人嘛，（笑问莲姑）对吧，阿莲。

[莲姑羞伏陈欧氏肩膀，大偈昌憨笑。

陈欧氏　（对大偈昌）世昌，还不快吃药，都要凉了。

大偈昌　（呷一日，皱眉叫苦）哗，这次的药怎么这样苦的。

陈启沅　苦？（灵机一动）好，那我给点东西你送药。

大偈昌　那好呀。

[陈启沅走到书桌前，拿起一支签，递给大偈昌。

陈启沅　呶，给你这个送药如何？

大偈昌　（不解）七爷，这是一支签，怎样送药呀？

陈启沅　咦，你别看它是一支签，但……（望莲姑笑）它好甜好甜的哟。（见大偈昌莫名其妙）你且坐下，我给你讲个故事。

大偈昌　讲故事，好呀好呀。

陈启沅　且说许久许久以前，有一个风流天子，有一日，他食饱饮足，又想去风流风流，可九妃十八嫔他觉得都看厌了，于是就偷偷地一个人溜了出宫，想在民间自己选个合心的妃子。他在街上行呀行呀，从早走到晚，可外边女人虽多，却没有一个比得上他的嫔妃呢。这个风流天子当然很失望啦，不过又不甘心就此还宫，于是就一个人呆呆地沿着一条河，边走边数着天上的星星。他走呀走呀，心想：唉，人人都说皇帝是想什么就有什么，可我为什么连那个牛郎都不如呢。牛郎尚且有个自己喜欢的织女，而我身边嫔妃虽多，却怎么连一个中意的都没有呢。这样想着想着，风流天子就越是心里觉得烦闷，忍不住他就张大喉咙，对着黑黑的河面大声嘶喊：我不要当皇帝了，我宁愿当牛郎呀。织女，织女，你在哪里呀？嗬，谁想到，这个风流天子话刚落音，河面上忽然之间就泛起金光万丈，紧接着，随着一阵悠扬的乐曲，一个仙女从水中冉冉出浴，升了上来，在河面上跳着一个七彩的丝绸舞。哗，风流天子这下子开心罗，这不就是他心目中追寻已久的仙女？他情不自禁地冲了上去，拥住仙女一起载歌载舞。他们跳呀跳，风流天子觉得自己从来都没有过这么开心的日子，所以他就真的不愿返回皇宫了。以后呢，这个风流天子就来到民间当了一个大偈师傅，这个仙子呢，就下到人间当了一个缫丝女……

莲　姑　嗟，姑丈这个故事是自己乱编的。

陈启沅　哦，是吗？嘀嘀。不错，其实这个故事是我拿唐明皇杨贵妃的故事改编的。世昌，你知道唐明皇与杨贵妃的故事吗？

大偈昌　听是好像听过。

陈启沅　（举签）呶，我这条签叫作"明皇游月殿"，就是由这个故事生发出来的。你看得明白吗？

大偈昌　七爷，你别笑我了，我怎么会看签呢？

陈启沅　（对莲姑）那么，阿莲，不如你给世昌解解这条签，好吗？

莲　姑　（羞急）我不懂。

陈启沅　（作弄）你也不懂？（莲姑羞跺脚，陈启沅笑对大偈昌）她不懂，你不懂，那只好由我来试试解这条签了。（一字一字念签）仙槎一叶泛中流，月殿蟾宫任尔游，盈耳霓裳声暂歇，酒诗吟饮几时休。（装模作样）让我想想看呀。哦，这条签应该是条很甜很甜的上上签呀。它的意思是，问到此签的女子，一定能够好像杨玉环那样嫁得一个很疼爱她的好丈夫的。（问莲姑）阿莲，是不是这样解呀？

莲　姑　（羞）我不知呀。

陈启沅　（笑）哦，真不知呀？（又问大偈昌）世昌，你说这条签是不是很甜很甜呀？

大偈昌　（拿签翻看，不解）唔？（一口一口把药喝下）苦的呀。

陈启沅　（爱嗔）呔，世昌，真、真拿你无办法哟！（忽然想起什么）哦，对了，世昌，你生肖属什么？

大偈昌　（一愣）生肖？我都不知道。

莲　姑　不知道？没有理由的。

大偈昌　真的。我自幼父母双亡，是陈淡浦老爷抚养我成人的，我真的不知自己生于何年何月的。

陈欧氏　（同情）唉，世昌，原来你身世这么苦。

陈启沅　哦，那更好。

陈欧氏　更好？（不解）

陈启沅　我的意思是不知道出生年月，则可以自己随意选上一个合心的属相，那岂不是更好？

大偈昌　这话怎解呀，七爷？

陈启沅　（学上场算命先生样子）因为《三命通会》有云：丑为金库，生亥子而克寅卯。亦即是讲，假如属猪属鼠的人娶着属牛的做老婆，就家山有发啦；但倘若属牛的嫁的是属虎属兔的老公，那就难说了。（笑问）阿莲，你这个属牛的，想要世昌属猪属鼠呢，抑或属虎属兔好呢？

莲　姑　（见被点穿，羞娇）姑丈，我不理你呀！（一跺脚，转身飞跑）

陈启沅　（一拍大偈昌）世昌，怎么你这样懵蔽呀，你就是属猪属鼠的，还不快追……

大偈昌　（恍然大悟，一拍脑袋）噢？！

　　　　［大偈昌追出。

陈启沅　（开心地望着跑远的大偈昌和莲姑）哈哈哈……（抚掌）这真是天生一对地造一双啊。

陈欧氏　（提醒）不过，老爷，你不要忘记阿莲是早就"梳起"的喔。

陈启沅　（不以为然）嗟，什么梳起不梳起，"自梳女"的这种乡中陋习早就应该摒除了，莫说"梳起"根本是未嫁人的，就算嫁了人还可以离婚嘛。

陈欧氏　（担心地）老爷，这里是乡下不比南洋呀，自梳女爱上男人，是要浸猪笼处死的……

陈启沅　（不以为意）哎，我看你有点杞人忧天吧。

　　　　［"砰砰！""砰砰！"这时，忽闻几声凄厉枪声划破天幕。

　　　　［陈启沅夫妇惊觉。

陈欧氏　姨，什么声音？

陈启沅　像是枪声。对，是枪声。听起来，好像是学堂村那边呢。

　　　　［莲姑慌张跑上。

莲　姑　姑丈，是哪里打枪啊？

[内传:"陈七爷!陈七爷!"随声大偈昌领着学堂村的高个子惊惶而进。

高个子 陈七爷,陈七爷,我们学堂村出事了,经纶堂一千多人突然袭击裕厚昌,双方死伤好多人啊。

陈启沅 那植恕兄现在情况如何?

陈欧氏 陈举人他没事吧?

高个子 陈举人现在暂时还没事,他让我赶快来给你们报个信,说经纶堂的人很可能要打到继昌隆这边的,请你注意防范。

陈启沅 哦,(点头沉思)我看这是欧旷为今天早上的事对植恕兄报复。

陈欧氏 老爷,你可千万不要麻痹呀。欧旷是我外家的族长,什么事都干得出的。

陈启沅 (想了想)这样吧,我马上到县衙去拜见县官大人,请他出来主持公道。

陈欧氏 你现在这样去找县官大人有用吗?

陈启沅 (满怀信心)放心吧,别忘了继昌隆开张的时候,(一指堂上高悬的"造福桑梓"贺匾)县官大人还给咱们送贺匾呢。(转身对高个子)兄弟,我们一块去。

高个子 好。

陈启沅 世昌,在我没回来前大家切不要惊慌骚动。阿莲,你要带好女工。(对陈欧氏)我走了。(说罢与高个子下)

陈欧氏 老爷,你要当心哪!……

[切光。

第六场

[早上,乌云密布,大雨将至,时闻闷雷。欧家大祠堂前,显得肃穆可怖。一个家丁提着铜锣,锣声"哙哙",边敲边喊:"各位乡亲父老,族长有令,大家快点来祠堂集中。"

[家丁敲锣下,锣声喊声渐弱。欧旷和王禅荫由祠堂侧上。

欧　旷 哈哈,真是天开眼,天助我也。昨天捣毁了裕厚昌,今天又把莲姑和大偈昌捉了回来,这下子鬼眼七两面受挫,继昌隆肯定元气大伤,再也威风不了几时啦……（竖拇指）善人老爷，还是你的计谋使得，你的计谋使得。

王禅荫　哎，话不当这样说呀。你作为经纶堂的会长，为了机房行会的利益儆惩裕厚昌；作为欧家村的族长，为了维持族规捉拿奸夫淫女，那都是分内之事嘛。（欧旷得意而笑）……至于我王某人嘛，只不过是遵我佛旨，杜绝淫邪，挽愚迷于罪孽，普度众生罢了……

欧　旷　哈哈，我不懂得你那些"阿弥陀佛"，我只知道，在这西樵山是有他鬼眼七就无我们，我们一定要把他赶走。（转念一想）……不过，听说鬼眼七去找知县大人了。

王禅荫　这个你放心，知县大人到头来还得按我们的意思办。

欧　旷　知县大人就那么轻易肯听你的？

王禅荫　（轻蔑一笑）他可以不听我王某人，可不敢得罪东洋人吧！

欧　旷　（恍然大悟）哦，明白，明白。总之你负责请官，我负责乱民。（奸笑）哈哈，哈哈……

　　　　〔"哐哐"声！"各位乡亲父老，族长有令，大家快点来祠堂集中……"随着吆喝声，乡亲们老老少少，三三两两地上。大家议论纷纷。

乡亲甲　吖，什么事这样急呢，眼看要下雨了，却还集会。

乡亲乙　听说好像是捉奸呀。

乡亲丙　捉奸？啐，是谁家做出的丑事呀？

乡亲乙　据说还是从村外捉回来的呢。

乡亲甲　哦，怪不得昨晚深夜，我见到欧老爷带着一队家丁急匆匆地走出村呢。

　　　　〔忽然，身后传来喝声："让开，让开！"人群骚动，让开一路。只见两个家丁扛着一个大猪笼上。将猪笼摆在人群中央。恐怖的气氛，使得在场的小孩望见猪笼即掉头扑抱母亲。

　　　　〔紧接着，敲锣的家丁匆匆上，直奔欧旷。

家　丁　老爷，大家来得都差不多啦。

欧　旷　（鼻中一哼）唔。（转望一下王禅荫）

家　丁　（对王禅荫）善人老爷，按你的吩咐，西樵几大族的族长都已一一去请了，他们马上就到。

王禅荫　（阴森地）继昌隆那边有没有什么动静呀？

家　丁　刚刚派人去探听过，鬼眼七昨天去了县城仍未回来，继昌隆那边无人敢轻举妄动。

欧　旷　量他们也不敢。

王禅荫　（点头）哼哼。（满意地数着佛珠）

[此时，内传："李家族长李老太爷到！""周家族长周老太爷到！""严家族长严老太爷到！""罗家族长罗老太爷到！"随声，四个年纪老迈却不失威严的族长上。

欧　旷　（拱手相迎）诸位老太爷来了。（吩咐）快设座。

[家丁搬上太师椅，众族长分别坐下。

李太爷　今天欧老爷请我等来到，不知有何贵干呢？

众太爷　是呀，莫非有何乡政大事商议？

欧　旷　哦，今天请诸位前辈，那是因为本族出了一件大丑事，请诸位一起来看着我们如何发落，免得日后误传出去，以为我欧家人不会办事，坏了乡规。

罗太爷　（干咳）咳，咳，此事乃是你们族中家事，我等在场恐怕不方便吧。

众太爷　正是，正是。

欧　旷　哎，依我看来，此事虽是家事，可却足以引起外姓他族的警觉呀。

众太爷　这个……

欧　旷　（一拱手）那么诸位老太爷请了。

[欧旷于是站高两级台阶，对众人干咳两声。

欧　旷　（拖长腔调，装腔作势）各位乡亲父老，各位叔伯兄弟，今日我欧旷这么急要请大家来这里，是因为想告诉大家，（严厉视众人）我们族中出了一件伤风败俗的丑事！（略停顿）……虽然，这件事不是发生在我们村中，但是，只要这个人是我们欧家族中的，那么不管她在哪里做的丑事，败坏了族规，我欧旷就决不会姑息放纵，就是去到天涯海角也要将她抓回来！（又停顿）现在，当着我们欧家列祖列宗的面前，我要请众位乡亲同我一起，严厉处治此案。（缓缓走下台阶，阴沉地吩咐家丁）将里面的人带出来！

家　丁　（哐哐敲锣声，高喊）族长有令：将里面的人带出来！

[众人肃穆，退后几步。沉寂了好一会儿，才听见又重又厚的祠堂大门"吱——"的缓缓打开。紧接着，两个打手模样的大汉急步拖着一个遍体鳞伤、奄奄一息的男人出，扔在地上。众人害怕地后退，有人认出："是大偈昌呀！"这时，祠堂内又猛地传出一声撕心裂肺的惨哭："冤枉啊——！"声过后，只见祠堂内，四条打手模样的大汉高举着五花大绑的莲姑缓缓而出。大汉们每行一步，众人就害怕地后退半步。大汉们走到人群中，将莲姑放下，一把按跪在大偈昌旁。

莲 姑 （抬头，欲扑向大偈昌）世昌，世昌。（被家丁按住，环顾高呼）乡亲们，冤枉，冤枉哪！

欧 旷 住嘴！你这大胆贱人，败坏我欧家几百年清规美誉，现在居然还敢撒野驳嘴！（顿一顿，从怒中忽然转身面对祠堂，拱手，自责状）列祖列宗在上呀，这都是不肖子孙我欧旷之大过呀。我欧旷身为族长，却对族人疏于管教，以致乡风日衰，人心不古，自梳女见小利而忘大义，鬼迷心窍，入鬼机鬼厂鬼鬼混混者日多，男女混杂，无廉无耻，（作痛心低头状）以致终于发生了这件男女偷情、伤风败俗之丑事。（抬头）今日，在列祖列宗之前，（转身对乡亲）当着各位乡亲父老，我欧旷要执行族长职责，请出家法，以儆效尤！（对家丁阴沉地）祭家法。

家 丁 （"哐哐"两声，敲锣高喊）祭——家——法！

[欧旷退后，领众人恭敬列队，齐齐跪下。王禅萌一旁捻珠而立。

[内传："家——法——到！"随着一阵锣鼓声，从祠堂内，一个老老的师爷双手捧着一部线装家法，后随三人，中间的捧一大香炉鼎，左边的捧着法棍，右边的捧着法鞭，上。

[欧旷五体投地对香炉礼拜，而后跪立。

欧 旷 列祖列宗在上，今有族中女子欧莲，年十六即由父母作主，行梳起礼成自梳女，然而近年西风日渐，世风日下，欧莲不敌淫邪诱惑，竟于昨夜与继昌隆之大偈工陈世昌勾搭成奸，被捉于寝室之内。请教家法，淫妇欧莲，该当何罪？

师 爷 （捧出家法念）家法律定：寡妇、自梳女凡有越轨行奸者，一律大石沉河，浸猪笼，尸首不得进入村中！

欧　旷　　再问家法，奸夫陈世昌该当何罪？

师　爷　　家法律定：奸夫若为本族中人，则鞭挞一百，驱逐出族，永远不得返村；奸夫若为族外之人，则乱棍打死，弃尸荒野。

欧　旷　　多谢祖宗教诲！（站起，对众人）家有家法，族有族规，祖先律例绝不可违。来人！

众家丁　　有！

欧　旷　　准备大石麻绳，时辰一到，即刻（恶狠狠）浸猪笼——！

众家丁　　知道！

　　　　　［众人略有骚动，家丁揪起莲姑，莲姑昏迷中醒来，挣扎惨呼："冤枉啊！"众人更骚动，但依然跪着，无人敢说话。莲姑又再被大汉们举起。"冤枉，冤枉呀！……"

　　　　　［后场内忽传来陈启沅的急呼声："手下留人！手下留人！"随着声音，陈启沅满头大汗，踉踉跄跄闯入。在一旁一直默声念佛的王禅荫惊抬头，旋即背转身子。

陈启沅　　（闯入责问）你们这是干什么？这是干什么？

　　　　　［大汉们被震住，放下莲姑。

莲　姑　　（悲声）姑丈！姑丈！……（泣不成声）

陈启沅　　阿莲！（上前替莲姑松绑，被家丁横身挡住，又见大偈昌在地上，即扑上蹲下抱着）世昌！世昌！（心疼地）他们竟将你打成这样……

大偈昌　　（艰难地半睁开被打肿的眼）七爷，作……作主呀！

陈启沅　　（痛心地以衣袖为大偈昌擦脸上血，落泪）世昌，世昌！（猛回头，怒目跪着的乡亲们大声道）你们还不赶快过来帮手！

　　　　　［人群中有两个大胆点的乡亲不由得站起身，过来扶住大偈昌，想抬出救治。

欧　旷　　（瞪目）大胆！

　　　　　［两乡亲闻声即重新"扑通"跪下，扶着大偈昌不知所措。

陈启沅　　（怒起）欧旷，你不要欺人太甚，无法无天呀！你讲，你究竟想将他们二人怎么样？

欧　旷　　（冷冷地）陈七爷，别忘了这里是欧家村大祠堂，不是你的继昌隆呀！（转严厉）我们欧家自己的事情，任何族外人不得干涉。（略带戏弄地）你还是回家问问贵夫人吧，她会告诉你我们欧家祖宗的规矩的！

陈启沅　（气极）你……（转冷静）好，那么我来请教你，我继昌隆这二人有何事得罪了你？

欧　旷　得罪了我？哼哼，（凶恶地）不对。是因为你鬼眼七办的鬼机鬼厂搞得我们全西樵乌烟瘴气，风气败坏，什么男女同工，什么妇女自由，哼，看看吧，（指莲姑）现在终于让你搞得自梳女变成"姑婆"啦！

陈启沅　什么变成"姑婆"？

欧　旷　自梳女勾佬罗！（对老太爷们）诸位老太爷，我们欧家几百年的清白（一一指点莲姑、大偈昌、陈启沅）就是被她，被他，被继昌隆毁灭了呀，是他们侮辱了我们宗族，是他们亵渎了我们祖宗！（对老太爷们，恶毒地）你们也要小心呀。诸位老太爷，要知道，你们族中也有许许多多的女子正在各个汽机缫丝厂里男女混杂。看着吧，若是我们再不以重刑儆阻，严惩首犯，那么用不了多久，你们族中也要出事的，西樵乡的风气很快就要完啦！（转身）来人，浸猪笼！

莲　姑　（挣扎）冤枉呀，姑丈，冤枉呀！（哭诉）我只不过是按你吩咐去给世昌送一碗药，一碗药罢了……

欧　旷　大胆贱人，住嘴！你死到临头，还敢顶嘴！——给我掌嘴！（家丁即欲抽莲姑耳光）

陈启沅　（怒推家丁）不准打人，不准打人！阿莲，阿莲，（转身，一把拉住欧旷）好吧欧旷，就算给个面子给我。你先放了他们二人吧，我知道乡中曾有先例可以赎身的，就由我出钱担保，送他们去广州，不，送他们去安南，让他们二人永远消失，不再出现在西樵……

欧　旷　（大笑）哈哈哈，鬼眼七，以为你鬼眼七有钱就能使鬼推磨吗？（戏弄）我知道，拿出一千几百两银，对于你们继昌隆只不过是小意思，你们继昌隆鬼机一响，你鬼眼七即可黄金万两嘛。可惜，欧莲和大偈昌都没命享了，你还是为他们多买点阴司纸，烧好元宝蜡烛香吧。来人，浸猪笼……

陈启沅　（急）不要呀！（上前拉欧旷）欧会长，欧老爷，有事好商量嘛。

欧　　旷　（故意）什么？这种事也可以商量？（对老太爷们）诸位老太爷，你们看看吧，西樵都变成什么样了。连祖宗传下来的规矩，也还有人觉得可以商量商量哪。

众太爷　（不满）哼！

　　　　［欧旷转身拂袖。陈启沅追而求之，忽见背身站着的王禅荫，即喜而扑上。

陈启沅　哎呀，原来王老板也在这里。（上前拉出王禅荫）王老板，王老板，你是这里远近闻名的大善人，你快帮忙说句公道话吧。"救人一命，胜造七级浮屠"呀。

王禅荫　（捻佛珠，叹气）罪过，罪过呀。万恶淫为首。莲姑、大偈昌二人乃是为烦恼魔所困，前世的报应呀。

陈启沅　（拉住）善人老爷，善人老爷，我佛慈悲，你总不至于见死不救吧？

王禅荫　苦海无边，回头是岸。就让滔滔江水为莲姑快点洗去身上的罪孽，让她早入轮回，早日超生吧。——南无阿弥陀佛。（转身避开）

陈启沅　哎！——（还想求说）

欧　　旷　（挡住）哼，多讲无为，食多会滞。鬼眼七，你还是省点口水罢了。

　　　　［内传："时辰到啦——！"伴着"哟哟"锣声。

　　　　［众人骚动，纷纷站起来。

欧　　旷　（一挥手）将欧莲抬下去！

莲　姑　冤枉呀，姑丈，只是一碗药哪，救命，救命呵！

　　　　［陈启沅急得走投无路，团团转地逐个拉着乡亲们哀求。

陈启沅　各位乡亲，你们说句话吧，求你们了，你们说句公道话吧，人命关天呀，人命关天呀！

　　　　［众乡亲同情，却无一人敢哼声，只是纷纷掉头不忍惨睹。陈启沅绝望极了。

陈启沅　（下跪仰天）老天爷呀，难道你就这样眼白白地看着两个好人无辜地死去吗？你快点开开声吧，开开声吧！

　　　　["噼叭！"天上电闪雷鸣。乡亲们低头，不少人擦眼泪。

欧　　旷　哈哈哈，鬼眼七，这回你呼天天不应，叫地地不灵啦！看你继昌隆还怎么搞下去。

陈启沅　（气得浑身颤抖，悲愤地慢慢站起身来）哦，你们终于把实话吐出来了，捉我继昌隆的人，无非是要找借口对付我陈启沅罢了！

欧　　旷　（一甩手，转身）哼！

陈启沅　好，好，人命关天，我陈启沅绝不会见死不救！我……我就答应你们，汽机我不搞了，丝庄、蚕市我都停手，只要你们放阿莲、世昌一条生路，就算要我把继昌隆送给你们，我……我也答应。

　　　　　〔闷雷响，全场死寂。

大偈昌　（挣扎地倾身伸手，欲阻拦）七爷，七……

陈启沅　（悲痛地握住大偈昌手，落泪）世昌，失去了一个继昌隆，我还可以再另办一间，我痛心的是他们这些人的愚昧，痛心的是我西樵乡之黑白混淆、是非颠倒，痛心的是我中华缫丝业的命运多蹇呵！（抬头望欧旷，鄙视地）怎么样？欧旷！

　　　　　〔欧旷显出犹豫的样子，拿不定主意，便向背着身的王禅荫那边走去。但此时，王禅荫已阴森森地说话了。

王禅荫　（念）万法因缘生，万法因缘灭，万般将不去，唯有业随身。（转身对陈启沅）陈七爷，这就是你的不对了。生，即正在死；死，而后得生。是为法轮常转。莲姑、大偈昌劫数所在，乃非人力可遏呀。你又何苦悖财逆道，苦苦相拦呢。（从怀中摸出怀表看，对欧旷）还是快点让莲姑脱离苦海，洗罪超生吧。

欧　　旷　（犹豫，打自己心里的小算盘）这个……

王禅荫　（焦躁，原形毕露）别再婆婆妈妈，因小失大啦！（说罢生气地将怀表用力扔进衣服下袋，背身）时辰到啦！

陈启沅　（气极扑上，抓着王禅荫欲打）王禅荫，你……你这个披着人皮的魔鬼！

欧　　旷　动手！

　　　　　〔内传敲锣声，家丁齐喊："浸猪笼！——"天上电闪雷鸣。

陈启沅　慢！（转身怒视欧旷）难道我大清朝就没有王法了吗？欧旷，我告诉你，昨天我上县衙禀告县官大人，你们在乡中横行霸道，胡作非为，县官大人已答应很快就会下来查办。难道你就不怕治你个草菅人命吗？

欧　　旷　什么草菅人命，这百年族规王法也要保护的。

陈启沅　族规？我来问你，毁机伤人、抢茧霸市、捣毁裕厚昌，这些都是你们的族规吗？我已报请县衙封禁你们经纶堂。

欧　　旷　（倒抽一口冷气）啊，你这鬼眼七。

　　　　　[这时，随着一阵马蹄声由远而近，内传："官差到！——"

陈启沅　（喜出望外）官差到了！（对欧旷）欧旷，我说了吧，县官大人是为民做主的。
　　　　（迎向官差）官差大哥，你们可来了！

官　　差　是啊，陈七爷，我们还带来了禁令一张。

陈启沅　太好了，太好了，请！

　　　　　[欧旷惊惶不知所措，王禅荫示意他稍安毋躁。

官　　差　（抖开文告）"禁令：装制机器，只应由官府设办，然继昌隆、裕厚昌等均系平民办厂，兼之男女混杂、技又不熟，一家得利，即致万民失业，由是引起民反匪乱。本县为治安起见，兹勒令继昌隆等所有汽机缫丝厂偈，限期变价出售机器，关闭工厂，永不复开！——广东南海县令。"

陈启沅　（呆若木鸡）永不复开？！

欧　　旷　哈哈，送官差！

　　　　　[官差下。

陈启沅　（还想挽救，追官差）官差大哥，他们草菅人命，草菅人命啊！

欧　　旷　（一挥手）来人。

众家丁　在！

欧　　旷　将陈世昌乱棍打死！将欧莲浸猪笼！

　　　　　[场内锣鼓齐鸣，家丁齐喊："浸猪笼——！"陈启沅转身扑上，紧抢猪笼，两打手将他推倒在地，陈启沅挣扎跃起，一口鲜血喷出："天哪！"昏倒。
　　　　　[众家丁将莲姑、世昌拖下。"冤枉呀，世昌！世昌！"随着莲姑的一声惨叫，接着传来一声投水声："扑通！"
　　　　　[众人惊恐后退，"噼叭"一声雷电闪之，大雨倾盆，有如天哭。
　　　　　[切光。

第七场

［继昌隆内。

［幕启时，全场一片黑暗，一片死寂。黑暗中，透出陈启沅深沉凝重的声音。

陈启沅　（自问自答）世间最悲惨的是什么？是黑暗；世间最悲壮的是什么？是在黑暗中勇敢前行；世间最悲痛的是什么？是在黑暗的前行中失去了同伴；世间最悲凉、最悲伤的是什么？是前行中失去同伴的孤独，是在黑暗中思念同伴的苦楚。（略顿）世昌，阿莲，（一支蜡烛点燃，陈启沅的身体挡住烛光，场上可见其坐在楼梯级上的剪影）你们去了，去得也许已经很远很远……浓雾蔽锁了西樵，乌云遮挡了日月，邪恶威慑住了正义，黑暗笼罩住了心灵。（擎起烛光）我陈启沅在这里擎一支蜡烛，为你们俩祈祷，为你们俩照明、送行……

［烛光里，只见陈启沅神情凝重，从楼梯级缓缓站起。微弱的光线下可见锅炉、汽机、缫丝釜位静悄悄地躺在那里，一挂一挂的丝把悬吊着，显得煞是惨白。场内气氛看上去就像一个灵堂祭坛的感觉。陈启沅缓缓沿级而下。

陈启沅　人生自古谁无死。死或重于泰山，或轻于鸿毛。世昌，阿莲，你们二人虽然是死于非命，但却是为了继昌隆而死，为了广东汽机缫丝的发展而死，是为了中华民族工业之觉醒而捐躯，是为了炎黄中国崛起于世界之巅而献身！你们死得好惨烈、好悲壮啊！

［陈启沅擎着蜡烛，游行于缫丝釜位之间，脚步沉重，神情凝重。边走边抚着一个一个釜位，就像在抚摸自己的孩子们。来到莲姑的釜位时，他停住了。

陈启沅　阿莲，这个是你的釜位，从手工缫丝到汽机缫丝，你干缫丝这一行已经整整二十个年头了，就像你来到这个世界，本就是为了缫丝而生，为了缫丝而死。你八岁开始，就手摇着木缫丝机了，十五岁刚刚长大成人，就又梳髻搬进"姑婆屋"，成了地地道道的"自梳女"。阿莲，你的命好苦好苦呀！记得那一年中秋节，你姑姐叫你表弟拿着芋头去姑婆屋探你，而那天，恰好你同屋的一个老自梳女病死了，这个老姑婆因为生前没来得及花钱"守墓清"，嫁个死鬼"老公"取名份，结果死后竟然连丧事都不准办。最后，还是你表弟帮着你一起，用半张草席卷起她扔进海中算是了事的。那一夜你哭得多伤心，多凄惨呀！（轻声学唱）"勤力女，冇（没）棺材，死左（了），冇人抬。一只床板半张席，姐妹帮手掉落海。"（略停）真惨呀，真惨呀！（沉默，好一会儿）而令人痛心、令人不解、令人愤怒、令人绝望的是，时隔十多年后，世界已经开始跨入蒸汽机的时代，大清皇帝也已换了一代又一代了，但阿莲你还是无法逃脱自梳女的悲惨命运，（悲痛地）居然、居然在光天化日之下，被装进猪笼，沉入海底。（悲痛欲绝，伏在釜位上凝语哽咽）

［追光灯由缫丝釜位这边慢慢移向了锅炉汽机那边。

陈启沅　呵，世昌，你是在那边，你是在那边。（走到汽机前，抚机位，深沉地）世昌，这是你刚刚新装上不久的汽机呀。这台汽机，是你忍住伤痛，流着血，滴着汗，一个零件一颗螺丝地安装的。你看，它是多么的结实，多么的刚稳，它就像一匹威武、雄壮的战马，奋身跃蹄，正等待着主人归来，带它驰骋沙场，为主人建功立业。呵，你听，你听，它在引颈长嘶，它在呼唤着你的名字，它在奔腾请战呀。可是世昌，你现在在哪里呢……哪里呢！……

［陈启沅悲怆地茫然四顾。良久，里面传来陈植恕呼喊声："启沅兄，启沅兄！——"随声，陈植恕抱着那块"造福桑梓"的贺匾上。

陈植恕　启沅兄，原来你在这。

陈启沅　植恕兄，是你呀，（指贺匾）你这是干什么？

陈植恕　我来问你，这块贺匾是不是继昌隆开张那天，县官大人送给你的？

陈启沅　（点头）是的。

陈植恕　我再来问你，我们搞汽机缫丝乃是造福桑梓，对吧？

陈启沅　对。

陈植恕　（悲愤地）那么，为什么县官大人现在却要下令封闭我们的工厂呢？他如此出尔反尔、言而无信，我们去找他理论理论。

陈启沅　理论？没用的。

陈植恕　没用？没用也要去，我们造福桑梓何罪之有，何罪之有啊！（边说边下）我要向他讨个公道，讨个公道。

陈启沅　（目送陈植恕背影）公道？哈哈，公道……（指天怒问）这天底下还有公道吗？

　　　　［灯暗，陈启沅隐入。换景，继昌隆门口，醉虾夫妇抱着酒坛醉醺醺、疯癫癫出。

醉　虾　（拍大腿唱）拍大脾，唱山歌，人人都话我无老婆。谛起心肝娶番个，谁知娶左（了）个豆皮婆。哈哈，（碰杯）饮！——

阿　欢　（收碗不碰）死醉虾，你发酒疯怎么的？乱唱些什么呀？

醉　虾　（戏弄）哎，怎么了？轮到你唱了嘛。

阿　欢　哼，你还想作弄我？

醉　虾　（恶作剧）你不唱，我唱。（接唱）豆皮婆，食饭多，屙屎屙成箩，屙尿冲大海，屙屁打铜锣。哈嘻……

阿　欢　哎呀，你个死佬，我打死你，打死你！——

醉　虾　喂，喂，喂。（爬起躲闪，掩头而逃）

　　　　［奀女母女持包袱从一侧上，醉虾闪开时，阿欢扑空差点撞倒奀女母女。

奀女妈　（扶住阿欢）哎，虾嫂。

阿　欢　（停下）哦，是奀女你们呀。（望见她俩的包袱）哎，你们不是说要走的吗？

奀女妈　（叹气）唉，官府要继昌隆关闭，想不走都不成啦。（拉奀女）我们这是特意来向七爷告辞的。七爷呢？

阿　欢　（也叹气）咃，七爷伤心得不知去了哪儿了？

奀女妈　（不明）唔？你说什么？

醉　虾　说什么？说他傻了，工厂都关闭了，可他还整天整夜地围着机器转。

阿　欢　（责怪）别乱说了，你懂什么？（推开醉虾）你懂什么……

醉　虾　（顺势又坐地上喝酒）好，好，我不懂，我不懂。……咃，其实懂得多又有什么用呢？你们看，七爷懂得够多的了吧，可还不照样的倒霉，还不照样的保不住他看得比命根子还重的继昌隆？（拉阿欢也坐下）还是喝醉、喝醉好呀。

奀女妈　（叹着气）奀女，那我们不要进去打搅七爷啦。七爷他，烦呢。

　　　　［奀女懂事地点点头，走过去正对着继昌隆门口，跪下，深深地叩三个头。奀女妈在旁擦泪。奀女起身转过来时，可见她已泪流满脸。

奀女妈　（替奀女抹一抹眼泪）奀女，我们走吧，七爷他好人会有好报的。（对醉虾二人）醉虾，阿欢，我们走了。

[丢女母女默默离去。阿欢目光中有点不舍。

醉　虾　饮吧，饮吧。阿欢，我们饮胜。

阿　欢　（落泪）好，饮就饮，饮就饮……

[二人饮完一大杯，又一大杯。

[此时，只见衣衫不整、拄着一根拐杖的陈启沅，脚步沉重地一步一步从继昌隆内走出，看上去，一夜之间，他简直老了十多岁。他低着头，疲惫地近乎虚脱地一步一步拖着双腿，缓缓地走出来。醉虾夫妇并未注意到陈启沅出来。

醉　虾　哈哈，饮得痛快，饮得痛快。（忍不住悲壮地唱起《秋风起》）"秋风起，吹冻侬心。侬心吹冻，不做热心人。"

阿　欢　（接唱）"热度过高，人会过愤。愤起翻来，祸已不禁。你唔信就睇吓志士羁囚，当亦共悯。"

醉　虾　（接唱）"一年容易，又试秋临。秋自悲凉，风又自紧，风猛吹人老几分。秋去秋来，秋士有恨。"

阿　欢　（接唱）"咳，愁日甚，血凉心不忍。桃源地呀，（二人同唱）点样做得个避秦氓——"

[二人唱到此，抚掌狂笑叫好不已："好呀，饮，饮！"

[陈启沅蹒跚地走到二人后面。

陈启沅　（无力地）阿虾。（见二人听不见，又叫）阿欢。

[醉虾、阿欢勉强睁开醉眼回望陈启沅。

阿　欢　哦，七……爷，是你叫……叫我吗？

陈启沅　（虚弱地点头）你们在干什么呀？

醉　虾　（醉语）哈哈，哈哈，我都说他傻了。问我们干什么？没看见我们正在喝酒吗？哈哈，哈哈，傻的，傻的……

阿　欢　（醉语）七爷，不如你也来跟我们一起喝吧，这酒，很好喝的。

[醉虾摇摇晃晃地走过去，拿起一碗新倒的酒，递到陈启沅面前。

醉　虾　（对陈启沅）来，七爷，（欲强递酒往陈启沅嘴边）你饮，饮呀……

[陈启沅一巴掌把酒碗打落在地。

醉　虾　哈哈哈，果然是傻了，果然是傻了，放着这么好的酒不饮，却只顾眼定定的站在那里发呆。哈哈,哈哈。哼,还号称什么"鬼眼七"呢,俗话说识时务者为俊杰,你连西樵的雾障都看不清看不透,岂不荒唐,荒唐!(说罢,坐在阿欢身旁,大口喝酒)

[陈启沅听到此,浑身一震,激动得倒退几步,恍如梦醒。

陈启沅 (浑身一颤)西樵的雾都看不清,看不透?!(激动间,止不住抢过醉虾手中的酒坛,仰脖子大饮)

醉 虾 哎?(爬起)喂,喂,留点给我哪。

[醉虾脚步浮浮地过去要抢陈启沅手中的酒坛,陈启沅相争,一推,醉虾跌坐地上,一阵酒气攻心,醉虾倒在阿欢身边,呼呼酣睡。

陈启沅 (大口喝酒,歇一口气)哈哈,哈哈,原来酒果然是好东西,好东西!(又饮,然后一手提着酒坛,跌跌撞撞地走向醉虾,苦笑自嘲地)呔,醉虾,醉虾,人人都说你醉,却原来最清醒的还是你呀!你讲得没错,果然荒唐,真荒唐!(顿一顿)可笑我陈启沅,自以为一世聪明,到头来却弄得个一头雾水不知踪。可笑,可笑呵!(笑声如哭)嘀嘀嘀……(一扔酒坛,望着醉虾、阿欢酣睡的样子,羡慕而又苦涩地轻轻道)生不逢时,还是醉比醒好呀!……

[陈欧氏携行李上。

陈欧氏 (轻声地)老爷,去澳门的船来了,我们走吧。

[陈启沅无言地蹲下,帮醉虾放下压在胸口的手臂,摆正睡姿,又脱下自己的外衣,慈祥地披在阿欢的身上。而后,他站起来,与夫人相搀离去。数步后,转身,凝望"继昌隆"招牌。深情地迈前几步,猛冲上前,紧拥"继昌隆汽机缲丝厂"招牌。

陈启沅 (仰望西樵山,一字一顿地)继昌隆,我们还会回到西樵山的!

[音乐起,定格。

[画外音:陈启沅的强国梦就这样断送在生他养他的西樵山下了,然而继昌隆精神不灭,陈启沅作为中国民族工业的先驱者,将永载史册!

[切光。

[剧终。

(剧本版本:《南粤剧作》1991年第3期,佛山话剧团首演)

·话剧卷·

都市梦寻

编剧：吴　楠

人物表

（以出场先后为序）

点　点　　海天公司打工妹，后为时装模特儿
花　子　　海天公司打工妹
芙　蓉　　海天公司打工妹，新领班
龙　彬　　男，大学毕业生，海天公司总经理助理
林基业　　男，海天中港合资企业中方总经理
陆雪桦　　内地知识分子，龙彬母，林基业昔日恋人
秀　姑　　海天公司打工妹
虎　子　　码头打工仔
冯北山　　建筑工地司机，复员军人，虎子的挚友
海霸（码头货主）、乘警与酒吧服务员、酒吧客、群众打工妹、打工仔若干

时间　当代
地点　中国南方沿海经济特区——深圳

一

［漫漫长夜，一列铁皮闷罐火车在黑暗中风驰电掣般地闪过……
［凄厉刺耳的鸣笛呼风长啸，如同黑暗长夜中的一道强光，一阵惊心动魄的声浪，一股骚动震颤的巨潮……

［画外音：黄河过去了，长江过去了，可一股淌着黄河血，也卷着长江泥的生命群流，正浩浩荡荡无可阻挡地涌向中国最南边那座在高山和大海的拥抱中拔地而起的新生城市！这是二十世纪八十至九十年代，整整十年里最平常的一天！又是比以往任何岁月都格外燥热的一天！据气象学家推测，大气层的嬗变在使地球逐年增温；而古老的江河知道：是她生生不息的子孙，又一次踏上寻梦的征程，开始做关于今天和未来的美梦了……

［"哎哟妈呀！"灯亮，闷罐车一块铁皮撕开，露出车厢内拥狭的一角。

［乡妹点点坐在厢内，膝上放着一个包裹，座下塞着行李卷。

［乡妹花子拖着笨重的行李卷，气喘吁吁上，被一个急刹车甩个趔趄，身子一歪，猛撞到点点身上。戏始于有人喊"哎哟妈呀！"

点　　点　你干啥子呀？！

花　　子　（难为情地）碰着你了不？

［点点没再搭腔，打开包裹，掏出一个烧饼吃着。

［花子定下神，也觉得肚子饿，她眼巴巴看着点点，点点吃得很香。

花　　子　（耐不住烧饼的诱惑，从身上掏出一毛钱递到点点嘴边，试探地）哎，能卖俺一个不？

［点点愣了一下，翻包裹，掏了半天，没掏出烧饼来。顺手把自己手里的烧饼掰下一半，递给花子。

［花子狼吞虎咽吃着，两人边吃边友好地笑笑。

花　　子　真香！俺饿一天了！（嘿嘿傻笑）哎，你说倒霉不？累了一路儿，赶最后一骨节，整的还是张站票！

点　　点　哎，你去深圳？

花　　子　可不！俺这辈子出家门儿，赶头回！你呢？

点　　点　跟你一路，也去深圳呢！

花　　子　（一惊）哎呀妈呀！咋这么巧！俺可是去找工作！

点　　点　（学花子的口音）俺可也是去找工作的！

花　　子　（大喜）哎呀妈呀！你打哪疙瘩来呀？

点　　点　四川，山沟子里。大姐你呢？

花　子　东北！往后甭叫俺大姐，叫花子！

点　点　（奇怪地）叫花子？

花　子　俺这名儿就跟"叫花子"差一个字儿："花子"！

　　　　［两人咯咯笑起来，点点赶紧给花子腾座位。

点　点　哎，来！挤挤！

花　子　拉倒吧，反正也坐地上了！

点　点　上来！快上来吧！（硬拉花子坐到自己座位上）

花　子　哎，说真格儿，你叫啥名儿呀？

点　点　点点！

花　子　点点……整这么个名儿？挺好听的！连你这模样儿也挺好看的！（嘿嘿一笑）哎，你说深圳那地儿真跟香港长得一模一样？

点　点　（兴奋地）噢，早先我们村的老陈爷爷去过那儿，说那地方最爱刮台风！还有呀，那儿离香港可近了！只隔一条河，特务卷了裤脚就能淌过来！

花　子　别瞎摆虎！都啥年月了，能有特务？

　　　　［两人一言一语地搭笑着。
　　　　［车厢内传来骚动声。
　　　　［乡妹芙蓉拎着个小包袱，头发蓬乱、衣衫单薄、张惶受惊似地从车厢一头跌撞逃上，她不顾一切地撞开点点花子，蜷躲在她们身子下，不敢作声。
　　　　［乘警一个箭步追上，巡视着。

乘　警　（站在花子点点身边）出来！

　　　　［芙蓉不作声。

乘　警　（盯住芙蓉）说你那！出来！

芙　蓉　（战战兢兢）大叔，你叫我？

乘　警　快出来！装什么蒜！我告诉你啊，前边到站车停，你老老实实给我下去！

芙　蓉　大叔！我不能下去呀！我一下去给人看见，就会把我追回去啦！

乘　警　追回去？你从哪儿来呀？

芙　蓉　（凑到乘警耳边）我是逃出来的！

乘　警　（一惊喊出来）从监狱？

芙　蓉　不是！从家里！

乘　警　从家里？为什么要逃？

芙　蓉　爹娘逼我嫁人，我不肯……

乘　警　噢！你不肯就往外逃？你知道这车是往哪儿开的吗？

芙　蓉　（粲然一笑）这车是往深圳开的吧？大叔，听说深圳是个大地方！

乘　警　（一摊手）大地方！车票！

芙　蓉　噢，对！车票！（假装找包袱）呀！票呢？大叔，我票不见了！

乘　警　行了行了，别蒙我了！没票就下车！

芙　蓉　等等！我补票！（从腰里掏出一张"大团结"掂量了一下），给！

乘　警　（接过一看）十块钱？开什么玩笑！差着一多半儿呢！

芙　蓉　大叔！我身上真的一分钱也没剩！不信你搜！

乘　警　没钱闯什么世界？当心别把身子卖了！

芙　蓉　那……我卖！

乘　警　你卖？

芙　蓉　我卖嫁妆！（急促地解开包袱，摊了一地）大叔你看，这是我的新裤，这是我的新嫁衣！这是红盖头！都给了你吧大叔！我不想出嫁，只想换张车票，你就放我过去吧！

乘　警　（为难地）不行啊……

芙　蓉　（绝望地）那……我就只有一条命了……（突然硬起来）不信，我就死给你看！

乘　警　（一惊）你！

芙　蓉　大叔！（扑通一声跪下）求求你给我条生路吧！我叫芙蓉，家住湖南，我知道我遇上好人了，我要感激你一辈子呀大叔！求求你……（叩头不动）

乘　警　（有些招架不住）你这是……

　　　　〔一个年轻英俊、背着背囊、穿着旅游鞋，牛仔裤的小伙子上前一把拉起芙蓉。他是龙彬。

龙　彬　姑娘，起来吧！都什么年月了，还兴这个！（转脸对乘警）同志，你秉公执法，佩服！不过也得讲点儿人际关系！同情弱者嘛！

乘　警　你说得轻巧！这号儿的同情多了，那还卖火车票干嘛？干脆免费旅游算了！

龙　彬　那好，我垫十块钱！行了吧？（掏出十块钱拍在乘警手里）

乘　警　（一撇嘴）嗬！还挺仗义！可惜还差两块八毛五！嗯？穷学生充大款，帮人帮到底！

龙　彬　（正欲掏钱，一转念）哎！您不是人民警察吗？那您哪，就爱把人民往下赶哪！（对芙蓉）姑娘，有警察大叔在这儿，放心吧！（转身走开）

〔芙蓉愣了神儿。

乘　警　你算遇见软肠子啦！这二十块钱你自己收好，车票我解决了！我怎么也不能叫你卖了嫁妆不是？（弯腰帮芙蓉拾捡嫁妆）坐车去深圳的乡下姑娘我见得多了，可没一个像你这么倔的！小小的年纪，敢逃婚，敢卖嫁妆，还敢去死！真是不简单呐！往后混得好，算大叔积了点儿德；混不好，也别怪我没拦过你！大世界就那么好闯？难呐！

〔乘警走下。芙蓉仍蹲在地上小声哭，低头抱着包袱不动弹。

〔点点和花子一直关注着这一切，终于她俩互相看看，脱口唤了声："芙蓉！"

〔芙蓉一惊，猛抬起头，疑惑地回身看着她俩。

〔两人拉过芙蓉，三个陌路相遇的乡妹凑在一起，沉默片刻，齐声爆发出震天动地、惊魂摄魄的哇哇大哭。

〔呜——火车尖厉刺耳的鸣笛声划破夜空，划过人们的心底……

〔暗场。只有火车行进奔驰的铿锵启动声……

二

〔海天电子有限公司总经理室，气派豪华，除了沙发椅、巨大凌乱的办公桌等设施，还有一个醒目的麻袋那样大的充气袋放在地上。

〔总经理林基业正在给充气袋打气，他的动作很冲，也很潇洒。

〔大学毕业生龙彬背着背囊兴冲冲走上。

龙　彬　请问，海天公司林总经理……

林基业　找他？请稍等！

[龙放松地观看林打气。

林基业　小伙子，来帮个忙！

龙　彬　（帮忙挂起充气筒）这总经理室干嘛吊个充气筒？

林基业　就用来给林总出气！（走进卫生间）

龙　彬　出气？

林基业　（在卫生间）对！一个当经理的，工作起来难免受气，受气就要发脾气，发脾气就要憋气，憋了气就要出气，出气找谁出呢？

龙　彬　（指充气筒）找它？可真滑稽！

林基业　滑稽？（有点火，冲出卫生间）

龙　彬　我不是说您！我是说林总。

林基业　我真有那么滑稽么？

龙　彬　（对"出气筒"愣了片刻，回过头来呆望着林）

林基业　别瞪着我！你不就是来找我林基业的吗？

龙　彬　（兴奋地）对！我就是来找你这个将军报到的！

林基业　将军？坐！

龙　彬　（掏出一本杂志）林总，我千里迢迢闯到特区，就是读了这本报告文学，《久经沙场的企业将军》，读了海天公司的成功史和您的坎坷经历，我入迷了！我学的是管理，一心想给您这位将军当个好士兵！我连写三封自荐信都没有回音，就自己找来啦！

林基业　龙彬！

龙　彬　（一惊）您知道我？

林基业　（大笑）知道！（捶了龙彬一拳）小伙子你来看，我这桌上每天不下几十封自荐信，都是年轻人，也都想当士兵，可我从这一大叠信里，挑中你啦！

龙　彬　真的？

林基业　真的！聘书发出了，只可惜邮局赶不上你的飞毛腿儿哟！

龙　彬　那我今天能算正式报到？

林基业　当然，你不是欣赏特区速度吗？

龙　彬　（抑制不住激动打了一下出气筒）嗨！

林基业　（风趣地）嗬！看来你也喜欢它！龙彬，我再问你，做没做过将军梦？

龙　彬　将军梦？真没做过！

林基业　为什么？

龙　彬　将军在我心目中至高无上！没有能压过他的敌人，他是英雄，可他也孤独！

林基业　（有所触动）孤独……

龙　彬　（轻轻一笑）我只想当个好士兵！当个好士兵就意味着能把所有的士兵比下去！可将军，没人能和他比！

林基业　你能觉出我孤独？

龙　彬　（望着出气筒）是它告诉我的！

林基业　机灵鬼儿！

　　　　[两人对笑。

龙　彬　那您交待任务吧！

林基业　先下车间参与管理大批劳动主力，这最能检验一个人的实际才干！怎么样？

龙　彬　遵命！我这就下车间！

林基业　好！咱们先去安顿住处！放下包袱，轻装上阵嘛！

龙　彬　哎！

　　　　[两人谈笑走下。
　　　　[陆雪桦上，环视办公室，感到新奇而又陌生，她对着出气筒愣了下神。
　　　　[林基业回，直奔办公桌坐下办公。
　　　　[陆雪桦躲在卫生间里悄悄吹起了口琴，《小路》的旋律在办公室里抖然回响……
　　　　[林基业一惊，他聆听着，用目光搜寻着室内每一角落，他慢慢走到卫生间门口，从镜子里看到了陆雪桦，他愣住了。

陆雪桦　（停止吹口琴，对着镜子里的林基业叫了声）林总经理！（回身）

林基业　（抑制着内心的激动）是你？！

陆雪桦　是我……二十多年了，你还没把我忘了？

林基业　（感慨地）是啊！二十多年了，我怎么能忘了你！忘了这把口琴……

陆雪桦　你一走，就音信全无了……只有给我留下的这把口琴！

林基业　是啊！你一吹，我就听出弦外之音了！雪桦，坐！坐这儿来！

陆雪桦　总经理的宝座……（慢慢坐下去）

林基业　感觉如何？

陆雪桦　有点儿烫！

　　　　[两人会心地一笑。

林基业　雪桦，转过去，我也要给你看一样东西……

　　　　[林从柜筒掏出一双包裹的解放鞋。

陆雪桦　逃兵鞋！它还在？

林基业　你叫它什么？"逃兵鞋"？我珍藏了20多年！从离开北大荒就没舍得再穿！因为它是你送给我的！

陆雪桦　那你不还是穿着它离开了我？这么多年了，为什么还不成个家？

林基业　难哪！

陆雪桦　比当企业家还难？命运可真会捉弄人！

林基业　雪桦，这么多年你一直还在教书吗？

陆雪桦　教到老，教到死，诲人不倦！

林基业　雪桦，很久不照镜子了吧？你注意到了吗？你已经有白头发了！

陆雪桦　你真成了贵族！这也值得大惊小怪！当然，环境不同，我哪能像你保养得那么好！

林基业　雪桦，现在生活得怎样？国云他好吗？

陆雪桦　他？早就不在了！

林基业　（震惊地）你说什么？

陆雪桦　不在了！自打离开北大荒，回城没几年，他就撒手去了。

林基业　老同学！（扶住出气筒）

陆雪桦　丈夫去得早，我一个人苦巴巴把儿子拉扯大，省吃俭用供他读完大学，哪知翅膀还没硬，也开始飞了！

林基业　你儿子？

陆雪桦　我儿子！（掏出杂志）你看看，一声没吭，丢下本报告文学给我留念，说做梦也要闯特区，去找他的将军！当妈的认真拜读吧，我倒要看看是怎样一个将军……勾走了我儿子的魂儿……

林基业　龙彬！？

陆雪桦　（点头）

林基业　他在这儿！雪桦！不要急，他在我这儿！

陆雪桦　我不急！……基业！你不会想到，我陆雪桦魂绕多年，梦牵千里，匆匆赶来，寻的不是儿子，找的也不是将军，是你！是你呀！

　　　　[《小路》的旋律中暗场。

三

[铁皮棚，打工妹宿舍区。

[棚外棚内晾满花花绿绿的衣服，花布裤衩、小背心等；棚外一角，有个细零零的水管与水台。

[秀姑在棚顶台上晾衣服。

[芙蓉、花子唱着歌仔欢天喜地跑上，见秀姑在顶台晾衣，两人耳语一阵，大叫"秀姑——"继而唧唧咯咯笑着躲在一边。

秀　姑　哎——！（拎捅走下棚顶，笑着搭腔）死丫头！看你们这疯样子，是发工资了吧？

芙　蓉
花　子　发工资喽！（一把把秀姑拉进棚内，三人挤到床上笑闹一团）

花　子　（喘了口气）哎呀妈呀！这可是开天辟地头一回！

　　　　[三人又是一阵笑。

秀　姑　（抹抹手）快让俺看看都挣了多少？

花　子　（迫不及待地）秀姑！先瞅俺的！刨去房租水电，还有一百四十六元，外加三十多块港币，真不老少！

秀　姑　知足吧傻丫头！咱车间这个月的奖金比以往都多！

花　　子　俺知足！哎，秀姑，那你拿的一定比俺们还多吧？

秀　　姑　俺拿的是比你们多！可别忘了，你们是刚来呀！

芙　　蓉　秀姑，那你刚来时，头一个月拿了多少钱？

秀　　姑　俺刚进厂那会儿是四年前，头一个月呀，手里捏到了八张"大团结"！

芙　　蓉
花　　子　（惊疑地）才八张？

秀　　姑　（感慨地）是啊！才八张，俺那心呀，就一个劲儿地怦怦直跳，倒像是偷了人家的！

芙　　蓉　（感慨地）我哥要是知道了，心里得有多高兴啊！

花　　子　是啊！芙蓉，咱这钱也不是白挣的呀！你瞅俺的手，开工头一天，就磨出老大的泡！

芙　　蓉　我也是啊！你看！（与花子伸手比着）

秀　　姑　（微笑着）就你们那小泡泡还拿出来摆？瞧瞧俺的！（伸手一摊）

芙　　蓉　呀！秀姑！你的手磨出这么厚的老茧？！

花　　子　秀姑，你的手咋成这样啦？

秀　　姑　是啊！俺打小儿可是绣花儿的手！来这儿四年，哪样活儿没干过？就凭这双手，挣够俺小弟的学费，挣够俺家一年的化肥钱，直到挣够了俺爹的棺材！

芙　　蓉　秀姑！你真能！

花　　子　秀姑，俺们就学你这样儿，也能挣出个头儿！

龙　　彬　（兴冲冲走上）大小姐们！请问挣了这么多钱，怎么花呀？

　　　　　〔姐妹们见是龙彬，兴奋地把他请进棚内。

姐妹们　（齐招呼）龙彬哥！龙彬哥！

花　　子　龙彬哥！你把俺们带进这海天厂，还让俺们头个月就挣了这么多钱！

龙　　彬　（打开一个袋子）来来来！我请客！大伙儿辛苦了一个月，解解馋吧！

　　　　　〔姐妹们喜笑颜开。

花　　子　（咬了一口香蕉）哎呀龙彬哥！你买这老些好吃的，是有啥高兴事儿不？

芙　　蓉　那还用说！龙彬哥才来一个月，就干出了名！你没看见《海天快讯》上是怎么说的？

花　子　（抢着）噢！是"生龙活虎的——"
芙　蓉　（接过话）"管理奇才"！
龙　彬　（大笑）哟嗬！你们俩消息可真灵通啊！
秀　姑　（笑着）龙彬，俺可真服你！才来一个月，就把车间管得井井有条，带大伙儿干得热气腾腾的！
龙　彬　秀姑！你是老大姐，干活儿上手把手儿多带着点儿她们，多费点儿心！
秀　姑　（笑）看你说的！
芙　蓉　（捧出十块钱）龙彬哥！给！十块钱！
龙　彬　（一笑）噢！有了钱就再不求人啦？
芙　蓉　（不好意思地）不是！在火车上你救了我！我一直感激你哪！可这钱，我挣了！挣了好多！够买十张车票啦！
龙　彬　（把钱给回芙蓉）这点钱你挣得不容易！留着往家寄吧！你哥不是还等着娶亲嘛！
芙　蓉　不！我不敢寄！怕寄了爹娘知道下落，把我逼回去！
龙　彬　那就把它一点点攒起来！
芙　蓉　（使劲点头）嗯！等攒多了，就让我哥娶上他喜欢的女人，那样爹娘就再不逼我嫁给不喜欢的男人了！
龙　彬　嗯！想得不错！哎，花子，我想听听，你挣了钱怎么个花法儿？
花　子　咋花？俺可舍不得花！俺寄钱回家告诉俺爹：咱往后不受大穷了！你就种好咱家门前两亩地得了，远处的送人种吧，嗯……农忙时候也别再下地，咱请人帮工干！

　　　　［大家听了哈哈大笑。

龙　彬　（笑得很开心）花子整个儿——归国华侨！
芙　蓉　吹牛皮！小地主儿！（和花子抱在一起笑着）
秀　姑　（笑得直不起腰）龙彬！你看咱们花子，才挣了一次钱，口气就那么大！哎哟……（笑着）
花　子　咋的？那你头回领工资，跟家里是咋说的？
秀　姑　（回味无穷地）俺告诉小弟，要好好读书，考个县里的重点，俺呢，在深圳做

工挣钱，供他学费！嘿嘿……（自己跟自己笑起来，害羞中带点自我陶醉）

龙　彬　（起身）好，只要大伙儿再努把力，好好干，下月发工资我还请客！

［"唉！——"大伙儿高兴地答着送龙彬下。］

芙　蓉　（回味龙彬的话）再努把力！好好干……

花　子　（开导芙蓉）咱知足吧，芙蓉，咱又不想在这儿干一辈子！

芙　蓉　花子，我可想在这儿自由自在地干一辈子！

花　子　啥？

秀　姑　对！芙蓉，那你就听龙彬的，好好干，将来争取当上领班，就能安稳地在这儿干一辈子啦！

芙　蓉　领班？！我哪儿能当呀！

秀　姑　不怕不能当，就怕不敢想！

芙　蓉　那你敢想吗？秀姑！

秀　姑　想啊！可俺跟你没法儿比！你在家是老小，俺是老大，做啥事儿都得想着家！哪儿敢一个心眼做自个儿的好梦呀！

花　子　你俩别摆乎了！点点咋还没回来呀？（伸手开亮了灯）

秀　姑　是啊，点点最近老出废品……

花　子　这会儿她能有心思干活儿？

秀　姑　为啥？

花　子　为啥？没听见那香港的李工头儿是咋说的么？

芙　蓉　他怎么说？

花　子　（学李管工的口吻）哇！点点哟！好靓好纯情哟！你不是当打工妹的料，是做小姐的料噢！

芙　蓉　（打断）瞎说！你这是在哪儿听的？

花　子　谁瞎说了？那天我看他手把手教点点擦磁头，教着教着，他的手就朝点点的底下摸！

秀　姑　（急切询问）真的吗？

芙　蓉　那李管工干这种事儿？

花　子　冤枉了他俺是王八蛋！俺早看出来了，那香港工头儿不是个好东西！哪像咱龙彬哥！

芙　蓉　（反驳）哎呀，你怎能拿他跟龙彬哥比！

花　子　俺咋的了？！

[点点提着两包东西，穿着新衣服高兴地上。

点　点　我回来啦！

[姐妹们赶忙迎上。

芙　蓉　点点你怎么才回来呀？

秀　姑　你去了哪儿，咋变了个样儿呀？

点　点　（兴奋地）我进城逛街去啦！

花　子　哎呀妈呀！你们瞅瞅，点点可真漂亮！

芙　蓉　真的！啥衣服往咱点点身上一穿，就跟别人大不一样啦！

秀　姑　嗯！点点穿上这身衣服，像个香港小姐了！要是再把头发一散哪，更没人认得出来啦！

芙　蓉　点点，你一人上街，怎么也不跟咱姐们打个招呼呀？

点　点　是李先生带我去的！

花　子　李先生？

点　点　哎，就是李管工啊！噢，他叫我回来别告诉你们，可我想，咱姐妹几个，啥子秘密不能讲呀？再说也不是坏事儿呀！

花　子　（琢磨状）别告诉俺们……那是啥意思？

点　点　管他啥意思呢，哎来，看我买的衣服！

[点点将衣服、裤子、鞋等新物一一掏出，扔给秀姑、芙蓉，让大家欣赏。

花　子　（自己从点点包中拎出一个文胸，好奇地捏了几下）哎哎哎，你们看！这是啥玩意儿呀？

[姐妹们害羞地笑着对花子耳语着……

花　子　（冲口而出）假的？噢！难怪城里人都挺得那么老高！

[姐妹们吃吃笑着。

点　点　（又掏出一件精美的小盒）哎，你们看！这儿还有一样好东西！

姐妹们　什么东西？

点　　点　化妆盒！瞧，这几格是画眼皮用的，这支小笔是画眉毛用的，这个叫唇膏是涂嘴唇的！来，我给你们画画看，谁先试？

众　　　秀姑先试！

秀　　姑　别别别！谁漂亮谁先试！

点　　点　芙蓉，你来吧！

　　　　　[两个姑娘咯咯笑着，你推我搡，谁也不肯先试。

芙　　蓉　不！我不先来！

点　　点　（装作生气）谁都不试，我可就要收起来了啊！

花　　子　（试探地）那……俺试试……行不？

点　　点　（高兴地）行啊！来！（给花子认真地化妆）

　　　　　[秀姑、芙蓉好奇地观看。

芙　　蓉　点点，谁教你化妆的？

点　　点　站柜台的小姐教我画的！

花　　子　那你一会儿就学会了？

点　　点　别动，闭上眼睛！那个小姐可耐心了！她真会做生意！

花　　子　（沉不住气地）哎呀妈呀，画好了没？给俺镜子照照！

点　　点　你看看吧！（递过小镜子）

花　　子　（照小镜子）哎呀妈呀！这是俺不？眼睛咋那老大，嘴巴又红又亮，真比平日好看了不？

众　　　好看！

秀　　姑　花子化妆真好看！

点　　点　迷倒一群男子汉！

　　　　　[众打工妹哈哈大笑。

花　　子　（激动地）俺打小长这么大，就没敢对着镜子好好照一回！俺知道俺傻，可爹说傻女有傻福，漂亮女人是妖精，十个里九个命薄！

点　　点　才不是呢！你爹净瞎说！

花　　子　俺也不信他那老话儿了！姑娘大了谁不爱美？是不？

秀　　姑　俺也涂个红嘴唇！（自己动起手来）

点　　点　芙蓉，你涂不涂？

芙　　蓉　涂！我照镜子！明天不加班儿，咱今晚美个够！

　　　　　[众姐妹欢呼雀跃，开始梳妆打扮。

芙　　蓉　（像想起了什么）等等！（她扑到自己的床铺上翻着包袱）

秀　　姑　（不解地）芙蓉，你找啥？

芙　　蓉　（亮出自己的新嫁妆）这个！美不美？

众　　　　新嫁衣！红盖头！

芙　　蓉　老人们说，当新娘是姑娘家一辈子里最美的一天！咱们挨着个儿扮一次新娘好不好？

众　　　　扮新娘？好噢——！

　　　　　[《船歌》如泣如诉地抖然回响："姐儿头上戴着杜鹃花，迎着风儿随浪逐彩霞，船儿摇过春水不说话，水乡温柔何处是我家……"

　　　　　[灯光渐暗，粉红色的柔光里，她们脱掉质地粗糙的工作衫，解开发辫，散开头发，尽情宣泄着美的欲望，传来传往的红盖头，轻轻抚过每一张青春的脸庞，隐露的肉体、舒展娇柔的舞姿以及飘荡的红盖头，构筑出一幅天然浪漫的风情画……

　　　　　[《船歌》旋律中暗场。

四

　　　　　[工业区码头。

　　　　　["呜……"货轮沉闷悠长的鸣笛声伴着建筑工地嘈杂刺耳的机械声。

　　　　　[打工仔虎子正低头摆弄整理码头上的碎瓷砖和瓦片。

　　　　　[幕后货车按喇叭的声音，车戛然停止，司机冯北山上。

冯北山　虎子，又摆弄那破瓷砖哪！

虎　　子　来啦，阿冯大哥！货还没到呢，过去歇会儿。

　　　　　[冯北山掏出自己的"大前门"，递给虎子一支，虎子笑着摇头，冯北山自己

抽起来。

虎　　子　阿冯大哥，我见人家现在都抽"三个五""万宝路"什么的，你开车挣那么多钱，怎么还抽这"大前门"呀？

冯　　北　山要的就是这味儿！"三个五""万宝路"咱不是抽不起，可这"大前门"，你全深圳挖地三尺，就咱这儿有两条儿！自打回家过年捎来这一箱，我可是一根儿一根儿数着抽的！

［虎子憨憨地一笑，继续摆弄瓷砖。

冯北山　虎子，成年累月地数那破瓷砖儿，有啥奔头儿啊！要是换了你大哥，非他妈把眼珠子数绿了不可！你可真有耐性！想不想换个活儿，大哥帮你找找！

虎　　子　算啦！当初找这份工有多难，大哥你不是不知道！好容易混熟了，活也干得顺手了，哪舍得说丢就丢呢！再说，对这些瓷砖儿，我还真有点感情！

冯北山　得了吧！你对它有感情它就是你的呀？我知道你那份心思，想总有一天那些高楼大厦里也能有你一间小屋儿，就这么数下去呀，你一辈子也甭想！

虎　　子　我就相信只要好好干，也不会一辈子都住这铁皮房。

冯北山　那就等着吧，我看你到了娶老婆那会儿还得住这铁皮房！

虎　　子　（笑）娶老婆？影儿都没有的事儿，还远着呢！哎，阿冯大哥，你有没拍拖呀？

冯北山　我？看不上！如今这些姑娘，鞋跟儿踩得老高，头发还烫得老高！喏，就脑门上这一撮儿，跟他妈火鸡似的！

虎　　子　其实呀，还是咱乡下的姑娘实在。

冯北山　（谑笑）行！虎子！有长进！（把烟放在虎子嘴里，虎子被烟呛得直咳嗽，两人笑语着）

虎　　子　（望远处看，兴奋起来）哎？阿冯大哥，换了辆日本车？可真漂亮！

冯北山　漂亮是漂亮，可就是没劲！

虎　　子　日本车都没劲？那你要什么？

冯北山　那车开起来贼溜贼溜的，像坐电梯，颠簸不起来！跟没开似的！

虎　　子　黏线！（广东话，神经病）

冯北山　你懂个屁！开车要的就那颠簸劲儿！"地里光唧，地里光唧"，那才叫开车呢！像咱们老"东风"，又大又结实。颠起来够分量！可你看看这满街跑的车吧，上千辆汽车里，才他妈几辆是咱国产的东风牌儿！真叫人憋气！

虎　子　谁叫咱们穷呢！

冯北山　穷就穷吧还穷大方！你不知道，我在南疆打仗那会儿，有一次发现开过来的十辆越南军车里有五辆是咱的东风牌儿！（猛吸口烟）我一气，就用火箭筒把它们打成了五堆废铁？爆炸时，那车就像五个孩子哇哇大哭的脸，血乎里拉的！狗娘养的，是中国车！毁了……真他妈可惜！

虎　子　（茫然不知所措）这世上，什么事都有！

冯北山　是啊！就说深圳吧，这车！这楼！最可笑的是那人！是人都叫经理，拎着个黑皮箱，满街到处骗钱！那北边儿的人呢，差不多跨越了大半个中国，翻山踏水儿地还往这儿奔！乌乌泱泱像赶大潮，真他妈不知图个啥？！

虎　子　图啥？阿冯大哥，你知道"幸福"二字怎么写？

冯北山　咋写？幸运的幸，福气的福呗！

虎　子　是啊，要是既不幸运，又没福气，就该想法子挪窝儿了！比方我们家吧，粤北山沟，出门见山，回身是石头，就连拉屎都拿石头擦屁股！可深圳呢，报纸擦屁股都嫌硬呀！你说我不往这儿奔往哪儿奔呢！

冯北山　虎子，大哥吃的苦头不比你少！我是不忍心看你遭这份儿洋罪！

　　〔"呜"……货轮沉闷悠长的鸣笛声，伴着建筑工地嘈杂刺耳的机械声。

虎　子　（起身）大哥，又到了一船瓷砖，我验货去，你进车等着装吧！

　　〔货主将铁板车的木箱推上，海霸随上。虎子一一打开，检查一箱，就卸下一箱。
　　〔海霸心怀鬼胎地盯着虎子。

海　霸　（上去拍拍虎子肩头）我说虎仔，用不着这么认真吧，这三百箱瓷砖，你数得过来吗？

虎　子　不数怎么知道你这货里有假？（挑出五箱）这箱碎得不少！（又搬出几箱）这几箱不够数儿。三箱并两箱算。

货　主　（恼羞成怒）有没有搞错？你懂不懂这儿的规矩？

虎　子　我在码头上数了四、五年砖，把的就是这规矩！

海　霸　（眼珠一转，讨好地从腰包里掏出两张大票）这么着吧小兄弟，这两百块钱你拿去买烟抽，一人怪闷的，干什么都行！你就睁只眼闭只眼过了吧！

虎　子　不行！十几箱瓷砖上千块钱呢！甭想在我这儿讨便宜！

海　霸　（急了）啊！我丢你！看来你是敬酒不吃，吃罚酒，你还叫他妈的虎仔呢，我看你倒像只兔崽子，真比老板养的狗还给主子卖命！

虎　子　（咬牙）你敢骂我！

海　霸　骂你？还敢打你呢！你这北佬也不问问我海霸是谁，我想什么时候收拾你就什么时候收拾你！（顺势一拳）

〔虎子没防备被推倒在地，头撞在木箱上。

〔海霸对虎子一阵蛮不讲理的抡打。

虎　子　（俯在货箱上，不服地）打吧！给你们打！我就是不收这几箱！挣这份儿工，吃这份儿饭，就得对得住老板！我收下这几箱废砖，工地就得有亏损，亏多了，总有一天老板得炒我鱿鱼！你……你们看着我打这份工容易吗？（欲哭）

海　霸　不容易！所以你小子兔不了挨打呀！嘿！怎么样？（又去推虎子）

冯北山　（冲上，赤膊撸袖）住手，有种儿的往这儿来！

海　霸　（停住）有没搞错！冯北山！我知道你气儿粗！老老实实捧你的铁饭碗呗！可别多管闲事！

冯北山　老子今天管的就是你！（不由分说，与海霸对打）

海　霸　（跳出去）你敢动真？看看我的刀子放不放过你！

〔虎子上前从后面死死抱住海霸，两人较量。

〔冯北山挣脱海霸纠缠，一脚踢飞他的匕首。

海　霸　哎哟！（捂着疼痛的手）

冯北山　（气愤地）呸！老子在枪炮底下都敢玩命，怕你？！（掐住海霸的脖子）

海　霸　大佬！冯大佬！放手啦！求你放手了！对不起了，求你了，冯大佬！

冯北山　说，你他妈的还敢再欺生不？

海　霸　不敢！再也不敢了！

虎　子　阿冯大哥，我看算了吧！

冯北山　要不是我兄弟替你说情……哼！把你脖子拧下来！（松手）

虎　子　这几箱废料还是不能收！

海　霸　（连声）行行行！我海霸不讲道理可讲义气！今天冯大佬放过我，我也不再难为你!

虎　子　（感动地）那……赶紧把它们运回去吧!我帮你们扛上船去!

海　霸　（嗤笑地）谁还费那牛劲,扔这给你垫脚吧!撤!（海霸与货主狼狈逃下）

冯北山　（冲两人的背影）呸!

虎　子　（对着几箱废瓷砖,如醉如痴,欣喜若狂,如穷孩子见到了玩具一般）阿冯大哥!快来看!这些瓷砖儿多美呀!……这箱还有大理石花纹儿呢!他们不要,就归我啦!都归我啦!哈哈哈……

冯北山　（一脚踩在箱上,望着虎子,从牙缝儿里挤出两个字）虎——子——!

　　　　〔虎子一愣,望着冯北山的大脚,缓缓扬起茫然的脸来。暗场。

五

〔打工妹工棚宿舍。

〔空中一阵闷雷作响,花子站在水管边接水,水流很细。

花　子　（拍打着水龙头）哎呀妈呀!水这老细,撒泡尿都比它痛快!

〔点点在床上烦躁不安地画着妆,画了又擦,擦了又画,终于一狠心,冲到花子桶边,迫不及待地捧了把水往脸上抹着。

点　点　对不起花子!实在来不及了!我还要出去!用你一点儿水!就接一点儿水!

花　子　（拦住）你甭想老占俺便宜!

点　点　求求你了花子!就让我这一次吧!

花　子　看把你美的!谈个恋爱八个人给你让路!

点　点　那你还偷着用我的化妆盒呢!

花　子　俺又不想臭美!拿你那玩意儿干啥呀?

点　点　干啥子?自己跟自己臭美呗!

花　子　你可拉倒吧!

秀　姑　哎呀又拌嘴!咋了?

点　点　（委屈地）秀姑!她……连一点水都不让我接!

秀　姑　来！俺这儿还存了点儿水，你先拿去用吧！

点　点　（一赌气）我不洗了！（扭身走开）

秀　姑　（拦住）点点！点点！

花　子　秀姑，人家攀高枝儿，你拦个啥？

点　点　（站住）想攀你还攀不上呢！

花　子　俺怕攀上去再摔下来，对不住自个儿！

点　点　（欲哭）要咒我死，直说好了！

花　子　啥？咒你死？俺巴不得你是这桶里的水，干干净净！

点　点　（跺脚）呸！（把花子的一桶水全泼在地上）

花　子　（急了，捡起桶又摔在地上）呸就呸！你就是呸俺一脸唾沫，也比打扮好了跟那臭男人亲嘴儿干净！

秀　姑　（生气地）花子！别说那脏话！多伤人哪！

点　点　（无助地哭喊）妈——！

花　子　喊你妈干啥？你要不信俺说的，就问问秀姑，到底啥玩意儿最值钱？是咱女人的身子！

点　点　（突然一阵恶心，她紧捂着嘴跟跄坐下，转身……）

花　子　（呆愣着，话语戛然而止）

秀　姑　（奔过去）点点！你哪儿不舒服？病了？

点　点　（掩饰的）没啥，心里憋得慌！

秀　姑　走！咱上医院！

点　点　不！不去……

花　子　（急转身）点点！俺背你去！俺有劲儿！

点　点　（挣脱）不用了！花子！我没事儿！（起身又去拿化妆盒和小镜子）

花　子　（吃惊地）你还要出去？！

点　点　再去一次，以后我听你的，啊？你那桶水我回来就赔你！

花　子　哎呀说这干啥呀！秀姑你瞅她……

　　　　［点点小心翼翼地给自己梳头、化妆。

秀　姑　（央求）点点，今晚上甭出去了啊？咱姐妹几个躺在床上聊天？要不，讲鬼故事?

点　点　（恨恨地）不！我去找那个姓李的！我憋了一肚子话要跟他说！（起身跟跄地跑下）

［雷声滚滚。

秀　姑　（追出去）点点！拿把伞啊！

花　子　说啥也白搭！她的魂儿早被那男人勾走啦！（躺在床上给自己揪脖子）秀姑……你想有男人不？

［秀姑坐到床边帮花子揪脖子……

秀　姑　（边揪边说）早晚都会有，急啥？

花　子　那……男人的手劲儿一定比女人大不？

秀　姑　花子，是你想男人了吧？

花　子　（诚实地）俺想！俺真想尝尝靠着男人的身子睡一觉儿是个啥滋味儿！

秀　姑　你想得可真美呀……

花　子　（翻身坐起）俺就是要美！俺就是要美得让好多男人都愿意瞅俺！喜欢俺！俺也想有个化妆盒儿……

秀　姑　你要嫌闷得慌，叫点点帮你找一个！

花　子　俺不要！点点找的男人十有八九靠不住！保不准上当受骗！

秀　姑　那你能保证你就不上当受骗？

花　子　那是！俺找的男人，得是真心愿意堂堂正正娶了俺的！

秀　姑　可在这地方，上哪儿去找真心愿意娶了咱的男人呢？咱只能靠两只手，踏踏实实挣咱的血汗钱呀！

花　子　可俺一到晚上累得腰酸腿肿，躺在硬邦邦的光板儿席上，不到困极了不敢合眼。一合眼，那泪珠子就断了线儿地往下掉。心里，可真想有个男人在身边儿，抱抱俺！疼疼俺！哪怕就说上一句悄悄话儿……

秀　姑　俺也断不了想啊！你说，叫咱可心的那个男人，到底藏在哪儿呢？在家里？还是真的在这儿？

花　子　秀姑！你……

［雨声嘀嘀嗒嗒，开始淋下雨点。

［花子、秀姑赶忙拿着盆盆碗碗四处接铁皮屋顶渗漏的雨水。

秀　姑　（犯愁地）漏得太多！接都接不过来！

花　子　（没好气地把盆往地上一摔）甭接了，干脆顺着屋顶儿安一排喷子，当冲凉房吧！

秀　姑　你要不管接，今晚甭睡觉！

花　子　还想睡觉？摸摸这褥子，哎呀妈呀！个个儿都成尿炕精了！

　　　　［芙蓉拿着伞惊慌焦急地跑上。

芙　蓉　点点回来没有？！

花　子　还没！

秀　姑　芙蓉！出啥事儿了？

芙　蓉　（焦急万分地）点点怀孕了！老板要炒她鱿鱼！

花　子　（大惊）啥？她身子破咧？！啊？！

秀　姑　（急狠狠地）她为啥不告诉俺！俺们还当她病了！

芙　蓉　她没告诉咱！可她告诉姓李的去了！那个混账东西把她给甩了！还借机找香港老板，说点点三番五次出废品，非炒掉她不可！

花　子　啥？那姓李的比俺想的还坏？点点还往他身上攀！攀吧攀吧！这下摔狠了不是？

秀　姑　出了这种事儿，把咱打工妹的脸都丢尽了！芙蓉，俺说过没，在海天不是人人都能混碗饭吃的！你们平日光顾帮点点干活儿凑数，看把她惯坏了吧？！

花　子　鬼迷心窍！她的心是让鬼给……

芙　蓉　（抢话）别说了！都这会儿了，后悔埋怨也没有用啊！

秀　姑　那不能叫龙彬帮点点去说说？

花　子　是啊！给说说给说说呀！

芙　蓉　他说了！差点儿跟人家吵起来啦！可点点也太不争气！废品就是多！事情出在咱们车间，龙彬哥窝了一肚子火儿呢！

秀　姑　（忧虑地）那点点要是有个三长两短……俺觉得要出事儿了！

花　子　俺今天真不该跟她吵架！都怨俺都怨俺……（坐地上哭）俺不是故意伤她的……

　　　　［芙蓉、秀姑烦躁地坐立不安。

芙　蓉　（突然想起什么）别哭了！咱们先去找找她！说什么也得先把她找回来呀！
　　　　　（撑伞跑下）
秀　姑　（拉上花子撑开伞）走！
　　　　［一声霹雷，滚滚呼啸。
　　　　［暗场。

六

　　　　［接前场。
　　　　［雨夜码头，虎子工棚附近。
　　　　［一个霹雷闪电，照出失魂麻木的点点，像个木头人儿似地站在大堤上暴雨中……
　　　　［又一个霹雷闪电，大堤上没有了点点的身影……
　　　　［暗转。雨声渐息。
　　　　［片刻静默后，灯亮，虎子工棚内。
　　　　［简陋的布置，一种男人生活的悲凉氛围与气息，工棚里连铺带堆，满是碎砖瓦块儿。
　　　　［点点躺在床上，虎子和冯北山关注着她。
　　　　［点点睁开眼，惊恐失神地坐起。
点　点　我怎么在这儿？你是谁？
虎　子　（高兴地）你终于醒了！噢！我叫虎子，昨夜你掉水里了！这是昨夜开车送你去医院的阿冯大哥！
点　点　（麻木地）你们……干嘛救我？我真想死……
冯北山　尽说傻话！犯不着！人这一死看起来是个解脱，好像是苦到了尽头，可不想那乐儿也就都没了！妹子，你叫啥名儿？先前在哪儿打工啊？
点　点　（低头）叫点点！在电子厂擦磁头！
冯北山　咋就不干了？

点　　点　（摇头）我被老板炒了……

妈北山　老家是哪儿?

点　　点　四川……

冯北山　来这儿见过几回工?

点　　点　就一回,干了快一年。

冯北山　你可真不洒脱!此处不留爷,自有留爷处。处处不留爷,爷去当八路嘛!

点　　点　可我吃不消那份苦!一听见机器响我就心烦!你看我的手指头,肿这么高,疼得钻心哪!

冯北山　那你是小姐的心思丫环的命喽?

点　　点　（低头不语）

冯北山　妹子,那这儿还有你什么人吗?

点　　点　（哭出声）我啥子都没了!

冯北山　那可也不能寻死!

虎　　子　大哥说得对!点点,你留下来跟我们一块儿吧!我们照顾你!等赶明儿养好病,心情也好了,能干点儿啥再干点儿啥!啊?

　　　　　〔点点沉默了半晌,点了点头。

冯北山　（高兴地）这不结了?虎子,等我出去打点酒,买点吃的,咱乐一乐儿!你俩先歇着!（走下）

　　　　　〔工棚内只剩下虎子和点点,虎子递条湿毛巾给点点,点点擦着停下,环视工棚四周。

点　　点　（不解地）这儿怎么堆那么多碎砖瓦片?

虎　　子　这都是盖高楼用的废料!人家扔这儿不要的,都让我捡了!

点　　点　那你盖过高楼吗?

虎　　子　那还用问!五年前,刚一到深圳,我就迷上这儿的高楼了!后来,我顺着建筑工地找活儿干,什么工种都干过!可惜,楼建完了,就又得另找活儿干!后来找到这码头上,老板见我有工地经验,就雇我在长年累月地管货。你说巧不巧?我管的还是砖头瓦片儿!一批批砖从我眼皮底下数过去,一座座高楼在我眼前盖起来!我……可真想那些高楼里面,能有一间给我的小房子!

能有我自己一个小小的家呀！

点　点　（也憧憬地）那这些碎砖瓦片一定能把你的小房子打扮得漂漂亮亮！你也一定能有个自己的家！

虎　子　那你将来想要什么呢？

点　点　将来？我哪敢想啊！

虎　子　那你平常最喜欢的东西是什么？

点　点　平常……我最喜欢照镜子！

虎　子　镜子？等等，我有，我找找！（急忙翻铺下的木箱，找出一个小镜子，递给点点）给！就是小了点儿！

　　　　［点点拿小镜子照着自己，有点茫然。

　　　　［虎子呆呆地望着她。

　　　　［点点被看得不好意思了，把小镜子放在床上。

　　　　［虎子拿起镜子，小镜子猛一闪亮，光刺到了眼睛。

　　　　［虎子觉得好玩，拿小镜子往点点脸上晃，点点害羞地躲闪着，脱口叫了声："虎子哥！……"

　　　　［虎子更加兴奋，和点点一起拿小镜子往墙上晃着，两人玩得很开心。点点忘却了愁苦，虎子也忘却了寂寞……

　　　　［冯北山拿着酒和鱼上。

冯北山　虎子！来来来！开饭啦！看我买了三个大鱼头！吃鱼头，万事有人求哇！

　　　　［三人兴奋地聚在一起。

　　　　［虎子和冯北山争着把鱼头递到点点嘴边。

　　　　［点点感动地望着两个男人，说不出话……

　　　　［明朗悦耳动听的乐声中暗场。

七

　　　　［废墟。空中响起悠远的鸽哨儿声……

　　　　［繁华特区一个富有创始味道的荒芜角落。废弃的建筑材料和残败的钢筋水泥

架构筑的一角。

〔林基业抽闷烟，仰望空中的鸽群，独自思索着……

〔陆雪桦急匆匆上，发现了林基业。

陆雪桦　可找到你了！

林基业　（回身）雪桦！

陆雪桦　点点失踪了，你昨晚打了一夜寻人电话，小彬都告诉我了！

林基业　（苦笑着）什么事儿都让你碰上了！雪桦，你怎么知道我在这儿？

陆雪桦　整个公司都找遍了，也不见你，我就想到了你对我说过的这片废墟。

林基业　（感动地）雪桦！过来看看吧，就是这片废墟！怎么样？

陆雪桦　（环视废墟）嗯！透着一种荒凉！想不到，这儿也是特区！

林基业　这儿也是我的老地盘儿啦！多少年养成的习惯，每当工作中遇到困境，或是要做出一些重大的决断，我总喜欢来这废墟上看看！面对着它，想想过去，再想想将来！

陆雪桦　过去……这地方真容易让人想起北大荒！想起咱们年轻时开垦过的那片黑土地！

林基业　（兴奋地）怎么你也会想到北大荒呢？

陆雪桦　自然联想！有那种空旷的感觉！

林基业　是啊！北大荒！多少年没有谁再对我提起过它了！更没有谁，能在这里，和我一起交交心！

陆雪桦　哎！出现了问题是常有的事，你不该这么泄气！我看得出，海天公司是特区的骄傲。你梦想的事业正在蒸蒸日上。为什么还要对这么个角落自叹感慨呢？

林基业　（坐在一块石头上）事情虽小，可暴露出的问题不小啊！

陆雪桦　可你该知足了！否则，我们内地的老同学，该怎么个活法呢？说起当年，谁没做过一番轰轰烈烈的美梦？可今天能把美梦做成个特区企业家的，也只有你林基业啊！

林基业　不是我林基业，是特区的魅力！雪桦，这里的确是一块适于强者生存和奋斗的乐土！我最深的体会是，一个人，从年轻时就拥有过的梦想，闯荡了许多地方都难以成真的梦想，也许就在这里，能让它实现！

陆雪桦　可当年，北大荒那块土地，就不适于你生存吗？你为什么执意要离开它？这是我多年压在心底的不解之谜！

林基业　雪桦！你至今还不明白吗？北大荒是磨炼了我的意志，可它也埋没了我们的知识！

陆雪桦　那是个苦地方！

林基业　不！苦算什么，可苦得要有价值！那年月，历史的苦难任凭我们一味地扛锄头，凿地球！我找不到一个知识分子在那片土地上应当具有的人生价值，所以我不顾你的劝阻，离开了它，也离开了你！

陆雪桦　（酸楚地）别说了基业！你一走就再也没有音信，只留下这把口琴……（掏出包里的口琴敲打着腿）它陪伴着我和战友们，继续经受着风霜的磨炼，我们把它当作苦难中唯一的欢乐，吹起那支最喜欢听的歌儿，就沿着北大荒泥泞坎坷的生活之路，一直走到青春岁月的尽头……

林基业　小路……

　　　　［陆雪桦情不自禁地把口琴放在嘴边，吹起《小路》……
　　　　［背景音乐响起一个单调悠远的女声独唱："一条小路曲曲弯弯细又长，一直通往迷雾的远方，我亲沿着这条细长的小路，跟着我的爱人上战场……"
　　　　［林基业注视着吹口琴的陆雪桦，动情地唱起："纷纷大雪掩盖了他的足迹，没有脚步也听不到歌声，在那一片宽广银色的原野上，只有一条小路孤零零……"
　　　　［陆雪桦默默停止了吹口琴……

陆雪桦　这歌儿现在听起来，是那么遥远！我们都老了！青春的旧梦也早已失落……

林基业　旧梦失落了，还有新梦呢！我很欣赏这么一句话："人一生只可活一次，却不妨年轻两次！"对吗？

陆雪桦　你在开玩笑？！

林基业　不是玩笑！时代变了，人那寻梦的内容当然也就不同了！比方说我……

陆雪桦　你从来都是命运的宠儿！

林基业　可你并不知道起初的艰难哪！当年，我走进这座刚刚兴建的城市，并不敢奢望将来，只想先尝试着干点儿什么，就在这里！（指废墟）建起了一家小厂，由于手下工人没有文化，我也缺乏管理经验，没到一年，它就下马倒闭了！

陆雪桦　（吃惊地）你说这废墟，就是你原来的厂房？

林基业　（点点头，抹了一下眼角儿）厂房被拆除的那个当晚，我独自守着这片破败的废墟，平生第一次，流下了眼泪……

陆雪桦　（扶住林基业的双肩）基业！

林基业　可不管怎样，这第一步，是靠我自己走出来的！尽管失败了，可这座年轻的城市允许我尝试第二步、第三步！直至……

陆雪桦　直至有了海天？

林基业　是啊！这废墟，作为海天梦的起点，意义非同寻常！

陆雪桦　因为它是失败的起点吗？

林基业　不！因为它还是明天的梦的起点！

陆雪桦　明天的梦？

林基业　对！旧梦失落了，要寻新梦！旧梦做成了，更要寻新梦！海天公司的崛起，取代了消失的旧厂房；可劳动大军文化知识的匮乏，依旧掩盖不了这片废墟！

陆雪桦　你在说那些乡下的打工妹、打工仔吗？

林基业　是啊！打工妹！打工仔！听着像个洋词儿，可实际呢，还是一群知识的盲童！

陆雪桦　作为妈妈，我心疼他们小小的年纪就出来闯世界！作为老师，我又多么希望他们能安静地坐在课堂里读书啊！可他们已经用双手在为这个城市创造财富了！不容易啊！基业，你说这里是你奋斗的乐土，我同意！可对这些孩子们来说，也许就是一场噩梦啊！

［龙彬开着摩托车上。

［林基业、陆雪桦迎过去。

龙　彬　林总！妈，您也在这儿？

林基业　（急切询问）点点有消息了吗？

龙　彬　（丧气地摇摇头）还没有找到！我怕您着急，先回来告诉一声！

林基业　龙彬，别灰心哪！再去找！一定千方百计找回点点！拜托你了！

龙　彬　您放心。找不回点点，我饶不了姓李的那小子！

陆雪桦　别乱来呀！龙彬！

龙　彬　（烦躁地）妈！这都什么时候了！

陆雪桦　越是这时越要冷静！你那牛脾气一上来，把事情会搞得更糟！

龙　彬　（冲口而出）妈！我不是小孩子了！（开车径直冲下）

陆雪桦　（喊）龙彬！龙彬！

林基业　（望着龙彬远去的背影，自语叹道）幼稚无知的孩子啊！

陆雪桦　我说过了吧，这里对她们来说，也许就是一场噩梦！点点受了管工的欺辱。一下子就要被炒掉，这是为什么？这公平吗？！

林基业　是不公平！可点点在干活儿上屡出废品，难以适应精细的电子零件生产，即使是我的女儿，她也要被开除啊！

陆雪桦　为什么不采取耐心细致的说服教育？

林基业　（强烈地）可我不能让产品去为她交学费呀！

陆雪桦　（欲辩解）

林基业　雪桦，这不仅仅是一个点点的问题，你知道我今天为什么要到这废墟上来？！正是因为我越发感到，提高工人的文化素养和思想道德水平，已是一个迫在眉睫的问题！要不还会出现第二个、第三个点点！尽管这片废墟是公司最后一块宝贵的地皮，可我是下定了决心，就在这里，为海天公司盖起一座知识楼！

陆雪桦　知识楼？

林基业　对！建图书馆、夜校、阅览室和文化设施，让所有打工的乡下孩子，都补上知识这一课！劳动力缺少文化，海天也就无法希望更辉煌的未来！我真希望多培养几个龙彬这样的人才啊！

陆雪桦　基业！这就是你那明天的梦吗？

林基业　应当说是今天的梦啦！雪桦，这梦里也有你！

陆雪桦　我？

林基业　我需要你！海天的孩子们需要你呀！雪桦！模范教师难道不想帮我一起来实现这个梦吗？

陆雪桦　基业！让我好好想一想！……我不知道我能不能承得起这个梦……（坐在石头上沉思）

〔林基业站在残垣断壁上，缓缓注视着陆雪桦。

[《小路》遥远的旋律，衬托着两人彼此相通又相隔的心境……

[暗场。

八

[海天公司车间厂房，失去往日机械的轰鸣。

[花子、秀姑和女工们罢工静坐，她们举着小旗标语，上面写着"抗议开除龙彬""点点你在哪里""我们是人、不是机器""龙彬和我们同在"等字样。

[只有芙蓉在脚架上拼力做活儿，机器发出咔嚓咔嚓单调的响声。

花　子　（冲上面的芙蓉大叫）芙蓉！你下来不？（带大伙儿喊）"我们抗议——"

女　工　（齐喊）"我们抗议——"

[芙蓉仍紧闭嘴擦着磁头。

花　子　（气愤之极冲上脚架）你到底想整啥事儿呢？偏跟俺们对着干！

芙　蓉　（抹了把汗）花子！我不跟你对着干！可就是受天大的委屈，也不能罢工停产！

花　子　呸！

[秀姑冲上脚架。

秀　姑　龙彬为点点打抱不平，打了香港李管工，他受了重伤还要被香港人开除。芙蓉，你说大伙有点反抗，难道不应该吗？

芙　蓉　我们的反抗，吓不倒香港人，也帮不了龙彬！

秀　姑　那我们就该只顾干自己的活儿？

芙　蓉　干自己的活儿，就是帮了龙彬！他揍了香港人，可他的车间不能再出乱子！生产不耽误，公司更有力量替我们说话！

花　子　别瞎摆乎！公司怎么对待点点的？你还不清楚？俺们自个儿不说话，能指望公司替俺们说话？

芙　蓉　（起身）公司没有亏待我们！我们的加班费比别的公司多，林总舍得花钱培养我们！点点走了，我心里难过！可我也为她出了那么多废品难过！点点受了损失，可公司也同样受了损失！

花　　子　　公司损失的只不过是产品，可点点毁的是身子！这两个比，哪个更重要？

女　　工　　（齐喊）我们是人！不是机器！

秀　　姑　　你听听！芙蓉，你不帮点点，俺认了，可你连龙彬也……

芙　　蓉　　（紧接）别说了！我……帮不了龙彬！我只有靠干活儿！

　　　　　　（坐下拼力做活）

　　　　　　［女工们一片哗然和骚乱。

花　　子　　胆小鬼！机器虫！你不罢，俺们罢！走！

芙　　蓉　　（阻拦花子）花子，求求你别乱来！

花　　子　　谁乱来啦？俺们提抗议去！问他林总管不管！

芙　　蓉　　林总也不会赞同龙彬去打人呀！

花　　子　　那他是中方经理不？中方经理不向着自己人说话，能光听那假洋鬼子使唤？！走！（女工们跟上）

　　　　　　［龙彬急上，一脸焦灼与严肃。

　　　　　　［花子和女工们惊愕地不知所措。

花　　子　　龙彬哥！

龙　　彬　　想带头闹事儿是不是？还不把牌子给我放下！

花　　子　　（气哭了，把牌子一摔）放就放，俺们这是为了谁呀？呜……

龙　　彬　　（蹲在花子身边）你们是为我！也为点点！

秀　　姑　　龙彬，你给句公道话，大伙儿该不该反抗？

龙　　彬　　该！可停工停产只不过是消极的反抗！

花　　子　　俺不懂啥叫消极啥叫积极，俺就知道钱拿得再多，也不能当奴隶！

龙　　彬　　咱不是奴隶！海天公司是有香港人投资，可它更是用咱自己的血汗创建起来的！大伙想想，不干活儿公司垮了台怎么办？公司垮了台，我们又怎么办？

花　　子　　你蒙谁呀？就凭俺们车间不干活儿，那公司能垮台？就算公司垮了台，俺们就……俺们就……

龙　　彬　　就怎么样？说！

花　　子　　就找那姓李的要饭碗子去！

龙　　彬　　找人家要饭？那才是奴隶！

花　子　俺是奴隶？！（指芙蓉）那见钱就挣、见活不撒手的是奴隶不？

　　　　[芙蓉停下手里的活儿，沉默。

龙　彬　你们错怪了她，芙蓉帮我去打了李管工，同样在听候处理，她也要被香港人开除，你们知道吗？

花　子　啥？

女　工　（齐声）芙蓉？！

花　子　（气得浑身哆嗦，拾起牌子又扔在地回身冲芙蓉）芙蓉！你说！你明知道自个儿也要被开除，那还一个劲地干活，是为了啥？你那骨气到哪儿去了？

芙　蓉　（默默起身）你别忘了我们是谁？从哪里来……这个城市，没有我们的户口，没有我们的家，没有人愿意听听我们的梦，更没人能够救我们！可这个城市需要我们的手，也给了我们挣钱的机会，我们不就是靠着干活儿来显示我们的存在，也挣得了我们的尊严吗！要是不生产，我们就一无所获，也就一钱不值！

秀　姑　芙蓉，可你都要被开除了！还不为自己争口气吗？

芙　蓉　争的就是这口气！哪怕明天打铺盖走人，今天也不能见手里堆了这么多活儿没人干！

　　　　[女工们一片哗然和骚乱。

花　子　争啥气？说到底你是为你哥！

芙　蓉　（受刺激地）我哥！？

花　子　为你哥赚钱！

芙　蓉　我不是为钱！

花　子　你就是为钱！摸摸你腰上那个小包儿！你就是整天寻思给你哥娶亲，把自个儿当成机器，赚钱，赚钱！

芙　蓉　（急了）赚钱！我……（从腰里扯下一个布包，拼力撕开，把里面厚厚一摞钱扬手撒下，哭喊着）再也不要钱啦！你们骂吧！我一分钱也不要啦！都扔了它！都撕碎它吧！（钱从空中纷纷飘下）

女工们　（愣住）

　　　　[全场静默……

龙　彬　芙蓉！

　　　［芙蓉坐在车床旁哭泣，一封信从她手中失控地飘落在地。

女工们　信？

龙　彬　（拾起）……

　　　［芙蓉画外音：哥，我给你挣了好多钱，足够你娶媳妇了！

　　　［哥哥画外音：妹子，哥想要的媳妇，走了，嫁了她不喜欢的男人！哥用不上你的钱了！

　　　［芙蓉画外音：不！哥，你骗我！

　　　［哥哥画外音：哥不骗你！妹子，哥只要你好好干活，混出人样，过上城里人的好日子！别像你哥……

　　　［芙蓉画外音：哥哥！……（绝望地抽泣）

花　子　（轻轻叫了声）芙蓉！

女工们　（一回身，发现林总站在后面）总经理！

　　　［林基业默默走上，弯腰慢慢拾地上的钱。

龙　彬　林总！

　　　［林基业不说一句话，用深沉而犀利的目光扫视一遍女工，女工们低下了头，避开林总的注视。

　　　［龙彬扶起林总，把手里的信给他，然后迅速弯腰拾钱，花子、秀姑，女工们跟着一起为芙蓉把地上的钱一张张拾起，交到林总手里。

　　　［芙蓉被眼前的情景深深触动了，她无声地擦去脸上的泪，呆望着林总。

　　　［林总捧着这摞厚厚的钱，一步一步走上脚架，拉起芙蓉双手，把钱放在她手上。

　　　［芙蓉双手捧钱，望着林总。

　　　［林总一手轻抚芙蓉的头，一手为她擦去脸上的残泪。

林基业　（轻声说了句）有骨气啊！孩子！

　　　［芙蓉双手捧钱，淌下热泪。

芙　蓉　林总！芙蓉不怕被开除，不怕走了没饭吃，可我舍不得离开海天！你把芙蓉当人看，芙蓉在这儿干什么都行！干一辈子都情愿！（跪下）林总，求求你，再给我一次机会吧!

林基业　芙蓉，你站起来！站起来给我看看！给大家看看！

　　　　［芙蓉庄重而自信地站立起来。

　　　　［林基业扶着芙蓉的肩，用期待和鼓励的目光俯望女工们。

　　　　［女工们为芙蓉热烈地鼓掌。

　　　　［掌声和激动人心的音乐声响成一片。

　　　　［暗场。

九

　　　　［清晨，空旷的车间厂房。

　　　　［芙蓉穿崭新的领班服上，她像只快乐的小鸟儿。

芙　蓉　（轻声而由衷地）我当领班了！全车间的新领班！今天是这个城市最最晴朗的一天，也是我长这么大，从没有过的最最幸福的一天！新领班！（手舞足蹈唱着湖南小调儿《刘海砍樵》）

　　　　［秀姑低着头径直走进车间，她有意避开芙蓉，没有言语。

芙　蓉　（发现了秀姑，有些害羞地）秀姑！

秀　姑　（淡淡地应着）你来得可真早啊，新领班。

芙　蓉　秀姑你也来得这么早！

秀　姑　（没好气地）俺不该早点儿来么？俺昨天罢工耽搁了活儿，今天得想法子补回来呀！（上车床欲干活儿）

芙　蓉　（拉住秀姑）秀姑，先别忙着干活儿！

秀　姑　咋了？你能不干了俺可不能不干！

芙　蓉　我……

秀　姑　你真走运！大伙儿都不干，你偏顶着干！一夜之间就成了公司的英雄！领班梦也做成了……（掩饰着内心的酸楚急急走向工作台）

芙　蓉　（追着秀姑）秀姑，你是说我不配当领班？

秀　姑　配不配算啥？你命好！生了个聪明的脑袋瓜儿！……哪儿像俺……只靠一双好使的手，天生就配干活儿！（坐下拼命地干着）

芙　蓉　（难受又有些委屈地）秀姑，我是想当领班，今天也当上了！可你们要觉得我不配，那我就脱掉这身衣服，还干回手里的活儿……（欲解领班服扣）

　　　　［女工们呼啦涌上，兴高采烈地夸奖着芙蓉，羡慕地评说着领班服。

花　子　芙蓉，你当了领班，俺们这脸上也放光儿啊！一大早，俺们叽叽喳喳摆乎一路儿啦，咱车间呀，在全公司都扬名儿啦！

　　　　［女工们说说笑笑，拉着芙蓉前呼后拥，好不热闹……芙蓉茫然应和，有些局促。

秀　姑　（冷冷地坐在工作台上）哎哎哎，我说新领班，是不是该让大伙儿干活儿了？罢工耽搁的活儿，得靠咱自己赶，这可不是争奖金，是争咱的饭碗子！

芙　蓉　（镇定下来）秀姑说得对！罢工的损失要补回来！可现在，咱们需要赶的，是另外一批急件！

女　工　（齐）另外一批？那为啥？

芙　蓉　因为明天一早就要交货！

花　子　又加夜班呀？！（不满地坐在一旁）

芙　蓉　（微笑着）是啊！我准备了风油精，到时每人领一小瓶！

秀　姑　（愤然站起）芙蓉！你明知咱车间堆满了活儿，凭啥还让大伙儿硬赶这批多余的急件？！

花　子　（也疑惑地）对呀！是不是咱车间罢了工，公司就拿急件活儿压咱罚咱？

芙　蓉　不！这批急件奖金很多，只要如期赶完，每个人都能拿到两百港币！

女　工　（相互兴奋地议论着）两百港币？真不老少呀！

秀　姑　哼！奖金收买不了人心！

　　　　［大家安静下来。

芙　蓉　秀姑！这批活儿对公司对大伙儿都有利，为什么你对加班一肚子怨气呢？

秀　姑　（抢过话）你别以为俺怕加班！干这么些年，俺加过多少个夜班，赶过多少批急件，再累再困俺也没发过牢骚，出过废品！俺不该罢工，可俺不能受这个罚！要是受罚，俺就宁可撂挑子，不干了！（气呼呼坐下）

芙　蓉　秀姑！我应当早点儿说清楚！（一步走上铁梯）大家知道吗，这批急件活儿是我从别的车间抢来的！

花　子　抢来的？那为啥？

芙　蓉　为了龙彬！也为了我们自己！龙彬离开咱们车间，还在等待处理，全公司都知道我们罢了工。龙彬怎么办？我们怎么办？还是那句话：靠干活儿！抢着干公司最繁重、最急需的硬活儿，让人们看看，龙彬管理的车间，是全公司最棒的车间；龙彬带过的女工，是全公司最能干的女工！假如因为罢工炒了我们，公司没有什么损失，可现在，我们要用这批活儿说出：炒掉我们就是海天最大的损失！因为我们是它最优秀的工人！

女　工　芙蓉！

芙　蓉　我只要大伙儿一句话：干，还是不干？

女　工　（齐）干！（呼啦一下涌向工作台干活儿）

　　　　［秀姑呆愣在工作台边。
　　　　［芙蓉缓缓走近她，叫了声"秀姑！"
　　　　［秀姑没有抬眼看芙蓉，她不好意思地慢慢转过身子，抬起双手，然后迅速地干起活儿来。
　　　　［芙蓉微笑着巡视他处。
　　　　［一个女工着急地拍打着机子，忍不住对身后的秀姑唤道："秀姑！我的机子不转了！"

秀　姑　（放下自己的活儿）甭慌，俺给你看看！（起身）

花　子　（阻拉道）秀姑，你别乱来！咱叫芙蓉找修理工吧！

秀　姑　俺有经验，俺试试！

花　子　（央求地）你别冒险啊！

秀　姑　快干你的吧，别耽搁活儿！啊！（蹲下修理机子）

　　　　［突然"啊！——"地一声惨叫，秀姑疼晕在车床边。
　　　　［女工们呼拉拉围上来，抱住秀姑，呼唤着她。
　　　　［芙蓉闻声赶过来，颤抖着捧住秀姑血淋淋的手，大喊："秀姑！你的手！"
　　　　［急救车的呼号中暗场。

十

[女工宿舍、总经理室、码头工棚三场景合一交织搭戏。

[女工宿舍。

[《船歌》悠缓的旋律流淌着……

[秀姑右手裹上厚厚的白纱布,边抽着一支烟,边轻轻咳嗽着。

芙 蓉　秀姑!

秀 姑　(遮藏住烟,回过头)芙蓉,你没睡?

芙 蓉　我睡不着!(侧脸问花子)花子,你睡了吗?

[花子没有声响。

秀 姑　别叫醒她!从罢工赶活到昨夜送俺上医院,她也两夜没合眼了!让她睡吧……

芙 蓉　(凑近秀姑)秀姑,要是抽烟好受些,那你就抽吧!我陪你坐到天亮,啊?!

秀 姑　(苦笑着举起烟,定定地望着)傻妹子,俺哪儿会抽烟啊……俺是闷得慌!看着这一闪一闪的烟头儿,可真像心里老也够不着边,也做不到头儿的那个梦啊……

芙 蓉　你说的是……

秀 姑　(坐起身)芙蓉,还记得你们头个月拿工资时,俺对你说过的话吗?

芙 蓉　记得!你说好好干,争取当上领班,就能安安稳稳地在这儿干一辈子了!秀姑,我这美梦,就是你点燃的呀……(抽泣着)

秀 姑　是啊,这么些年,俺靠着两只手不停地干活儿,干哪干哪……手都像拧在机器上的零件儿了,直到手残,俺才明白,这么干,是怎么也够不到那颗忽闪忽闪的星星的!海天需要的是你这样有棱有角、敢作敢为的人……俺要是早点儿明白,早些离开海天,说不定俺的手就不会残了,往后的路,也会走得顺畅些……

芙 蓉　(含着热泪)秀姑!

[总经理室。

龙　彬　　秀姑出了工伤事故，可她的车间保质保量，如期交了活儿，这是一个多么有集体荣誉感的车间啊！

林基业　　嗯！除了照发奖金，还应该让《海天快讯》出一期专刊，好好地宣扬一下！

龙　彬　　可这会儿，奖金和专刊，对她们都不重要了！

林基业　　你的意思是……

龙　彬　　手残，对一个打工妹来说是最大的打击！秀姑的手，牵动着每一个打工妹的心！

林基业　　对于秀姑的伤残，公司一定会妥善处理！可我总觉得，更重要的是，如何使她有健全的心态，去面对今后的人生！

龙　彬　　对！对！秀姑是资格最老的打工妹！像她这样在海天摔打过多年的人，是不会垮下的！

林基业　　这我相信！可你呢，你好好考虑考虑你自己吧，我的好士兵！

龙　彬　　好士兵？（自嘲地）可我的兵呢？伤了一个，跑了一个！
　　　　　（忧心地）也不知点点现在怎么样了……

［虎子工棚。

［点点突然一阵恶心，紧捂嘴跑到床前，干呕着疲软地趴在铺上，大口喘粗气。

［点点对着小镜子，端详自己的脸，又无力地将小镜子放下，狠狠捶打自己的肚子。

［点点伏在枕上恸哭，哭着哭着，把枕边的小镜子一下摔在地上。

［虎子举着点点复印的大照片兴奋地回来了。

虎　子　　点点！你看！阿冯大哥把你的小照片儿放得这么大！
　　　　　（发现点点神色黯淡，急忙询问）点点，你怎么了？哎呀！哭坏了身子，我心疼！

点　点　　（回过身狠命用拳头捶虎子）你老回来这么晚这么晚！我害怕！我害怕！

虎　子　　点点！好点点！哥打了三份工才回来晚啦！你想想，我要不多挣钱，用啥养活你呀？我拼着命干活儿，起早贪黑，不都是为了你吗！

点　点　　（委屈地）我不！我不！

［虎子发现了摔在地上的小镜子，他颤悠悠地弯腰捡起镜子的碎片。

虎　子　　点点！你把小镜子摔碎啦？你……干嘛要摔它？……

点　　点　（急忙抹抹泪，蹲下帮虎子捡碎片）是我一不小心……摔的……

虎　　子　（猜疑地）一不小心？（手里的镜片不由自主地落下，虎子又去捡，扎疼了手指）

　　　　　［点点忙抓起虎子的手指，放在嘴边给他吮吸着血。

虎　　子　（痴愣愣地）碎了！它碎了……

点　　点　（语无伦次地解释）虎子哥！是我不好！我今天一照小镜子，就发现我变了模样……变得很丑……眼睛像两个黑洞洞……我手一抖索，它就掉地碎了！你不信吗？（扭头回身，心神不定）

　　　　　［虎子一把揪住点点的臂膀，把她身子硬扳过来。

虎　　子　点点，你别瞒我！你心里有事，我看得出！

点　　点　（欲说又住）我……

虎　　子　说吧！对我说呀！

点　　点　（抹把泪，变镇定些）虎子哥，我……住不下去了！

虎　　子　（一惊）你说什么？

点　　点　（更加镇定地）我想走！去找工作！你放心，我一定好好地活，再不寻死！

虎　　子　（拗过身去）别说啦！你别说啦！你不能走！点点。我不让你走！你走了，我……（抓起衣衫抹着鼻子抽泣）

点　　点　虎子哥，你想想，咱就这么苦熬，啥时候能做成咱那个好梦？等我找到一份工，再回来见你，咱俩一块儿干！不好吗？

虎　　子　点点，你不明说，我也明白，你是嫌我穷，嫌我没本事！嫌我配不上你！

　　　　　［总经理室。

陆雪桦　你这是强词夺理！你这一拳打掉了自己的饭碗，到现在港方还坚持开除你！

龙　彬　开除我也不怕，特区大得很，有理走遍天下！

陆雪桦　哪有这么多道理好讲？你的将军摸爬滚打创业多年，宁肯自己多摔几个跟头，从没向别人低过头！可这一次，他低着脑袋给人家赔礼道歉写保证，是为了谁？为了你这个大打出手的龙彬！

龙　彬　为我？说什么我也不能让他为我担这个责任！我就不信这个邪！我找他们去！（欲走）

陆雪桦　站住！你还想去闯祸呀？！小彬，你真不明白将军请罪苦心何在吗？你和你的将军差远了！没有他的宽容和忍辱负重，只凭才干就能成功？（抚摸出气筒）你体会不到这个出气包儿里隐藏了他多少辛酸和艰难吗？！……

龙　彬　我能体会！可你们这代人，活得也太累了！妈！

陆雪桦　（坐下，感慨万端）孩子，你想象不到，二十多年了，是你帮妈妈找到了他，让我看到了他今天的成功，可到头来，又是你让我下决心离开他……

龙　彬　（大吃一惊）离开他？！

［女工宿舍。

芙　蓉　你不能离开这呀！秀姑！你决不是废品！手残是工伤，责任我负得起！公司绝对会保护你！我用命来担保你！

花　子　（翻身坐起）秀姑！

秀　姑　花子！
芙　蓉

花　子　（抹着眼泪）秀姑，往后你不用干活儿，俺们养得起你！是你手把手教会俺们干活儿，俺们一辈子都报不完你的大恩！

秀　姑　好妹妹，你们的心俺懂！俺也打心眼儿里舍不得你们，可咱想想，右手残了，在海天还能做啥呢？电子零件是多精细的活儿，就是十指都全，也不见人人做得好呀！

花　子　那你想怎样？

秀　姑　俺回乡！

芙　蓉　（吃惊地）回乡？！秀姑！你不能！
花　子

秀　姑　俺不后悔！俺这手不是残在乡下，而是残在海天！残在乡下，俺只会恨俺手笨！残在海天就不一样，俺觉着光荣！再说，俺走了，还有你们呢！芙蓉，你是俺这些年来见过的，年纪最小也干得最棒的领班！

芙　蓉　秀姑，这一天下来，我更珍惜这套领班服！更知道它的分量了！在它身上，寄托着你的梦，寄托着每一个打工妹的梦！不管再遇到多少沟沟坎坎，我都会担着这个沉甸甸的梦，勇敢地走下去，走下去！

[虎子工棚。

虎　子　说破大天我也不让你走！

点　点　（忧伤地）虎子哥！

虎　子　点点……

点　点　虎子哥，有件事儿……憋在心里好久了！我想告诉你，从那天睁开眼第一次见你，我就想对你说！可一直憋到今天，总觉着一定要说了！可我说了，你会把我打死！

虎　子　我什么时候打过你？我连一手指头都不敢伤你！

点　点　那你别难过！虎子哥！我为啥跳海你不知道……

虎　子　知道！你被老板炒了，不就为这？

点　点　那你知道老板为啥要炒我？

虎　子　你干不了那活儿，净出废品，不是你对我这么说的？

点　点　（摇头）不光为这！我……

[虎子紧张地注视着点点。

虎　子　（央求地）说呀！

点　点　我被车间的香港管工……占了身子，肚里有了孩子！

虎　子　（大惊失色）什么！你……（他浑身发抖，伸出拳头打点点，可拳头停在空中）

点　点　（泪倾如注，跪地）虎子哥，你打吧！痛痛快快地打我吧！

虎　子　打……有啥用？

点　点　（恐惧地）求求你！别这么说！

虎　子　点点……（闷闷儿地哭）

点　点　虎子哥，我早盼着你能要我，要了我的身子！可你碰都没敢碰过……

虎　子　（从牙缝儿里挤出）我珍惜你！

点　点　（强烈欲脱衣地）那你现在就要了我吧！我给你！把什么都给你！啊？！

虎　子　（歇斯底里地推搡点点）你把我当什么人啦？

点　点　（被搡推在地，慢慢爬起来，抹去嘴角儿的血，显出强刺激后的冷漠与凄楚）原来你也嫌我脏！……虎子哥，点点再不欠你什么了……这下我可以轻轻松松地走了……（扭身奔下）

虎　子　（失神地）点点！（定格）

[总经理室。

[林基业手持电话在据理力争。

林基业　点点的事，是李管工夸大事实，假公济私造成的！污辱女工的行为，在我们的社会里要受到严厉谴责……黄总，你我风雨同舟，共创海天大业，多年来和衷共济，打人事件完全可以得到合理解决……可现在，贵方居然有人不顾双方合作的前程，以撤资相要挟，逼我开除手下！黄总，你是知道我的为人的，希望你审时度势，三思而后行……好，咱们董事会上见！（"啪"地放下电话，望着刚才进来、倾听了片刻的陆雪桦）

林基业　雪桦，你都听见了，龙彬的事儿……

陆雪桦　龙彬的事儿不用你操心了！

林基业　为什么？

陆雪桦　我要把他带走！

林基业　走？！我正踩在刀刃上，你是火上浇油啊！

陆雪桦　基业，你难道没有发现，这个燥热的挤满了摩天高楼的城市，远比北大荒那块黑土地要复杂得多么？

林基业　你是这样看的？

陆雪桦　怎么说呢？这是个强者竞争之地，但也有许多令人困惑不解的现实！我总觉得，这里缺少点儿内地的人情味儿和稳定感，缺少点儿……总之，我考虑再三，还是决定把龙彬带走！

林基业　走吧！你走吧！（掏出"逃兵鞋"，摔在地上）就让龙彬穿上这双鞋，带他走！

陆雪桦　（捡起鞋，抑制着激动）……

林基业　雪桦，我从来没有像今天这样，感到你这么陌生，这么苍老！

陆雪桦　（强忍酸楚和受伤的自尊）也许我真的老了……也许我根本就不该到这里来！可我不忍心眼睁睁地看着你承受这么大的压力！不忍心看龙彬刚起步就摔跟头！不忍心因为儿子闯了祸，就让公司的命运捏在人家的手心儿里！

林基业　不！你以为我真怕他们撤资吗？十年的改革开放，为这座城市杀出了一条血路！我们敞开了国门！海天公司早已经不需要在一家财神的脸色中求生存了！可是人才，象龙彬、芙蓉这样可以造就的人才，才是我们明天的梦啊！

陆雪桦　基业，我理解你的梦，可这梦，做得太沉太重也太累了！

林基业　这梦做得是不比昨天轻松！这条血路，走得也并不比冰天雪地更加平坦！可我们付出了沉重代价建设起来的特区，决不再是幻梦！它是我们中国人向现代文明的进程中，做成了的一个美梦，一个富于光明前景的美梦！

陆雪桦　（感慨地）昨天的垦荒者，今天的开荒牛！我们整整历经了两代人的梦！

　　　　［电话铃响——

林基业　（接电话）喂？是我！董事会五分钟以后开？好，我准时到！（放下电话）雪桦，再给我吹吹那支歌吧！

陆雪桦　你……（掏出口琴，放在嘴边，吹起了《小路》……）

　　　　［《小路》激扬的大和弦起，林基业心潮起伏，陆雪桦思绪万端……

林基业　你们……真的要走？

陆雪桦　票，就在我手里！

林基业　（回身）可龙彬为海天撰写的第一本教材，也在我手里！马上就要送进印刷厂了……雪桦，我一直期待着海天知识楼落成那天，你能拿着它为打工的孩子们上第一课！到那时，上千双女工的眼睛，需要你用知识的火把去拨亮，上千个女工的嘴巴，会齐声呼唤你——陆老师……

陆雪桦　难道我真的还能再年轻一次么？（苦笑着摇摇头）

林基业　那好，祝你们一路顺风！老同学，但愿我们下次相见，不会是再隔二十年！
（提起公文包欲走）

陆雪桦　等等！（撕掉手中的票）我等着你！

林基业　（惊喜地）雪桦！

　　　　［陆雪桦深情地目送林基业下。

　　　　［《小路》的和弦中暗场。

十一

［豪华酒店歌舞厅。

［四个西装革履的绅士风度的男人，在为一个小姐过生日，她是点点？打扮得乖巧美艳，娇小玲珑，已然掩去昔日的落魄与可怜。在几个男人中间，她周旋得娴熟而老练。

［一个美丽硕大的生日蛋糕上点燃了十八根蜡烛，绅士们拍手为她唱着《生日歌》。

［虎子神情恍惚地走上，被服务小姐引向一个桌位坐下，垂头无语。

［点点的桌子从高处传来阵阵笑声，虎子随意望了一眼，没有发现点点，又茫然而怯生生地仰望天花板。

［服务小姐走过来。

小　　姐　（问虎子）先生要点什么？

虎　　子　（没有理会小姐，自言自语）这酒店是我盖的……

小　　姐　您说什么？

虎　　子　我说，这酒店没装修那会儿，我们夜里就在这儿打地铺！（指铺红毯的阶梯）你不知道，它盖得好多年了，我还是头回走进来！

［服务小姐不解地微笑着。

虎　　子　连你都笑了！真的！不知为啥，我脑瓜子一热，就进来了！

小　　姐　那您一定多吃几个菜！今天的特价是竹节虾！

虎　　子　你放心！我有钱！（拍拍腰包）

小　　姐　您想喝点儿什么？

虎　　子　酒，好酒！（服务小姐下）

［点点正要吹蜡烛了，绅士们发话：

绅士A　吹蜡烛之前，要让点点闭上眼睛许个愿！

点　　点　我有好多愿呢！到底许哪一个啊？

绅士B　许一个最美的最重要的最富于点点小姐个性的愿望吧！

［笑声……

［虎子听到"点点"的名字，身子一抖，他不敢相信自己的耳朵；他回身望去，又不敢相信自己的眼睛……

虎　子　点点！！

［虎子似乎用尽浑身力气迸发出这声呼唤，可点点与绅士们仍说笑着，没人注意到他的存在。

［点点吹灭了蜡烛，绅士们挨个儿给她送上礼物和亲吻……

［小姐给虎子送上酒瓶酒杯，虎子倒上一杯，猛喝下去，呛得一阵咳嗽，他大口大口喘着粗气。

［点点洋溢在幸福的欢笑里，一个绅士给她手上套上了一枚戒指，点点不失风度地向绅士递送秋波……

［画外音京城酒店卡拉OK现在开始！第一位献歌的，是今晚最漂亮、最幸福、最快乐地度过十八岁生日的点点小姐！她奉献给大家的歌是《我想有个家》！

［掌声四起。

［虎子失神地接受着眼前陌生的一切。

［点点随着乐声翩然飘向小平台，娴熟地拿起麦克风。她的歌声中带有一丝美丽的伤感……

［服务小姐捧着一堆鲜花走上，四个绅士陆续买下，给点点送上台前，点点边唱边微笑着接下鲜花……

［服务小姐把鲜花举到虎子面前，示意他献花，他哆哆嗦嗦夺过所有的花，掏出钱，捧着一大簇花，魂不守舍地起身慢慢走向点点。

［点点注意到了一个男人，正呆呆地向她举花走来……

［点点的神态渐渐起变，她认出了虎子，可她没有停止演唱……

［虎子走到台阶前，站住不动了，他孤零而呆呆地凝望着点点，不发一言。

［点点的歌声变得无限凄楚，泪水顺着她的两腮流下来。

［"想要有个家，一个不需要多大的地方，在我疲倦的时候，我会想到它！想要有个家，一个不需要华丽的地方，在我受惊吓的时候，我才不会害怕……谁不会想要家？可是就有人没有它，脸上流着眼泪，只能自己轻轻擦……"

［点点忘情投入地唱着，她在泪光中漠视着虎子，悲楚中并无失态。

［虎子麻木而生硬地举上鲜花，点点边唱边深情地凝视虎子，她接下虎子的花，深深鞠了一躬……

［虎子僵硬地走到绅士桌前，抱起酒瓶一饮而尽，转身踉跄离开，绅士们瞪目望着他，不知所措……

［虎子悲怆地喊着点点，一失脚，跌落滚至阶下……

［震撼心灵的音乐旋律仍在继续回荡着……点点将鲜花纷洒下来。

［点点用更加凄楚的歌声和滚落的泪水追视着虎子……

［虎子在阶下趴地扬脸仰望点点，不发一言，他浑然不觉自己身处何境，忘我地倾听点点的歌声……

［点点的歌声中暗场。

十二

［码头工棚。

［棚外，风雨交加，海浪哗哗怒吼，工棚如同一叶小舟，摇晃和颤抖着。

［棚内一改往日的凌乱和满地碎砖碎石块，虎子正在把平日积攒的碎砖瓦块一点点往上堆积，堆成一座无比怪诞又无比壮观的锥形房屋！这房屋的尖顶似乎要穿破棚顶，似乎要把整个工棚的肚子撑破！

［冯北山惊愕地看着这一切："虎子！你疯啦！"

［虎子无声地为自己的杰作精雕细琢，他把点点的小照片复印成无数张，贴在堆起的房子上，他神态异常地平和，甚至洋溢着安详的幸福感。

冯北山　（从腰里拿出小酒壶喝了一口）哎！这雨要再不停，海里的水可要上涨啦！虎子，你怕不怕？

虎　子　我不怕，可她怕！

冯北山　谁？你是说点点？

虎　子　当然是点点！你忘了？那回就是下这么大雨，她跳了海……（失神地望着

"杰作")

冯北山　你还有心记挂她?

虎　子　有心! 她嘴上不认我,可我看得出,她心里啥都明白! 她漂亮可人疼,喜欢她的男人多,可只有我配娶她做老婆! (神经兮兮地发笑)

冯北山　虎子,我们家乡有句老话:"钱是王八蛋! 女人是妖精! 人的命天注定,胡思乱想不管用呐!"她愿走,就随她去,你可别自己作践自己!

虎　子　(麻木地)大哥,女人为啥是妖精?

冯北山　因为能勾走男人的魂儿!

虎　子　那你的魂儿被勾过没?

冯北山　勾过! 就那一次! 也是在战场上! 那回,我们血战以后占领了越军的一个高地,收拾战场时,却发现一个越南女兵从硝烟里爬起来微笑着走向我,她淌血的脸被烟火熏得漆黑,可她那两条长腿呀! 真美……我忽然看见她攥着手雷! 就闭着眼扣动了扳机,爆炸声一响,再睁眼,啥都没了! 那女人在我眼前只晃了几下,就变成烟儿啦!

［虎子雕塑般的坐姿。慢慢移动,转向冯北山。

虎　子　(发抖的声音)大哥……

冯北山　虎子,你现在可知"幸福"二字咋写了吧? 我冯北山一辈子里最可心的两样东西! 国产的东风车和长着两条长腿的女人! 都在战场上见到了,可又都被我毁了! 打仗! 可真他妈够刺激! 你一辈子也想不通的事儿,只要打过一仗,命大不死,就啥都明白了!

虎　子　(一阵揪心的呜咽与痛哭)

冯北山　虎子,点点不明白,可你该明白! 人活一世,最美的东西和最可心的人儿,只要见识过,就足够了! 干嘛非得到它,攥在手心儿里的汗不是最咸的! 含在嘴里的糖,也不是最甜的呀!

虎　子　(麻木地)大哥,我明白……我妈从小就教我……早下地,勤锄草,吃饱饭,好睡觉,多干活儿,长得高……姑娘相中了……快点儿抱胖小……(把点点的照片捂在脸上亲着)

冯北山　明白? 你明白个屁! (冲动地撕点点的照片,他一张一张地扯,一张一张地

揉皱、扯碎）

〔虎子像一头愤怒的狮子，死命拦阻冯北山，他抵不过冯北山，就一拳一拳地打，一脚一脚地踹，冯北山忍痛挨着虎子的拳打脚踢，终于他急红了眼，一把扳住虎子的肩，声泪俱下地大喝一声："虎子！"

〔虎子瘫在冯北山脚下："大哥！"

〔呜——远处传来汽笛长鸣。

虎　子　（神志不清地）是货船，我去验货……今晚雨大，点点说不定会回来……（踉跄站起）

冯北山　（挡住）今儿的货大哥帮你验了！要不，待会儿点点回来，见不到你，她又会走掉！

虎　子　（安详地望着冯北山）我等她！

冯北山　对，你等着她！（拿着绳子和电筒，披上雨衣冲出工棚）

〔风雨声渐弱，工棚变得沉静安详，虎子静坐在碎石瓦块搭起的房子前，如同雕塑一般……

〔灯暗，梦幻般的音乐起，风声大作。

虎　子　（环视着自己的房子，在幻觉中）点点……是点点回来了……她认得这个房子！这样的房子在这个城市里只有一个！它是我自己亲手搭起的，给我最亲的人住的！它是这么多年我头一回拥有的家！我们的家啊——

〔风雨怒吼的声音，板棚一阵剧烈地摇晃。

〔突然，虎子搭的石房子倒塌，如同山崩，砖块像雪块飞起来，又落下去，轰隆巨响中，虎子的身体被死死埋在砖堆中。

〔死一般的沉寂，风雨声也窒息了，灯色渐变至纯净的天蓝。

〔空灵的音乐像从很遥远的天边传来，舞台上只有一堆废墟……

〔七彩圆圆的光斑，像小镜子的玻璃碎片，在舞台背景上晃动摇曳……

〔虎子点点画外心声，如同天地虚境中无须交流的对话。

点　点　虎子哥！你在哪儿？我找不见你！

虎　子　点点！我在咱们的小房子里，你在哪儿？我也找不见你！

点　点　虎子哥！我在外面的大房子里！大房子里也有你给我的小镜子！

虎　子　点点！你真喜欢小镜子？

点　点　不！虎子哥！我真喜欢你！

虎　子　点点！那你什么时候能回到我身边，永远和我在一起？

点　点　虎子哥！等我们不再需要小房子，也不再需要大房子；等到我们只需要天和地，来搭起我们最结实、最美丽的房子，我就回到你身边，永远和我在一起……

　　　　[几片圆圆的光斑渐渐融和，拼凑成一面亮晶晶的镜子，与废墟遥相对应。

　　　　[暗场。

十三

　　　　[新码头。

　　　　[秀姑伫立岸边，迎风向海，她身边放着两件行装。

　　　　[《船歌》的旋律静静流淌……

秀　姑　（默默向大海深鞠一躬，无限宽慰又富有深情地）大海啊！秀姑跟你告别来啦！你不认识俺？是啊！在你面前来去过往的打工妹一定太多太多，多得叫你数不清了吧？俺从前来，是带着一身泥土来，可今天走，却怎么也抹不掉你的气息！那样温柔，又那样苦涩！俺亲口尝过，眼泪是咸的，汗水是咸的，海水跟眼泪和汗水一样，都是咸的！

　　　　[秀姑眷恋地抚摸堤岸。

　　　　[一位时髦装束又风度翩翩的女郎，戴着墨镜，抱一簇白色的小花从秀姑身边慢慢走过，她也迎风向海，默默伫立良久，然后把花纷纷扬扬洒进海里。

　　　　[《船歌》的旋律静静流淌……

女　郎　（洒花，喃喃自语）我回来了！去了咱们住过的地方……那里没有了小房子，可有了一座崭新的高楼！你如今在哪儿？是睡在那崭新的高楼底下，还是藏在我遥远的梦中……

　　　　[秀姑见女郎洒花的背影，默默起身走近她。

秀　姑　小姐！

[女郎稍回了一下头。

女　郎　你叫我小姐？我该叫你什么？

秀　姑　（抹了把泪）叫大姐！看样子，俺比你大！

女　郎　（仍面向海）大姐……你为了谁在这里一个人哭呢？

秀　姑　俺是为自己！俺要离开这儿，回俺的老家去……

女　郎　噢……那你一定很不幸，你并不愿意走，是吗？

秀　姑　（有点感动地）哎，是有点舍不得！你呢？又为了谁要往这海里洒白花儿？是为你家里人吗？

女　郎　（摇头向海）不为家里人，是为一个比家里人还亲我疼我的男人……

秀　姑　噢……那他死了？

女　郎　（摇头向海）他……我怎么也找不到了……

秀　姑　你喜欢他？

女　郎　我想他……

秀　姑　他没娶你？

女　郎　（摇头向海）可他救过我……

秀　姑　从这海里？

女　郎　（点头向海）从这海里！

秀　姑　那你从前打哪儿来？

女　郎　（回身）四川，山沟子里……

秀　姑　（一愣）你……当过打工妹？

女　郎　（稍有激动）当过！当过一年很不争气的打工妹！

秀　姑　（压抑住激动）你在哪儿打过工？

女　郎　就在这城市！一家很有声望的电子厂，它的名字里有个海，也有个天……

秀　姑　海天？你是……点点？！

女　郎　（摘下墨镜）秀姑！是点点！我是点点！

秀　姑　点点，俺以为这辈子咱再也遇不上啦！

［点点与秀姑抱头痛哭，互相拥抱、捶打、呼喊着对方的名字。

［芙蓉、花子、龙彬喊着秀姑的名字奔上，见两人抱头痛哭状惊住。

芙　蓉
花　子　　秀姑！

龙　彬　（一眼认出）点点！

点　点　（起身走向三人）龙彬哥！

芙　蓉
花　子　　点点？！

点　点　芙蓉！花子！你们认不出我了吗？

芙　蓉
花　子　　点点？！

点　点　是我……是我呀！

　　　　［四个姐妹抱成一团，悲喜交集，有哭有笑。

花　子　点点！你可回来了！你说，该不该揍你？点点，自打你走，俺们这心就没落过地呀！

芙　蓉　点点，你到底是从哪儿钻出来的？

龙　彬　点点！你到底活着回来了！

点　点　（迎上去）龙彬哥！听说你为我……

芙　蓉　（对点点）龙彬哥现在当了总经理助理啦！

龙　彬　点点，这些日子，你是怎么熬出来的？都干了些什么？

点　点　什么都干过，可就是再没想过去死！

芙　蓉　点点，你现在还打工吗？

点　点　嗯！（走了几步模特儿步）我现在当了时装模特儿！我打了一份我最喜欢的工！

花　子　你真了不起！

点　点　我回来了！秀姑……你真要回乡么？

秀　姑　俺的心告诉俺，走定了！

姐妹们　秀姑！

龙　彬　（捧上一本书）秀姑，这是我为海天撰写的第一本教材，刚刚从打印厂取出来，送给你！

　　　　［秀姑爱惜地接过，翻开第一页。

龙　彬　这是林总亲笔为你写下的题词！

秀　姑　（脱口念道）海天人！

龙　彬　秀姑，你是第一个把海天文化带走的人啦！

秀　姑　（感动地）谢谢！龙彬，你代俺谢谢林老总，秀姑走得踏实！俺不管走到哪儿，都会记着和你们一样的要强！因为这品性，不就是海天给咱熬炼出的吗？！

　　　　［三个很小的农村妹扛着包走上问秀姑："大姐，俺问个路儿，往海天公司咋走？"秀姑一指："噢！顺着大堤，一直往前走！""谢谢！"三个小打工妹怯生生地走下去。

芙　蓉　（望着她们远去的背影，无限感慨）你走了，她们来啦！许多年来，我们像一群合唱队员，使劲儿地唱着，却从来听不到自己的声音，甚至也听不到人们的喝彩……历史，会为我们的青春，写下没有虚度的一页吗？！

龙　彬　大海会为我们作证！这座年轻的城市，会为我们作证的！

花　子　秀姑，你看俺们给你带来了什么礼物？！（和芙蓉一起把红盖头摊开）

秀　姑　（惊喜地）红盖头！

花　子　它曾是咱姐妹们最珍爱的东西！你带上吧！

芙　蓉　秀姑，就是回乡，咱也得寻好日子过！

秀　姑　你是说嫁个好男人？

芙　蓉　不光好男人！还要好日子！

姐妹们　对！（四张脸紧紧贴在一起）

秀　姑　那俺就把它留给大海吧！

众　　　给大海？

秀　姑　对！因为秀姑一辈子里最好的日子是在这里，俺的青春、血汗和美梦跟你们一样，都留在了这里！

芙　蓉　（抱住秀姑）秀姑！在我的记忆里，你永远没走，也永远年轻！

秀　姑　芙蓉，咱们一起，把它抛向大海吧！

芙　蓉　哎！

　　　　［凝重而庄严的音乐起，在乐声中，秀姑和芙蓉双双捧着红盖头，一步步走上

大堤,把红盖头慢慢拉开,扬手抛向大海……

[每一个人都庄严地凝视着这一激动人心的时刻。

[红盖头铺天盖地缓缓升起和飘落……

[深圳都市稠密高耸的楼景脱颖而出——在海岸边,在舞台背景上。

[尾声音乐起,歌声:"你走过林立的高楼大厦穿过那些拥挤的人,望着一个现代化的都市泛起一片水银灯,突然想起了遥远的往昔那未曾实现的梦,人们曾经告诉过你是未来的主人翁……"

["在人潮汹涌的十字路口每个人在痴痴地等,每个人的眼睛都望着那象征命运的红绿灯,在红橙黄绿的世界里,你这未来的主人翁,在每一张陌生的面孔里寻找儿时的光荣……"

[在歌声中,全剧中人出现在都市背景前,庄严地瞩目着他们眼前升腾的都市,梦中追寻的都市,用青春、双手和永无止息的奋斗营造起来的都市……

[颂诗般神圣庄严的歌声中落幕:"每一个今天来到世界的婴孩,睁大了眼睛摸索着一个真诚的关怀;每一个来到世界的生命在期待,因为我们改变的世界是他们的未来……"

[剧终。

(剧本版本:《南粤剧作》1991年第4期,广东话剧院首演)

· 话剧卷 ·

泥巴人

编剧：熊 早

人物表

陶　焰　　男青年，某美院毕业生

柳　泯　　男青年

小　怡　　女青年

阿　惠　　女青年，某师范学院学生

第一场

时　间　某年元旦的前一晚。

地　点　一个不知名的舞厅。

[场内一片漆黑，一首萨克斯的旋律隐约地传了出来。不一会儿，一首当时的流行歌曲便取代了萨克斯。它被淹没了。与此同时舞厅的球形灯开始旋转。空荡荡的舞厅内只剩下两个女孩。她们轻声地谈论着什么。

[流行歌曲戛然而止，一束强烈的追光投到两个女孩的脸上，她俩被光线刺得睁不开眼。

小　怡　（对光源处）有病啊？快把灯关了！谁这么缺德，快把灯关上。

陶　焰　嘿，这位小姐是不是早上没刷牙，你嘴巴这么不干净啊。

小　怡　你太欺侮人了，我还要骂，你妈是"八婆"，生出你这个白痴。

阿　惠　（小声帮腔）对，生个仔没屁眼。

柳　泯　（从调音室冲下，气势汹汹）嘿，是不是要我来教训教训你们。

陶　焰　（也从灯光处出）对，给她们点"颜色"看看，这真叫"不撞南墙不回头"。

阿　惠　（见状有些害怕）你们这是干什么？你们想干什么？

小　怡　别怕,他们还敢打人啊?!

陶　焰　你们也不看看舞会结束了,人全走光了,我们不关门了?

柳　泯　你们快走吧!

小　怡　你们门口牌子上明明写着十二点才关门,现在才十一点多,凭什么赶我们走?!

柳　泯　这就叫"个体户",自己的店爱什么时候关门就什么时候关门。

阿　惠　你们太不讲理了,"个体户"也得有个法,要知道"顾客"是你们的"上帝"。

柳　泯　八四年快到了,明年见。"上帝"拜拜!

陶　焰　(笑得弯不了腰)对,拜拜了您"上帝"。

小　怡　这两个臭不要脸的流氓。

阿　惠　不要脸。讨厌!

陶　焰　嘿,你说怪不怪,她们怎么知道我们的小名。

　　　　〔两女孩一愣。

陶　焰　真的,我叫"讨厌",他叫"臭流氓"。

　　　　〔两女孩也忍不住地笑了。

陶　焰　请问你们叫什么?

小　怡　我叫"奶奶",她叫"外婆"。我告诉你,今天你奶奶不到十二点就是不走了。阿惠,来坐下。

阿　惠　(刚要坐下,柳泯把椅子抽掉了)小怡,咱们还是走吧。

小　怡　对,不跟这种"小人"啰嗦,咱们走吧。

　　　　〔她俩刚走到门口,外面突然下起了瓢泼大雨,她俩只得止步。

陶　焰　(高兴地)这叫"天有不测风云",人不留,天留。哈哈哈。

柳　泯　(突然变得温和许多)雨下大了,你们进来坐吧。

陶　焰　对,干脆留下,陪我们哥儿俩过个元旦。

阿　惠　小怡,咱们还是走吧。

陶　焰　不敢了吧?

小　怡　这有什么不敢,陪就陪。

阿　惠　小怡,别赌气了,走吧。

小　怡	下这么大雨，要回你自己回去，我得陪这两孙子过年。"讨厌"，来给我斟酒。
陶　焰	是，遵命，"奶奶"。
阿　惠	（几乎要哭出来了）小怡——
柳　泯	（安慰）哎，你看都这么晚了，又下着大雨，你一个女孩子晚上走很不安全的。就算没事，你想想到了家，一身淋得湿透，你父母不骂你才怪呐。
阿　惠	我住学校的。
柳　泯	那也不成呀！住学校，学校早关校门了。你怎么进去？爬进去？万一给个处分什么的多划不来，是吧？
小　怡	你就留下吧。
柳　泯	你喜欢音乐吗？
阿　惠	（点了点头）
柳　泯	那到调音室看看那些磁带好嘛？
阿　惠	（回头）小怡——
小　怡	去吧，有我呢！

　　[柳泯、阿惠上了调音室。
　　[陶焰端着酒给小怡。
　　[不一会儿，传来一首优美的舞曲。

陶　焰	跳舞成吗？
小　怡	行呀，你奶奶豁出老命陪你跳舞。

　　[两人开始起舞。

小　怡	你节奏感怎么这么差！
陶　焰	没办法，遗传的。所以，我只会跳二步，也就是"贴面舞"。碰上任何曲子，不管是三步、四步我都能跳成二步，这叫以二步应万步。
小　怡	你真狡猾。
陶　焰	谢谢。你的名字叫"小怡"？哪个"怡"，阿姨的"姨"还是遗臭万年的"遗"？
小　怡	哈……随你的便。

　　[两人继续跳舞。

［调音室里，阿惠很拘谨地站着。

柳　泯　随便坐呀。

阿　惠　不，不……我还是站着的好。

柳　泯　别紧张，我又不是坏人。

阿　惠　（喃喃地）你脸上又没写着。

柳　泯　这还不容易。（说着他拿起一支笔在纸上写着"我不是坏人"几个字，贴在脑门上）这不成了吗？

［阿惠笑了起来，人也松弛了很多。

柳　泯　你读哪所大学的？

阿　惠　师范学院的。

柳　泯　孩子王啊！以后我的孩子就给你做学生。哎，你到底叫什么，总不能让我叫你"外婆"吧？

阿　惠　（笑着）我叫朱家惠。你呢？

柳　泯　臭流氓呀！

阿　惠　别逗了，你骗我。

柳　泯　真的，我姓柳，杨柳的"柳"。泯是三点水的人民的"民"。可我们国家"文盲"实在太多，不少人把"泯"念成了"氓"，所以我就成了"流氓"。再加上我爸爸，我爷爷，我爷爷的爷爷全是臭老九，于是我就成了"臭流氓"了。

［两人笑成一团，不由得坐近了很多。阿惠发现后，随即警惕地拉开距离。停顿。

柳　泯　（没话找话）你喜欢音乐吗？

阿　惠　你问过我两次了。

柳　泯　噢，对对，那……我说你干嘛要做老师呢？混张文凭？（边说边靠近阿惠）

阿　惠　不知道，也许因为我是个孤儿吧。

柳　泯　你是个孤儿？（他停止了向阿惠靠近）那你是怎么长起来的？

阿　惠　你真逗，长只有靠自己才能长呀。不过，我是被我的小学老师带大的。

柳　泯　那你的老师呢？

阿　惠　死了。我进大学的一个月后，她为了来看我，被一个喝了酒的司机压死了。

柳　泯　对不起。（停顿）我父亲在"文革"中自杀，可我还有个妈妈比你强。我是半个孤儿……

［两人顿时沉默不语。

［舞曲依旧悠扬地奏着。

［陶焰和小怡两人越跳越靠近，陶焰情不自禁地吻了小怡一下。小怡抬手给了他一巴掌。

小　怡　混蛋，想占我便宜？！

陶　焰　噢，对不起，对不起……

小　怡　好个"对不起"，一声"对不起"就可占便宜？就可以没事了？！（歇斯底里）你们这些男人，没一个好货。好啊，你有种，来呀，来占便宜啊。

［小怡冲上去，去拉陶焰，陶焰不断地往后退让。阿惠和柳泯从调音室下来。

柳　泯　（大声地）干什么？你疯了！（上前拉住小怡）

陶　焰　这女人真是个疯子，刚才还是"出太阳"，突然变阴下起"倾盆大雨"了。

［小怡挣脱柳泯的手又冲到陶焰的跟前。陶焰和柳泯大声叫骂着……

阿　惠　求求你们，求求你们，你们别再骂她了。她心情不好。

陶　焰　我心情也不好呢。

阿　惠　（走近陶焰）你别怪她，她男朋友刚和她分手。

柳　泯　"丢"，为个男人至于嘛，没出息。

阿　惠　（气极）可你知道吗？她已经有了……

小　怡　阿惠，你给我住嘴！

阿　惠　对不起了，我们这就走。

［陶焰、柳泯都明白小怡是怎么回事了。

［阿惠扶着小怡慢慢朝门口走去。

柳　泯　等一等。（小怡、阿惠回过头）天都这么晚了，外面的雨还没停，要不这样，你们先在楼下住，待明晨再走吧。……别害怕，我和"讨厌"睡调音室。（见她们没反应，踢了陶焰一脚）

陶　焰　对，我保证，不，我俩保证决不出屋半步。

［陶焰过去帮阿惠扶小怡坐下。

陶　焰　（深深一鞠躬）对不起小怡，噢，对不起，奶奶，晚安。

［柳泯拿来了一床棉被。

［陶焰、柳泯走向调音室。

陶　焰　（突然想起了什么）噢，对了，我有个哥们是医生，如果需要的话我可以帮忙。

小　怡　谢谢。

　　　　［陶焰冲她笑笑。

　　　　［陶焰、柳泯上了调音室。

小　怡　（突然地）我说，我们四个人一起听听新年的钟声好不好？

柳、陶　（从调音室伸出头）这太好了，一起过新年。

　　　　［于是四个人团团围坐在一起。

陶　焰　咱们聊点什么？

柳　泯　阿惠，给我们讲个故事吧。

陶　焰　对，好主意。

阿　惠　不行，不行，我不会。

柳　泯　你将来是个孩子王嘛，不会讲故事怎么行。这样吧，你就把我们三个当你的学生。来来，我们坐成一排。

柳、陶　（端端正正地坐好）朱老师，我们要听故事。

　　　　［小怡这才露出了点笑容。众笑。

阿　惠　好吧，那么小朋友们要听什么故事？

陶　焰　我要听带"黄颜色"的黄故事。

　　　　［众哈哈大笑。

柳　泯　（举手）报告老师，讨厌捣乱，罚他面壁。

小　怡　对，罚他。

陶　焰　老师，我认错，别罚我。

阿　惠　嗯，知错就改还是个好孩子，不过在讲故事之前，你们得唱首歌。

　　　　［陶焰、柳泯商量。

陶　焰　就是我们小时候一直唱的那首。

柳　泯　噢，好！

陶、柳　（齐唱）准备好了吗？时刻准备着，我们都是共产儿童团，将来的主人必定是我们，的的打的打，的的打的打……

[众笑。

阿　惠　那我就给你们讲个《女娲》的故事吧。

众　　　在很久，很久以前……

阿　惠　对，有个女娲娘娘，她想一个人活得很寂寞，于是，她想了一个办法，她就用黄泥巴做了很多小泥人。这些泥人刚做完，他们就活了。于是，这些泥人便成了我们的祖先。后来，女娲娘娘捏泥人捏累了，她便用树枝抽打泥浆，那些被溅起来的泥点一落在地上也变成了人，他们也是我们的祖先，不过都是贫苦百姓。凡经女娲亲手捏出来的泥巴人的后代都是富贵之人。

柳　泯　看来我是溅起来的泥巴人。

小　怡　不，我才是。

陶　焰　我们都是溅起来的泥巴人。我一定要画个女娲。

阿　惠　你会画画？

陶　焰　我好赖也是美院的大学毕业生。

阿　惠　真的？

小　怡　听他吹牛。

陶　焰　不信，你们问问臭流氓。

柳　泯　真倒是真的。不过，可能是最差的一名。

陶　焰　你这臭流氓，败坏我的名声。

小　怡　那你真的叫"讨厌"。

陶　焰　那当然，陶铸的陶，火焰山的焰。你说，我爹妈怎么给我起这名讨厌不讨厌。

阿　惠　臭流氓你是不是大学生啊？

柳　泯　我对"文人"不感兴趣，这个舞厅是我舅舅开的，我帮舅舅看管着，工作挺轻松，工资还凑合。所以我是个名副其实的"臭流氓"。

阿　惠　别这么说，我觉得你们……心挺好的。今天，我过得很开心，真的。明年元旦，我们再聚一块好吗？

小　怡　我同意。

陶　焰　我不反对。

柳　泯　来，为了我们的友谊干杯。

　　［众忙着倒酒，大家举杯。

陶　焰　等一等。"友谊就是力量"，这是高尔基说的。"有很多良友，胜于有很多财富"，这是莎士比亚说的。

小　怡　你有完没完啊？

陶　焰　好，"干杯"，这句才是"讨厌"自己的话。

　　［众笑，干杯饮酒。

柳　泯　为了庆祝这第一次聚会，我吹首萨克斯曲为大家助兴，好吗？

众　　　好。

柳　泯　（打开箱子，拿出一支萨克斯管来）听着。（他鼓足了劲一吹，一个怪声破管而出，大家嘘声一片）

小　怡　别吵，看看时间，好像到点了。

　　［大家互相看表。

阿　惠　可惜没钟。

淘　焰　没关系，时间到了。当！

　　［当陶焰用嘴模仿钟声"敲"响了第一声后，众跟着也用嘴集体"敲"到第十二下。

　　［灯光渐暗。

　　［那首忧伤的萨克斯曲渐起。

　　［第一场结束。

第二场

时　间：过了一年，元旦的前一晚。

地　点：同前。

　　［幕启。阿惠站在门口焦急地等待着，小怡坐在椅子上看画册。

阿　惠　小怡，怎么流氓还没回来呀？他去温州做什么生意？

小　怡　不知道，你快来看，这是讨厌的画册。

　　　　　［两人翻看画册。

惠、怡　哇！裸体。

小　怡　我们得审问、审问他。

怡、惠　讨厌，快出来！

陶　焰　（闻声出来）流氓回来了？

小　怡　不是，你快过来。

阿　惠　快过来！

小　怡　坐下。

阿　惠　来，快坐下。

小　怡　我们要审问、审问你，你必须老实交代。

阿　惠　老实交代！

小　怡　你看看这画册是不是你画的？

陶　焰　是呀。

小　怡　那你老实坦白，第一次画人体模特时，是否动过邪念？说！

　　　　　［阿惠笑得直不起腰。

陶　焰　刚刚开始有点冲动，可后来就融入色彩之中了。啊！人们"请跪倒在美的足下"，这句话是沃兹涅克斯基说的。

小　怡　大胆！

　　　　　［小怡、阿惠、陶焰都哈哈大笑起来，陶焰几乎要摔倒在地上。

小　怡　（忍着笑）被告装疯卖傻，罪加一等。

　　　　　［陶焰突然痛苦地在地上摸索着。不像是装出来的。

陶　焰　怎么啦，我什么也看不见了，我真的看不见了。

　　　　　［小怡、阿惠急忙将其余的灯打开。

小　怡　（扶起陶焰）讨厌，你怎么啦？

阿　惠　讨厌，你说话呀！

　　　　　［陶焰坐了一会儿，很快就复明了。

陶　焰　（故作轻松地）哈哈，上当了！我一年多没被美女扶过了，想得慌呀。

阿　惠　你真讨厌。刚才吓死我了。

小　怡　（拿起桌上的台球棒猛敲了一下陶焰）奶奶得教训你。

陶　焰　小姐饶命。

小　怡　好，以后再不上你的当了。（说完拿起桌球棒，一个人玩桌球了）

阿　惠　讨厌，臭流氓怎么还不来呀？

陶　焰　不是跟你说过了嘛，他去温州做了一笔生意。今晚十二点前一定赶到。

阿　惠　听说他赚了不少钱。你知道他到底做什么生意？

陶　焰　（摇摇头）每次问他，他总是支支吾吾的。不过话说回来，我美院毕业后一直没有固定的工作，每月都靠流氓的接济，我这才能集中精力画我想画的画。"真正的朋友，是一个灵魂孕育在两个躯体里的。"这是亚里士多德说的。

阿　惠　你又来了。不过，世上的好人还是很多的。就拿……

陶　焰　对，那个每个月寄钱给你的"贵人"呢？

阿　惠　他是曾经领养过我的那个老师的远房侄儿，我到现在还没见过他。

陶　焰　干嘛不去看看他。

阿　惠　他有空我没空，我有空，他没空，总碰不到一块。

小　怡　（边打球边插话）恐怕你爱上他了吧。

阿　惠　讨厌。

陶　焰　哎，噢不是叫我。

小　怡　讨厌，臭流氓到底来不来，我肚子都饿坏了。

陶　焰　要不，咱们先吃吧，阿惠陪我端火锅去。

　　　　［陶焰、阿惠下场。

　　　　［柳泯头上、右手缠着绷带上。

小　怡　（回头）你……你这是怎么啦？

柳　泯　（笑了笑）摔了一跤。

小　怡　别骗我了，挨打了？（柳泯默认）为什么？

柳　泯　唉！臭流氓碰见了老流氓，别提了。唉，阿惠他们呢？

小　怡　弄菜呢。对了，阿惠好像爱上你冒充的那个侄子，你还要瞒她多久？

柳　泯　等她毕了业再说吧，她不是还有半年就毕业了吗？

[阿惠、陶焰端着菜进来。他俩看着柳泯惊呆了。

阿　惠　出什么事了？你要紧吗？

柳　泯　摔了一跤。

陶　焰　被谁打的？

柳　泯　我不是说摔了一跤。

陶　焰　被谁打的？！

柳　泯　（有点火）我说了是摔的，不是打的！

[所有的人都不说话，静场。

小　怡　（为了缓和气氛）奶奶肚子饿得快没了，来吃饭吧。

[四个人默默无声地吃着。

小　怡　喂，"讨厌"，大画家最近画什么呢？

陶　焰　女娲。

小　怡　画好了没有？

陶　焰　又撕掉了。

小　怡　那为什么啊？

陶　焰　因为是败笔。

[大家又沉默着。

小　怡　哎，我告诉你们，我在华达公司担任公关小姐了，就是专搞关系的……

阿　惠　柳泯，你到底做什么生意？

柳　泯　（故作轻松）什么都做，大蒜呀、丝袜啊，什么能赚钱就做什么。噢，（开玩笑地）我还作贩卖人口的生意，你可要小心哇。哈哈。

[可众人都笑不起来。柳泯越笑越尴尬。

陶　焰　你到底做什么生意？

柳　泯　什么赚钱做什么。

陶　焰　到底做什么？你可别胡来。

柳　泯　（火了）行了，你别来烦我了。

陶　焰　（固执地）不行，今天我非问个明白。

柳　泯　（怒吼）我做毒品、贩卖黄金、拐卖人口，你满意了吧。对了，我被通缉了，我是个逃犯，你满意了吧。

陶　焰　你让我恶心。

柳　泯　你真清高，可你用我钱的时候怎么不恶心了，啊？！
（发觉自己伤了好朋友）对不起，我不是故意的。

陶　焰　那些钱我会还你的。

［陶焰起身往外走，柳泯上前拦住他。

柳　泯　对不起，别生我的气。

陶　焰　我会还你的。

柳　泯　算了……

陶　焰　（打断他）我会还你的。

柳　泯　（被激怒了）好，你现在就还我，一分钱不能少。

陶　焰　以后我有了钱会还你的。

柳　泯　去你妈的以后，我现在就要你还。（一把拉住陶焰的衣领）还啊？还啊！你这个自命清高的蹩脚画匠。

陶　焰　（伤透了心）你这个混蛋！流氓！（一把推开了柳泯，柳泯摔倒在地）

柳　泯　好啊，你也要打我，来啊。

［二人扭在一起。

［小怡、阿惠劝架。

阿　惠　求求你们别打了。

［小怡拼命想拉开他们，但徒劳。

［他俩将桌上的菜也推翻了。

小　怡　（精疲力尽）你们这是干什么？（停顿）啊，逞能，居然忍心打自己的朋友，算什么男人？阿惠，我们也别劝架，让他们打。打呀，再打呀，怎么不打了？！

［没人劝架，这两人反而不打了。

［静场。

［突然柳泯笑起来了，陶焰也笑起来，笑声越来越响，但似乎像在哭泣。

柳　泯　陶焰，我这就告诉你做什么。

陶　焰　不，你不想说就别说了。

柳　泯　不，我要说。（停顿）其实我哪会做生意啊，我不是这块料。舅舅开了个桌球室，我久而久之打球打出了点小名气来，有几个老板见我球打得不错，就雇我做他们的"枪手"。

阿　惠　什么"枪手"啊？

柳　泯　就是替他们赌博。那些老板经常找人来打桌球赌钱，我就是他们的赌具，他们每月都会给我固定"工资"，赢一场还会得到额外的"奖金"，他们的赌注都很大，每次都好几千，甚至上万的，我几乎没有输过，所以"奖金"也不少，温州一伙人不服气，要我到温州去赌。所以我跟老板到了温州，把他们赢了个稀里哗啦。谁知道他们一伙人将我们打了，将钱全抢光了。唉！

阿　惠　为什么不去告他们。

柳　泯　告了又有什么用。这是赌博，谁让你去赌，死了也活该。

阿　惠　以后就别干了。

柳　泯　想干也不行了。他们将我的右手拇指给扭断了。就算医好了也再不能握球棒了，以后我也没有生财的本事了。哼，臭流氓变成了一个穷光蛋了。

陶　焰　（激动地）你干嘛不早告诉我。

柳　泯　让你为我担心干嘛，何况这又不是什么光彩的事。

陶　焰　（一把抱住柳泯）对不起。

柳　泯　别这样，你还是好好画你那幅"女娲"吧。

小　怡　你呀！……

柳　泯　行了，别提了。嘿，咱们是过年呀，让霉运都停在去年吧。

小　怡　对，"讨厌"别像个娘们似的哭丧着脸，来帮你奶奶去厨房洗碗去。

［小怡、陶焰将碗筷搬进厨房。剩下阿惠和柳泯二人。

阿　惠　（走近柳泯）还痛吗？

柳　泯　（摇摇头）小惠。

阿　惠　嗯？

柳　泯　算了，算了。

阿　惠　什么事，你说呀。

柳　泯　我想，我想……

阿　惠　想什么？

柳　泯　想亲你一下。

　　　　[阿惠先是很窘，犹豫了一下，慢慢地闭上了眼睛，柳泯深情地吻了一下。

阿　惠　你——

柳　泯　毕业后嫁给我好吗？

　　　　[阿惠先是一愣，然后摇摇头。

柳　泯　为什么？

　　　　[阿惠依旧摇摇头。

柳　泯　有男朋友啦？

　　　　[阿惠先摇摇头，然后又点了点头。

柳　泯　（自嘲）是啊，我这种人不配做你的老公的，臭流氓一个。

阿　惠　别这么说，其实我和他还没见过面呢。

柳　泯　他是谁？

阿　惠　我那老师的侄子。

柳　泯　（痛苦地摇头）不……不可能。

阿　惠　为什么？

柳　泯　他是个梦幻。他……总之你和他不可能。

阿　惠　可我爱他。

柳　泯　你连他的面也没见过。也许他不如你想得那么好，也许他是个坏人……

阿　惠　不许你说他的坏话。

柳　泯　可……

阿　惠　（误以为他吃醋）别生气，我也很喜欢你，可有点像我哥哥。对他我却是另一种喜欢。（停顿）对不起。

柳　泯　（冲动地想说）你知道嘛，他就是……

　　　　[小怡和陶焰进来了，打断柳泯的话。

陶　焰　哈，你俩谈情说爱倒挺开心的，我和小怡做牛做马。

　　　　（发现他俩有些不对）怎么啦？是我说错话了？

柳　泯　不，没什么？

小　怡　（缓和气氛）嘿，我有个好主意。

阿　惠　什么主意？

小　怡　听讨厌说调音室新买了个挂钟，咱们搬下来听新年钟声好不好？

柳　泯　好！（进调音室）

小　怡　（走近阿惠）阿惠，你……

阿　惠　我去厨房看看。（急下）

陶　焰　（奇怪地）他们到底怎么啦？

小　怡　我一时也说不清楚。讨厌，你刚才怎么啦？火气怎么这么大？

陶　焰　我也不知道怎么回事，不过我今天更了解你们，更了解了流氓，我一定要画好女娲来报答你们的友情。

小　怡　（深情地用手搭在他的肩上）你……

陶　焰　（拨开她的手）你去看看流氓调音室的钟还没搬下来？

小　怡　好。

　　　　［小怡进调音室。

　　　　［阿惠上，和陶焰在厅里点起了蜡烛。

　　　　［小怡和柳泯在调音室。

小　怡　你和小惠怎么啦？

柳　泯　给你说对了。

小　怡　什么？

柳　泯　她居然爱上了我冒充的那个侄子。

小　怡　那你就跟她直说了吧。

柳　泯　刚想说，可给你们搅掉了，现在又不想说了。

小　怡　我真不懂，你干嘛要去编个侄子出来，直接每月给她钱就行了，搞得这么累，真是何苦呢？

柳　泯　你知道她是外柔内刚的人，心里可倔呢。我怕给她钱会伤她自尊心的，她不会要的，所以才……

　　　　［陶焰、阿惠点完了蜡烛。他们把灯全关了，厅里只剩下一片烛光。

阿　惠　喂，你们俩快点下来，时间快到了。

小　怡　（大声回答）来了。（对柳小声问道）你还要装那个"侄子"多久？

柳　泯　等她毕业再说吧。

小　怡　你呀！嘿！

　　　　［厅里阿惠、陶焰又在催促。

　　　　［小怡、柳泯将钟抬了下来。

　　　　［众人七嘴八舌吵成一片。

阿　惠　快点，快点。

小　怡　十……九……

众　人　八……七……六……五……四……三……二……一，零，万岁！

　　　　［然而钟没响。

陶　焰　他妈的，这新钟怎么这么破？！还说实行"三包"，这成了哑巴了。

　　　　［外面传来爆竹声，欢呼声。

柳　泯　真扫兴。（他给了钟一拳）

　　　　［结果出人意料的那个钟响了，众人哈哈大笑，互道新年快乐。一片欢乐声。那首萨克斯曲又轻轻地响起来了。

　　　　［第二场结束。

第三场

　　时　间：又过了一年，元旦的前一晚。

　　地　点：同前。只不过已改装成卡拉OK厅。

　　　　［场内一片漆黑。萨克斯管曲依旧延续着。

　　　　［陶焰独自坐在一个角落，画了一张又撕一张，突然他眼睛又看不见了。柳泯用布擦着萨克斯管。阿惠也在场上。

阿　惠　流氓，我……

柳　泯　什么事？

阿　惠　（笑了）没什么……
柳　泯　来，咱俩来唱卡拉 OK 好吗？
阿　惠　好。

　　　　[柳泯、阿惠唱起了《只要你过得比我好》。

陶　焰　别唱了！
柳、惠　怎么了？

　　　　[陶焰走过去将机器关了。静场。

　　　　[这时，小怡抱了一堆礼物走了进来。

小　怡　对不起，迟到了，抱歉抱歉，不过你们看我给你们每人买了件礼物。（掏礼物）阿惠，这是给你的。臭流氓，这是给你的。（她又掏出一盒漂亮的小泥巴人）讨厌，这是给你的。

陶　焰　好靓的泥巴人哇！不过你把我当小孩了，我都"而立"的人了。

小　怡　你"而立"也好，"不惑"甚至"花甲""古稀"也好，我什么时候都是你的奶奶。（众人都笑了起来）我还有好东西呢。瞧——

柳　泯　外国香槟。

陶　焰　你简直是"圣诞老奶奶"。

　　　　[众人开香槟斟酒。

小　怡　等一等，还有更精彩的。（她从包内拿出一张报纸）我们的大画家"讨厌"登报纸了。（阿惠、柳泯夺过报纸看）恭喜您，你的作品获得全国美展二等奖。

陶　焰　（有些得意）这算啥，我最好的作品《女娲》还没问世呢。

柳　泯　（扬起报纸）你们看看"讨厌"成了有志青年，是文化建设的楷模……我肚子也笑痛了，就你这个德性……

阿　惠　别说，"讨厌"是个"顶呱呱"的人嘛。

陶　焰　（抢过报纸）别听他们瞎吹。

阿　惠　来喝酒。

柳　泯　对，庆贺，庆贺。我们一伙总算有人"出线"了。

　　　　[众人举杯喝酒。

小　怡　哎，讨厌，你的最最最最佳作《女娲》什么时候才能呱呱坠地啊？

陶　焰　我想用国画来画，当然渗入西洋画的手法。因为画女娲似乎用油画一股"洋味"总不对劲。（停顿）你们说呢？

阿　惠　你们说女娲到底是什么样的？

众　　　不知道。

阿　惠　我觉得女娲非常漂亮，是个窈窕淑女，她的腰这么细，姿势应该这样的，（做了个优美的姿势）美的化身！

柳　泯　不对。我觉得女娲是个充满男性色彩的。她身上长满了"栗子"肉，因为他能举起双手补天，是力的象征。

阿　惠　不对，她是人。

柳　泯　不，他是神。

小　怡　哎哎，我觉得女娲应该像一位母亲，她有一个宽阔的胸怀，充满了爱，她是那样温柔，那样慈祥……

柳　泯　哎，你发觉没有，我们这儿出了一位哲人。

　　　　〔众笑，唯独陶焰一人独坐着，沉思。

柳　泯　讨厌，你在玩深沉呢。

小　怡　你在想什么呢？

陶　焰　我觉得女娲是一种象征，一种精神的象征，他像高山，像大海，给人一种精神上的鼓舞和力量，……到底像什么我也不清楚。（停顿）小怡，你真要走啦？

小　怡　（一愣，故作轻松）是啦！

陶　焰　几号的飞机？

小　怡　后天的。

阿　惠　就这么飞啦？

小　怡　对，后天我就"嗖"的飞了，那儿可正是夏天呢。噢，一想到天天都只能吃面包我就头疼。喂，到时寄点大米、臭豆腐什么的过来。

陶　焰　没听说往澳大利亚寄大米的，你呀，戏也太过了。

柳　泯　唉，明年的元旦咱们就凑不到一块了。

　　　　〔众人又默默无语。

陶　焰　（似乎特别兴奋）干什么愁眉苦脸的，咱们的"公关奶奶"攻到了外国，这叫

冲出亚洲嘛！（众笑）这叫"泥巴人"出国镀金！这叫……（突然他什么也看不见了）

小　怡　你怎么啦？

陶　焰　我看不见了。

阿　惠　又要骗我们。

小　怡　对，没门，看不见活该。

柳　泯　（上前，赶紧扶住他）好点了吗？

陶　焰　（一会儿，他又复明了）行了，没事。

　　　　［小怡、阿惠这才明白他不是装的。

小　怡　你干嘛骗我们，你——活该。

　　　　［小怡虽然嘴上说活该，但还是上前帮他轻轻按摩太阳穴。

柳　泯　你最近失明的次数越来越多了，该到医院去彻底检查一下。

陶　焰　没事，是贫血，谁让我们出生在"困难时期"，发育在"文革时期"，所以属"营养不良"症。吃好，睡好，就没事了。

小　怡　（心酸）你呀，逞什么强啊！

陶　焰　（笑了笑，对柳泯）让我单独和小怡呆一会儿行吗？

柳　泯　真巧，我也想和阿惠单独在一起。（对阿惠）对音乐有兴趣嘛？

阿　惠　（装成第一次相处的样子）嘿。

柳　泯　那么走啊。

　　　　［阿惠和柳泯上了调音室。厅内剩下陶焰和小怡。两人沉默了一会儿。

陶　焰　这是咱俩最后一次见面的机会……

小　怡　（笑）别那样悲观，总有机会的，我会回国来看你们的。

陶　焰　不，不会有机会了。（停顿）你那个丈夫会说汉语嘛？

小　怡　普通话讲得比英语还难懂，他从小就在澳洲长大，他父亲是移民。

陶　焰　那你们平时怎么交流呢？

小　怡　用英语呀。

陶　焰　两个"女娲"的后代居然用洋文交流，那他长得一定很英俊。

小　怡　我和他在一起时，经常戴墨镜。

陶　焰　为什么？

小　怡　这样和他谈话时，我可以闭上眼睛把他想像成一个美男子。

陶　焰　（哈哈大笑）你这又何苦呢？

小　怡　为了离开这穷地方，脱离"水深火热"。

陶　焰　你就这么恨这块地方，难道这地方没有一点值得留恋的吗？

小　怡　不，不，我舍不得你们，舍不得你……讨厌，我留下好吗？

陶　焰　不，你还是走吧。

小　怡　对，我是个不安分的人，这里不适合我。（停顿）你没想过出去？

陶　焰　没有。

小　怡　为什么？

陶　焰　也许我很爱自己的祖国，也许我是不想放弃我的专业。再说，外国人是不懂女娲的，我出去又能干什么？

　　　　[两人不语。

　　　　[另一演区——调音室里。

柳　泯　想通了没有？

阿　惠　没有。

柳　泯　三年了还没想通？

阿　惠　我忘不了他。

柳　泯　可他就是我，我就是他，那个老师的侄子纯属我编出来的。

阿　惠　可我总觉得他是存在的，他永远不是你，你没法把你们俩合成一个人。

柳　泯　你……你不能再试试。

阿　惠　当小怡第一次告诉我时，我就试着把你们合成一个人。可三年了……还是不行。

柳　泯　那我等你，等你想通了再……

阿　惠　不——别等了。

柳　泯　（坚决）我一定等。

阿　惠　别——

柳　泯　我要！

阿　惠　我要结婚了!

　　　　［柳泯愣住了，转过了身。

　　　　［柳泯按响了调音台的按钮，一首优美的舞曲响起来了。

　　　　［另一演区，小怡和陶焰。

小　怡　送我一幅画吧，留个纪念。

陶　焰　行，画什么?

小　怡　《女娲》啊。

陶　焰　我要画一幅壁画。你带不走它的。

小　怡　那倒不用那么大，画小一点的。

陶　焰　不，"女娲"你是带不走的，只有中国才有。

小　怡　那么，我一定会回来看你的《女娲》。你可一定要画，别骗我。

陶　焰　我一定画，一定!!

　　　　［两人像孩子似地拉勾，两人都开心地笑了。

陶　焰　（兴意正浓）小怡，我念首诗送给你。（念）

　　　　　　　　回首我们相处的日子，

　　　　　　　　你会发现，

　　　　　　　　没有秋天，

　　　　　　　　只有秋天留下少许的痕迹。

小　怡　真好。

陶　焰　可惜不是我写的。

小　怡　（笑）什么时候才有你自己的?

陶　焰　会有的。来，奶奶，跳个舞吧，这是最后一次了。

小　怡　你不怕挨耳光?

陶　焰　我求之不得。

　　　　［二人随音乐翩翩起舞，他们跳得那么优美，那么深情……

　　　　［调音室内，阿惠和柳泯。

柳　泯　能告诉我，他是谁吗?

阿　惠　同事，我们学校的一个体育老师，他长得很像那张照片里那个"老师的侄子"。

柳　泯　（想装得很高兴）恭喜，恭喜，结婚那天别忘了请我吃喜酒，到时候我来做男傧相怎么样？怎么觉得我老了，没事，化化妆。别人问我几岁，我就说才十八，只不过少年老成罢了。（越说越不自信）到时候，我吹萨克斯为你们奏乐，哈……（笑到后来自己也笑不起来了。停顿）我恨他，我妒忌他！

阿　惠　（惊呆）对不起。

　　　　［柳泯无力地靠在墙上。阿惠轻轻地走过去踮起脚吻了他一下。
　　　　［听到了钟声，众欢呼。

小　怡　我们又长大一岁了。

柳　泯　不，又老了一岁。

陶　焰　向死亡又走近了一步。

阿　惠　别那样悲观，新的生活正在向我们招手呢！

陶　焰　明年可就四缺一剩三个人了。

阿　惠　明年我可能也不会来了，我要结婚了。

　　　　［柳泯低着头，假装系着鞋带。

陶　焰　（走近柳泯）来唱首歌吧。

柳　泯　唱什么？

陶　焰　就唱你刚才唱的那首《只要你过得比我好》。

柳　泯　好，唱一首《只要你过得比我好》。

　　　　［柳泯拿起话筒，走近小怡身旁。

柳　泯　小怡，今天就算给你送行了，祝您一路平安！（唱）

　　　　　　不知道你现在好不好，

　　　　　　是不是也一样没烦恼，

　　　　　　像个孩子似的，深情忘不掉，

　　　　　　你的关心对我一生很重要。

　　　　　　这些年你过得好不好，

　　　　　　偶尔是不是感觉有些老，

　　　　　　像个大人般的恋爱，

　　　　　　有些心情糟。

　　　　请你相信我在你身边没忘了，

　　　　只要你过得比我好。

　　　　什么事也难不倒，

　　　　所有快乐在你身边围绕，

　　　　只要你过得比我好，

　　　　只要你过得比我好，

　　　　什么事也难不倒，

　　　　所有快乐在你身边围绕。

[众鼓掌。
[那首充满感情的萨克斯曲又奏了起来，众像祈祷般聆听着它。
[灯光渐弱。
[第三场结束。

第四场

时　　间：再过一年，元旦的前一晚。

地　　点：同前。只不过此处贴了很多封条。一堵墙被一块布蒙着。

[依旧是那首萨克斯曲。
[灯光渐亮。
[只有柳泯独自一人坐在一角吹奏着萨克斯。一曲吹终，有人鼓掌，柳泯回头一看是阿惠，她不知什么时候来的，她已经怀孕了。

柳　泯　什么时候来的？

阿　惠　有一会了，吹得大有进步。

柳　泯　谢谢，请坐。

　　　　[阿惠坐下。

柳　泯　几个月了？

阿　惠　六个多月了。

柳　泯　手续办好了?

阿　惠　办好了。

柳　泯　我真搞不懂你们这些"现代人"干嘛那么快结婚，又那么快"离婚"？也许我骨子里还是比较传统的。（静场）是不是有外遇了？

阿　惠　不是，也许是感情不和吧。

柳　泯　你呀，将来怎么办，想过没有？难道让孩子从小没有父亲？！

阿　惠　没就没，我不是一个人这么长起来的。

柳　泯　你呀，真倔。（开玩笑）那以后我做孩子的教父。

阿　惠　你又不信教。

柳　泯　那我明天就去参加教会。

阿　惠　你还没变。你婚后的生活怎么样？

柳　泯　和所有正常的中国人一样——安稳。

阿　惠　什么时候我得去见见嫂子。她一定很漂亮。

柳　泯　她属"三星"老婆。

阿　惠　什么"三星"？

柳　泯　看着恶心，对我关心，出门放心。（阿惠哈哈大笑）可她人确实不错，是典型中国妇女。"嫁鸡随鸡，嫁狗随狗"。

阿　惠　那不错，我想如果当初我嫁给你会怎么样？

柳　泯　是呀，怎么样呢？

阿　惠　我不知道。

柳　泯　我也不知道。

阿　惠　也许没有如果。

　　　　［两人沉默了一会儿。

阿　惠　臭流氓。

柳　泯　嗯。

阿　惠　以后，我能上你家看看你吗？

柳　泯　（摇摇头）

阿　惠　怎么？怕嫂子吃醋？

柳　泯　不，我要去读书了。

阿　惠　你这人也真怪，年轻时不想读，现在"而立"的人了，这才去上学。

柳　泯　你知道我父亲在"文革"中自杀后，我发誓绝不当"臭老九"，我放弃了进大学的机会……可这些年下来，我发觉人没有文化，没有对知识的追求，好像少了些什么……心里是空的。

阿　惠　哇，"流氓"你改邪归正了。（停顿）我也要走的。生完孩子，过了产假我打算报名去"西藏"支援边疆。

柳　泯　嘿，你疯了！现在人们只有往深圳、珠海、国外跑。谁还会像五六十年代的傻子们去边疆，你也别太革命化了。我真有点吃不消……不，你是想逃避现实，逃避你的婚姻。

阿　惠　也许是吧。不过，我总觉得一个人活着最有意思的是将自己的价值贡献给别人。我不是唱高调，我从孤儿进大学不都是你，及我的老师，还有再说句比较革命的话，但也是真实的，那就是祖国帮助了我，培养了我，我想我应该回报，应该尽我的力多给予些。西藏孩子需要文化，政府有规定三年后再可回原籍，我还会回来的，我这不是一时冲动。

柳　泯　我理解。

阿　惠　好像我们长大了。

柳　泯　不，成熟了。哇，快到时间了。

阿　惠　（这时才发现）这儿怎么啦？到处是封条。

柳　泯　舅舅经济上出了点问题，被抓起来审查，所以卡拉OK厅也查封了。嗯，小怡她几点钟来？

阿　惠　（看了看表）马上就来。

柳　泯　你见到她了？

阿　惠　还没呢，通过几次电话。

柳　泯　她知道"讨厌"的事吗？

阿　惠　不知道，我不忍心告诉她。

柳　泯　可早晚是要知道的。

阿　惠　是呀。唉！讨厌给她画的画画好了吗？

柳　泯　画好了。

阿　惠　我想看看。

柳　泯　等小怡来了一起看吧。

阿　惠　好吧。画得一定很棒吧？

柳　泯　很棒。

　　　　［有人敲门。

阿　惠　（高兴地）一定是小怡。

　　　　［阿惠开门。小怡出现，她一身贵妇人打扮，人也胖了很多。三个老朋友见面又叫又拥抱。

小　怡　阿惠，可真想你们啊！哇，闹出人命了，有第二代了。几个月了？（没等阿惠回答）臭流氓，想我吗？你老了很多。听说你也结婚了，祝贺你！我变了没有，是不是胖了很多？

柳　泯　不敢说实话。

小　怡　（笑了起来）其实我也知道自己胖了，肚子这一圈就像套了个救生圈。

　　　　［众人坐下。

阿　惠　怎么这么晚才来？

小　怡　去澡堂洗了个澡。

阿　惠　宾馆不是有卫生间吗？

小　怡　有两年没泡澡堂了，重温故梦嘛。

阿　惠　你呀，天生的劳碌命。

小　怡　现在我已是"洋人"了，"澳籍华人"，这次洗澡可真叫正宗的"涮羊肉"了。

　　　　［三人哈哈大笑。

柳　泯　过得怎么样？

小　怡　Very good！

阿　惠　真的？

小　怡　Good！

阿　惠　（笑了笑）不，你骗不了我，我太了解你了。

小　怡　（沉默了一会儿）怎么说呢？……外国不是天堂，没有爱情的婚姻是个坟墓……我常常想念大陆，想起这儿的一切，甚至很小很小的细节……当然最想念的是这儿的人。虽然这儿的人还很穷，可人与人之间有一种……有一种只有女娲的后代才能相通的感情，在这儿我并不孤独，……可那儿我很寂寞……对了，讨厌怎么还没来？

　　　　［没有反应。

小　怡　（误解了）噢，原来已经来了，躲起来了。讨厌，外国奶奶来了，快出来。（四处寻找，假装）我看见你了，看见了……

阿　惠　（忍不住）他不在。

小　怡　真没来？

柳　泯　（脱口而出）他死了。

小　怡　你们骗我。

阿　惠　真的死了。

小　怡　（吃惊）你胡说！

柳　泯　他是五月份离开的。

小　怡　（大叫）不！不！不可能。

阿　惠　我们也没想到。

小　怡　（喃喃地）他……他还是个活生生的……他那么年轻……那么有才华……他的心又那么善良……（哭泣）

柳　泯　他脑子里长了块恶性肿瘤，压迫视网神经，最后双目完全失明了。当他知道得了绝症后，他挣扎着似乎要和生命抢时间，不顾医生的劝导，没日没夜的赶着画画，当这幅画完成后，他就再也起不来了……

　　　　［沉默。

　　　　［小怡用颤抖的手为自己点了一支烟，她猛吸着，想稳定一下自己的情绪。

小　怡　其实他早就知道再也见不到我了，上次他说过再也没机会见面了。当时，我并不明白。……他干嘛不早告诉我。

柳　泯　告诉你又有什么用呢？难道你会留下？

小　怡　会的，我很爱他。

［柳泯和阿惠一惊。

柳　泯　（有些激动）那当初你为什么要走？为什么不嫁给他？

小　怡　其实我很自卑，我觉得自己配不上他……

　　［众人都不响了。

柳　泯　他给你画的《女娲》已经画好了。

小　怡　在哪儿？

柳　泯　就在那堵墙上。

小　怡　（冲过去，想扯下那块布）我要看看。

柳　泯　（阻止）不，等敲了钟声再看吧，我想这样会有点仪式感。这是他最后的作品，可以说是凝结了他一生的心血。

　　［小怡点了点头。

柳　泯　噢，对了，这是他给你的信。

小　怡　（接过信）让我一个人呆一会儿，好吗？

柳　泯　行。

　　［阿惠、柳泯悄悄地走上调音室。
　　［厅里，剩下小怡一个人。
　　［一束追光打在陶焰经常坐的位置上，小怡看着这束光，仿佛又看见了他。
　　［小怡打开信，传来陶焰的画外音。

画外音　小怡，真对不起，我要先走一步了。真希望能再看看你，哪怕再挨一记耳光也好，嘻嘻！小时候听奶奶说，人死后要去捡回他一生的脚印。我想我的脚印留在这个舞厅内的，是我最值得留恋的，因为这儿也有你的脚印。我们相处的日子没有秋天……给你画的《女娲》已经画好了。希望你能喜欢它。

小　怡　（对那束光）我一定会喜欢的。

画外音　谢谢！

　　［调音室传来第三场那首优美的舞曲。

画外音　能跳个舞吗？

小　怡　（点点头）行。

　　［“讨厌”的那束光离开了座位，小怡扶着那束光翩翩起舞……

［小怡和那束光跳得那样优美、深情，似乎在互相倾诉着离别后的一切……

［阿惠和柳泯从调音室下来。

［小怡独自呆呆地坐着。

柳　泯　（上前，轻轻地）小怡，走，去看那幅画吧。

小　怡　（如同在梦中被唤醒）嗯，好。

［众人来到那堵墙前。随着新年的钟声，柳泯徐徐拉下了幕布。

众　人　啊！

［出人意料的是这堵墙上的画画得糟透了。

小　怡　（痛苦地）怎么会是这样？怎么会？！（用双手捂住脸）

阿　惠　天啊！这是什么画啊！（难受地扭过了脸）

［所有的人远远地离开这幅画，他们将目光避开这不堪入眼的画。

柳　泯　（含着泪）他画这幅画时，眼睛已经失明了，他看不见色彩，看不见构图，他只是凭着心中的印象去画的，所以……

［众人无言。小怡慢慢抬起头，后退着，观看着这幅画。

小　怡　（喃喃地）我看到了，我看到了《女娲》……

阿　惠　（跟随着）我也看到了……

小　怡　这是一幅最好的《女娲》像。

众　人　看到了！我们看到了女娲！"讨厌"，你听到了吗？听到吗？！（众人跪倒在画像下）这是最好的，最好的画。

［小怡将陶焰的画夹放在画墙的中间。

［他们围坐在四周，轻轻唱起了那首《只要你过得比我好》的歌。

［灯光渐暗。

［全剧终。

（剧本版本：《南粤剧作》1993年第1期，广东话剧院首演）

· 话剧卷 ·

警钟

编剧：李景文

人物表

高铁成　　男，连海市公安局局长
秀　芝　　高铁成的妻子
高　军　　高铁成的儿子
佳　佳　　高铁成的外孙
郑小功　　女，某公司董事
程天宝　　男，某公司经理
卢　园　　幼儿园老师
小　梅　　高军的女朋友
兰　兰　　三陪小姐
许　龙　　男，在押死刑犯
古　诗　　幼儿园小朋友
审判长、审判员、公诉人、书记、法警、律师、公安干警、服务员、幼儿园的小朋友等

时　间：现代
地　点：连海市

[幕启。法庭，气氛肃穆庄严。
[审判长、审判员、书记员、公诉人、律师及法警等依次上，各就各位。

审判长　被告人高铁成受贿一案，今天继续审理。传被告人到庭。
[高铁成由法警自场外押上，在被告席就位。

审判长　按照法律程序，法庭调查昨天已结束，今天要进行法庭辩论。首先由公诉人

宣读公诉词。

公诉人　审判长，审判员，我代表连海市人民检察院，作为高铁成受贿案的公诉人，出庭主持公诉。现已证实，高铁成自1985年5月至1991年6月担任连海市公安局局长期间，利用职权为他人非法境外定居提供护照，为不法商人郑小功、程天宝大搞汽车走私提供合法牌照，从中收取的贿赂金额超过百万元之巨，已构成受贿罪。为严肃国法，惩治犯罪，本公诉人要求法庭依照有关法律，对被告高铁成从严惩处。

审判长　被告人，你要为自己辩护吗？

高铁成　我请我的律师辩护。

审判长　请被告辩护人、连海市英凡律师事务所律师李宏宣读辩护词。

律　师　审判长、审判员，我受被告人高铁成委托，担任他的一审辩护律师出庭辩护。昨天我听取了法庭调查，此前也进行了与本案有关的大量调查工作。我认为被告确实构成了犯罪——

〔高军蓦地从观众席冲向法庭。

高　军　等等！

审判长　（对高军）你要干什么？

高　军　我要——为高铁成辩护。

审判长　你是什么人？

高　军　我是他儿子——我有辩护的权利。

审判长　你有权做高铁成的辩护人，但要事先向法庭申请，并得到被告人的认可。

高　军　我爸爸会同意的。爸爸——

〔高铁成默然。

高　军　爸爸，让我为你辩护吧！

高铁成　下去。你下去！

高　军　（固执地）爸爸——

高铁成　（厉声）下去！

〔秀芝上。

秀　芝　小军。（扯高军下）

审 判 长　辩护人继续辩护。

律　　师　我对公诉人在起诉中的认定有不同的看法。

　　　　　　〔公诉人举手。

审 判 长　公诉人发言。

公 诉 人　请辩护人说明不同之处。

律　　师　譬如在被告人家中搜查到的三十万元现款，就不能说成是受贿的金额。

公 诉 人　若不受贿，被告人哪有这么一笔巨款？难道是国家发给他这么多的工资？

律　　师　公诉人使用的是嘲讽的语言。

审 判 长　同意。请公诉人注意措辞用语。

公 诉 人　本公诉人认为既然国家不可能发给被告三十万元的工资，那么这一巨款的唯一来源只能是受贿。

律　　师　不对。所谓的唯一不过是公诉人想当然的猜想，真实的生活不仅仅是唯一的，还会有唯二唯三，乃至唯七唯八。譬如一个母亲生孩子，一胎就生育唯一一个孩子吗？还可以生育双胞胎，乃至三胞胎、四胞胎，为什么是唯一的？

公 诉 人　辩护人离题万里。

审 判 长　辩护人请切近论题。

律　　师　论点就在身边。本律师认为那一笔三十万元的巨款既然还找不到行贿的人证，我们为什么不能设想是被告人的儿子高军做生意赚来的呢？

　　　　　　〔公诉人举手。

律　　师　（滔滔不绝）为此，本律师认为公诉人所提到的百万元赃款中，至少三十万元应先算作来路不明的财产。

审 判 长　辩护人的观点成立。

高　　军　（在观众席中）太棒了。律师，辩下去，辩下去！

审 判 长　请违反本法庭规定的人离开。

　　　　　　〔法警把高军带走。

审 判 长　辩论继续。

律　　师　我还认为被告人第一次接受程天宝的那一万元，同样不是受贿款。那是程天宝借给被告人老婆治病的。

[公诉人举手。

公诉人 不错,表面上是借的,可实际上,高铁成拿了这一万元就非法为程天宝办理了境外定居的护照。如果是借款,为什么到今天还迟迟未还?

律　师 因为他们从未商定还钱的日期。

公诉人 那不就是老虎借猪?我再问你,除了三十万元目前可算来路不明的款项,其余七十多万元也不是收受贿赂吗?

律　师 是,我承认是。但请法庭考虑,被告人违法批车不过是近两年的事,在此之前,被告人高铁成多次立功受奖——

公诉人 被告人过去的功绩与本案无关。

律　师 但我们得注意,一个人的变化,外因也起着重要作用。其一,被告人当时窘困的生活迫使他不得不想到钱;其二,程天宝一类人的暴发致富也驱使被告人心态发生种种变化——

[灯渐暗。时钟滴答声。

[灯光渐亮。

[舞台一角,高铁成家。高军在打电话。舞台另一角,火灾现场。高铁成正在指挥灭火。

高　军 喂,喂,我说过两遍了,马上找你们局长接电话——什么,他救火去了?那赶快派一辆车到我家——我是谁?我是高军!——车都去了火灾现场——我告诉你,我妈要是有个三长两短,我要你的命!(又拨了一个电话号码)我找高局长。

高铁成 (打开手提电话)你是谁?

高　军 谁?我是你儿子!

高铁成 你添什么乱!(对救火的人喊)三中队,赶快进二号仓库把危险品抢运出来!一中队,让那些人后退两百米。

高　军 (大吼一声)爸!我妈不行了!

高铁成 (一惊)什么,你说什么?

高　军 我妈的心脏病犯了,一脸是汗,话都说不出来了。您赶快回来!快!

高铁成 （看看火灾现场）这里有几十吨危险品，随时都会爆炸，我怎么能离开？你赶快给你妈吃两片药——在你妈衬衣左边的口袋里，然后马上给急救中心打电话。危险品搬出来后，我马上就回——（要挂电话，忽然又想起来）让你妈躺着，千万别动她！（挂电话，边往现场冲边喊）太慢了，局机关的人，跟我上！
　　　［灯暗。

　　　［音乐渐起。
　　　［卢园和佳佳在幼儿园里。佳佳在唱歌，卢园用手风琴给他伴奏。
佳　佳　卢老师，天都黑了，我外婆、舅舅怎么还不来接我呀？
卢　园　一定是你外婆和舅舅有些急事要办。佳佳，咱们再唱一会儿歌，然后，卢老师送你回去，好吗？
佳　佳　好。
　　　［卢园与佳佳唱歌。

　　　［高铁成家。秀芝躺在卧室床上。客厅里，高军正在倒水。外面车响。高铁成跑上。
高铁成　小军。你妈她——她怎么样了？
高　军　爸，您心里还有我妈呀？真谢谢您了——不过，我是替我妈谢谢您。
高铁成　（没理高军，快步走进卧室，看到秀芝睡了，用手摸摸她的额头，松了一口气，回到客厅）小军，大夫怎么说？
高　军　刚才我把市医院的老院长也请来了。他说要尽快去广州做开胸手术。
高铁成　开胸？
高　军　这是唯一的办法。
高铁成　那——明天一早，我就送你妈去。
高　军　行了，有我这个儿子，送人的事就用不着您老人家了。您还是想想这钱怎么办吧。
高铁成　得多少钱？

高　　军　　至少一万多。

高铁成　　这——

高　　军　　我知道您没钱。您照看妈吧，我去想办法。（回身要走）

高铁成　　（愣了一下，马上反应过来）回来，不许去找你那些狐朋狗友，用他们钱，丢我这公安局长的脸。

高　　军　　（发火）您嫌丢脸？那好，就用咱们自己的。（从口袋里拿出一个存折，拍在桌子上）这是我的三千块。您的呢？拿来呀！

秀　　芝　　（被惊醒，想下床，但体力不支）铁成，小军！

　　　　　　〔高铁成和高军急忙进卧室去。

秀　　芝　　你们吵什么呢？

高铁成　　我——我们——

高　　军　　妈，我们没吵，我和爸在说——在说救火的事，您好好休息吧。（下）

高铁成　　秀芝，今天我实在——

秀　　芝　　知道，小军告诉我了。你伤着没有？

高铁成　　没事，我什么阵势没经过？你好些了吧？（倒水）

秀　　芝　　我不渴。炸药仓库着火，多悬啊。有伤亡吗？

高铁成　　没有。（想找点什么事做）

秀　　芝　　你快坐会儿吧，我什么都不要。你也累了一天了，来，坐这儿来。（拉高铁成坐下）这场火一烧，你又得忙一阵子了。

高铁成　　这是常有的事。

秀　　芝　　（好像有很多话要说）铁成，以后你少喝点酒，喝多了，对身体不好。

高铁成　　嗯。

秀　　芝　　还有，你们爷俩为什么一见面就吵？你这脾气能不能改一改？小军是有毛病，可咱们就这么一个儿子。答应我，以后对他好点。

高铁成　　（想说什么，看看秀芝，把话咽了回去）好，好。

秀　　芝　　唉，小军也不小了，还没有一个像样的女朋友，真叫人放心不下。还有佳佳——

高铁成　　（觉得秀芝情绪不对）秀芝，你瞎想什么？你的病——

秀　芝　我的病没事？别骗我，医院的老院长是怎么说的？（见高铁成无言以对）你别瞒我了，我自己觉得出来，这次犯病，比每次都厉害——

高铁成　（搂抱秀芝）秀芝，你的病真的没事。只要——只要去广州住住院就会好的。

秀　芝　去广州住院？能治好？

高铁成　能，一定能。

秀　芝　那我去，明天就去。（倚在高铁成怀里）铁成，一转眼跟了你三十年了，孩子们也都大了，好日子刚开了个头，我还没享够你的福呢。（拿出一个哨子）

高铁成　你怎么把子弹壳哨子找出来了？

秀　芝　有人告诉我，只要把它吹响，心上人就会来到我的身边。

高铁成　你不是还没吹，我就来到你身旁了吗？（深情地吹响口哨）

　　　　〔高军捧一木匣子走到高铁成卧室门口。

高　军　爸，你出来一下。

高铁成　（帮秀芝靠在床上，走到客厅）什么事？

高　军　我想起来了，你没有钱，可有这个。（打开匣子，拿出军功章）

高铁成　军功章？你拿我的军功章干什么？

高　军　穷则思变嘛。

高铁成　什么意思？

高　军　（神秘地）我听说，当年八路军根据地流通的一种粮票，在香港文物市场上可值钱呢，一张半斤票能卖五万元港币。您这些旧军功章，也可以当作出土文物卖几个钱吧？（顺手抓起两个军功章，在手里摆弄着）

高铁成　（一把夺过）你给我放下！这是我拿命换来的，给我十万块，我也不会卖！

高　军　十万块？哼，这破烂，就是两块钱，人家也不一定要。

高铁成　（大怒，高声）你这个——（意识到秀芝，又压低了声音）你这个混蛋！这是党给我的荣誉。（揍了高军一下）

高　军　打吧，要是能打出钱来给我妈治病，我也豁出去了。爸，说起来别人都不相信，一个市公安局局长，穷得连给自己老婆治病的万把块钱都拿不出来。现在搞的是市场经济，谁能捞钱谁就是改革者，谁就是英雄。您这种抱着过去的军功章过日子的穷光蛋，连那些"鸡"都看不起！

高铁成　别说了!

高　军　有权不用,过期作废。您呀,坐在金山上却找不到钱花!

高铁成　钱、钱,你就知道钱!

高　军　钱怎么了?没有三块钱,您连那没人喝的劣质白酒都喝不上;没有六十块钱,您就不能给佳佳买个洋娃娃;没有一万块钱,妈就住不进广州的医院,就得——就得等死!

高铁成　我就不信,大夫拿不到钱,就会见死不救。医院讲的是救死扶伤,七七年,你爷爷——

高　军　得了得了,什么七七年、七八年,您那是老皇历。现在是有钱走遍天下,没钱寸步难行!

　　　　　〔门铃响。

高　军　(没好气地)谁呀?

　　　　　〔卢园在门外答:"小军,是我。"佳佳的声音:"舅舅,你和外婆都不来接我。"

　　　　　〔高军开门,卢园与佳佳上。

高　军　园园,辛苦你了。爸,这是佳佳的老师卢园。

高铁成　哦,卢老师,太麻烦你了。

卢　园　阿姨呢?

高　军　我妈的病又犯了,所以没来得及接佳佳。

卢　园　阿姨病了?我去看看她。

佳　佳　卢老师,我带你去!

卢　园　(递一信给高铁成)叔叔,这是在门口捡到的。(带佳佳走入秀芝卧室)

　　　　　〔高铁成看信,神情立刻严肃起来,把信拍在桌子上。

高　军　怎么了?(拿过信,念)"高铁成,小心你老婆和你外孙的命——"恐吓信?谁写的?

高铁成　还不是那个刚从监狱放出来的许龙。他想找我批出国护照,目的没达到就搞这一套了。

高　军　(火冒三丈)他妈的,我找他算账去!

高铁成　你别乱来,这可没你的事。

〔卢园从秀芝卧室出来。

卢　园　我该走了，再见。

高　军　我送送卢老师。

高铁成　好。卢老师，再见！

〔高军送卢园，在门口碰到上场的程天宝。程天宝盯住卢园看。

高　军　园园，你在门口等我一下。（等卢园下，扳住程天宝的脸）哎哎，看什么！

程天宝　（用手指指刚出门的卢园）是不是又让你领上床了？

高　军　（严厉地）我可告诉你，说谁都行，可这位老师，你要是胡说八道，别怪我不够哥儿们！

程天宝　嘿，从没看你这么护一个女孩子。好了好了，你老爷子在家吗？

高　军　又为那事？告诉你，我妈病得厉害，明天就要去广州动手术，我爸正为钱的事发愁呢。你别这会儿为你那去香港的屁事来烦我爸。

程天宝　缺钱还不好办？给——（要掏钱）

高　军　你自己去跟他说吧，可别扯上我。（下）

程天宝　（入室）高局长——

高铁成　程天宝，你又来干什么？我说过了，你去香港的申请不符合条件，你找到家里也没用。

程天宝　高局长，看您说的，我程天宝再不懂事，也不能为这事来家里打搅您。听说阿姨病了，我是小军的好朋友，怎么也得来看看呀。

高铁成　那就谢谢你了。

程天宝　小军说阿姨明天要去广州住院。您看我，说是要来看病人，两手空空，太不像话了。正好我手头上有点钱，您带上给阿姨买点营养品吧。（把一沓钞票放到茶几上）

高铁成　程天宝，拿去，拿回去，别跟我来这一套！（进厨房）

秀　芝　（听到说话声）老高，老高，谁来了？

程天宝　阿姨，是我程天宝，我来看看您。

秀　芝　天宝，真谢谢你有这份心。

程天宝　（乘机进到秀芝房内）哎呀，阿姨，您怎么把我当外人呀？我是小军的朋友呀，我遇到难事，小军帮过我好多忙呢！阿姨，这点钱——

秀　芝　我们家不缺钱——

程天宝　这我知道。可是阿姨现在住院要花很多钱呢，人一住进医院就得打点好多好多红包包。比如管住院的吧，您要是不先塞个红包过去，他就要安排您睡那死人睡过的床。

秀　芝　是吗？

程天宝　是呀，多不吉利呀！尤其是那主刀的大夫，要是没有一千两千的红包包，开刀时给您划歪那么一点点，哎，那麻烦可就大了！

秀　芝　（越发紧张）是吗？

程天宝　还有护士、护士长、麻醉师什么的，总归都得打点到意思才行呀！这样吧，阿姨，这些钱就算是我借给你的，行了吧？您要去广州，早点休息吧。（迅速溜下）

秀　芝　天宝，这不行——（想起身，但体力不支）老高，老高，这钱——

高铁成　（从厨房进屋，抓起钱就追）程天宝，程天宝——（下而复上，手里还拿着钱，心情矛盾地回到秀芝身边）

秀　芝　老高呀，做手术咱们虽然有公费医疗，可是要包好多红包包——

高铁成　公费医疗自己也得出百分之三十了。

秀　芝　那这钱就先留下吧？

高铁成　留下来？

秀　芝　我真想多活两年。

　　　　［高铁成为之一震。

秀　芝　铁成，算是借他的吧？

　　　　［高铁成默默地望着钱，回到客厅，又默默地望着那一枚枚闪光的军功章。音乐声中，佳佳上。

佳　佳　（悄悄靠到高铁成身边）外公，这是什么呀？

高铁成　啊。（强作欢颜）这是外公得的军功章。

佳　佳　什么是军功章呀？

高铁成　就是——就是给特别勇敢的人发的奖。

佳　佳　这是发给您的奖吗？

高铁成　是呀，这是外公当兵打仗、当公安抓坏人得的奖。

佳　佳　外公真了不起。（往胸前挂了一枚军功章）

高铁成　佳佳，这一枚是外公在十万大山打土匪时得的，这一枚——

　　　　［音乐声中，灯渐暗。

　　　　［幽静的江边。高铁成身着便服垂钓。程天宝持一套高级钓具上，他看看高铁成，故意把凳子放在离高铁成不远的地方。

程天宝　（一边整理钓具，一边自言自语地）这里的鱼多不多？爱吃钩吗？（装作刚刚看到高铁成）哟，这不是高局长吗？

高铁成　你是——

程天宝　我是天宝呀！小军最好的朋友。

高铁成　噢，程天宝。

程天宝　您这老公安记忆力可真好！两年没见了，您还记得我。我刚从香港回来，还没顾得上去您家里看您。

高铁成　（上下打量程天宝）你在香港过得不错吧？

程天宝　混得还可以，还不是托您的福。（递烟给高铁成）高局长，抽烟。

高铁成　我有。（不再理程天宝）

　　　　［程天宝钓具的震动器发出声音，引起了高铁成的注意。

高铁成　上钩了，起竿。别太猛了，这鱼不小嘛。快，拿捞子来！（帮着把鱼捞上来）

程天宝　看来，高局长是钓鱼的老手了。

高铁成　（看程天宝的钓具）嗬，好竿，正宗德国货。

　　　　［程天宝把鱼竿递给高铁成。

高铁成　（爱不释手）用这种竿钓鱼，可真——（把钓竿还给程天宝）

程天宝　高局长可真识货。我才不知道什么样的竿好，只知道什么贵就买什么。高局长喜欢，拿去用就是了。

高铁成　不，不，我这里有。

程天宝　咳，还客气什么，不就是一万多块的鱼竿嘛！两年前，要不是您高局长帮我——

高铁成　（严肃地）你话可得说清楚，我可从来没帮你办过什么事。

程天宝　对，对，您没给我办过什么事。我懂，我懂。（知趣地到一旁钓鱼）

　　　　〔郑小功上。程天宝向她使使眼色，郑小功走到高铁成身后。

郑小功　（故作惊讶）啊呀，高叔叔，高局长！

　　　　〔高铁成回过头，显然记不得眼前的人是谁。

郑小功　（显得异样地亲热）我可把您找到了，高叔叔。我先往公安局打电话，公安局说您今天没上班，只好问了您家的电话号码打到您家里，您家里又说您钓鱼去了，可不知道您在哪儿钓。没办法，我一路打听一路找，高叔叔，闹了半天，您跑到这么个清静地方来了。（边说边亲热地往前凑）

高铁成　（警惕地往后退一步）你——你找我有什么事？

郑小功　哎呀，高叔叔，您不认识我了？您想想，再想想，再想想呀——我姓郑，叫——

高铁成　噢，你是小功呀！

郑小功　对呀，我是郑小功，就是小时候总想偷您手枪玩的那个调皮丫头。

高铁成　认不出，认不出来了，真是女大——

郑小功　真是女大十八变，越变越难看是不是？

高铁成　不不，你小时候胆子大得像个男孩子，现在变成个漂亮姑娘了。

郑小功　我胆子再大也不如您呀。我听我老爸说，您在战场上见到敌人，两眼瞪得这么大，血红血红的，简直不要命。

高铁成　那还不是跟你爸学的？哎，你爸爸好吧？还那么爱喝酒？

郑小功　好，好极了。酒还喝，不过不再喝老白干什么的了。您知道他现在喝什么酒吗？他学着喝洋酒了！（发现高铁成穿着解放鞋）哟，高叔叔，您——哈哈——现在什么年代了，您还穿当年解放军穿的解放鞋呀！难怪我爸爸说您特别艰苦朴素呢。对了，我爸爸经常念叨您，总说要来看看您。

高铁成　咳，应该我去看老首长嘛。可干公安这一行，一天到晚忙得——

郑小功　知道知道。正因为知道您忙，所以嘛，我爸爸这次上深圳，特意在这儿停下来看您。

高铁成　（惊喜）真的？你没骗我？

郑小功　跟您那么多年没见了,一见面我就骗您不成?

高铁成　那太好了。他住在哪儿?我这就去看他!

郑小功　我爸说,要是能找到您,就请您到碧江楼和他一起吃晚饭,他要和您好好喝几杯。

高铁成　好。你等等,我把钓竿收拾一下。(忙着收拾钓具)

郑小功　(看周围的环境)难怪高叔叔在这儿钓鱼,环境真不错呀。(好像刚发现程天宝)哟,程经理也到这儿钓鱼来了?

程天宝　咳,今天可巧,总碰上熟人。郑小姐,你到这里干什么来了?

郑小功　来请我爸爸的老战友。哎,上次谈的事怎么样了?你总得给我个信儿嘛。

程天宝　我正想找你。你定个时间,咱们把有关细节问题再推敲推敲一下?

郑小功　(想一想)这样吧,晚上我陪高局长吃饭,饭后你到碧江楼找我。

高铁成　小功,我先把鱼竿送回去。

郑小功　高叔叔,送什么鱼竿,赶快去吧,我爸爸想早些见到您呢。

高铁成　那好。(欲与郑小功下)

　　　　[手提电话响了。郑小功赶忙接过高铁成手里的鱼竿。

高铁成　(接电话)是我。什么什么,又是许龙?在什么地方?大厦第几层?几个罪犯?人质多大?——嗯——嗯——好,听我的命令:马上与市政府联系,请他们协助准备好罪犯要的现金;把罪犯要的车开到大厦下边;通知罪犯,正在设法满足他们的要求,以保证人质的安全;立即包围并封锁大厦,派一个小队特警,带着绳索登上大厦楼顶,做好从窗户突入室内的准备;派三名特等射手,在大厦对面的楼房上选好有利的射击位置,但没有命令,不准开枪!我马上就到。(对郑小功)小功,你把情况对你爸爸说一下。(欲下)

郑小功　高叔叔,我和我爸在碧江楼等您。

高铁成　(看表)如果七点钟我不到,就不要等了,我明天再去看他。(下)

程天宝　郑小姐,你的戏演得不错呀。

郑小功　可得小心点。没有看刚才高铁成这架势?这样的公安局局长不是那么容易对付的。

程天宝　我懂,对这种人动硬的,当然是拿鸡蛋碰石头。不过,咱们可以换个花样跟他玩玩。

［灯暗。

［碧江楼歌舞厅。郑小功坐在沙发上按手提电话的号码。程天宝提皮鞋盒上。

程天宝　郑小姐，高局长来啦？

郑小功　来啦，正和我爸聊天呢。鞋买来了？

程天宝　买了，那条子批了？

郑小功　怎么能当我爸的面说批条子的事？你想让我爸也掺和到这件事里来？他的话说得够可以了，后面的事得靠咱们。

程天宝　郑小姐不但人漂亮，智商也不是一般人能比的。佩服，佩服！

［歌舞厅门口，高铁成上。一服务员用吸尘器清扫地毯。高铁成左右看了看，不知往哪个方向走。服务员轻蔑地看了他一眼，又看看他的鞋，嘟囔了一声，用吸尘器在高铁成后面吸，高铁成停住，他也停住，高铁成走，他也走。高铁成站住。

服务员　先生，你——

高铁成　我找人。

服务员　先生，您——您是不是找错地方了？

［高铁成要发火，但忍住了，仍往前走。

服务员　我这地毯刚清理完，可您这鞋——（又打开吸尘器）

高铁成　（忍无可忍，一脚踢飞了吸尘器，大吼）叫你们经理来！

服务员　叫经理来也没用，你这人——

高铁成　告诉他，公安局局长来了！

［服务员吓呆了。郑小功、程天宝迎上去。

郑小功　高叔叔，哎，这是怎么啦？

商铁成　（指服务员）问他。太欺负人了，认鞋不认人！

程天宝　高局长，别跟这种人一般见识。

郑小功　（看看高铁成的鞋，对服务员）你要想丢饭碗就早些说。哼，得罪了他，炒你们老板的鱿鱼！（拉住高铁成的手）高叔叔，别跟这种人生气，来吧。（拉着

高铁成进舞厅）

高铁成　（余怒未消）扯淡，穿解放鞋就不能上这儿吗？这座城市都是老子当年出生入死打下来的。

[歌舞厅一角，三人坐下。

高铁成　小功，你爸的身体不减当年，喝五六杯，一点事都没有。这酒——好呀。哎，这酒叫什么来着？路——

程天宝　路易十三。

高铁成　小功，听说外国人不喜欢十三这个数，可路易十六上了断头台，路易十三却成了这么好的酒的名字。不怕你笑话，我今天是第一次开洋荤，把这法兰西国王叽里咕噜都请到我肚子里去了。哈哈！可真——真——好啊。（回味中）

程天宝　这的确是好酒，那些层次低的人还喝不出它的妙处来。（对服务员）小姐，开一瓶路易十三。高局长，您品酒的水平我可服了。我第一次喝路易十三，觉得这八千多块一瓶的洋酒还不如三块一瓶的广东米酒好喝，您说我有多土？（接过服务员送来的酒）来，高局长，我敬您这酒仙一杯。

[高铁成端起杯一饮而尽。三人喝了起来。高铁成面呈醉意。郑小功趁机拿出条子。

郑小功　高叔叔，您在这上边批几个字再喝，行吗？

高铁成　（接过条子，念）"皇冠三点零十辆——"一次批十辆？你以为我是公安部部长啊！

程天宝　就凭您那水平，您那魄力，别说公安部部长，就是给您个副总理当都不在话下。刚才我在路上就听说，您只用了二十分钟，就把那伙劫持人质的罪犯给收拾了。

郑小功　高叔叔，三个拿枪的罪犯您都不怕，这十辆车有什么了不起的？再说，这货都进来了。

高铁成　你这是先斩后奏嘛。我看——你去找侯副局长试试。

郑小功　高叔叔，谁都知道您在公安局的威信，您不批，哪个副局长敢批？现在有些像您这样的人，为了争分夺秒地干"四化"，搞改革，恨不得长出飞毛腿。时间就是金钱，这车，节省的就是宝贵的时间。高叔叔，您批了这车，不就等于为"四化"建设赢得了宝贵的时间吗？高叔叔，这就和您刚才抓罪犯一样，是为人民办了件大好事。

程天宝　在香港，豪华车子满街跑。我爱咱们的家乡，所以才回来投资。可我看到咱们这里靓车这么少，尽是些破破烂的车子在路上跑来跑去，又觉得这脸上无光呢。

［高铁成始终悠闲地品着酒。

郑小功　高叔叔，您就批了吧，坐这些车的人都是为着"四化"嘛，又不是坐这些车去美国兜风。再说，在您管辖的公路上，跑的是这些漂亮豪华的轿车，那多气派呀，不正说明咱们连海市的改革开放成效显著吗？高叔叔，您批嘛——（撒娇）

高铁成　小功，你让我先好品品这法国皇帝，好不好？

郑小功　（一喜）好，我先放在这里。程经理，咱们先去跳个舞。（与程天宝跳舞，偷偷看着高铁成）

［高铁成喝了一杯酒，拿起笔，好像很随意地在条子上写了几个字。高铁成批完字，又美美地喝了一杯酒，然后舒舒服服地靠在沙发上。

郑小功　（停止跳舞，赶紧走过来把条子装好，然后拉住高铁成的手）高叔叔，跳个舞吗？

高铁成　跳舞，不行——我不会这洋玩意儿。

郑小功　高叔叔，您就不赏我个脸吗？

高铁成　那好。（晃悠悠站起）跳就跳吧。（含糊不清地）十亿人民八亿赌，还有两亿在跳舞，呵呵——

郑小功　来，换上鞋。（给高铁成换鞋）

高铁成　怎么，学跳舞还得换鞋吗？（换上皮鞋站起来）

郑小功　高叔叔穿上这新皮鞋，就意味着进入一个新境界了。

高铁成　我真的不会。

郑小功　我带您。哈，您这是扭秧歌。（带着高铁成跳舞）

高铁成　（笨拙地跳舞）哈哈，八十岁学吹喇叭了。

［灯暗。

［音乐声渐起。

［幼儿园里。

卢　园　小朋友们，今天老师给你们提一个问题：在家里，你最佩服谁？

［小朋友们纷纷举手回答。

卢　园　古诗，你先说。

古　诗　我最喜欢我妈妈。我妈妈最会唱歌，好多好多人都听她唱歌。

卢　园　好，古诗最喜欢她妈妈。佳佳你呢？

佳　佳　我最佩服我外公。

卢　园　为什么？

佳　佳　（得意地）我外公是公安局局长！我外公得过好多好多的军功章。有一枚，是外公在大山里打坏蛋时得的，有一枚，是外公在——在什么地方打美国鬼子时得的——

卢　园　那是抗美援朝。

佳　佳　还有发大水救老乡得的爱民模范章——

［灯暗。

［高铁成家客厅。大厅的座钟敲数下。秀芝回来，看到屋内有一大包东西。

秀　芝　小军，这包东西是谁送的？

［高军内声："是程天宝让爸的司机送来的。"他穿着睡衣，慢腾腾地从房间里出来。

秀　芝　送些别的也好，又是烟。我正叫你爸戒烟呢，你快拿去送人吧。

高　军　别别，爸不抽，我抽。

秀　芝　你也不许抽。你爸戒了烟就轮上你戒了。

高　军　（拿出一条烟，忽然觉得烟有些异常）这条烟怎么好像打开过？（撕开，里面是一沓钞票）

秀　芝　港币！这么多！

高　军　（看着礼品袋里的一张纸条）十万。

秀　芝　多少？

高　军　这上边写着呢。

秀　芝　(接过纸条急看)哎，我的眼镜呢?

高　军　我念给你听吧。(念纸条)"高局长，你批准挂牌入户的十辆皇冠车，我们获得了一些利润。吃水不忘掘井人，为了感谢您对我们的关怀和支持，特奉上港币十万元"。

　　　　[敲门声。两人怔住。

秀　芝　谁呀?

　　　　[卢园的声音："阿姨，我是卢园。"高军闻声匆匆进房去。

秀　芝　(手忙脚乱把港币藏起来)来了，就来了，卢园，我来了——(迎到门外领卢园上)啊呀，等久了吧? 来，里边坐。

卢　园　(手里抱个洋娃娃)阿姨，佳佳睡了?

秀　芝　佳佳肯定睡了。我知道你来找——(朝屋内喊)小军，你看谁来了!

　　　　[高军内应："妈，我马上就下来。"

秀　芝　(热情有加地)园园，来，坐呀——(急急忙忙拿饮料)啊，先解解渴。

卢　园　阿姨，这个娃娃，是我送给佳佳的。

秀　芝　你给佳佳买这么好看的洋娃娃，真谢谢你。我生病那时候，多亏你照看佳佳。他有你这么好的老师可真是福气。不知道哪个小伙子有福气拍拖拍上你哟——哎，你给佳佳送娃娃，我正好有样东西送给你。(拿出一个玲珑小玉佛给卢园戴上)老人们都说，做母亲的要是亲手给女儿戴上这么个玉佛，就能保证她姻缘美满，一生平安。哈哈，说笑了。

卢　园　阿姨，我怎么好拿您这么贵重的东西呢?

秀　芝　那佳佳又怎么好拿你这么可爱的东西?

卢　园　佳佳是个孩子呀。

秀　芝　在阿姨面前，你不也是个孩子吗?(对屋内)小军，园园来找你，怎么还不快出来?

　　　　[高军上。

高　军　(有些尴尬)园园——找我有事?

卢　园　(有些不悦)哦，我找高叔叔。他不在家吗?

高　军　找他什么事？

卢　园　哦，我想办出国的事。

秀　芝　（一惊）园园，你要出国？

卢　园　（笑笑）还没有最后想好呢。

秀　芝　园园，这连海市不是挺好的吗，出什么国？阿姨可舍不得你呀。

卢　园　阿姨，很晚了，那我告辞了。再见！（下）

　　　　〔秀芝使眼色要高军热情相送，高军迟疑不动。

秀　芝　（只好满含笑意地）园园，再见。有空来家里玩呀！（责备地）小军，你今天是怎么了？卢园姑娘多好，对你也有意思，你干吗把人家晾在一边？

高　军　妈，正因为卢园人好，我又看出来一点意思，所以我就更要疏远她。

秀　芝　她不配你吗？

高　军　我怕害了人家。

　　　　〔屋内一个少女的声音："小军，你把我的袜子搞到哪儿去了？"

秀　芝　小军，你迟迟不下楼，原来你又带来一只"鸡"？

高　军　妈，怎么是女人就叫"鸡"了？我新交的一个女朋友。

秀　芝　又是新交的女朋友，这是第几个了？

高　军　哎呀，您怎么越来越大惊小怪了？男大当婚，女大当嫁，您儿子总得成家吧？

秀　芝　我说你是第几个了？

高　军　第几个？现在是信息社会，信息很多，我必须广泛吸收，择优选择，重点培养。

秀　芝　每交一个都要带到床上去培养？现在的女孩子也真是，跟人上床比握手还简单！

高　军　哎呀妈呀，这一下才算您说对了，现代爱情将变得比友谊更简单。

秀　芝　屁话！

高　军　不是屁话。妈，这是恩格斯的话，马克思的弟弟，恩格斯的话。

秀　芝　快让她走，走——别再让你爸给撞上了。

高　军　（对屋内）小梅，出来吧，上西湖大酒店宵夜去。

秀　芝　怎么，你还得出去逛？

高　　军　　待在家里您和爸看了都不顺眼，出去您又有意见。

秀　　芝　　小祖宗，有了女孩子什么都忘了。刚才那、那么多港币怎么办？

高　　军　　哦，对对，赶在爸回来之前咱们得商量商量。

　　　　　　［小梅上，目光与秀芝相遇。

小　　梅　　阿姨。

秀　　芝　　（哭笑不得地）哼！

高　　军　　小梅，我有点急事，明天咱们再聚聚。

　　　　　　［小梅出门，高铁成上。小梅"嗨"一声与高铁成打了个招呼下。高铁成火起，大步进门。

高铁成　　小军，我说多少回了，别往家里带姑娘！

高　　军　　妈，您说今天是怎么了？

高铁成　　是不是想让我派人到家里来扫黄？

高　　军　　扫黄谁敢扫到公安局局长家里来？

高铁成　　你胆子也越来越大了，连这种女人也往家领。

秀　　芝　　我刚才还教训他呢。他说是新交的女朋友。

高铁成　　你交多少个女朋友了？

高　　军　　（玩世不恭的样子）没法子，谁让你们把我生得这么帅，又给了我一颗爱美之心呢！

秀　　芝　　（指着高军）你给我闭嘴。还是看看这个吧。（拿出港币）

高铁成　　（一惊）这是哪来的港币？

高　　军　　（把纸条给高铁成）你自己看吧。

　　　　　　［高铁成看后，沉默不语。

秀　　芝　　你看，这要不要向领导汇报？

高　　军　　汇报？这不是找死吗？

秀　　芝　　（茫然地看看高铁成）找死？

高　　军　　对。这和收些吃的、喝的可不一样。收十几瓶路易十三，价值也是十万块，喝了也就喝了。可这是十万元现金。要是交出去，那可就完了。

秀　　芝　　怎么交公倒反而不行了呢？

高　军　（对秀芝）妈，我爸是个清官，在市里是出了名的。现在要是一下子交出十万元现金，人家对他的过去会怎么想？（对高铁成）爸，更重要的是，如果调查这件事，会把您违纪批车的事也兜出来，那您可就说不清了。

高铁成　我当时批车是冲着老首长的面子，没想到报酬。我可以——可以把钱退回给程天宝。

高　军　爸，天真的老爸，您想得也太天真了。程天宝会怎么想？他只能认为您是嫌钱少。别忘了，妈治病的时候您已经收过程天宝一万块钱了。

秀　芝　是呀，那时亏了程天宝送的那一万块钱呀。

高铁成　（沉思了一会）借了人家的钱，我的腰都直不起来了。我一直想还给他——小军，程天宝这人靠得住？

高　军　绝对可靠。要不，我能和他做朋友？

秀　芝　要是万一让别人知道了呢？

高　军　这事，程天宝不说，咱们不说，鬼也不知道。退一万步，就算有人知道了，咱们也没给程天宝开收据嘛。办案总得有证据呀。

秀　芝　程天宝算不算人证呀？

高　军　您怎么糊涂起来了？受贿犯罪，行贿也犯罪呀。程天宝总不能把自己铐起来，送到监狱里去吧？

秀　芝　小军说的倒是这么回事。

高铁成　十万，这可是个杀头的数呀！

秀　芝　（吃惊地）啊！

高　军　十万算什么！和胆大的比起来，不过是个小儿科。

秀　芝　这还算是小儿科。

高　军　妈，跟您说不清。爸，您知道您批的那十辆车他们能赚多少吗？

高铁成　多少？

高　军　至少一百万！

高铁成　（大吃一惊）什么，一百万？

高　军　爸，有些话我早想跟您讲了。现在允许一部分人先富起来，您忠心耿耿地拿了半辈子枪杆子，出生入死，连妈和我都为您提心吊胆，可您先富起来了吗？许龙劫持人质，要一百万现金，市政府已经把钱准备好了，您指挥人制服了罪犯。那两个受伤的警察一人得了一万元，可您得了多少？您看不起程天宝吧？可两年前要是没有他给的一万元——我说话损——要不是那一万元，现在指不定谁是我的后妈呢！您就是不为自己想，也该为我、为佳佳着想。前人栽树，后人乘凉，可是中国人的传统美德呀！

秀　芝　我已经捡了条命，苦些倒没什么，可小军、佳佳的确没沾过你什么光呀。

高　军　爸，现在的政策您也知道，到了六十一刀切。您离退休不到两年了吧？有权不用，过期作废。现在当断不断，将来谁还会给您这个机会呀！别犹豫了，我敢打保票，这事决不会有别人知道。

[高铁成来回踱步，最终用打火机烧掉纸条。

秀　芝　真收下了？

高铁成　（声音颤抖地）下不为例。

高　军　我佩服的就是您办事果断。

高铁成　下不为例！

[灯暗。

[律师画外音："公诉人指控被告人，利用办出国护照收受贿赂，也缺乏足够的证据。据我调查，被告人批准的出国护照，其持有者均有正当出国理由。对违反国家有关规定者，被告人均予拒绝。为证明这一点，我向审判长申请，调在押犯许龙到庭作证。"

[一束灯光打在高铁成身上。另一束追光照着舞台另一角的在押犯许龙。

许　龙　（阴笑）哼哼，高局长，你也站到我昨天站过的位子上了。

高铁成　（忘了自己的处境）你给我滚下去！你算什么东西？

许　龙　别激动。昨天你是东西我不是东西，今天咱们俩一样的不是东西了！

高铁成　（悲哀地）审判长，让他滚下去。这个强奸妇女、拦路打劫的流氓恶棍怎么可以做我的证人？

许　龙　哼哼，高铁成，你看不起我这个流氓恶棍，你今天又高尚在哪里？我打劫，你受贿，咱们都为了钱；我强奸妇女，你玩弄女人，咱们都一样叫色狼——

高铁成　（内心被伤害，怒不可遏）我毙了你！（习惯性地掏枪，意识到自己处境的可悲）嗨！（一拳砸在被告席的护栏上，两眼翻白，气昏过去）

　　　　[法警的画外音："被告人昏死过去。"审判长的画外音："暂时休庭。"
　　　　[追光暗。

　　　　[另一束追光照亮打手提电话的程天宝。

程天宝　喂，喂，阿兰小姐吗——我是谁——情郎哥多得分不清谁是谁了——嘻嘻——对对，叫宝哥，宝哥——嘻嘻，我心爱的阿兰妹子——什么事——我特意提醒你，一定要把我的高先生请到床上去。什么，已经让他过了一把瘾了？好，好——哎呀，那一半劳务费还少得了我阿兰小姐的吗？嘻嘻。（在电话里递过一个肉麻的吻）

　　　　[追光暗。

　　　　[豪华宾馆。高铁成从卫生间出来，一边系着领带。兰兰从他身后绕过去，亲热地搂一搂他的腰。他警觉地转身。

兰　兰　（没防备）哇！
高铁成　哎，不是打电话告诉了程老板，今天晚上我没情绪吗？
兰　兰　难道先生讨厌我了？
高铁成　啊，不不，兰兰小姐可以算个尤物，只是今天晚上我有些急事要处理。
兰　兰　那么，好吧，想我就打电话。（下）

　　　　[高铁成关了房门，回到沙发上，拿起报纸还来不及看，电话铃响了。

高铁成　喂，是园园吗？对，我的司机说你有事找我，我就特意在这儿等你呢。什么，就在楼下，那好，上来，赶紧上来。（撂下话筒就去穿上西装，还对镜拢了拢头发）

　　　　[门铃响。卢园的声音："高叔叔。"

高铁成　来了。（快步开门，把卢园迎进屋内）里边请，坐吧。
卢　园　（在沙发上落座）高叔叔，本来我要小军陪我来，可他送阿姨回梅州看姥姥去了。
高铁成　我就喜欢你的聪明。你要是不问我的司机，那就绝对找不着我。（递给卢园一罐饮料）尝尝这个法国货。

卢　　园　　高叔叔，我来找您还是——

高铁成　　出国的事。园园，上回高叔叔请你，你怎么不来呀？是不是怕高叔叔多喝了两杯，就——

卢　　园　　不不。高叔叔，我出国的事，会不会让您为难呀？

高铁成　　这对高叔叔来说不是什么难事。可是园园，你为什么一定要出国呢？

卢　　园　　这——

高铁成　　是不是觉得外国的物质条件好？就算外国的条件比国内好一些，可你在那里举目无亲，你这样一个年轻漂亮的姑娘，有了难处，谁来帮你呢？要是在连海，起码有你的高叔叔，我在这里说话还是算数的嘛。

卢　　园　　高叔叔，小军、阿姨和您对我都好，我很感激你们。可是，我还是准备出去。

高铁成　　能和高叔叔讲讲为什么吗？

卢　　园　　我——我就是想出国学音乐。

高铁成　　就为这些？园园，高叔叔搞了许多年公安，多少懂一些心理学，从第一次见到你，我就觉得你有些忧郁，是不是——（见卢园沉默不语）园园，你父亲做什么工作？

卢　　园　　（精神一振，兴奋地）我父亲是个小提琴家。别人是吃母亲的奶长大的，可我是听爸爸的琴声长大的。爸爸的琴声美极了！（陶醉）1965年，他才二十岁，就在北京人民大会堂演出过，电视里还转播了。

高铁成　　六五年？那时候我还不知道电视机是什么样的呢。

卢　　园　　我爱上音乐，首先是因为我爱爸爸。在我眼里，他是最伟大的音乐家。

高铁成　　以后有机会，我一定去拜访你爸爸。他到过咱们连海市吗？

[卢园突然沉默了。

高铁成　　怎么，你爸爸——

卢　　园　　我不到十岁的时候，他就死了。

高铁成　　（沉默了一会儿）那——那你一直和妈妈在一起？

卢　　园　　（摇摇头）我不愿意和妈妈的新家庭一起生活——高叔叔，我觉得身边一个亲人都没有——

高铁成　园园，我理解你的心情。你可以在连海安家嘛，这里会有你的亲人的。

卢　园　不，不会的。这里有追求我的人，可我不喜欢他们。而我喜欢的一个人，虽然可以经常见面，可以一起畅谈，可他不可能和我——（哽咽）

高铁成　高叔叔能帮你什么忙吗？这个人是谁？

卢　园　高叔叔，您就别问了，您就让我先离开这里吧。相信我，学成之后，我会回来的。

高铁成　（受到触动，沉默了一会儿，慢慢站起，走到卢园身边，抚摸着她的头发，给她擦泪，柔声）你放心，高叔叔一定帮你这个忙。

卢　园　高叔叔，那我太谢谢您了。

高铁成　（望着卢园的眼睛）园园，高叔叔是外人吗？
　　　　[卢园摇摇头。

高铁成　那还说什么谢？园园，自从那次你带着佳佳跟我去海滩游泳，你高叔叔就喜欢上你了。（见卢园一惊而起，尽力掩饰难堪）——这样吧，明天我把手续办好，明天晚上你到我家里拿，好吗？

卢　园　去您家？（点点头）好吧。高叔叔，我走了。再见。（下）
　　　　[高铁成久握不舍卢园的手，呆呆地看着并送卢园到门口，有一种异样的感觉，转而坐回沙发上看报纸。程天宝上。

程天宝　高局长，昨天晚上——档次还可以吧？

高铁成　有程老板，还错得了？

程天宝　我程某人的眼光错不了，特别是对——

高铁成　就是说这房间豪华、舒适，光线也是很柔和。

程天宝　承您贵言。（拿出批条）我这有张条子，您顺手给批一下吧。

高铁成　（看批条）你的胃口越来越大了，光那次三辆罚没车，你弄虚作假，至少报批了一百辆吧？

程天宝　请放心，您付出的心血，我心里是有数的。

高铁成　哼，你有数？省市领导和纪检部门也有数。年初时，纪委领导三次找我打招呼。上个月，省厅的领导又来调查我，据说是革命群众举报了我。（把报纸扔给程天宝）看看吧，一打开报纸就看见枪毙了两个人，一个是县委书记，一个就是公安局局长！

程天宝　您放心，我程天宝做什么事都是干干净净的。他们在我这里是决不会找到任何把柄的。退一万步来讲，就是把我抓起来我也不会咬您。

高铁成　现在有些人，当面讲得好听，背后动刀子。

程天宝　是呀是呀，他妈的，这种人真他妈的不是东西！

高铁成　这么说，你是个东西？

程天宝　我——我——嘿嘿，我当然也不是最好的东西啦。高局长，您是我认识的朋友当中最讲义气的一个。

高铁成　那好，既然我们是朋友，是谁也离不了谁的合伙人，那我这"高铁成"三个字就不能只值十万。

程天宝　高局长，这可是我们事先讲好的呀。

高铁成　讲好的？哼，签一张条子，你们赚了上百万，到我这儿才十分之一，难道我就值这个价？

程天宝　我们也不是每次都赚这么多嘛。再说，我是拿全部家产做赌注呀。

高铁成　我是拿我的命做赌注！熬了几十年，这个位置容易吗？我考虑了好多次，不想再干了。

程天宝　高局长，那您的意思是——

高铁成　（拿起批条）三十万。

程天宝　三十万？

高铁成　干不干？

程天宝　我倒没什么，只是郑小姐她——这样吧，咱们一人退一步，二十万。郑小姐要是不愿意，我就和她翻脸！

高铁成　（签字）一手交钱，一手交货。什么时候付款？

程天宝　二十万现金，您看——

高铁成　（把纸条撕掉）我要看的是现钱。

程天宝　货出了手，钱才拿得出。

高铁成　那到时候再批。

程天宝　（发狠地）如果我把昨天晚上你和兰兰在床上的精彩表演给你的老婆、你的上司欣赏欣赏，一定比看三级片还刺激！

高铁成 （不动声色）你偷拍了我的录像？

程天宝 我也是迫不得已嘛。

高铁成 想不到我败在你的手里。聪明，能干，佩服！

程天宝 （把条子给高铁成）有劳您了。

高铁成 可以。签字前，是不是先让我欣赏欣赏你的杰作？

程天宝 可以可以。（拿出录像机，发现录像带没有了，大惊）怎么——

高铁成 程天宝，录像带在这儿！跟我玩这套，你还嫩了点。（猛一拍桌子）程天宝，你的所作所为都掌握在我的手上。你用走私汽车的黑钱开宾馆，一转手成为合法收入，这样就可以堂堂正正地带回香港。告诉你，你的宾馆我可以让你开，也可以让你停，还可以让你蹲监狱。我们刚才讲好了二十万，你什么时候有钱，我什么时候给你签字。还有，一个月内，你滚回香港去，再也别回来！（下）

程天宝 （气急败坏地）操——

［切光。

［幼儿园。小朋友们唱着歌。卢园默默地坐着。歌声毕，小朋友们拿着礼物围到卢园身旁。

小朋友 （争先恐后）卢老师，您明天就要走了，这是我送给您的礼物。

［高军上，看着卢园和小朋友们告别。

小朋友 卢老师，再见！（下）

高　军 园园，园园！

［卢园背起手风琴，急步欲下。

高　军 （拦住）园园，这些天为什么一直躲着我。告诉我，为什么？

卢　园 我——太忙。

高　军 不，我知道，你根本看不起我。

卢　园 （连连摇头）不，不，小军，别看你表面上不拘小节，甚至有些放荡不羁，可我知道，你是个好人。

高　军　我是个好人？（沉默片刻）为了你这句话，我得感谢你。可是，你并不了解我。我很少跟别人说真心话。园园，你就要走了，我有些话要告诉你——

卢　园　小军，别——别说了——

高　军　我要说，一定要说。我的确很喜欢你——可我知道，我太浑蛋了，配不上你——

卢　园　小军，你在我心里是个好人——

高　军　谢谢你。园园，求你一件事好吗？

卢　园　什么事？

高　军　答应我，永远做我的好朋友。

卢　园　小军，我不会忘记你的。（扑到高军面前，但又离开）

　　　　　[沉默。

高　军　明天就走？钱够吗？（拿出一沓钞票）这些你带上吧。

卢　园　（摇摇头）我有。

高　军　带上吧。你这次办出国，花了不少钱。

卢　园　钱？我认识公安局局长的儿子，还用花钱吗？

高　军　这我知道，我父亲当然不会要你的钱——

卢　园　你父亲？哼，我倒希望他收下我的钱。

高　军　不冲我，就是冲佳佳，他也不会收你的钱嘛。

卢　园　他是没收我的钱，可他——（泣不成声）

高　军　（一惊）怎么园园，他——他——不会吧？

卢　园　对不起，我——我本来不想告诉任何人，可一见到你，就——

高　军　（蹲在地上，抱着头，过了一会儿，慢慢站起来）不可能啊，这不可能。（狂喊）这不可能啊！（把手中的钞票甩到空中）

卢　园　小军，你走吧。

高　军　再见。（缓缓下）

　　　　　[秀芝上，与高军相遇。

秀　芝　小军。

　　　　　[高军一愣，但是不睬秀芝，下。

秀　芝　（发现卢园）你连我的儿子也不放过吗？（大步走向卢园）
卢　园　阿姨，您——
秀　芝　你还有脸叫我阿姨？（把玉佛给卢园看）
卢　园　（一惊）这——
秀　芝　你这个糊涂的阿姨从梅州回来，在自己卧室的床上——
　　　　［卢园低下头。
秀　芝　过去，看到那些穿着摩登时装、年轻漂亮的女孩子走在街上，别人告诉我说：这是一只"鸡"，我怎么也想不通。现在我明白了，有些女人，为了办成自己的事，什么伤天害理的事都能干出来。你就是！
卢　园　阿姨——
秀　芝　卢园，你刚二十岁吧？二十岁，多么让人嫉妒的年龄。我二十岁的时候，高铁成在部队当侦察兵，我一个人在山沟沟里，当男做女，服侍他的爹娘，带两个孩子。为了他，为了这个家，几十年，我从一个你这样的姑娘熬到公安局局长的老婆。现在没想到，我一生钟爱的人竟会败在你这个黄毛丫头手里！我万万没想到，破坏我们家的竟是我做梦也想让她做我儿媳妇的你！
卢　园　阿姨！
秀　芝　谁是你的阿姨！（打了卢园一巴掌）
　　　　［卢园倒地。高军冲上。
高　军　妈，别说了，这不怪她！
秀　芝　（捶打着高军）你还是我的儿子吗？
高　军　妈，这个世界上，最坏最坏的是——男人！
秀　芝　（愣住，似懂非懂地看看高军，又看看卢园，最终满怀愧疚地）园园——
　　　　［秀芝、卢园热泪滚滚拥抱在一起。秀芝把玉佛重新系到卢园脖子上。
　　　　［悲怆的音乐声中，灯暗。

　　　　［幼儿园。音乐起。佳佳和小朋友们吹肥皂泡泡玩。

　　　　［高铁成家，室内摆设已焕然一新。很静，听得见座钟的嘀嗒声。在深夜的钟

声里，秀芝从舞场归来。她进到卧室，看看没人又回到客厅，把耳环、手镯扔到桌上，倒了一杯酒，神情惘然地跌进沙发里。高铁成匆匆上，进屋急着打电话。

秀　芝　回来了。恐怕公安部部长的日程也没有安排得这么紧吧——又找谁幽会去了？走了个卢园，是不是又有了张园、李园？哼，这年头——

高铁成　还有完没完？你这个人，事情都过去了那么久，还老这么说、说、说——

秀　芝　你做都敢做，我说说还不成吗？

高铁成　好，你说，说吧说吧！看你说到什么时候！

秀　芝　高铁成，我就是要说！（伤心哭泣又突然苦笑）我跟了你三十年，什么样的苦没吃过？什么样的风险没经过？多少年了，夫妻间从没吵过一次架，也没红过脸，虽然日子过得紧紧巴巴，可一家人生活得平平安安、甜甜美美——到现在什么都有了，音响、彩电、黄金和外汇，什么都不缺了。可万万没想到，什么都不缺的时候，就偏偏缺少了平常人家那份亲亲热热的情——（哭泣继而苦笑）难怪有人说："女人变坏就有钱，男人有钱就变坏。"我好后悔呀，早知道这样，真不如过穷日子好，不如那一年死了好呀——（哭泣）

高铁成　（心烦意乱）哭吧哭吧，等我停了职我看你还哭不哭！

　　［秀芝凝泣敛声，惊恐地望着高铁成。高铁成脸色阴沉地抽烟。

秀　芝　（十分担心）铁成，市委领导又找你谈话了？

高铁成　市领导？哼，省公安厅、省政法委组成调查组下来了！他们说，光连海市群众的举报信就有三十封。

秀　芝　我看大概又是给你敲敲警钟吧？

高铁成　你看了报纸吗？一个县的公安局局长和一个县委书记已经被处决了。

秀　芝　啊，铁成——

高铁成　从中纪委开会到省里组成调查组，我看到党中央这一回是真下决心要动真格的了。

秀　芝　那，那，铁成，他们会停你的职吗？

高铁成　停职？恐怕要进去了。

秀　芝　进去！去哪儿？

高铁成　监狱！还能去哪儿？（自语地）一旦他们知道了我真正的底细，那就一定会要我去见阎王！

秀　芝　（哭起来）我早就知道这事要早早地洗手不干——

高铁成　拿第一笔十万块港币时，我就说过下不为例，可一旦拿顺了手，还能停下来吗？

秀　芝　铁成，那该怎么办呀？

　　　　　［高军上。

秀　芝　（立即迎住高军）儿子，省里派调查组查你爸爸来了。

高　军　（不以为然）唔，听说了。

秀　芝　这回可是要动真格了。

高　军　我知道了。（欲上楼去）

秀　芝　小军，你就不能跟爸爸商量一下？（把高军推到高铁成面前，哭着上楼）

　　　　　［沉寂片刻。

高铁成　小军，这几个月你一直躲着我，甚至于看都不看我——我知道你恨我什么。有些事不必解释。可是现在，爸爸不得不要跟你交代一些事。这次调查组有来头，你爸爸肯定要完了。

高　军　（侧脸）您什么大风大浪没见过，这条小阴沟还能让您翻船？

高铁成　（发火）你小子太不像话了！我在跟你讲心里话，你还这种态度！我今天滑到这个地步，当初还不是因为你！

高　军　（久压的积怨一下迸发出来）对对，当初是因为我，全都是因为我。因为我您贪污受贿，因为我您花天酒地嫖女人甚至连卢园——

高铁成　别说了！（久久的沉默）别说了，我——不知道你爱着她。

　　　　　［高军睁大眼睛望着高铁成。高铁成迎住他审视的目光。两人各自转过脸去。

高铁成　（默默斟好两杯酒）儿子，我在家的日子不会太多了，能跟爸爸干了这一杯吗？

　　　　　［高军接过酒杯，两人一饮而尽。

高铁成　小军，过不了多久，你就是家里唯一的男子汉了。今后这个家就靠你了——

高　军　（感到一种紧张）爸，真的要出事吗？（宽慰自己）反腐倡廉，惩治腐败，到头来都是雷声大，雨点小。

高铁成　　我们的党我比你了解多了。（拍拍高军的肩）你要好好的，好好做人，好好地生活——你妈身体不好——全靠你照顾了——小军呀，爸爸过去做得不对的地方，你就原谅吧，原谅吧。

高　军　　（感到一种从未有过的触动）爸，我一直认为，哪怕我还很小很小的时候，您也没把我当成儿子看，我是您部队里的一个兵，是您单位里的一个小部下，我只有听话听指派的份。所以我大了，对您很不服，常常跟您顶着干。可是今天，我突然从心里发现——爸，您对我们家太重要了，绝对不能没有您呀，爸爸！（扑进高铁成怀里哭泣）爸爸，我喜欢您——

高铁成　　小军，有你这句话，爸爸就是死，也知足了。

高　军　　爸，您不会有事的。

高铁成　　你不用安慰我了，党纪、国法我都知道。

高　军　　那，那我可以代替您。

高铁成　　代替我？

高　军　　一旦要办您的案，我就跳出来说，所有的事情都是我干的——哦，爸，您听我说，我虽然活不到三十年，可是人生什么好事我都尝过了，我这辈子很合算了。（边说边拿笔写了几个字）爸，您看像您签字的笔迹吗？

高铁成　　（拒绝看，严肃地）不要胡思乱想。

　　　　　　［门铃声。

高铁成　　（对高军）去，开门去。

　　　　　　［高军开门，领郑小功上。

郑小功　　高叔叔！

　　　　　　［高铁成示意高军上楼。高军迟疑片刻下。

郑小功　　不好意思，我来晚了点。

高铁成　　程天宝走了吗？

郑小功　　走了，我亲自送他过了罗湖桥。

高铁成　　你知道我为什么要赶程天宝走吗？

郑小功　　我想，上边查得很紧。对咱们来说，就像秋天的收获还不够，冬天就来了。

高铁成　　这个比方打得好。为了你我不要在这个冬天里冻死，请把前几天那张二十辆车的批条还给我。

郑小功　（愕然）就是那批奔驰和蓝鸟王？

高铁成　对，我要收回它。

郑小功　高叔叔，您是不是又要提价了？

高铁成　我做梦都想当初一分钱也没拿。

郑小功　高局长，不跟您开玩笑，那批货连同批条一块出手了。

高铁成　这么快就出手了？

郑小功　时间就是金钱，不快怎么行？

高铁成　出了手也要给我追回来！

郑小功　高局长，生意场就如战场，没有玩笑好开的。您叫我来，不就是要属于您的那一份吗？我带来了，二十万，咱们货款两清。

高铁成　这么说，批条追不回来了？

郑小功　绝对。

高铁成　批条既然出手了，客户就要带着批条去上车牌了。

郑小功　当然。要不，您的批条怎么能值二十万？

高铁成　既然批条追不回来，我可以通知车管所停止上牌，这批条作废。（拿起电话）

郑小功　（一把摁住电话）高局长，您这样做，客户要是闹起来，对我和程天宝可没有什么好处。再说，您从我和程天宝老板手里可没少得报酬，您就不为我们俩想想吗？

高铁成　（大怒）为你们想想？你们为我想过吗？没我的批条，你们一辆车也进不来。你们捞足了，可以一走了之，我呢？现在公安厅调查组下来了，首先就要拿这批车开刀。等着我的是什么，你该清楚吧？

郑小功　清楚，清楚。

高铁成　清楚就好。我提三点要求：第一，这批车不许卖给连海市的团体与个人。

郑小功　这没问题，卖给内地赚头更大。

高铁成　第二、三天之内，让这批车离开连海市。

郑小功　这——

高铁成　第三条最重要，这批车，不许在本市上牌。

郑小功　（火了）这不可能！不在连海上牌，我要你的批条干什么？再说，这些客户是程天宝联系的，他已经让你逼回香港了。

高铁成　你还可以把程天宝请回来嘛。

郑小功　（叼上一支烟，挖苦地）你是公安局局长，什么事情办不到？

高铁成　郑小功，收起你那一套。你和程天宝给我设圈套，抓住我的把柄，把我当你们的赚钱工具。你们这种人——卑鄙！

郑小功　卑鄙？算你说对了，卑鄙是这个世界的通行证。不卑鄙，我只能像我老爸一样，一个月靠几百块钱的工资，干一辈子，就是不吃不喝，也攒不下一辆轿车的钱；不卑鄙，我只能老老实实蹲在中国这块土地上，永远也见不到外面那多彩的世界。一句话，不卑鄙，就没钱，也就没有了地位，没有了尊严，没有了活着的意义。其实，你我这不是卑鄙，而是走了一条致富的捷径。

高铁成　郑小姐真是后生可畏。你的高谈阔论归纳成一句话，就是让我做一条放在油锅里的鱼，而且还要让我心甘情愿，心安理得。你们这是逼我往死路上走呀。你和程天宝串通一气，有利可图时，就拿我当财神供着；有了风吹草动，就拿我当你们的保护伞；现在有了危险，又想把我推出来当替死鬼。我真是自作自受呀。现在，我已经走到一片荒地，筋疲力尽，日暮途穷，四周没有人，没有人能扶我一把，没有人给我水，给我吃的——就我一个人——一个人——

郑小功　高叔叔，我清楚您目前的处境，也感觉到事情的严重。高叔叔，别怪我，事情会发展到这一步，我也不知道。我们在一步一步往下滑，只有滑到这谷底，才发现黑暗的可怕。高叔叔，我是您看着长大的，我怎么能忍心害您呢？不，不，不会的。我怕您出事，您要是真的出问题，我一辈子也不会心安呀。高叔叔，咱们再想想，有没有别的办法？

高铁成　有。

郑小功　什么？

高铁成　把你父亲牵进来。

郑小功　高叔叔，别，别，别去惊动我父亲。他辛苦了一辈子，刚刚过上了好日子，而且，他不知道我们的事。

高铁成　我也清楚你父亲并没有卷入到里边来。但我有办法让人相信，他和这件事有牵连。

郑小功　（哀求地）高叔叔，我求求您了，父亲近来身体非常不好，请您千万别打扰他。

高铁成　我也不想去打扰老首长。现在只要把批条追回来，你我的日子就好过了。

郑小功　要是追不回来呢？

高铁成　那好办，咱们一起去蹲监狱就是了。

郑小功　你——你太狠了。

高铁成　没什么狠不狠的。我高铁成在这个时候，什么都能干得出来。

郑小功　那好，我就是倾家荡产，也把批条给你追回来。（欲下）

高铁成　我可不愿意五天后到机场去找你。

郑小功　机场？

高铁成　下星期一上午九点，你不是要飞往巴黎——

郑小功　好啊，你监视我？你还要怎么样？

高铁成　不怎么样，你把批条送来后，我让你远走高飞，不然的话——

郑小功　你——高铁成，卑鄙！

高铁成　卑鄙？你刚才说对了，卑鄙是这个世界的通行证嘛！

〔郑小功下。高铁成茫然若失——

〔灯暗。

〔法庭。

律　师　被告收受贿赂的数量虽然巨大，但赃款均已查获。另外，被告主动承认了在其妻子生病期间，收受在逃犯罪嫌疑人程天宝一万元贿款的事实，认罪态度很好。况且他犯罪前毕竟是一个革命的功臣。因此，我建议法庭，按照有关法律，对被告从轻判处。

公诉人　从被告人家中数额巨大的财产来看，被告人高铁成并没有如实交代他收受贿赂的主要情况。刚才我得到检察院的通知，高铁成受贿案中的一名重要证人，犯有行贿、诈骗等罪的程天宝已从香港押回连海。我要求马上调程天宝出庭作证。

[高铁成大吃一惊。

审判长 传程天宝到庭。

[法警押程天宝上。

公诉人 程天宝,高铁成为你们批车挂牌,你给了他一些什么样的报酬?换句话说,回报了他什么样的好处?

程天宝 三年前,他老婆生病,我借了一万给他。后来我要到香港去定居,他就帮我办好了出境的手续。要说好处,他给了我方便,我那一万打算借给他一辈子了,实在也算不得是好处!

公诉人 我是问你,你走私汽车,高铁成帮助入户挂牌,在这交易中,你给他行了多少贿?

程天宝 做汽车生意,我是和郑小功合伙做的。高铁成是郑小功父亲的老部下,所以呢,打点高铁成的事,都由她出面。

公诉人 每一次都是郑小功出面吗?老实点。

程天宝 哦,记起来了,最先一次十万港币是由我经手,后来郑小功怕我不老实,从中捞一把,就改由她自己出面。其实呢,我是个很老实很老实的人啦。

律　师 既然你没有经手,你怎么可以证明郑小功给高铁成行贿了?

程天宝 当然啦,我有证据呀。

公诉人 什么证据?

程天宝 郑小功真是个比慈禧太后还阴险的好角色啦。她一边防着我,一边又防着她口口声声叫高叔叔的他啦。(指高铁成)每次给高铁成送钱,她身上都带着微型收录机,把高铁成说的话全都录下来了。有一次,我这个老实人发现这个秘密了,我也就把郑小功的录音带翻录下来。现在,这盘带子已经给政府了。我很老实啦。

公诉人 你老实说,郑小功一共给过高铁成多少贿款?

程天宝 开始,每批一次车给他十万。后来,高铁成胃口大了,批一张条子就要二十万了,总之,三个人中就我胃口最小啦。

公诉人 (对审判长)我问完了。

律　师 程天宝,高铁成第一次批十辆皇冠车,是不是在酒后签字的?

程天宝	是。
律　师	据我所知他当时喝醉了。
程天宝	对啦对啦，他第一次喝路易十三就品出味来了，在餐厅里喝得头重脚轻，到歌舞厅更喝得摇头晃脑、口齿不清了。他签字时肯定是醉了。
律　师	审判长，被告人至关重要的第一次批车犯罪是在酒醉之后——
高铁成	不，我没醉。我担心日后有麻烦，所以我装醉。
律　师	（莫名其妙地望着高铁成耸了下肩膀，对审判长）我问完了。
审判长	带证人退庭。
	［程天宝被带下。公诉人举手。
审判长	请公诉人发言。
公诉人	通过法庭全面、深入的调查和审理，我们已经基本看清了被告人高铁成走向腐败和犯罪的全过程。他，胆大妄为批准走私车挂牌入户，十分贪婪地勒索钱财，把超过百万元的巨款装入个人的腰包，致使国家蒙受了巨大的经济损失，更为重要的是败坏了国家权力机关的形象与声誉。他挥金如土，喝洋酒、玩女人，生活糜烂腐朽，已堕落成一个罪不容赦的罪犯。辩护人曾经指出，被告人高铁成为党、为人民奉献几十年，是革命的功臣。不错，我们应当承认这个历史事实。但是，中国早已不是封建国家了，绝不允许以过去的功勋来赎免今天的罪过。在党领导的社会主义法制日益健全的国家里，在法律面前，人人平等。不管这个人过去的革命功劳有多大，现在担任的职务有多高，只要他走向腐败，触犯法律，我们都得撤他的职，罢他的官，把他送到这个被告席上来。这既是法制社会的必然，也是正义与良心的呼唤，更是党和人民的意愿！我提请法庭，给予被告人高铁成以法律的严惩。我说完了。
审判长	辩护人还有什么说的？
律　师	没有。
审判长	按照法定程序，由被告人做最后的陈述。被告人，你有话说吗？
高铁成	（缓缓起立）法庭，谢谢了。（鞠躬）律师，谢谢了。（鞠躬）我相信我是要被枪毙的，法律饶不了我——可我太想活下去了！我被押上被告席以来，就一直有着侥幸的想法，总以为党会念在我十五岁当兵，解放战争渡过江，十万

大山剿过匪,抗美援朝负过伤,抗洪抢险我救了几十个人的命——这些功绩大概能换回我这条命吧?现在,我意识到我又在不该糊涂的地方糊涂了。解放初期的刘青山、张子善,不也是革命的功臣吗?党就没有让他们逃脱法律的制裁。我会死的,我会死的——可是我心里实在摆不平啊。你看看程天宝,不过是个无业游民,可他却可以喝几千一瓶的酒,花一万多买一根钓鱼竿。另一个刑满释放分子,开着他自己的奔驰车,特意在公安局局长的车前面耀武扬威——而一个安分守己的国家干部,除了三四百块钱工资,还有什么呢?我心里不服气啊——再一个不服,是我想问:这么些年来谁在理想、信念这些精神世界里,真正关心过我?尤其是做了公安局的一把手之后,就没有人敢管我了。当然,我不会不知道,我除了公安局局长这个角色外,我还有一个共产党员的身份。其实,所有的共产党员都明白,你入党,哪怕活到八十岁,你在党面前,你也毕竟是孩子,而孩子是需要管教的呀。今天,我站在这里,我想问,这么些年来,我的上级党组织,什么时候真正认真严肃管过我?(停顿)有什么不服的呢?想一想倒在长征路上的红军烈士,想一想牺牲在敌人枪口下的战友们,我不是又太幸运了吗?我为什么不知足?为什么要违背初衷背叛入党的誓言和理想追求呢?唉,就是这种那种欲望害了我——欲望啊,你太可怕了!钱财、女色、花天酒地的生活,这些诱人的欲望就像吸毒,初吸一次如醉如仙,舒心快乐。可有了一次,就会有二次、三次,最终害得你不能自拔,不得好死!啊死——可我才五十多岁,我身强力壮,我还能做很多事——我有一个不错的家,我本来可以享受天伦之乐——唉,晚了,等你明白晚了的时候就一切都晚了——啊,小军,你记住,千万要记住:所有的欲望就叫作诱惑,它比拿枪的敌人、比看不见的魔鬼都难对付;或者说,诱惑就是杀人的魔鬼!说句实话,一想到我自己手底下的干警,明天就要朝着我开枪,我就好怕好怕呀!我老在想老在想,给我一支枪吧,让我自己结束自己,我罪有应得!

〔灯暗。

〔时钟在幽暗中连连敲响。审判长的画外音:"判处罪犯高铁成死刑,剥夺政治权利终身。""砰!"撼人心魄的枪声。

[音乐声,勾起人们无限的回想。

[幼儿园。秀芝、高军、佳佳围坐在一起。佳佳胸前挂满军功章,依偎在秀芝的怀里;秀芝若有所思地吹着子弹壳哨子;高军捧着装军功章的匣子,陷入沉思。

[高铁成穿着带血的衬衣走向舞台一角。在那里,他脱去闪亮的皮鞋,再把解放鞋穿在脚上,然后走着,走着——仿佛在寻找着什么。

[幕徐徐落下。

[全剧终。

(剧本版本:作者提供,1995年惠州市实验剧团首演)

·话剧卷·

春秋魂

编剧：吴　双　潘伟行（执笔）　杨作玖　张之一

千古忠贞千古仰，

一生清醒一生忧。

——屈原衣冠冢墓志铭

说人是一种力量与软弱、光明与盲目、渺小与伟大的复合物，这并不是责难人，而是为人下定义。

——狄德罗

人物表

屈　原	执着理想、宁折不屈、人格辉煌的诗人
灵　秀	忠贞、智慧、沉静的少女
南　后	柔媚骄横的贵妇，私重情浓的母亲
张　仪	执着目的、不择手段、多谋善辩的政治家
诚　实	虽有诚实却无坚贞的人
怀　王	志大胸狭、喜怒无常的君王
靳　尚	追逐权力的奴隶，身居高位的小丑
子　兰	富有的穷人，可怜的王孙
灵　慧	殉葬的生灵

众纤夫、渔夫、礼官、众权贵、侍从、众大臣、曾侯家的老夫人和族人、士兵、众百姓、里正、殉葬女、老妇、孩子、百姓头、刀斧手、侍卫、卫士等

一

时　间　公元前约二八六年。

地　点　郢都城外，长江大堤前。

［幕启。铅似的浓云，莽莽的江水浑天浊地。

［悲凉高亢的号子声中，拖舟上水的纤夫们背负着重荷，艰难地前行。

［屈原踽踽独行，由远及近。他失魂落魄地在纤夫中穿行，时而仰首望天，时而低头长叹，终于昏倒在地。

［众纤夫围上，救助屈原。

纤夫甲　喂，喂，醒醒，醒醒。快拿水来……

纤夫乙　（拿来水，倾入屈原口中，洒在他的脸上）他是谁？

纤夫甲　不知道。

纤夫乙　他怎么了？

纤夫甲　谁知道！

纤夫乙　别管他，我们走吧……

纤夫甲　（吼）滚！（依旧笨拙地救护屈原）醒醒，你醒醒……

［灵秀、诚实呼喊着"先生！""老师！"寻找而来，见状，急忙冲上扶起屈原。

灵　秀　先生，先生……

诚　实　老师！灵秀姐，老师怎么了？

［屈原醒来。

屈　原　我怎么了？哦，摔倒了……

灵　秀　（指纤夫）是这位大哥他们救护的您。

诚　实　老师，我们一直在家等您……

屈　原　（站起来）这位大哥，如何称呼？

纤夫甲　什么称呼，背纤的。

屈　原　背纤的……多谢了。

纤夫甲　您多保重，我们要走了。

［众纤夫下。

灵　秀　先生，您怎么不回家？发生了什么事？

屈　原　（自语般地）发生了什么事？……为什么？为什么！

诚　实　老师，我来扶您回家……
屈　原　回家？（纵情苦笑）
　　　　［灵秀惊异地看着屈原。
屈　原　（对诚实）去把我的诗稿取来，我们没家了。
诚　实　（顺从地）是，老师。（急下）
灵　秀　老师，您……
屈　原　（吟出《离骚》句）

奔走呼号为楚兮，
洁身自好反为祸。
指九天以为证兮，
初衷不改任评说。

　　　　灵秀，你懂吗？灵慧她……
灵　秀　先生，您什么都别说了，我懂。
屈　原　你懂？
灵　秀　先生，我们上哪去？
屈　原　随着风，驾着云，踏着尧舜的足迹，去寻去找，天下总该有一方容得下我们的净土。
灵　秀　能找到吗？
屈　原　路漫漫其修远兮，吾将上下而求索……
　　　　［一渔夫披蓑笠，似已来了一阵。
渔　夫　（失声笑吟）

沧浪江水清又清，
好洗我的头巾。
沧浪江水浊又浊，
好洗我的泥脚。

　　　　（对屈原笑着、唱着，走了）
屈　原　他在唱什么？
灵　秀　他唱的是人间世事。

屈　原　不，他在笑我……他在笑我分不清清浊。

灵　秀　没有，先生……

屈　原　等等，让我想一想，想一想……难道十天前我真不该救下灵慧？

灵　秀　先生……（不忍说）

屈　原　你说呀！难道真是我错了？

灵　秀　我……说过了，可您没错。

〔收光。

二

时　间：第一段十天前。

地　点：左徒府前大街。

〔喧天的鼓乐声、人群的哭嚎声中，灯光渐亮。

〔诚实和灵秀急上。

诚　实　灵秀姐，你看，那边来了一支送葬的队伍……咦，那边怎么又来一支送亲的队伍？灵秀姐，你怎么哭了？

灵　秀　你难道看不出来？这是殉葬啊！

诚　实　这就是用活人殉葬？

〔两支队伍汇合了，慢慢走向台中，停下喜轿。灵秀、诚实急下。

礼　官　（高呼）行礼！一拜、二拜、三拜，起灵。

〔诚实、灵秀冲上。

诚　实　等一等，你们等一等……

〔屈原急上。

屈　原　停止这种惨无人道的殉葬！

〔众人停住。

屈　原　（走向喜轿，对殉葬女）起来，孩子，难道你是自愿把青春奉献给曾侯？难道你迷恋那豪华的坟丘？

［殉葬女不知所措，惊恐地摇头。

屈　　原　那好，起来，跟我走！（拉殉葬女走）
　　　　　［众哗然。
灵　　秀　先生，不能，不能啊！
屈　　原　与其为这无辜的生灵痛惜流泪，不如立即制止这种惨无人道的陋习常规。
礼　　官　左徒大人，你这是干什么？
屈　　原　礼官，我要带走这个姑娘。
礼　　官　……那怎么行，她是曾侯的殉葬品。
屈　　原　她是个有灵性的人！
权贵甲　　用生灵殉葬是神圣的祖制。
权贵乙　　它早已镌刻在不容侵犯的钟鼎。
权贵丙　　用生灵殉葬是天经地义的。
屈　　原　有这么多的金银珠宝，难道还填不满一个王侯的虚荣心，非要让拥挤的墓穴，再去吞噬一个无辜的生命。
　　　　　［靳尚从人群中挤出来。
靳　　尚　对，对，左徒大人说得有理，用生灵殉葬确实是惨无人道的陋习……可这是老祖宗留下的规矩呀。
众　　人　（喧哗）对呀。
靳　　尚　左徒大人，不让曾侯用生灵殉葬，他们庞大的家族恐怕不会答应。
众　　人　（怒潮般地吼起）不答应，我们不答应！
　　　　　［曾侯家的老夫人走向屈原。
老夫人　　左徒大人，曾侯是两朝元老，功盖千秋。这个女子是他生前最喜欢的舞姬，求求你让她跟曾侯去吧。
屈　　原　老夫人，左徒多有冒犯。曾侯大人，国家元老，功盖两朝，理应厚葬。可是，老夫人，您看看，这个孩子尚且年幼，倘若她也是曾侯的家族，您也舍得把她活活地埋葬吗？
老夫人　　（语塞，突然跪下）左徒大人，我求求你了，我们曾侯的家族求求你了……
　　　　　［曾侯家族纷纷下跪、哀求。

靳　尚　左徒大人，这样下去恐怕要出事呀！

　　　　（对礼官）起灵，起灵！

礼　官　（抓起殉葬女）起灵！

屈　原　慢！大王已授命于我制定《宪令》，我已把废除殉葬写入……

灵　秀　（急忙制止）先生，记住您和大王的约定。为了千秋大业何妨有一两次小小的进退。

屈　原　如果连眼下一个美好的生灵都任其侮毁，还妄谈什么天下百姓的安危！（转向众人）礼官，你们想要用这个姑娘殉葬，必须从我的尸体上踏过！

　　　　［众人乱。年轻气盛的权贵乙忍无可忍冲出。

权贵乙　屈原！不要以为你赢得大王的恩宠，就可以肆意横行，我这把宝剑早就想在你身上捅个千疮百孔！

屈　原　来吧！（迎上）

　　　　［众人稍退。

屈　原　孩子，走！

　　　　［众人阻止。

屈　原　（对众人）此事在大王那里我定有交代。曾侯的家族，我愿以重金将此女赎买。否则我等着你们来血洗我的家宅！（下）

　　　　［收光。光圈里只留下张仪、靳尚。

张　仪　一场好戏啊，可惜结局令你心中不快。

靳　尚　张仪大人，刚才为什么你一言不发？

张　仪　我是秦国的使节，这是你们楚国的内政，我能说什么呢？不过你可曾留意刚才屈原说的大王授命于他制定《宪令》……

靳　尚　《宪令》？

张　仪　对，《宪令》！它才是这盘死棋中的活眼。

靳　尚　可恨屈原这狂徒，他和大王有莫逆之交，满朝文武也拿他无可奈何。

张　仪　因为你们的满朝文武，不过是些目光短浅的庸碌之辈，只知在方寸之间争长夺短。

靳　尚　你……

张　仪　可上官大人却是有胆有识，敢作敢为，可以担当统领群臣的重任。

　　　　［二人会意地笑了，收光。

　　　　［光起，左徒府庭院。

　　　　［灵秀在为殉葬女改制衣裳。殉葬女在打扫庭院，呼吸着自由的空气，不由得与花中的蝶和树上的鸟嬉戏起来。

灵　秀　（笑）来，衣服改好了，试试看合不合适。

　　　　［殉葬女穿上灵秀为她改制的衣裳。

灵　秀　嗯，喜欢吗？

　　　　［殉葬女点头，施礼。

灵　秀　快别这样！

　　　　［屈原上。

屈　原　（见状）孩子，你的家在哪里？

　　　　［殉葬女摇头。

屈　原　你的父亲和母亲呢？

　　　　［殉葬女摇头。

屈　原　那么……你叫什么名字？

　　　　［殉葬女摇头。

屈　原　原来你只是曾侯府上一个拍手即来挥手即去的无名的舞姬。我要给你起个名字，孩子，起个人的名字。（思忖）就叫你……（看见灵秀）对，就叫你灵慧。

殉葬女　灵……慧？

屈　原　对，生灵的灵，聪慧的慧。

灵　秀　灵慧。

殉葬女　（惊喜地回首）我有名字了，我叫灵慧！（转身向屈原拜倒）

屈　原　（急忙上前扶起）起来，快起来。小小的年纪不该有这么多的眼泪，你应当欢笑，应当歌唱，应当舞蹈。（为灵慧拭去泪水）来，笑吧，跳吧……

　　　　［音乐起。灵慧舒展地起舞，一女声唱起《生灵之歌》：

　　　　　　"我看到了，看到了。

　　　　　　绿树，橘花，破土的嫩芽；

　　　　　蓝天，白云，春天的太阳。

　　　　　我听到了，听到了。

　　　　　欢声，笑语，灵魂的歌唱；

　　　　　涛声，纤歌，生命的呼唤。

　　　　　啊……

　　　　　灵魂的歌唱，生命的呼唤。

　　　　　破土的嫩芽，春天的太阳。"

　　　　[屈原浸沉在这生命的舞蹈中。

灵　秀　先生，您实在不该截下这个舞姬授人以柄。

屈　原　她是个多么美好的生灵，她就是活生生的《宪令》。

灵　秀　可是为了先生您的理想……

屈　原　如果连眼前这么美好的生灵都不能拯救，还妄谈什么理想。

灵　秀　不知为什么，先生，我怕，怕呀！

屈　原　你怕？

灵　秀　我总觉得有一个幽灵在盯着你。它很美，可又很恶，它来了……

　　　　[另一光圈渐亮，南后幽幽而来……

　　　　[屈原、灵秀的光圈渐暗。

三

　　　　时　间：同第一段。

　　　　地　点：长江大堤前。

　　　　[亮着的光圈里南后幽幽地远望着。

　　　　[屈原的光圈复明，子兰代怀王送行。

子　兰　老师，父王特意命我赶来，让我转告您他依然是您的朋友。震怒平息之后，他已经不想再放老师离去，可是，自《宪令》公开以后，他也无法遏制满朝犹如决堤的狂流。他希望您多多保重，一路顺风……

屈　原　顺风？哈哈，岂有风顺之时？

子　兰　老师，灵秀姐……

　　　　［南后走近。

南　后　子兰。

子　兰　（惊恐垂首）母亲！

南　后　（嗔怒）你什么时候才能长大成人，像个君王的后代？立即给我回宫去！

子　兰　是父王让我来为老师送行的。

南　后　你心目中还有没有我这个母亲？回去！

　　　　［子兰走出几步，又回首依依不舍地望着灵秀，然后含泪奔下。

　　　　［南后旁若无人地昂首定立。

南　后　你们都可以走了。

　　　　［众人退下。南后优美地转身向前走了几步。

南　后　连招呼都不和我打一个。（猛转身）为什么用这种奇特的目光注视着我？

屈　原　（自语般）实在是一个无比娇美的女人。

南　后　你……现在才知道？

屈　原　可为什么里面包藏着如此狠毒的心肠？

南　后　因为你激怒了我。我虽然是大王的爱妃，有着享不尽的荣华富贵，可我的灵魂是孤独的，我的感情是寂寞的。在变化莫测的宫廷里，我的未来又是无依的。所以我依托你，企求你，期盼你。我的美貌打动过无数的男人的心，可我不是下贱的女人，我的才智受到过你的称赞。灵均啊，为什么你……你……偏偏对我疏远、对我冷淡？

屈　原　大王于我有知遇之恩，我不该，我不能，我也不愿……

南　后　可是如今大王背弃了你。

屈　原　那是因为受了你们的蒙蔽，他会回心转意。

南　后　（一阵冷笑）……你这是做梦，张仪已经应许秦国割让六百里土地，大王也答应了和秦国结盟。你惨淡经营的合纵大业，也变成了一场梦。

屈　原　（震惊）怎么会这样？

南　后　因为你过分的倔犟，也因为你愚蠢的善良，你把张仪、靳尚之流当作了落难的羔羊，却嘲笑我的真情，侮毁我的人格……

屈　原　不，我没有……

南　后　你不要狡辩了！

屈　原　好，总有一天你会明白。可你不能为个人的私欲就不顾楚国的兴亡！

南　后　楚国？（冷笑）我就是楚国！

屈　原　你？

南　后　对，我！别忘了，君王的权柄有时是握在我手上的！不过……我也能平息大王的愤怒，也可以为你铺平理想的通途。

屈　原　哦……

南　后　只要你辅佐子兰接替太子，只要你慰藉我的孤独，只要你……

屈　原　听任你的摆布？和你们结为朋党？为权贵们去谋权争利？置国家和百姓于不顾？不，决不！

南　后　那你的理想？

屈　原　理想固然可贵，可怎么能让灵魂作为代价？人的心灵应该是一片净土。

南　后　你……可惜呀！（招呼侍从）

　　　　〔侍从捧上《宪令》，退下。

南　后　你撕碎的《宪令》，我已着人修补完好。仔细地拜读了一遍，我还是忍不住赞赏你的才华。

屈　原　（摇头）那里倾注的是心，是血！是意志和胆量……

南　后　（笑了）唉，你这么聪明的人原来真痴！

屈　原　我痴？

南　后　对，痴！难道你现在还不明白？你的《宪令》牵动着满朝文武的命运、达官贵人们的前途，你的《宪令》在为他们挖坟，你还以为这是胆量。可笑啊，哈哈……

屈　原　可我是为了国家……

南　后　哈哈，国家？谁要你为国家？睁开眼看看吧，谁不在为自己？为了他们自己，他们偷你的《宪令》，抢你的《宪令》，毁你的《宪令》；为了自己他们比你还疯，还狂！你难道没看见他们的血盆大口、尖牙利齿？他们恨不得连你的骨头都嚼碎……你懂了吗？

屈　原　……我不明白。

南　后　难怪你痴！你为什么要拒绝封赏？为什么要罢官、废爵？权贵永远是权贵，贱民永远是贱民……居然还去抢夺曾侯的殉葬女！

屈　原　不！那是一个活的生灵啊。人永远都是人！应该平等。

南　后　那是你的梦！带着你的《宪令》做梦去吧！（掷下《宪令》下）

屈　原　梦？不，这不该是梦。

　　　　［收光。

四

时　间：前一段九天前。

地　点：楚王宫。

［楚王宫大殿。踌躇满志的怀王拥着南后观赏歌舞，众臣端坐两厢。

众大臣　（齐上）恭贺大王六国会盟成功，大王荣任纵约长。吾王万岁万岁万万岁！

怀　王　哈哈哈，好，平身。

众大臣　谢大王。

　　　　［南后舞蹈。

众大臣　好！好！

怀　王　哈哈哈哈，翩若惊鸿兮舞姿妙，难怪孤家兮恋细腰。（对屈原）爱卿，你以为怎么样？

屈　原　南后起舞，确有一种超凡入圣的神韵，每每让人摇魂荡魄，激发心底的诗情。

怀　王　好！驰骋你的诗情。

　　　　［南后边舞边与屈原进行了一段心理对话。

南　后　明明你目光里激情涌现，扰得郑袖我心如狂澜，可你为什么……为什么拒绝我殷切的召唤，总像一颗寒星远挂天边？

屈　原　月亮理应跟随太阳旋转，虚妄的激情不该破坏既定的自然。两团硕大的云朵离得太近，会撞击出毁灭大地的雷鸣电闪。

南　　后　为了一个卑贱的舞姬你豪情毕现，不负风流才子的桂冠。为什么不怜我感情的寂寞、心灵的孤单？

屈　　原　历来富贵和真情不能两全，难得大王对你尚有深情依恋。欲望是无缰的野马，不要让它把你拖入无底的深渊！

南　　后　如果炽热的爱受到冷淡，你不怕它化作一团仇恨的火焰？

　　　　　[屈原闭目长叹。

怀　　王　爱卿，诗可做成呀？

屈　　原　惭愧，惭愧。

怀　　王　哈哈哈，想不到擅长即席赋诗的屈原，今日也遇到难题了。

屈　　原　此时此刻，《宪令》才是屈原心中唯一的诗篇。

怀　　王　哎，忙什么，待孤家尽兴之后，自会和你再赴章华宫抵足而眠，那时，君臣何妨畅谈个通宵达旦。此次合纵大业辉煌而就，孤家载誉而归，均系左徒出使齐国斡旋四方之功，功莫大焉。大功须重赏，左徒——

屈　　原　臣在。

怀　　王　孤家赐你享用七簋七鼎，封地千顷。

　　　　　[屈原沉默。

怀　　王　左徒，可曾听到孤家的封赏？

屈　　原　听到了。

众大臣　那还不快谢恩！

屈　　原　我当然要感谢大王。大王，你的恩情，屈原心领了。不过大王的赏赐，恕屈原不能接受。

　　　　　[众大臣起哄。

怀　　王　你说什么？

大臣甲　大王对你这般恩宠，本爵都为你受宠若惊。面对如此浩荡的皇恩，你都胆敢拒绝，什么感谢？什么心领？不要辜负了大王对你的恩宠！

屈　　原　较之三楚劳苦的百姓，大王给我们的赏赐早已过分充盈。

大臣乙　偌大一份封赏居然不要，是不是还嫌封赏太小啊？

大臣丙　左徒，你一向自视过高、孤傲不群，从来不把满朝文武放在眼里，对大王甚至都无理万分。对公侯享用的七鬲七鼎尚不知足，你是不是想当九鬲九鼎的王君？

屈　原　只有关心楚国的安危和命运，才是回报大王的一片真情。此心日月可鉴！

大臣乙　左徒的话虽说得冠冕堂皇，可是令人难以相信。那么大一份封赏你都不要，是不是出使齐国之时得到了齐国更大的好处？一定是齐湣王和你做了什么交易。

大臣丙　大王呀，六国合纵，秦国已经恼怒。听张仪说秦国已经整兵待发，专门来对付我们楚国哪……

大臣丁　说得对啊，大王！左徒心中哪有一丝一毫楚国的安危，齐、燕、韩、赵、魏，哪一个不是想用我们楚国做挡箭牌，哪一个不是想让我们楚国当替死鬼！

怀　王　好了！你们说得够多的了。合纵大业已定，不必多言。（对屈原）本王倒想听听你为何拒绝孤家的封赏？

屈　原　楚虽泱泱大国，原野肥沃，丰饶千里，但自庄王以后，或者亲贵族，或者宠权臣，封疆赐土之风日盛，久而久之，铸成权贵各自为政，称霸一方，上欺明主而下虐百姓，国无可聚之民力，楚乏充盈之财源。此乃贫国弱主、损民伤气之道啊！

怀　王　你这个人也太不合时宜，孤家一片好心赏赐于你，你却长篇大论絮絮叨叨，泼下一场倾盆大雨，真让孤家扫兴。

屈　原　大王，屈原何尝不解大王的一片深情，屈原也不是没有常人的那种欲望，可是不能为了填满那些贪婪的千沟万壑，就去掏干楚国这条大江！我们君臣不是正在制定一个富楚强国的宏图，奔赴着一个共同的理想，在天下的战乱和苦难之中，铸造一方人间乐土，这才是大王您千秋万代的荣光。

怀　王　（感动）所以你才拒绝孤家的封赏。

屈　原　对，以便为今后论功行赏做个榜样。不再封侯赐土，杜绝各霸一方，使朝令下达通畅；农户安居沃土，赋税充盈国库，这才能使楚国繁荣富强。

　　［群臣鼓噪。

怀　王　吵什么！

大臣甲　大王，镌刻在钟鼎之上的祖制，谁也不能侵犯。

屈　　原　祖制乃历代先王所订，大王身为一代明君，难道就不能增删修改吗？

怀　　王　对！孤家就是要做给你们看看。

众大臣　大王，千万不能听信左徒的狂言。

怀　　王　闭嘴！左徒制定《宪令》一事，是孤家亲自恩准的。

大臣乙　大王，老臣愿冒死进谏。列祖列宗传下的体制万万动不得，否则，要天降大难呀！

怀　　王　天降大难，你要降大难给谁呀？

大臣乙　我是两朝元老，对先主和大王从来都是无限忠诚的。

怀　　王　你对本王真是一片忠诚吗？你真是愿意冒死进谏吗？

大臣乙　臣愿肝脑涂地，也不愿看着楚国江山灭亡！

怀　　王　好！既有如此胆量，孤家成全了你，那就难为你天庭走一遭，为孤家叩问一下历代先主的意见！（一剑刺死大臣乙）

屈　　原　大王！堂堂君主，你不该如此任性。

怀　　王　你敢当众指责孤家！

屈　　原　身为君王尚且草菅人命，那还制定什么《宪令》。

怀　　王　放肆！（剑指屈原）

众大臣　杀了他！杀了他！

〔屈原与怀王的心理对话。

怀　　王　难道你真的不怕我一剑将你刺死？

屈　　原　你不会！我们之间有着真正的友情。

怀　　王　那你为什么那么傻？我是为了维护你才刺死那个老废物，你反而不顾我的尊严替他们说话，你难道看不出他们多么想把你生吞活剥？

屈　　原　他们是你造就出来的奴才，可毕竟还有血肉，不该屠杀。做个明君吧，那才是你真正的尊严，让那些奴才也诞生灵魂！

怀　　王　唉，你呀。好，这才是孤家的忠烈之臣，无私有胆，敢与孤家据理抗争，可叹满朝文武，仅你一人。左徒，封赏之事就依爱卿所言作罢。

屈　　原　谢大王！

〔士兵抬走大臣乙的尸首。

怀　　王　念他辅佐两朝有功，准其厚葬，免九族株连。（对屈原）爱卿，孤王得到了你何尝不是幸福，从今后君臣携手，铸造一个千秋霸业。

南　　后　大王，左徒拒绝了鬲鼎封地，您就没有一点其它的封赏？

怀　　王　对对对，可孤家实在不知他有什么嗜好，弄不好，又引出他一番恼人的唠叨。

南　　后　左徒是三楚有名的风流才子，大王莫非真不知晓？

怀　　王　对啊，左徒，孤家赏你宫中美女十人，任你选、随你挑。

南　　后　大王宫中只怕没有左徒看得上眼的佳丽。

怀　　王　胡说，孤家春阳宫三千细腰粉黛，竟没有你动心的佳人？

屈　　原　大王……

南　　后　左徒痴迷的是曾侯的一个舞姬，为了得到她，竟挥舞宝剑冲击曾侯的葬礼。

怀　　王　竟有这种事？

大臣甲　此事臣正要向大王禀报。左徒他实在大逆不道，曾侯乙的舞姬，他也敢抢……抢……

怀　　王　爱卿，可真有此事？

屈　　原　确有此事。

怀　　王　风流才子，怜香惜玉，哈哈哈哈……荒唐，实在是荒唐！

众大臣　对呀，对呀！

怀　　王　可是让孤家遇上，也一定会像你一样。

　　　　　[群臣喋声。

大臣丙、丁　大王，那可是曾侯乙的殉葬女啊！

怀　　王　殉葬女怎么样，你们哪个不是妻妾成群、到处藏娇，就不准我的爱臣风流一次！

众大臣　此举触犯了祖制。

怀　　王　又来了。祖制乃历代先王所订，我一代盛世之君王，就无权修改增删了吗？左徒，寡人破例将曾侯之殉葬女赐你为妾。

屈　　原　大王……

怀　　王　不必多言，将此事存案，看你今后还敢不敢板着面孔对孤家唠叨说教。（悄声地）那小女人的腰是否真的很细？到时候孤王可要亲自去量上一量，哈哈哈哈……

[收光。

五

时　　间：公元前二七九年。

地　　点：湘沅之地。

[隆冬时节，漫天大雪，一陇篝火。

[屈原漫步在这雪白晶莹的天地中，居然朗朗而笑。

屈　原　灵秀，灵秀……

[灵秀上。

灵　秀　先生。

屈　原　你看雪停了，这世界变得多么洁白、干净。

灵　秀　是啊！三天的大雪似乎埋葬了世间的一切丑恶和污秽。

屈　原　可惜……冰雪不可能不融化，到那时，污泥浊水又会遍地流淌……

灵　秀　先生，外面太冷了，您回草庐去吧。诚实已把沐浴的水烧热了。

屈　原　不，不，让我这在这儿多待一会……（在篝火旁坐下，入定般地沉思）

灵　秀　先生，您这样会生病的！

屈　原　不知道郢都怎样了？

灵　秀　先生，昨夜我做了一个梦，您猜梦见了什么？

屈　原　长江的水，香溪的雨，巫山的云，秭归的天，遍野的芳草，满树的脐橙，还有乐平里那超凡脱俗的恬静。

灵　秀　（惊呼）您是怎么猜到的？

屈　原　家乡的命运，怎么能离开天涯游子的梦境；怀念故里的幽思，慰藉着我们创痕累累的心灵。

[《离骚》音乐起。

屈　原　（吟出《离骚》句）

>   洁身自好兮反为祸，
>   初衷不改兮任评说。
>   年华不贷兮走四方，
>   孜孜不倦兮遍求索。

灵　秀　先生，您的诗章越来越隽美；只是宇、里行间，流淌着太多的血和泪。

屈　原　这都是我心底涌出的苦涩，除了激情只能是悲伤。

灵　秀　可是您的诗境界奇伟壮观，想象富丽犹如百花灿烂，文采光华好似雷鸣电闪，浩然正气直逼霄汉。这部空前的鸿篇，必然会千古流传。十多年来，我已记录了长长的一卷。先生，该给它起个名字了！

屈　原　（仰天思索）就叫《离骚》吧！

灵　秀　先生，《离骚》的开篇，应该写一写故乡、家世和您的青春，以便后世能正确理解您沉浮的命运、坎坷的一生。

屈　原　对，对！（吟《离骚》）

>   帝高阳之苗裔兮，
>   联皇考曰伯庸。
>   摄提贞于孟陬兮，
>   惟庚寅吾之降。
>   皇览揆余初度兮，
>   肇锡余以嘉名：
>   余名曰正则兮，
>   字余曰灵均。
>   ……

［不远处传来凄凉的歌乐声……

灵　秀　先生，他们在唱您的《九歌》。

　　　　［凄苦的混声合唱：

>   "紧闭的天门啊你快打开，
>   驾云的雨神啊你快飘来！
>   把绿色还给枯焦的大地，

　　　　用甘霖润泽苦难的尘埃！
　　　　……"

灵　秀　他们是在谢神、祈天。

　　　[祈天的老幼妇孺上。他们沉重地舞，虔诚地唱，麻木之中透着癫狂。特别有一乘与灵慧当年同样的喜轿，上面坐着一个几乎同样的姑娘。

　　　[屈原看着看着，突然谢神的队伍变幻成曾侯乙殉葬的队伍。

屈　原　（震惊）灵慧，那是不是灵慧？

灵　秀　不，那是给河神送去的新娘，百姓中的殉葬。

屈　原　（一惊）荒唐！（大步冲向谢神队伍）站住！（向殉葬女伸出手）孩子，下来跟我走！

　　　[殉葬女惊恐地缩身。

屈　原　难道你是自愿把青春和生命献给河神？

　　　[殉葬女点头。

屈　原　（惊）难道你迷恋那冰冷的大江？

　　　[殉葬女点头。

屈　原　不，不，不。不！起来，跟我走！

　　　[里正带着几个莽汉冲出。

里　正　你是什么人？

灵　秀　他是左徒屈原。

里　正　原来是左徒大人，小人是本乡的里正。（兴奋地）乡亲们，这就是为咱们编写《九歌》的屈原大人。

屈　原　里正，我要带走这个姑娘。

里　正　我可以给您老人家另外再找一个，她已经属于河神。

屈　原　不，我只要求你们不要把她活活地投入大江。她跟你们一样是个有灵性的人！

老　妇　左徒大人，可怜可怜我们吧。去年整整一年滴雨不降，一颗粮食也没收到，连树皮草根都吃光了。

　　　[人群中一孩子发现在地上有一可吃之物，拔出来贪婪的吞食。屈原上前抱住孩子。

里　正　立春前，我们许给河神送上一女，这才下了三天的大雪。为了还愿，我们必须给河神送上新娘，不然，我们全都要饿死！

众　人　大人，可怜可怜我们吧！

屈　原　里正，乡亲们，我求求你们了……

众　人　大人，我们求求你，求求你了。（纷纷跪下）

屈　原　（万般无奈）天哪！

里　正　起轿，快走！

屈　原　（慌乱地）不，不，她还小，她是个生灵她是个人，不要把她活活地投入大江！

　　　　〔没人理屈原，众人抬着"新娘"走了。

屈　原　灵慧，又是一个灵慧！

灵　秀　先生……

屈　原　为什么？灵秀，这到底是为什么？为什么他们为了自己的生就要别人死？为什么连自己死了还要拖着别人死！为什么我制止不了？难道美好的就不能生存？难道丑恶、残忍比美好、善良要强大？谁能告诉我，谁能告诉我！

　　　　〔诚实挎一小包袱惴惴不安地上。

灵　秀　诚实，你要去那儿？

诚　实　先生……（低着头）也许学生以后不能再服侍您了……

灵　秀　怎么，你……

诚　实　灵秀姐，请让我把话说完。跟随老师已经八年……您为了《宪令》呕心沥血，结果呢？老师被人陷害、打击，直至流离失所有家难还……老师的一生心血得到了什么？

灵　秀　诚实，你！

屈　原　不，让他说下去。

诚　实　老师的理想至善至美，老师的人格、老师的诗章将万古流芳，可是，老师的《宪令》实在只是一个梦想，不光是权贵们不接受，就连你日夜为之操劳的百姓不也不理睬吗？老师，灵秀姐，我实在于心不甘。我要去周游列国，去实现我的理想和抱负。

灵　秀　背信弃义之人还谈得上什么理想、抱负。你已经伤透了先生的心。

屈　原　（制止）灵秀！（良久）诚实，多谢！多谢你的诚实。你跟随我长长八载历尽艰辛，饱受磨难却一无所获，真对不起你……去吧，你应该去走你自己的路，去实现你的抱负。

诚　实　（痛哭起来）老师……

屈　原　（慈祥地）灵秀，我们还有盘缠吗？

诚　实　不不，我不能要……

屈　原　拿去吧。世间多险恶，一路要小心，有朝一日宏图得展，切切勿忘了香溪、巫山和生你养你的父老乡亲。去吧，趁天色不晚。

诚　实　（泣不成声）……老师的教诲诚实当永志不忘！老师要多多珍重，灵秀姐，拜托了……（走出几步忽又回头，扑地跪倒）老师，你赠我一个诚实的名号，我不能就这样离开，有一件事憋在心里好几年。当年《宪令》的条文是我酒后多言泄露给张仪的！

屈　原　（大惊失色）你！怎么会是你！

诚　实　（恸哭）可我是无意的。这些年来，好多次想开口，又怕无地自容。老师，无论您怎样责罚我，我都心甘情愿。

灵　秀　你！

屈　原　（沉吟良久）……你的确诚实……起来，记住，人的膝盖不要轻易弯曲！上路去吧……

　　　　〔诚实拜别。雪又开始飘落。屈原久久地望着远去的诚实。

灵　秀　先生。

屈　原　我忽然觉得有些冷……（走近篝火，坐下）往事如烟，此乃天命！

灵　秀　先生别难过。

屈　原　不！我难过。灵秀，刚才诚实说他已跟随我整整八年了，那么你呢？有很多年了吧？

灵　秀　十六年了。

屈　原　（惊）十六年，一十六个春秋！人间竟有这样的事！

灵　秀　怎么了？先生！您怎么了？

屈　原　十六年，一十六个春秋你把欢乐、把希望、把青春都给了我！而我……灵秀，孩子，你也走吧，去成个家，去食一食人间的烟火、享一享人间的天伦之乐吧……

灵　秀　不！先生，不要赶我走！您就是我生命的全部，您的追求是我的理想，您的成功是我的欢乐！现在，我们远离了尘嚣，远离了丑恶，在这晶莹、雪白的世界里只有您和我，只有您的诗章，您的才华，就如同这篝火燃烧着，照亮了世界，温暖了人间……这是我的福分，这是我的幸运。

屈　原　（感动地）灵秀……

灵　秀　先生，我真想这样永远永远待下去。（扑进屈原怀里）我永远永远不会离开您。

屈　原　灵秀，谢谢你……

〔雪飘飘洒洒无声落下，红色的篝火将两人映照得那般圣洁、光彩，音乐随之飘来。

〔张仪上。诚实在后面跟着，远远地站住。

张　仪　（向屈原长长一揖）您受苦了。

屈　原　（意外地）你？

灵　秀　……张仪！（看见诚实，愤怒地）又是诚实把你引来的。

张　仪　我到处寻找先生，已访遍了洞庭、九嶷，幸好碰到诚实小哥……

屈　原　你找我？

张　仪　张仪真诚地向先生谢罪。

屈　原　我能容忍狡猾的政敌，却不接受真诚的卑鄙。滚开！

张　仪　卑鄙的不是张仪，而是完成目的的手段。有时为了完成理想，我必须不择手段。先生此时心中的悲愤，张仪又何尝不解？小人的阴险，女人的纠缠，君王的多变……

屈　原　你呢？

张　仪　不错，正是我。我把小人、女人、君王和那些无能的权贵集合成一支浩浩荡荡的同盟大军，你又怎么能击败他们呢？是我把这一盘沙凝聚成岩石，所以你才碰得头破血流。

屈　原　你……靠什么？怎么能？

张　仪　利益！他们的私利。

屈　原　私利？

张　仪　（笑了）对！丑恶的私利，可以聚集成势力，而势力的力量不亚于雷霆！它能击毁天真、善良，能刺得你心血流淌……

灵　秀　多么可怕呀……

张　仪　当然可怕。

屈　原　原来如此……

　　　　［收光。

六

　　　　时　间：第一段前三天。夜。
　　　　地　点：南后的寝宫。
　　　　［一束光亮了，南后正以古筝弹奏着寂寞。
　　　　［靳尚引张仪上。

南　后　（一惊）谁？

靳　尚　靳尚拜见南后。

南　后　你来干什么？

靳　尚　南后，我给您带来一人，他能解除您的困境。

南　后　谁？

张　仪　（上前）张仪参见夫人。

南　后　你们都给我出去！

张　仪　南后派刺客追杀太子横一事，左徒也已经知道。

南　后　哼，哈哈哈哈，这不可能！

靳　尚　张大人最近住在左徒的学生诚实家里……

张　仪　眼下左徒正在收集佐证，准备向楚王申告，到时候，别说子兰继承王位，就是你们母子的性命恐怕也难保呀！

南　后　好你个屈原，早知如此，我今天真该把你置于死地。

张　仪　今天在宫廷上，夫人已经误失了一次良机。屈原冲击曾侯的葬礼，其要害在于违背了对大王的许诺，在众人面前泄露了《宪令》的机密。夫人却纠缠于他迷恋细腰的舞姬，其结果反而冲淡了大王的震怒，缓解了屈原的危机。

南　后　依你说，我现在该做什么？

张　仪　（对靳尚）你还记得我跟你说过的这盘死棋中的活眼？

靳　尚　《宪令》？

　　　　〔张仪诡秘地撩起袍襟，靳尚凑过去。

靳　尚　（读）"……罢无能之官，废无用之爵，现有爵位俸禄世袭不过三代……"这是《宪令》？你是怎么得到的？

张　仪　怪只怪诚实小哥酒后失言，倒让我捡了个便宜。

靳　尚　哼哼哼，靳尚五体投地，佩服，佩服！

张　仪　这《宪令》关系到满朝上下的命运，它能为我们组建一支浩浩荡荡的同盟大军。它才是我们反击屈原的利剑！

靳　尚　你是说……对，就用它来离间他们君臣间的信任，割断大王和屈原的友情。

南　后　好，屈原哪，你对我无情，别怪我不义！（对张仪）不过还有一件事你必须替我做到。

张　仪　夫人是不是要把那个小小殉葬女……

南　后　我一定要出一出心中的这口恶气！

靳　尚　靳尚一定在三日之内让南后心满意足。

张　仪　如何？

南　后　好一个不择手段的张仪！

　　　　〔收光。

七

　　时　间：同第五段。
　　地　点：同第五段。
　　〔光骤明，屈原恍然大悟。

屈　原　（对张仪）你！……你这个编织阴谋的坏蛋！

灵　秀　哦！天雷为什么不把你们劈死？诚实，诚实，你听到了吗？

　　　　〔诚实畏缩在远处。

屈　原　我明白了，那天我上朝送完稿的《宪令》，遇上百姓敬献"万民折"……

张　仪　那就是靳尚一手操办的。

屈　原　人心为何会如此恶毒？

张　仪　（劝诫）良禽择木而栖。张仪此来，就是请大人带上您的《宪令》，随我赴秦国共展宏图。秦王是个雄才大略的君主，他会给你一片自由驰骋的天地。

屈　原　（对天长笑）……原来狐狸的心底，也潜藏着可笑的痴呆。君王需要的，只是一群有用的奴才。如果我劝诫秦王收起称霸的野心，难道他还会把我敬如贤才？如果我说，国家的使命是完善自己，而不是用无休的战争扩大疆界；如果我说，百姓需要的不是奴役和许诺，而是实实在在的关怀；如果我说，君王的权力，应该是一种责任，绝不是为所欲为的腐败，难道秦王听了，也会击掌称快？君王需要的，只是一群有用的奴才！你可以走你的路，可千万不要让这些美好的生灵涂炭，不要用鲜血把这山河染红。

　　　　〔一束追光打在张仪身上。

张　仪　（感慨地）这是一种多么博大的胸怀。我不能不承认，我追求的是眼前和现在，他却属于永恒和未来！

　　　　〔收光。

八

　　　　时　间：第一段当天。

　　　　地　点：楚王宫大殿。

　　　　〔怀王心烦意乱地狂饮。群臣为《宪令》放肆而激昂地吵闹着。外面传来鼓乐声——

怀　王　外面何事喧哗？

[南后示意靳尚。

靳　尚　启禀大王，外面有一群贱民要给大王敬献"万民折"……

怀　王　（不耐烦地）把他们赶开！

南　后　大王息怒。贱民们是一番好意，不妨让他们进来。

怀　王　（没好气地）哼！

南　后　（对靳尚）快！快叫他们进来，让大王高兴高兴。

靳　尚　（会意地）卫士，把递"万民折"的贱民放进来！

[一群百姓跳着巫舞，高举着"万民折"上，跪在当堂。

百姓头　我们是楚国的草民，特来向大王敬献"万民折"。左徒大人制定的《宪令》，就像久旱的甘露，滋润了万民苦难的心，恳请大王一定恩准。百姓们都诚心地感谢左徒大人，他真是我们楚国的大救星啊！

怀　王　（大怒）把这些贱民赶出去！

[众百姓下。

南　后　您亲眼看见了，屈原现在深得人心，您是否应该封他为九鬲九鼎啊？

怀　王　滚！靳尚，怎么回事？

[南后退下。

靳　尚　下官不敢说。

怀　王　说！

靳　尚　下官听说是屈原利用《宪令》在蛊惑民心，他居然口出狂言，说什么"此事非我莫能焉"。

众大臣　（哄）对，他是那么说的。

[屈原急匆匆上。

屈　原　臣屈原求见大王！

怀　王　（冷漠地）孤王并未召见你！

屈　原　（双手奉上白绫）大王朝思暮想的《宪令》，屈原已全部完成，请大王核定。

怀　王　屈原退下！

屈　原　（一愣）大王！这是为什么？

怀　王　（怒）屈原退下！

靳　尚　你听见没有！未经大王恩准，你怎么敢擅闯朝堂！该当何罪？别再激怒大王了，快出去吧。大王要欣赏歌舞了。

屈　原　朝堂本是英主运筹帷幄的中军帐，不是你们骄奢淫逸的歌舞场。

怀　王　（拍案）放肆！猖狂！

屈　原　大王，难道这不是你盼望已久的《宪令》？难道这不再是我们君臣共同的理想？

众大臣　你们看他多会装模作样，还想继续欺蒙英明的大王，可笑，实在可笑。嘻……（满朝轰起奸笑声）

屈　原　（茫然）这是怎么回事？这是一场恶梦还是现实？大王，请你告诉我，告诉我！

怀　王　难道你心里真不明白？

屈　原　大王，自从我们知遇香溪，屈原已决心把一腔热血奉献给楚国和大王。如果您听信虚妄的谗言，厌倦了君臣之间的友情，把那信誓旦旦的岁月遗忘。

怀　王　够了！你还妄谈什么信誓旦旦。我问你，《宪令》未经孤家审阅核准，何以搞得满城风雨、家喻户晓？

靳　尚　你把大王的英明卓见，偷换成媚俗的妖言。为了取宠于百姓，你攻击朝廷的栋梁，侮辱大王的祖先。什么狗屁《宪令》，你完全是在煽动造反。

众大臣　（高呼）杀了这狂徒，杀了这狂徒！

〔时间静止了，屈原和靳尚的心理对话。

屈　原　（苦笑）我真不明白，为什么你们这样恨我？一定要置我于死地？

靳　尚　（笑）我料定你到死也不会明白，你为什么要抢那个殉葬女？为什么要破坏祖制？为什么要制定什么《宪令》？

屈　原　难道是我错了吗？

靳　尚　我们说错，不错也错；我们说对，不对也对！可笑啊，屈原！明明是圈套，你还往里钻；我们挖好了陷阱等着你跳，你还真跳！看你还能不能罢无能之官、废无用之爵？

怀　王　住口！屈原啊屈原，孤家深知你的为人，我实在不愿相信眼前所发生的一切事情，难道他们能把那么多百姓蒙蔽吗？希望你给我一个好理由，为自己申辩，解除孤家心头的疑团。

屈　原　臣只能说，《宪令》成为巷议街谈，绝不是屈原扩散，但我交不出真犯，臣愿

　　　　以死承担这一罪责!
一大臣　你看他装得有多像呀。
屈　原　好,就算屈原罪该万死,可《宪令》本身无过,这是三楚的希望,这里孕育着楚国繁荣昌盛的明天。
怀　王　泄露宪令,蛊惑人心,这是死罪。
屈　原　屈原甘受千刀万剐,可是恳请大王把《宪令》宣旨颁行,我死而无怨。
靳　尚　此罪该斩。
众大臣　(帮腔)大王明断啊……
怀　王　把他推出去。
　　　　〔刀斧手上,押屈原欲下。
怀　王　孤王深知你对我的满腔赤诚,对楚国的一片忠贞。你博大的思想,超群的才华,令人赞叹、激人振奋,曾使孤家荡魄销魂。可是你那喋喋不休的说教,让孤王心烦意乱,你为所欲为,在孤家面前也敢盛气凌人,完全忘记君臣间应有的名分。有几次我真想杀了你,又怕经受不起那魂缠梦绕的悔恨。下去吧,不要再激怒孤王,让时间去弥补君臣间的裂痕。
屈　原　(将《宪令》置于堂上)屈原尚有一事恳请大王恩准,屈原门下有一弟子,三天前被南后抓进宫中,恳请大王赐还屈原。
　　　　〔南后上。
南　后　左徒,你要的是那个舞姬吗?上来。
　　　　〔灵慧上。
南　后　大王,这就是您赐给廷尉子规殉葬的舞姬,临行前特来向大王谢恩。
怀　王　好一个娇美的舞姬,这个廷尉子规活享艳福,死仍逍遥。
南　后　(对屈原)大王将她赐你为妾,你没有将她收房,还不是分明和君旨对抗吗?
怀　王　她就是你挥剑救下的舞姬?
屈　原　大王,屈原知罪。可是恳求大王把她还给我。
南　后　如今已是覆水难收了。大王,如果为了一个殉葬女,您就朝令夕改,那大王的威望何在啊?
　　　　〔众大臣附和声。

怀　　王　本王恩准此女朝堂登轿。

屈　　原　大王。

怀　　王　闪开。

屈　　原　屈原拼着一死决不让此女再次殉葬！

怀　　王　恼人的倔强，无理的猖狂，刚交代你不要激怒孤家，你却反其道而行之。好，本王今天就要磨磨你的棱角，治治你的癫狂。把他架开。（对灵慧）本王亲自带你上轿。

屈　　原　她不仅仅是个美好的生灵，她还代表着活生生的《宪令》。毁了她，《宪令》将变成一纸空文，成为亡国的殉葬品！

怀　　王　不要再提《宪令》了！从今日起，《宪令》死了！再提《宪令》者斩！

靳　　尚　大王英明。

众大臣　吾王万岁万岁万万岁！

屈　　原　大王，《宪令》贯注着你我的理想，《宪令》孕育着楚国的富强。离开了《宪令》，楚国将要灭亡！

怀　　王　屈原你难道真要逼孤王下手？

屈　　原　就是刺穿我的胸膛，也不能让这活生生的《宪令》殉葬！

众大臣　杀了他，杀了他！

南　　后　（拉住怀王）大王息怒，对这不畏死的狂徒，杀了反倒成全了他一段悲壮。不如让他眼睁睁地看着此女殉葬。

靳　　尚　对，眼睁睁地让他看着殉葬。赐他一个肝肠寸断，心血流淌，这才是医治狂妄的良方。

怀　　王　拿下！

　　［侍卫架开屈原。

灵　　慧　大王，小女子心甘情愿为廷尉子规去殉葬。

怀　　王　舍生取义？难得啊！

　　［音乐起，灵慧起舞。屈原垂首不忍目睹。《生灵之歌》唱起……
　　［灵慧舞到屈原丢在地上的剑边，以很优美的姿势捡起，突然一转身挥剑自刎。
　　［全场震惊。

屈　原　（挣脱侍卫，扑向灵慧，将她抱住）灵慧！

　　　　［灵慧含笑死在屈原怀中。

屈　原　灵慧！原来这只是一场梦，一场痴心的梦，可是你们为什么偏要用无辜的鲜血去把它染红？我曾幻想君臣携手，为历史锻造一段辉煌。啊，多么悲哀的期待，多么痴心的妄想！

众大臣　杀了这狂徒！

屈　原　你们……你们这群衣冠楚楚的禽兽，你们狠毒地吸吮着百姓的血汗，你们贪婪地吞食着国家的膏粱。早晚有一天，富饶的三楚大地，会被你们榨成一片阴森的坟场。

怀　王　他疯了，把他赶出郢都！

众大臣　大王，应该杀了这狂徒，永绝后患。

怀　王　孤家说了，把他赶出郢都。你走，走得越远越好，孤家不要再见到你。我们君臣从此恩断义绝！

屈　原　天公啊天公，面对人世间这般的残忍、丑恶，难道你依然无动于衷？为什么允许创造生机的大地，变成吞噬生灵的坟冢？为什么不砸下你愤怒的雷霆？难道天庭里也是一片昏庸？这是一场辉煌的梦，这是一场残酷的梦，这是一场难醒的梦，这是一场血淋淋的梦！（将《宪令》高高抛起）

　　　　［忽地落下大雪。音乐起，纤夫们悲怆、沉重地起舞。屈原将《宪令》盖于灵慧身上，拾起长剑向前……灵慧在纤夫中披着《宪令》远去、消失。

　　　　［光聚在屈原身上。

　　　　［收光。

九

时　间：公元前二七八年，五月初五。

地　点：汨罗江畔。

［风啸如斯，阴云如絮，雷声阵阵。

［楚国的难民们扶老携幼匆匆过场。

［屈原、灵秀从另一方向走来。

［宛如被狂风驱赶，又一批楚国的百姓逃亡过场。一白发老妇摔倒在地，屈原、灵秀急忙上前扶起。

灵　秀　老人家，发生了什么事？为什么这许多人都像在逃难？

老　妇　秦国的兵马就在后面追杀！先生、姑娘，你们也快逃吧！（欲走）

屈　原　那郢都呢？

老　妇　郢都已经完了……

屈　原　你说什么？

老　妇　十天前，我们逃出来的时候，郢都已被秦兵攻破了！（匆匆而下）

［屈原冲向高处，遥望郢都。闷雷阵阵。

屈　原　不，不！这不是真的，这应该是谣传！

灵　秀　先生，刚才逃亡的百姓说，白起的军队在郢都杀人放火，鲜血把河水都染红了。

［屈原像一座雕像凝固了。良久，老泪纵横。他似乎看到了——

［纤夫们舞上，充满了痛苦、难言的痛苦，舞着舞着终至匍匐在生于斯养子斯的这块难舍的三楚大地上。音乐奏着屈原的心声……

［诚实来了，带着仪仗。他身着秦国官服，从上到下几乎找不到原来那个诚实的影子。

诚　实　学生拜见老师。

［屈原还没明白。

灵　秀　（兴奋地）诚实！

屈　原　……诚实，你回来了……你回来了。

诚　实　老师，灵秀姐，你们受苦了！

屈　原　（百感交集）回来就好！

灵　秀　诚实，老师常常想念你，怕你受苦，望你成事。快，快来，扶老师坐下。

诚　实　我也日思夜想地挂念你们……

屈　原　诚实，孩子，你知道了吗？郢都被秦兵攻陷了，他们杀人放火啊！

诚　实　老师……（语塞）

屈　原　怎么？你不知道吗？我们的骨肉同胞在任人宰割呀！我……

灵　秀　（扶住屈原）老师，诚实回来了就好了，我们一起照顾您。诚实，快来……

　　　　［诚实不知所措。

卫　士　（对诚实）大人，我们……

诚　实　下去！（众秦卫士下）

灵　秀　老师，老师，诚实成器了。你看，他带来好多人马，他能和我们杀回去，收复郢都。老师，你听见了吗？你看见了吗？

屈　原　哦……诚实，多谢你替我们三楚争气。过来，让我看看你，好好看看你。

　　　　［诚实踟蹰地慢慢走上，灵秀上前拉他。

屈　原　好，好！

灵　秀　（突然发现，失声惊叫）啊！

屈　原　灵秀，怎么了？

灵　秀　（惊恐地）他……他！他穿着秦国的官服！他投靠了秦国。

屈　原　诚实……你去了秦国？

　　　　［诚实下了决心，索性坦然点头。

　　　　［一阵闷雷滚滚而来。

屈　原　原来你成了秦国的奴才……奴才！

诚　实　良禽择木而栖……

灵　秀　（气急，上前打诚实两个耳光）无耻的背叛！你还有脸出现在先生面前！

屈　原　原来你……是张仪把你带去的吧？

诚　实　对！他让我来接老师到秦国去共展宏图……

屈　原　（苦笑）我是你的老师？告诉我你从哪里来。

诚　实　我……从秦国来……

屈　原　不！你从郢都来！郢都怎么样了？

诚　实　（嗫嚅地）……郢都……

屈　原　你曾经有个名字叫"诚实"。说！

诚　实　是，我说，我说。白起将军攻打鄢城，引水灌城淹死数十万军民，然后一举攻入郢都，郢都现在成为一片火海！

屈　　原　（痛心疾首）我的郢都，我的楚国，我可怜的三楚百姓！

诚　　实　老师……

屈　　原　不要叫我老师，否则我一剑把你刺穿！你毫无廉耻，不顾道义，投进强秦的怀抱，还帮助豺狼践踏故土屠杀同胞，何处是你的人格，何处是你的情操？

诚　　实　（跪辩）我……我没有杀……

屈　　原　不要狡辩了。我们之间从此恩义两绝，各走各的路。不过你代我转告秦王，一个胜利者应该懂得知足，希望他善待三楚百姓，不要再做血腥的屠夫。你看，你看！这江里流淌的是三楚百姓的鲜血。你看，你看哪！郢都的大火把天都烧红了。

〔舞台上幻化成血红的色彩，仿佛是郢都的大火，仿佛是屈原心中的怒火。

〔诚实下。灵秀隐去。

屈　　原　（呼出《哀郢》）

　　　　　　　　皇天啊你太不公平，

　　　　　　　　为什么总对弱者怒发雷霆？！

　　　　　　　　为什么总让无辜的百姓遭受摧残？

　　　　　　　　为什么要让他们妻离子散，家破人亡？

　　　　　　　　天公啊，你转过脸来！让我看看，

　　　　　　　　你到底是一副什么样的心肠！

〔霹雳响彻天宇，闪电划过长空。

〔屈原昏倒。

〔南后从火光中奔出。她衣履不整，头上戴一花环，佩着兰花、蕙草，似湘君？似山鬼？确似《九歌》中的人物。

南　　后　（吟诵屈原的《抽思》）

　　　　　　　　凤凰南来兮，四处任飘零。

　　　　　　　　不群燕雀兮，何处觅知音。

　　　　　　　　灵均！灵均……

〔屈原从地上爬起，须发皆白。

屈　　原　南后？

南　后　你是谁？

屈　原　我是屈原……

南　后　（疯狂地扑向屈原）灵均！（紧紧抱住，恸哭不已）

　　　　［屈原扶南后坐下。

南　后　（沉静下来）这是什么地方？

屈　原　湘沅之间，汨罗江畔。

南　后　今天是什么日子？

屈　原　五月初五。

南　后　五月初五。哦，快半年了，我是立春时逃出来的。（狂）我终于找到你了，你看，这是你喜欢的兰花和蕙草。

屈　原　从哪里逃出来？你怎么会被折磨成这样？

南　后　哈哈哈！他们把我从章华宫送进了冷宫，那里有太多的耗子和毒虫。我是从冷宫里逃出来的……

屈　原　（悲凉地）为什么？那么子兰呢？他不是当今的令尹吗？

南　后　他是一只胆小的老鼠，如今却是襄王的一条走狗！

屈　原　可你毕竟是他的母亲，难道在权势面前血不如酒浓？你给了他多少宠爱，对他有多少期待！

南　后　我不该，真不该为了个人的私欲与奸佞为伍，制造阴谋、编织罗网陷害你，我明明知道你是楚国的栋梁。（抽泣忽而又笑）哈哈哈！现在的下场是我的报应。我来找你，到处找你，就是为了祈求你的原谅！（跪下）

屈　原　（连忙扶起）我……原谅你。可是他们……

南　后　灵均啊灵均！只有你——还是你！像海天一般的宽厚，像宝剑一样的笔直！难道你的苦难还少吗？你呀，你以为世人皆醉你独醒！你错了，真的！现在是世上皆醒你独醉，哈哈哈！醉吧、醉吧。我要回我的冷宫去了。

屈　原　……现在连冷宫都没了……

南　后　没了？好。（狂笑）好啊，上天吧，入地吧……（走而复回）叫我一声——郑袖……

屈　原　（诚挚地）郑袖，好自珍重！

南　后　他叫我郑袖了……哈哈哈……（下）

屈　原　（目送南后远去）我醉？我醒？上天？入地……

　　　　［渔夫又来了，好似他早就在，也可能一直就在后面垂钓。

渔　夫　（微笑着，提着鱼杆，拎着鱼篓）这不是左徒屈原吗？

　　　　［屈原愕然。

渔　夫　你怎么落到这步田地？

屈　原　（似在自语）世间皆混浊，唯独我洁净；世人皆醉了，唯独我清醒，所以我到了这儿。

渔　夫　哈哈哈，凡事何必那么认真，世间浑浊可以不看，可以不管。顺风顺水，开怀畅饮，不必如此认真……

屈　原　我听人说，洗了头要把帽子洗洗，洗完了澡要把衣衫抖抖，岂能让洁净的躯体沾上尘世的污垢？我宁愿跳进江水中，埋在鱼腹里，也不能让皎皎洁白，蒙受尘世的肮脏。

渔　夫　（摇着头笑了，唱）

　　　　　　　沧浪江水清又清，
　　　　　　　好洗我的头巾。
　　　　　　　沧浪江水浊又浊，
　　　　　　　好洗我的泥脚。

　　　　（边唱边走了）

屈　原　笑吧，笑吧……（狂迷地笑了）哈，哈，哈……

　　　　［狂笑中出现了《离骚》中的一个诗境。如诗如画的歌舞。音乐如从天庭传来。歌舞渐渐地由欢乐变为纤夫们的舞蹈。

屈　原　（由狂迷中沉静下来，从高高的半空中走向观众，解下披风，双手捧着）这是手抄的三百三十七句长诗，叫《离骚》，它凝聚了人间的不平、世上的不公和美好的向往，它就是那片净土，就算是我留给你们的礼物。世人们，让我祝福你们，我想看到你们欢笑，我想听到你们歌唱，我愿意你们快乐地舞蹈……（穿过纤夫的舞蹈向高堤走去）

　　　　［江水和云雾渐渐地、渐渐地淹没了屈原。

[人们沉重地舞着,流着泪,淌着血……
[大幕沉重地合拢,终于关上了。
[剧终。

（剧本版本：《剧本》期刊 1996 年第 2 期，1995 年广州话剧团首演）

·话剧卷·

窗外有片红树林

编剧:陈慧中

人物表

黄　毛　　男，15岁，毛手毛脚稚气未脱的高一学生
黄主任　　50岁，黄毛的父亲，毛毛学校的教导主任
秀　兰　　46岁，黄毛的母亲，工人
佳　佳　　女，16岁，黄毛的同学、邻居
大个子　　24岁，热心的义工大哥哥，"市义工联"理事
蔡爷爷　　75岁，身患重病的军休所老干部
潘　明　　18岁，盲女
香　妹　　15岁，出场时为戒毒所学员，后为花店个体户
周记者　　男，34岁，《深圳特区报》记者
溜旱冰的青年和义工若干

时　间　当代，夏天
地　点　深圳

序

[音乐中大幕徐徐拉开，红树林的景片上面，海鸟在不停飞翔……
[主题曲《红树林》歌声起：

"窗外有片红树林,

它很远、很远;

心中有片红树林,

它很近、很近……

红树林——红树林!

它很远——又很近,

很远又很近……"

[歌声减弱,朗朗的读书声响起:"不仅……而且……"

[红树林景色渐渐被城市的街景替代。

[暗转。

一

[光启。黄毛家中。

[四肢发达的黄毛,身倚沙发,脚放在茶几上,正懒洋洋地读书。

黄　毛　(满脸无奈,念)"不仅——而且""不仅——而且",递进复句……转折复句呢?"虽然——但是"……(声音越来越低)但是……

[黄毛的母亲秀兰在里屋关切地问:"毛毛,怎么没声音啦?"

黄　毛　(不满地)这么认真还不够呀,没声音?(特大声)转接复句——"虽然,但是"(边说边摸出一双特大的拳击手套,玩耍起来)虽然考上大学不错,但是(小声)考不上也没什么。(套上手套,离开沙发,但不忘高声"读书"。兴奋地与虚拟的对手打了起来,突然想象被对手猛击一拳,一个趔趄,倒在地上,忍住"巨痛")"虽然——但是"……(抹去嘴角的"血",一跃而起,反击)"转折复句"……(渐渐反败为胜)转折、转折——(愈击越猛)"不仅"……打翻你在地,"而且"揍肿你的眼睛,(疯狂进击)"递进复句"递进、递进、递进……

[父亲黄主任上，走到正在打闹的黄毛眼前。

黄　　毛　（始料不及，大惊失色，紧忙扔掉拳击手套）爸爸，我，我在划分复句……我，我马上"转折"——（吐吐舌头坐到沙发上，捧起书）"转折复句"……

黄主任　（捡起拳击手套，朝里屋喊）秀兰……

[秀兰应声走出。

秀　　兰　（看着黄主任，感觉有异）你怎么啦？（摸摸黄主任的额头）

黄主任　看看，咱的宝贝儿子，昨天玩儿了一天电子游戏机，今天又打拳击……

黄　　毛　（咕哝）今天是放暑假的第一天。

黄主任　放暑假？你还敢放暑假？哼，还蛮开心哪。

秀　　兰　唉，你慢慢跟他说嘛。

黄主任　慢慢地说？你叫我今后这个教导主任怎么当？考高中，离录取线——

黄　　毛　（插话）五十多分！

黄主任　（瞪了黄毛一眼）结果学校总算照顾他插了班，知名人士哪——黄教导的宝贝！我们只盼他发奋争口气，可一年过去了，这回高一期末考，你竟然给我考了个……

黄　　毛　（插话）第几啊？

黄主任　（掏随身公文包中表格）全班倒数第三名！你看看，你看看！

秀　　兰　（接表格）啊？语文53！

黄主任　头疼啊头疼！过去毛主席说："严重的问题在于教育农民"。现在呢，严重的问题在于教育孩子！15岁了，一丈高，九尺无用！你，你究竟想要做什么人啊？（摇头）不可救药，不可救药！

[黄毛一副破罐子破摔的神情，扭头望着窗外。

黄主任　（将黄毛的头扳过来）我叫你望窗外，望窗外！读书！

黄　　毛　（咕哝）牛顿没望窗外的苹果树，能发现万有引力？

黄主任　还牛顿？"暑期作文补习班"报名了吗？

黄　　毛　明天就去。

黄主任　那本《中学语文难点分析》呢？

黄　　毛　（扬了扬手中的书）刚读了"复句"这部分。

黄主任　今天上午，必须读完一半，还得做笔记！

黄　毛　（低声）知道了！

黄主任　从此不准玩电子游戏，也不准练拳击！

黄　毛　（低声）知道了！

　　　　［黄主任走进内房。

黄　毛　（叹气）真没意思！

秀　兰　你看把你爸气得，这书刚才还念得好好的，怎么……（摇摇头，走进厨房）

　　　　［黄毛偷偷摸出另一本书正要读，窗外突然一阵鸟鸣，他不由自主地起身望着窗外。

　　　　［秀兰端汤上。

秀　兰　毛毛，你在看什么呢？

黄　毛　听说深圳有片红树林，我怎么看不到呀？

秀　兰　红树林生长在海边，被这些高楼大厦挡得严严实实，你当然看不见了。

黄　毛　我听说，红树林里有成千上万只水鸟，翅膀特别有力，整天在那自由自在的飞啊飞啊！妈，这个星期天，我们就去吧？

秀　兰　你爸正生气呢，先把书读好吧！

黄　毛　闷死啦！

秀　兰　来，先把参汤喝了。

黄　毛　妈，参汤没用。

秀　兰　什么？

黄　毛　不可救药！不可救药！

秀　兰　你爸也是一片苦心，他希望你能上大学，他急啊！他年轻时很有才，可上山下乡一去就是十年，想读书可没书读啊！生你那年，他才读完电视大学，现在评职称，一填表他就火！

黄　毛　变态！老子没上正规大学，这笔债硬要儿子还，不公平！

秀　兰　你啊！

黄　毛　真没意思！

秀　兰　整天有吃有穿，还老是"没意思"！你啊，要是能像隔壁佳佳一点点就好了。

黄　毛　像她？要我堂堂男子汉像她？哼！

秀　兰　我说不过你！来，快把参汤给喝了，（发现什么）把手伸过来——

　　　　[黄毛顺从地伸过手，秀兰掏出指甲剪为他剪指甲。

黄　毛　嘻嘻，不好意思啦！（乘秀兰不注意，掏出另一本书来读）

秀　兰　只要你能好好读书，妈怎么都愿意！

黄　毛　妈，我就读书，保证认真！（埋头读书）

秀　兰　这就对喽！（放开黄毛的手，走进里屋，叫黄主任过来看）

　　　　[黄主任走出房门，见黄毛认真读书，火气消了一半。

黄主任　毛毛呀，你还记得一年前刚读高中，你怎样向我保的？

黄　毛　奋斗一年，名次跃到全班前十名。爸，这是你逼出来的空话，不可能啊！（嘟哝）你也太急了点，我六岁就被你撵去读小学，结果，从小学到中学，全是班里最小的，那分数最低也不奇怪吧，现在进到倒数第三名，已经（小声）不错啦！

黄主任　（高声）得了这个第三名，还不错？第三名，不错？

　　　　[周记者挎相机上。

周记者　（进屋，高声）第三名，不错啊！黄主任！

黄主任　周记者！（握手）

周记者　这就是你儿子啊（对黄毛）你叫什么名字？

黄　毛　黄毛。记者阿姨好！

周记者　黄毛，你好！黄主任，我一直想见见你的儿子是什么样？你这教育行家，从小就抓起，一定不会错。看看果真是聪明出眉眼哪……

黄主任　（如坐针毡，岔开话题）哪里，哪里，周记者，今天你——

周记者　好事。全市中学生辩论赛，你们丽景中学的杜佳佳得了最佳辩手，《特区报》这一期《校园》副刊，准备登她们的辩论稿，你们学校几个尖子生的作文也一起发，让社会认识认识丽景中学！

黄主任　（高兴）太好了！

周记者　你的儿子也写一篇吧！

黄主任　（一惊）不行！

周记者　全校第三名，什么不行！

黄主任　（支吾）不行，他，他是……班中第三名……

［黄毛在一旁忍不住偷笑。

黄主任　（狠狠地瞪了黄毛一眼）还不快点儿去叫佳佳！（对周记者）她刚好住在隔壁。

［黄毛不大情愿地走出家。那本新掏出来的书遗留在沙发上。被周记者看到。

周记者　（念）《青春霸业》。黄主任，你很注意扩大孩子的读书面呀！（翻阅，念）"认真阅读本书并付诸实践，将给你带来前所未有的成就感……"嘿嘿，这么神！（翻开目录念）"一、尝试与街上陌生人交谈半小时，二、尝试与父母吵一次架，三、尝试断然出一趟远门……"

黄主任　（抢过书）教唆！

周记者　什么？

黄主任　没什么！

周记者　你给儿子推荐的？

黄主任　我？（改口）搞搞研究嘛！（将书藏进了裤兜）

［黄毛带着佳佳上。佳佳很漂亮，上身是杏黄的"佐丹奴"T恤，下边是苹果牌牛仔裤，脚穿一双"耐克"的旅游鞋。

佳　佳　（甜甜地）黄主任！

黄主任　佳佳，这是报社的周记者！

佳　佳　（甜甜地）周阿姨好！

周记者　佳佳同学，我们准备采访你辩论的前前后后，可惜我没目睹你辩论的风采，你能重现一个片段让我看看吗？

佳　佳　（落落大方）好的，我当时的辩题是《提倡购买国货利于经济的发展》，（挺胸，双眼神采飞扬，语调斩钉截铁）在辩论高潮我是这样说："主席，对方辩友，只有购买国货，才能发展民族工业；只有购买国货，才能保护我们自己的市场；只有购买国货，才能检验我们对祖国无以言表的赤子情怀！朋友们，为了二十一世纪的中华民族，我们有什么理由去追求那所谓的外国名牌而不购买国货呢？朋友们，让我们笑迎太平洋的惊涛骇浪，伸出我们的双手，去购买国货吧。祖国正在注视着我们！谢谢大家！"

〔周记者与黄主任听得如痴似醉，连连鼓掌，而黄毛却无动于衷。

黄　　毛　（突然冒了一句）酸！

周记者　怎么？酸？

黄　　毛　评委那根神经"短路"了，瞧你身上"佐丹奴""苹果"，还有鞋，鞋是"耐克"，哪一件是国货？

〔骄傲的佳佳惊得目瞪口呆。

周记者　（推托）黄主任，嗯，我还有点儿事，发表的事，我们再电话联系吧！（欲下）

〔佳佳无法承受这一打击，哭着奔出门。

黄　　毛　佳佳，佳佳……（内疚，不识趣地跟出去）

佳　　佳　（在门口停住，冷笑）确实是酸！

黄　　毛　啊？

佳　　佳　乌龟吃不到葡萄，就说葡萄是酸的！（跑下）

黄　　毛　那是狐狸（反应过来）哎，你才是乌龟呢？我又不是倒数第一名，我是倒数第三名！

周记者　啊？倒数第三名？

黄主任　（急得团团转）这个，这个……

黄　　毛　（伤心地）周阿姨，我是个差生，（眼眶有点儿红）

周记者　差生？不，我就挺喜欢你的，不骗你！（看表）哎哟，得走了，黄主任，再见！

黄主任　（垂头丧气）再见！

周记者　黄毛，再见！（下）

黄　　毛　（破涕为笑，朝门外高喊）周阿姨，再见啊——

黄主任　（低沉）完啦？

黄　　毛　（傻乎乎）完啦。

黄主任　（厉声）就这么完啦？

黄　　毛　就这么完啦。

黄主任　（掏出那本书在黄毛的肩上打了一下）《青春霸业》，我的好儿子呀！

黄　毛　爸，打人不好！

黄主任　（伤心）这十六年我打过你一次吗？一个教导主任在打他的儿子，像话么？
　　　　（越想越伤心，突然发疯似地抄起一把鸡毛掸子追打黄毛）像话么！像话么！

　　　　［黄毛夸张地叫起来，满屋乱窜。

　　　　［秀兰亲闻声跑出。

秀　兰　（高叫）别打啦！别打啦！

　　　　［收光。

二

　　　　［光启。市青少年宫一角。一块"青少年宫暑期补习班"的广告牌引人注目，台角还放着一面大鼓。

　　　　［黄毛背着一个大书包，踢着一个易拉罐瓶，垂头丧气上。

黄　毛　（朝侧幕）请问，暑期作文补习班在哪儿报名？

　　　　［幕内应声："人还没到，别急！"

黄　毛　嘻，谁急呀？好端端的一个暑假，不是爸妈硬逼的，谁愿意泡补习班呀！（坐在凳子上，脚架在前排的靠背，又觉不好，放下。起身像扔保龄球一样把书包扔到远处，在阶梯上练跳远）

　　　　［佳佳身穿鲜艳的演出服，肩背手风琴匆匆上，不经意地与黄毛撞个满怀。

黄　毛　哎哟！（定眼一看）佳佳！

佳　佳　哼！

黄　毛　你也到这儿？

佳　佳　（傲慢地）两个任务：一是全市中学生形象大赛报名，二是——（拍拍手风琴）

黄　毛　学琴？

佳　佳　什么学琴？青少年宫艺术团彩排！明晚要跟布宜诺斯艾利斯的中学生参观团联欢，往后几天，还要陪他们到"民俗村""水上乐园""小梅沙""欢乐谷"……我的暑期，痛快，太痛快了！（故意挑衅）你呢？

黄　毛　我……

佳　佳　（穷追不舍）说说呗！

黄　毛　我……（捂住书包）

佳　佳　哈哈，还是快去念你的"作文补习班吧！"（欲下）

黄　毛　（喝住）杜佳佳，这个暑假我要玩得比你痛快一百倍！

佳　佳　你，你能去哪儿呀？

黄　毛　红树林！红树林可美啦，所有的树叶都是红的，红彤彤的一片，就像红色的海洋。

佳　佳　哈……你去过红树林吗？

黄　毛　没去过呀！

佳　佳　那你瞎说什么，告诉你吧，红树林是深圳唯一的自然保护区，它们根连着根，枝缠着枝，在海边筑起了一道绿色的长城，红树林，是绿色的。

黄　毛　不，红树林是红色的！

佳　佳　哎呀，绿色的！

黄　毛　红色的！

佳　佳　绿色的！

黄　毛　红色的！

佳　佳　绿色的！绿色的！

黄　毛　红色的！红色的！

佳与毛　（同时）你！

佳　佳　对你说话，简直是对牛弹琴，没知识，没文化！（跑下）

黄　毛　（气得大声喊）红树林！就是红色的！（看见大鼓，使劲敲鼓发泄）

　　　　[义工们闻声，连忙出来集合。

大个子　哎，小同学，这是我们"义工联"的鼓。

黄　毛　哦，对不起！

大个子　没关系！集合！哈，今天，让这个小家伙给咱们集合啦！

众义工　哈哈……

大个子　小刘，小陈，负责抬大鼓！

黄　　毛　（不好意思地站起来）你们，你们要到哪儿去呀？

大个子　戒毒所，联欢！

黄　　毛　（极感兴趣）戒毒所联欢？得买票吗？

大个子　买票？

　　　　　［众义工笑。

义工甲　是我们"义工联"组织去的！

黄　　毛　"义工联？"我可以加入"义工联"吗？

大个子　你？

黄　　毛　（央求）我有钱，（拍拍书包）我爸刚刚给了我三百块！

大个子　三百块？

黄　　毛　我懂，在深圳加入俱乐部什么的，都得先交会员费。

大个子　（乐）俱乐部？真有你的小兄弟！告诉你，义工就是志愿者。

黄　　毛　志愿者？

大个子　任何人只要满十四周岁，品行良好，志愿从事义务工作，不计报酬服务社会，都可以加入"义工联"！这儿不收钱！

黄　　毛　太好了，那我今天就当义工！

义工甲　（笑）当义工还得履行入会手续。

义工乙　然后，结合你的实际和意愿，安排到合适的服务组去，有"热线电话服务""信箱服务""老人服务""残疾人服务""学生服务"……多着呢！

黄　　毛　这么多组呀，我什么组全都想参加！

大个子　积极性比天高哇！你叫什么？

黄　　毛　黄毛，黄色的黄，毛手毛脚的毛！

大个子　（又笑了）哎，你怎么不说是毛主席的毛啊？

黄　　毛　那怎行？我是毛头小子！

大个子　好吧，今天就为这毛头小子破个例，先跟我们一同去，过后才办手续！

黄　　毛　太好了！

大个子　哎，大家一齐装车吧，（与众义工一起下）

黄　　毛　喂，你叫什么呀？

大个子　（笑）我叫大个子！

黄　毛　够意思，大个子，（轻擂了大个子一拳）

大个子　（回敬了一拳）够意思，黄毛！（为黄毛戴上了小红帽）

黄　毛　（拍拍补习班广告牌）拜拜啦，补习班！

大个子　你说什么？

黄　毛　我，我说，拜拜啦，"补血康"！我妈老要我吃补药，其实，活动才重要呢！

大个子　黄毛同志，出发！

黄　毛　（挺胸立正）是！

　　　　［收光。

三

　　　　［光启，戒毒所一角，墙上写有"远离毒品"，"热爱生命"标语。
　　　　［幕后传来《让世界充满爱》的合唱声。
　　　　［香妹身着戒毒所学员服，手里摆弄着一个小电子游戏机，闷闷不乐地上。
　　　　［大个子搬着道具上。

大个子　（停步）你就是香妹吧？

　　　　［香妹瞪了一眼大个子，转身走到大门边坐下，继续玩电子游戏机。

大个子　刚才刘所长还提到你，怎么不看节目？

　　　　［香妹依旧无反应。

大个子　（想了想，坐到香妹身边）我知道，你是这儿最小的学员，（寻找合适话题）你再过几天就能出去了，又可以见到爸爸妈妈了……

香　妹　（突然抬起头来，狠狠地）什么意思？（背过身去）

　　　　［大个子一愣。

　　　　［内喊："大个子，快点儿……"

大个子　哎。（走了几步，又回头看了一眼香妹，下）

　　　　［黄毛扫着地上。听见有人叫"跳呀，跳呀"，下意识地跳了一下，回头才发

现是香妹在玩游戏机。

黄　毛　（停步，走近香妹，看，情不自禁）快、快……右，左，右，进……进，退，（紧张地大叫）跳，跳呀！（抢过香妹的游戏机，自个儿操作起来）

　　　　［游戏机的音效声："游戏结束"，黄毛自豪地把游戏机还给香妹。

香　妹　（惊讶）积分，八百七十一？

黄　毛　小菜一碟，这种机太小儿科啦，玩大个儿的，才过瘾哪！电子游戏你最爱哪一种？

香　妹　你先说！

黄　毛　"格斗之王"！

香　妹　"大个子富翁4"！

黄　毛　"拳王98"！

香　妹　"古墓丽影"！

黄　毛　（兴奋地）对、对，"古墓丽影"最过瘾啦。（模仿游戏机枪战声）"就……就、就"这些你全会玩呀！

香　妹　小哥们儿教的呗！

黄　毛　小哥们儿？

香　妹　我们那一伙儿，游戏机打得最棒的是"按钉"。

黄　毛　"按钉"？

香　妹　他最爱剃光头呀！

黄　毛　那老师不说他？

香　妹　老师？"按钉"读啥书呀，他眼下在劳教所关着呢！

黄　毛　劳教所？

香　妹　你打电子游戏一点儿不比他差哦！

黄　毛　（高兴）是吗？（很不自在）不，不能这样比，这、这……
　　　　（越想越不对劲）不能这样比！其实，这玩意儿我已经多年不打了，（坚决地）也不想打了！我每天得做好多事，得读书，得思考，忙哪！我这个脑袋，光秃秃的"按钉"怎能比？

香　妹　怎么不能比了吗？

黄　毛　告诉你，我在学校里，好歹是个……（咬咬牙）"学习委员"！

香　妹　"学习委员"？

黄　毛　（指脑袋）里头，全是知识！

香　妹　（喜怒无常，情绪一下子变得很坏）我脑瓜跟你不一样，里头全是白粉！（走到大门边上坐下）

黄　毛　（语塞）我……（找不到话题，走到香妹身旁坐下）

[沉默。

黄　毛　哎，你的手……

香　妹　扎针扎的呗（看见黄毛手臂上的伤）你的手怎么啦？

黄　毛　没，没什么……是我爸打的。

香　妹　（同情地）哎哟！痛吗？

黄　毛　（突然自语）我……恨我爸！

香　妹　（产生了共鸣，叫）真的啊？你知道吗，我也恨我爸！

黄　毛　有时候想，要是能做红树林里的一只水鸟，自由自在的飞，再也不用看爸爸的脸色，多好啊！

香　妹　是啊，我也这么想过的啊！你爸为什么打你呢？

黄　毛　哼，"老政府"，什么事都要管我。

香　妹　（生气）有人管你还恨？我呀，要是早有人管，就不会落到今天啦……你呀！（重重地踢了一下黄毛）

[黄毛触电般地跳开，不由自主地摆出拳击自卫防备姿势。

香　妹　（大笑）你是最有意思的义工！

[两人打闹着，黄毛被打倒在椅子上。

[大个子上。

大个子　（惊讶地）看你俩乐的？

[香妹妹见到大个子扫兴地离开了黄毛，坐到他处。

大个子　你们谈吧，谈吧……（欲下，想起什么）黄毛——

黄　毛　哎。（走过去）

[香妹狐疑地注视他们。

大个子　（低声）刚才这儿的管教人员跟我交流一下，香妹是这儿特殊学员，脾气很古怪，很难跟她谈心。管教人员很想摸清她在哪儿买到的毒品，可她就是不肯说，工作特别难做。

黄　毛　有什么难做的（拍胸口）我全包了！

大个子　好！我看，我们这次的"一帮一"，就安排你帮她！

黄　毛　放心！你忙你的吧！

［大个子下。

［黄毛复走近香妹。香妹不语。

黄　毛　看你刚才乐的，怎么不笑了？咦，咱们到那边看节目吧！

香　妹　不看。

黄　毛　那我在这给你演个节目吧！

香　妹　不看。

黄　毛　不看也得看，准备开始啦！天皇巨星黄毛，特为香妹举行表演专场。香妹快看——（翻了个跟斗）

［香妹一愣。

黄　毛　（拍拍身上的灰尘）怎么不鼓掌？

香　妹　（愣在原地，突然大叫）哥哥——（扑向黄毛，大哭）

黄　毛　（手足无措）怎么啦？（递手巾纸）

香　妹　（擦泪，努力平静下来）小时候，我一哭，我哥就给我翻跟斗，后来，我爸我妈老吵架，后来他们干脆离了婚……（又哭了）我哥就跟了我妈，可他还常常跑到学校里来看我，可是，打从发现我跟社会上那伙人吸了白粉，他，他就真的不要我这个妹妹了，一次也不来看我……（哭）

黄　毛　你别哭，别哭啊，你再哭，我走了！

香　妹　（急拉住黄毛）没想到，今天，有个义工，愿意到戒毒所里来为我翻跟斗……哥哥，今天是我在这儿最开心的一天。哥哥，你回去后，给我写信行吗？

黄　毛　当然行！

香　妹　（默默地摇了摇头，低声）我不信……

黄　毛　（急）来——（伸出手）

香　妹　怎么？

黄　毛　拉勾！

　　　［香妹笑了，也伸出手。

黄　毛　（勾手指）香妹，拉勾上钓，一百年，不许变！

香　妹　（掏出小本和笔）你还得给我签个名！

黄　毛　（容光焕发，高声）行！（接笔欲写）

　　　［幕内喊声："黄毛，集中啦——"

黄　毛　（高声）等一下，你没看见我在跟学员签名哪！

　　　［音乐启，黄毛像大球星般地签名。

香　妹　（看本子）黄——毛……（抬头）黄毛哥！

　　　［两人相视而笑，收光。

四

　　　［光启。黄毛家。
　　　［黄毛坐在床口给香妹写信，口中念念有词。显然，他已沉浸在一种亢奋状态中。

黄　毛　香妹你好，那次活动已经过了好几天了……干脆，那个跟斗已经翻过好几天了，跟斗……（写不出）写跟斗比翻跟斗还难！（涂掉）算了，分别好几天了，我一直在想，我们该怎样热爱每人只有一次的生命呢？怎样热爱，怎样热爱……（急速查书，翻了一本又一本）

　　　［侧幕传来电视声音。

黄　毛　爸——

　　　［黄主任内应，穿着睡袍上。

黄主任　（咕哝着）干什么，干什么

黄　毛　你就不能关掉电视机吗？（拍拍书）电视机！

黄主任　啊！（连连点头）好的，好的……（对内）秀兰，把电视关了！（捡起一本掉在地上的书）黄毛，这桌子小了点儿，明天，就把爸爸书桌搬过来，全家支持你的作文补习！

黄　　毛　爸，你那本《世界文豪名言录》快给我拿来！

黄主任　（对内）秀兰，快把《世界文豪名言录》拿来！

　　　　［秀兰脚忙手乱地拿书上。

黄　　毛　还有《高尔基论人生》《雷锋日记》《康熙大字典》《大百科全书》

黄主任　（激动不已）我们一起上！（与秀兰一齐奔下）

　　　　［两人各抱一大撂大部头的书跑上。

黄　　毛　（接书，认真叮咛）爸，你有空就去抓紧读点儿书嘛，一寸光阴一寸金哪！

黄主任　（又气又喜）好的，好的！(与秀兰相视而笑）这"棍棒教育"怎么这么灵？我《教育学》白学啦！

　　　　［夫妇俩欣慰地看着儿子，蹑手蹑脚地走向卧室和厨房下。

　　　　［电话响。

黄　　毛　（接电话，惊喜）大个子！（小声）喂，今后打电话留意点儿，我这事目前爸妈还不知道呢！你说吧！明天上午，"生命之光病人服务组"……上医院……下午……"老人服务组"……老人院……太好了！噢，送温暖，跟孤寡老人聊天、梳头、剪指甲……什么？放心！绝对有经验。明天见！（放下话筒）跟孤寡老人聊天？（演习一番，亲切的语调）"你没儿没女，就把我当成你的儿子吧！"对，还得再来几个有趣的故事……（坐到桌边翻书）

　　　　［秀兰端着一杯人参汤上。

秀　　兰　（慈爱地）趁热喝。

黄　　毛　妈，你喝吧！你总让给我。

秀　　兰　啊！

黄　　毛　（突然没头没尾地冒出一句）妈，你今后管我，我不生气！

秀　　兰　啊！

黄　　毛　妈，你坐，坐下呀——（起身硬把秀兰按到椅子上）哎哟，指甲剪呢？

秀　　兰　在这儿……（掏出指甲剪要跟黄毛剪）

黄　　毛　不，我跟你剪！(练习为秀兰剪指甲）

秀　兰　（高兴）这太阳从西边出来了！

黄　毛　（进入义工角色）您没儿没女的……

秀　兰　（惊讶）你不就是我的儿子吗？

黄　毛　（大声）对，您就把我当成您的儿子吧！

秀　兰　（大惊失色）啊！（下意识抽回手，被误剪着肉）啊哟！

黄　毛　（急叫）妈，妈——

　　　　［秀兰疑惑地摸黄毛的额头。

　　　　［切光。

五

　　　　［光启。医院病房内外。

　　　　［大个子拎着一袋水果与黄毛上。

大个子　你被分到这个房间。

黄　毛　这是什么病人？

大个子　病人是姓蔡，是位老人，直肠癌，绝症……

黄　毛　（一惊）绝症？

　　　　［大个子沉重地点点头。

黄　毛　那我？

大个子　热情点儿，主动地和他聊聊天，安慰开导他老人家，要特别注意谈话方式！

黄　毛　（拍胸脯）你绝对放心！（比划了一个胜利的手势，鼓足勇气推开房门）蔡爷爷……咦，人呢？（返身追上欲离开的大个子）大个子——

大个子　啊？

黄　毛　人不在呀，我先跟你去看别的病人！

大个子　好吧！（与黄毛下）

　　　　［蔡爷爷吃力地摇着轮椅上，膝上放着一瓶药片。

　　　　［盲女潘明喊着"蔡爷爷"追上。蔡爷爷生气地不回头。

潘　明　（撞到柱子上，跌倒）哎哟！

蔡爷爷　（回头一看）潘明，（急切地）没事吧？

潘　明　没，没事。

蔡爷爷　潘明……（拿起那瓶药）你怎么这样犟！你眼睛看不见，需要别人帮忙，该开口时就开口！医生也明明交代了，你爸要吃药，就按铃让护士来，你看看，要不是我刚好进去，这么一大个子瓶安眠药，你爸吞下去，那还了得？

潘　明　蔡爷爷，我怎么都没想到，我爸会藏这么一大瓶安眠药，我只是想，我能做就自己做！如果我连给爸吃药倒杯水都不会，那我还有什么用呢？

蔡爷爷　是，也不能全怪你，你爸怎么就这么想不开呢！

潘　明　蔡爷爷，尿毒症把我爸给拖苦了呀！三天就得洗一次肾，一年下来就已经洗掉了十多万元！

蔡爷爷　我听医生说，不是可以做换肾手术吗？

潘　明　换肾手术？那又得六七万块！我们那间小店和家里值钱一点儿的东西早就全变卖了！我们真是走投无路了。我又这个样子，蔡爷爷，不如把这瓶安眠药留给我得了。

蔡爷爷　（生气）潘明，你真糊涂啊！

潘　明　蔡爷爷！

蔡爷爷　天无绝人之路！越过这个坎，前头的路就好多了，你的眼睛又不是不可以治，昨天晚上我还在想，写个遗嘱把我眼角膜留给你呢！

潘　明　眼角膜给我？蔡爷爷，你——

蔡爷爷　还有，你家那间小店虽卖掉了，等你爸出了院，还可以再开一间，留得青山在，不怕没柴烧嘛！（从抽屉里摸出一串电子鞭炮）呶，你摸一摸！

潘　明　（接过）鞭炮？

蔡爷爷　开张鞭炮，蔡爷爷都给你准备好啦！

〔潘明一按，"鞭炮"声响起，潘明被吓着。

蔡爷爷　哈哈，这是装电池的，开关在这儿。

潘　明　我拿过去让我爸看看。

蔡爷爷　好好安慰安慰他，换肾手术费，大家都在想办法！

潘　明　哎！（拿鞭炮走了几步，转身鞠躬）蔡爷爷，谢谢你！（下）

　　　　［蔡爷爷目送着潘明，将安眠药放在床头柜上，摸出纸和笔，写下几个字，表情凝重。

　　　　［黄毛复上。

黄　毛　（颤声）蔡爷爷，蔡爷爷！

蔡爷爷　哦。

黄　毛　我是义工。我来看望您！

蔡爷爷　（埋头又写下几个字）噢。来来，坐坐！

黄　毛　（不知怎么交谈）我……我给您削个苹果好吗？

　　　　［蔡爷爷无反应。

黄　毛　（走近蔡爷爷，念）"我的遗嘱"，啊？（又拿起柜上那瓶药）安眠药？（大惊失色，夺笔）蔡爷爷，您好糊涂啊？天无绝人之路啊，只要你过了这个坎，前面的路就好走多了，而且，听说这直肠癌手术成功率最高，您这个病准能治好。再说，人生自古谁无死……（猛觉自己说错了）不不……

蔡爷爷　（又好气又好笑）啊？不过，经你这位义工小兄弟一说，我心里亮堂多了！

　　　　［大个子与潘明上。

黄　毛　（拿着药瓶抢上前去）大个子，好险哪，你看这一大瓶安眠药！我要是晚来一步，蔡爷爷差点儿就（低声）自杀了！

　　　　［大个子跟潘明都笑了。

大个子　这安眠药是蔡爷爷从潘明爸爸手中夺下来的。

黄　毛　你就是潘明姐姐呀！（着急）不可能的呀，蔡爷爷正在写遗嘱呢！

潘　明　遗嘱？蔡爷爷是想把他的眼膜留给我！

黄　毛　啊！（看看遗嘱，再看看潘明，转身向蔡爷爷行个军礼）敬礼！

蔡爷爷　礼毕！好，这么小的年纪，就懂得做义工帮助人，好样的！

大个子　蔡爷爷，潘明爸爸的手术费用我们义工联准备组织义工上街募捐！您放心。

黄　毛　"残疾人服务组"的义工也会定期上门服务。

潘　明　（握紧大个子和黄毛的手）谢谢，谢谢"义工联"的同志！

蔡爷爷　义工同志，你们也得帮帮我呀，替我去跟医生说说情，每天下午能不能放我出去活动，我心情一好，治疗不也更有效吗？

［黄毛将蔡爷爷扶上轮椅。

黄　　毛　　是啊，我也最讨厌老闷在屋里！（推着蔡爷爷走了几步）

蔡爷爷　　哈哈，只要有时间给我活动，说不定临死前还能弄一个官当呢！

黄　　毛　　什么官？

蔡爷爷　　"癌症联谊会会长"！

［众人笑。

黄　　毛　　蔡爷爷，您……嘿嘿，真特别！

大 个 子　　（插话）蔡爷爷是军休所老干部，还带过第一批开发特区的工程兵呢！

黄　　毛　　蔡爷爷，那您肚子里一定有很多有趣的事！

蔡爷爷　　蔡爷爷的这肚子里呀，还真藏有不少趣事哪！特别是里头的肠子！

黄　　毛　　肠子？

蔡爷爷　　是啊，我的肠子太不安分啦，今年没经过我同意就让癌细胞钻进去头安营扎寨，五十年前也没经批准，就跑出肚皮外"观光旅游"。

众　　人　　跑出肚皮外？

蔡爷爷　　西南大剿匪，牛头山那一仗，这儿挨了弹片，肠子冒出一截。

众　　人　　哎哟！

蔡爷爷　　没事，记得我把肠子塞回去，扎上绷带还跟着队伍冲上山头呢。

黄　　毛　　蔡爷爷，您好酷哦！蔡爷爷，再讲一个吧。

潘　　明　　对，再讲一个！

蔡爷爷　　（大笑，看着鞭炮）我倒还想起一个，不过这可不是革命故事……（拿过鞭炮）

［众人靠拢蔡爷爷。

蔡爷爷　　小时候呀，我爷爷跟我说过，相传我们村头的庙里，住过一个特会讲笑话的老和尚。他走到哪儿，笑声就带到哪儿，大人小孩儿可喜欢他呢，后来，老和尚快要死啦，他握着孩子们的手说，你们难过什么呀，我死后，还是照样会给你们讲笑话的呀！大伙儿纳闷，怎么死人还会讲笑话呢？不久，老和尚就死啦！按照和尚的习俗，得火化。

黄　　毛　　用火烧？

蔡爷爷　是呀。那天一点火，孩子们突然听见老和尚身上噼哩啪啦，砰……

众　人　啊？

蔡爷爷　原来。临死前，老和尚在身上偷偷藏上一串鞭炮！

众　人　原来是这样！

蔡爷爷　(深情地将鞭炮捧到胸前)将来上路时，我身上也能藏上一串鞭炮，那多开心啊！

黄　毛　啊？(郑重地接过鞭炮)

〔光暗，一束追光照在黄毛脸上，他瞪大眼睛，努力在思索什么……

〔收光。

六

〔光启。十几天后，潘明的新店门前。

〔两溜旱冰的小青年打闹着，推搡着上。

青年甲　咦，老李头的桌球室，又开张啦！玩两局去！

青年乙　玩什么呀，居委会说老李头搞赌博，把桌球室收回去了！这次是让给别人了，听说是照顾残疾人，店租特低，(招呼青年甲走到门口)瞧，可把那瞎子高兴坏了！正摸着打扫卫生呢！

青年甲　瞎子？(望门口挂着的鞭炮)"恭喜发财"？(摘下鞭炮)"恭喜发财"！(按响鞭炮，潘明闻声出来，两人引潘明来追)来呀，"恭喜，恭喜"……

潘　明　把鞭炮还给我，别把它弄坏了。再不还给我，我喊人了。

青年甲　过来拿呀！

〔潘明抢"鞭炮"时跌倒。

青年乙　哈，不必行此大礼，我们可消受不起呀！

〔蔡爷爷内喊："你们给我住手"！与背"捐款箱"的黄毛同上。

黄　毛　你们干什么？

青年甲　嘿嘿……

青年乙　我们在玩哪!

黄　毛　玩?你们可真敢玩哪!

青年甲　不让玩桌球,还不让我们跟瞎子玩"拜天地"?

潘　明　你们太欺负人了!

蔡爷爷　(察看潘明红肿的手)你们俩年轻轻的,怎么不学点正道的事啊?看你们干的好事!

青年乙　(怪声调)没有我们这"好事",哪有你们见义勇为的好事?哈哈……拜拜!

[青年甲、乙呼啸而去。

黄　毛　(冲着青年的)你们——

[蔡爷爷欲去追,继而坐在凳子上,伤心得落泪。

黄　毛　(转身发现蔡爷爷落泪,万分惊讶)蔡爷爷,您,您哭啦?

蔡爷爷　(连忙擦泪)噢,蔡爷爷……哭了吗?

黄　毛　蔡爷爷,战场上,土匪打得您肠子冒出来,您都没哭啊,可现在……

蔡爷爷　就是因为他们不是土匪,爷爷才伤心哇。

[黄毛内心深受震动,久久地凝视着老人。

潘　明　蔡爷爷,我家……不开店啦!

蔡爷爷
　　　　(同声)啊?
黄　毛

黄　毛　不开店?

蔡爷爷　潘明你怎么啦?两个小青年折腾这一下,你就不开店了?你知道吗?有多少人盼着你爸出院后,你们能过上红红火火的日子啊!

黄　毛　对呀,这几天我们上街募捐,一下子就一万多!

蔡爷爷　连同医院、居委会的那两笔,已经三万出头啦?

黄　毛　再努力几天,你爸的手术费完全没问题!

潘　明　不不,我改变主意,我想等我爸出院后,在这儿开个"盲人按摩所"!

蔡爷爷
　　　　(同声)盲人按摩所?
黄　毛

潘　明　(举起那串电子鞭炮)蔡爷爷给我的喜炮,我不想只挂在自家开的小店里,我应该跟多一些的盲人姐妹一起分享。

蔡爷爷
黄　毛　（同声）好！

潘　明　这几天，我想了很多很多，我不能总是接受，我也想尝尝给予的快乐。

黄　毛　可这样一来，钱就差得更多了。

蔡爷爷　车到山前必有路，开盲人按摩所的资金可以向银行申请低息贷款。

黄　毛　这个主意好。

蔡爷爷　我正好有一个战友在"残联"，看看他能不能再想想办法。

潘　明
黄　毛　（同声）太好了！

〔蔡爷爷下。

黄　毛　蔡爷爷您慢走啊！潘姐姐，你真了不起！

潘　明　我有什么不起的，前段时间在医院，我还出了错，差点儿……我的眼睛看不见，读的书太少了！

黄　毛　对对对，读书太重要了！（扶潘明坐在椅子上）不论是大个子还是我，都爱书如命！读书可以让你知道外面的世界，美国就有个双目失明的女作家叫保尔·柯察金……

潘　明　（笑）保尔·柯察金是盲人作家奥斯特洛夫斯基笔下的人物，是前苏联的。

黄　毛　苏联？

潘　明　对，小说叫《钢铁是怎样炼成的》。

黄　毛　钢铁是怎样炼成的？

潘　明　对。美国盲人女作家叫海伦·凯勒，（熟诵如流）她不到两岁时，就得了急性胃炎、脑炎，后来病好了，但是却变得又聋又哑，可她以顽强的毅力进入拉德古利大学读书，还出了好多好多书，有《我生活的故事》《我的宗教》，在美国和欧洲影响可大了！我最喜欢她那篇《假如给我三天光明》。

〔黄毛羞得无地自容，突然给自己脸上一巴掌。

潘　明　黄毛，你怎么了？你干嘛打自己？

〔静场。

黄　　毛　（努力挤出笑容）一只蚊子（低下头，难受地）潘姐姐，我是个差生。

潘　　明　黄毛！

黄　　毛　你得为我保密，开头我是因为贪玩才做义工的。

潘　　明　（沉吟片刻，温柔的）傻弟弟哟！你不知道我多感谢你呀，多感谢你们义工，你们没日没夜的募捐，还有蔡爷爷写进遗嘱的眼角膜，都在为我插上翅膀啊！

黄　　毛　（笑）那……我的翅膀呢？我什么翅膀都没有！

潘　　明　它会长呀！

　　　　　［音乐渐起。

黄　　毛　是啊！（憧憬）我梦见一只大鸟对我说，我只要找到梦中的红树林，我就会长出翅膀来。潘明姐，有人说红树林是绿色的，不是红色的，它到底是什么颜色的？

潘　　明　黄毛，你这下可把姐姐给问住了，在我的眼睛里，只有一种颜色。

黄　　毛　对不起，潘明姐。

潘　　明　没什么！不过我听人说，（深情地）红色是生命的颜色，绿色也是生命的颜色，只要是生命的颜色都是美丽的。

黄　　毛　兴许海边的红树林是绿色的，心中的红树林是红色的。

潘　　明　（激动）海边的红树林是绿色的，心中的红树林是红色的。黄毛，你说得真好！

黄　　毛　（激动）潘明姐，我们再去把鞭炮挂起来吧！

　　　　　［青年甲乙拎旱冰鞋，复上。

青年甲　（看鞭炮）嘻嘻，又挂上了！（随手扯下鞭炮）

　　　　　［黄毛闻声走出。

黄　　毛　你们还敢？

青年乙　瞎子的保镖！

黄　　毛　瞎子？（气得发抖）她是瞎子？你、我——（大吼）才是瞎子！（挥拳上前）

　　　　　［两青年迎战。

　　　　　［黄毛将开场时那一套拳术全用上了，打得十分漂亮，几个回合，就打得青年甲、乙倒在地上。

黄　　毛　知道我是谁吗？

　　　　　[青年甲、乙摇头。

黄　毛　（用香港电影黑帮巨头的口气）"黑桃老K"？

两青年　（惊）黑桃老K？

黄　毛　今后你们再敢放肆，我一个电话，不出半个钟，我那帮兄弟就会来伺候你，放你的血！

两青年　（更惊）啊？

黄　毛　知道刚才那老爷子是谁吗？

　　　　　[两青年摇头。

黄　毛　是我们老大的干爹！

两青年　啊？

黄　毛　这回便宜了你们，还不把鞭炮挂上！

青年乙　挂上，挂上！（挂鞭炮）

黄　毛　（对青年甲）你扫地。

青年甲　扫地，扫地！

青年乙　我，我拔草，拔草！

　　　　　[青年甲、乙赶忙干起活来．

　　　　　[蔡爷爷复上，见状，连忙跑了过来。

蔡爷爷　（万分欣慰）好，好啊，有错就改，改了就好。

两青年　（猛地跪下，齐声）干爹饶命！

蔡爷爷　（大惊）啊？干爹？

　　　　　[黄毛坐在凳子上得意地笑着。

　　　　　[切光。

七

　　　　　[光启。第二天下午，"义工联"值班室。
　　　　　[大个子等三位义工正在接听热线电话。

大个子　您好，义工联热线……没关系，这是我们的承诺，今后，您什么时候需要倾诉，需要宣泄，需要帮助，需要一个理解您的人的时候，尽管拨这2243000，再见！

〔黄毛扛红旗，拎着捐款箱上，他将手里的东西靠在墙壁放好，擦擦汗，拿热水瓶倒水。看得出，他已成这儿的自家人啦！

大个子　（放下话筒，做着记录）第23个来电内容，呼吁保护外来工的权益。

〔黄毛凑近看记录，并很感兴趣地拿起话筒，尝试主持人的感觉。

黄　毛　"您好，义工联热线"……

〔大个子夺过话筒放在桌上。

黄　毛　嘻嘻……大个子，下次上街募捐，几点出发？

〔大个子没开口，招呼黄毛到另一边去。

大个子　（冷冷地盯着黄毛）你是深圳义工？

黄　毛　啊？

大个子　（严肃地）你不是已经加入黑社会的组织吗？

黄　毛　啊？

大个子　"黑桃老K"！

黄　毛　（明白过来，傻笑）你……知道了？

大个子　义工打人，你是第一个！今后，你不要来啦！

黄　毛　（着急）我错了，大个子，大个子哥，我，我今后再也不敢啦，你们就让我当下去吧。我爱当义工，我从来没有这么开心过……（突然想哭）

大个子　（口气软下来）哭什么呀，毛头小子！

黄　毛　（掏出检讨书）这是我的检讨书。

大个子　（又好气，又好笑）你原来早准备好了？

黄　毛　蔡爷爷要我写的。

大个子　向那两个青年道歉了吗？

黄　毛　明天就去！

大个子　（忍不住笑出声）你呀！

黄　毛　（松了一口气）嘻嘻……

大个子　要不是你刚立了大功，我真的饶不了你！

黄　毛　立大功？

大个子　公安局来了电话，说根据你提供的那条线索，今天端掉了一个贩毒窝点。

黄　毛　（欣喜若狂）真的？

大个子　（调皮的）骗你是小狗。

黄　毛　那线索都是香妹告诉我的。

大个子　所以嘛，帮教失足青少年，你确实比我强！（拍拍黄毛肩膀）好好干，兄弟！（稍停）小刘，小陈，到时间了，收拾一下，可以回家了！

黄　毛　（受到鼓舞）嘻嘻……（突然想起）大个子，下次的上街募捐，我有个主意！

大个子　说！

黄　毛　咱变变花样，义卖！

大个子　义卖？好主意！你怎么想到的？

黄　毛　我这嗓子会吆喝呀！不义卖就资源浪费啦！"冰棍有价情无价，一根冰棍一颗心。"（唱）"对面的女孩儿看过来，掏钱买，这里的义卖真精彩"……

［那两位要下班的义工都称赞黄毛，然后下。

大个子　没想到我们的黄毛还有这么好的嗓子！

黄　毛　（又摸话筒）如果在热线电话里，我这嗓子也不会难听的！

大个子　不，不，"义工联"规定：想主持"热线电话"必须考试上岗，主持人不但要有一定的人生阅历，还要懂得心理学、社会学、文学，讲话得很有艺术。比如说，你要提出一个跟对方相反的观点，又怕他一时接受不了，你可以先用"虽然……但是"的句式缓冲一下，"虽然李先生的话确实是有感而发，但是，咱们能不能换个角度，想一想呢……"

黄　毛　（激动大叫）这个是"转折复句"，我学过，学过。我最近还摘录了好多名言，"热线电话"肯定用得着。（掏出小本子，随意翻，念）"如果一个孩子生活在认可之中，他就学会了自爱；如果一个孩子生活在敌意之中，他就学会了争斗；如果一个孩子生活在分享之中，他就学会了慷慨……"

大个子　太好了，我也得记下来！

黄　毛　那你得让我接一次电话！

大个子　别开玩笑，我们还有一条硬性规定——必须大专毕业！

黄　毛　（当头一棒）大专毕业？（扭头就走）

大个子　哪儿去？

黄　毛　（头也不回）回家做暑假作业！

大个子　对，当义工不能忘了读书！开学了，可更要注意！你是个学生呀！

黄　毛　（笑）这还用说！（顺手在沙发前小几上拿起几封信，塞进书包）

大个子　哎哎，你干什么？这是人家寄给我们"青少年信箱"的。

黄　毛　（理直气壮）我也帮助回复几封嘛！

大个子　哎哟，看你，"信箱组"的义工也必须考试上岗！

黄　毛　哼，这也太死板了（稍停，央求）这么吧，就一封就一封，写完后再让你过目，可以啦才寄出去，行吧？

大个子　（笑着擂了黄毛一拳）你这小子最贪心！

　　　　［黄毛不断地挑选信件，犹豫之际，大个子催促之。

黄　毛　（笑着，闭着眼睛像打扑克洗牌那样，郑重地抽出一封，一看信封，大惊失色）寄信人——杜佳佳！

　　　　［切光。

八

　　　　［光启。黄毛和佳佳的卧室分立舞台两侧。
　　　　［佳佳床头挂有青春偶像"小虎队"的彩照。黄毛床头则挂着那双特大的拳击手套。
　　　　［这边黄毛倚在枕头上读信。佳佳则将信纸铺在枕头上，重现写信情景。

佳　佳　（边写边念）敬爱的义工老师，您好！

黄　毛　（看信）嘻嘻，敬爱的！

佳　佳　最近，我遭受了命运残酷的捉弄，我实在受不了，受不了！

黄　毛　（急得在床上跳起来）命运残酷捉弄？佳佳，你千万不能，不能去死啊！（继

续看信）

佳　佳　很难于齿口啊，我只得向您倾诉，向您求救！

黄　毛　（更着急）你尽管说，快说呀！

佳　佳　是这样，我最近将参加全市的中学生形象大赛，可我万万没有料到，会偏偏在这个时候——

黄　毛　怎么啦？

佳　佳　（哭腔）脸上长出了两颗"青春痘"……

黄　毛　（舒了口气）老天！

佳　佳　我一连喝了九瓶"战痘的青春"口服液，可那颗该死的痘，还依然坚守着阵地……

黄　毛　（气鼓鼓地掏笔写信，边写边念）"佳佳同学，我是995号义工，很高兴读到你的来信……"不能高兴，（划掉）"来信收到，谢谢你对我们的信任。你的两颗痘，还有'战痘的青春'口服液确实吓了我一跳，对于这两颗痘，"两颗痘……（写不下去）哎哟，要是潘明在就好了，不知海伦凯勒有没有长过青春痘？青春啊青春……（不知不觉唱起流行歌《潇洒走一回》）"我用青春赌明天……"（猛地想起什么）不麻烦海伦凯勒啦，就拜托叶倩文——（急速写信）"叶倩文是（唱）'我拿青春赌明天'，（念）你呢，（续唱同首歌曲调）'你拿青春来战痘！'（念）值得吗？你只会为两颗青春痘万念俱灰，哪会想到有人失去两只眼睛而欲哭无泪！我想提供地址，让你认识两个人，一个是双目失明的同龄人潘明，一个是身患绝症的蔡爷爷，这是你我都想象不到的人，会有启迪的。最后我想送你一句——（急速查书，念）'人并不是因为美丽才可爱，而是因为可爱才美丽'，你本身就漂亮，也完全能够美丽的！"

佳　佳　（兴奋写信）"敬爱的995号义工，真没想到这么快就收到来信！我第一次尝到倾诉的快乐，我不断想象您的模样，一定是宽宽的肩膀，方方的脸庞，还有一双善解人意的大眼睛！（停顿）我是一只骄傲的小孔雀，在家里在学校，都是别人围着我转，可读了你的信和认识了蔡爷爷和潘明姐，我才重新认识我自己……"

［鸟叫声起，灿烂的晨光射进两个的房间，黄毛与佳佳舒了口气，同时走向

窗口，做起操来，继而转身穿衣，同时出门相遇。

[黄毛见佳佳，傻乎乎地笑。

佳　　佳　（瞪眼）讨厌！（快步下）

黄　　毛　（学佳佳的口气）讨厌……（自个儿笑起来）

[收光。

九

[光启。半月后，街边，香妹家门口。

[街上。舞台深处竖有一个发廊标志的旋转灯柱，柱后可进某发廊，斜前方还有一个"信息张贴栏"。

[黄毛头戴红色义工帽，推着一辆小推车，吆喝着上。车上放有餐巾纸、小梳子、女式头巾、头饰之类的小玩意。

黄　　毛　（摸出一叠传单，高喊）义卖咧，义卖咧，请看"市义工联"为特困家庭义卖咧，（依次掏出头饰、梳子）多漂亮的头饰，多精巧的梳子！女士们，先生们，伸出你的手，掏出你的钱，献出你的爱，挽救一个垂危父亲的生命，温暖一个双目失明女儿的心房，义卖咧、义卖咧——

[发廊那边香妹搬着一个装杂物的废纸箱出来。她脸色红润，衣着整洁。

黄　　毛　香妹。

香　　妹　黄毛哥。

黄　　毛　你出来了？

香　　妹　什么意思？（走到一边作生气状），

[黄毛走过去给香妹翻了一个跟斗。

香　　妹　（转怒为喜）哥哥！（与黄毛打闹起来）。

黄　　毛　你怎么在这儿？

香　　妹　我怎么在这儿？黄毛哥，你的生意做到我家门口来了。

黄　　毛　你家门口？

香　妹　是啊，我家的发廊就在这儿，黄毛哥，你在干什么呢？

黄　毛　这是我们"义工联"搞的，义卖救人。

香　妹　救人？那我能买一个吗？

黄　毛　当然可以。

香　妹　真的？（拿起一个头饰）就这个，多少钱？

黄　毛　这是义卖，随便给。

香　妹　随便给，有意思。（掏钱给黄毛，然后推着义卖车叫卖吆起来）

黄　毛　香妹，你刚才在干吗？

香　妹　发廊今天起就不开了——

黄　毛　为什么？

香　妹　我出来以后，戒毒所领导，还有你们义工联很多同志，找了我爸很多次，他们都说我应该换一个环境，老爷子也怕我再给他惹麻烦，所以，就准备关掉发廊，开个花店，好像就在你们红荔村哦！

黄　毛　真的，太好了！

香　妹　喏，我们正忙着扔一些没用的东西。（走至纸箱边，将里头杂物装进袋中。）

黄　毛　扔东西？（突然想起什么）那你们扔不扔"按摩床"？

香　妹　"按摩床"？黄毛哥，你也要开发廊？

黄　毛　不是的，有一帮残疾人朋友想开个盲人按摩所，可资金设备还差一截，你这"按摩床"，能不能……

香　妹　啊哈，几张"按摩床"，你要就搬去好啦！

黄　毛　（跳起来）真的？（兴奋地抢过垃圾袋，塞进街边垃圾箱）

香　妹　嗯！不过，你要搬，现在就得搬！

黄　毛　现在？

香　妹　今天家当处理完，明天一大早门店就转让给别人啦！

黄　毛　好，（一想）你还是跟你爸说一声吧。

香　妹　好吧！黄哥，一定等我啊！（入内）

黄　毛　（兴奋）今天又干了一件大事！

〔上回溜旱冰的两青年内喊"黄毛——"上。他俩的衣着比上一回整洁多了。

黄　　毛　（大喊）福安，财生，你们去哪儿？

青年甲　福田股份公司招工，我俩刚去报完名！

黄　　毛　（高兴）好哇！

青年乙　你……

黄　　毛　"义工联"搞义卖。

两青年　（齐声）我们能帮忙做点什么吗？

黄　　毛　那这样吧，福安帮我去搬几张床，财生你就替我在这儿义卖。

两青年　行！

黄　　毛　哎。

青年乙　哎，哎……（指黄毛头上的红帽子）能不能——

　　　　［黄毛笑着将红帽戴到青年乙头上。

青年乙　（欢叫）义卖，义卖咧——（推车下）

　　　　［黄毛和青年甲走入发廊。

　　　　［黄主任和秀兰边谈边上，黄主任翻着一本新买的精装书。

秀　　兰　你有完没完啊，回家再看嘛！

黄主任　总算买到了！等会儿黄毛肯定很意外。

秀　　兰　《钢铁是怎样炼成的》，这几天黄毛到处打电话要的，就是这本。（顺手将书放入包里）

　　　　［两人走到信息张贴栏时，黄主任被一条广告吸引住。

秀　　兰　（拉开黄主任）菜还没买呢！

黄主任　你走先……我看看黄毛能不能，再穿插学点儿英语……

　　　　［秀兰笑着下。

黄主任　（凑近看信息栏）"每周一、三、五晚上"……

　　　　［黄毛跟香妹吃力地抬着一张按摩床从发廊里出来。

黄　　毛　（把床放在地上，仰卧在上试试床的弹性，仰天大叫）舒服啊！

香　　妹　（笑）我给你按摩按摩——（给黄毛按摩）

黄　　毛　（夸张）好舒服啊！

　　　　［黄主任疑惑地从信息栏这边伸出头去，看到是黄毛，怒不可遏地奔过去，

拎着他的耳朵拖下床！

香　妹　（挺身而出）你是什么人？（想掰开黄主任的手，但掰不开，情急之下竟张嘴就咬）

黄主任　（大叫）哎呀——（松手）你是什么人？

香　妹　（大声）告诉你，我们红道黑道都有人！

黄主任　（更恐）啊？（对黄毛）还不快走，你再跟她鬼混，我就不要你这儿子！（拉起黄毛就走）

香　妹　儿子？（发现黄毛已被拉走，着急地朝黄毛去向拼命拍床）哎哎哎，（跺脚，高喊）黄毛哥——（追下）

［青年乙内喊"怎么啦？怎么啦？"，扛着一只配套床头柜跑出来。

青年乙　（不解地）人哪？

［收光。

十

［光启。紧接上场。

［舞台两侧分别是黄毛家和"义工联"值班室。

［这边黄主任和秀兰正在家里忙着教训黄毛。那边"义工联"值班室里，大个子正忙着应答热线电话，两边一唱一和。

秀　兰　黄毛，你倒是说呀，到底是怎么回事？

［黄毛不开口，望着窗外。

秀　兰　看着你天天都背着书包出去，这"作文班"念得好好的，怎么会变成……

黄主任　（冷笑）天天都背书包！（拎起那个大书包，往地面一倒，女人的头巾、头饰洒落一地）

大个子　（正通电）你别急，慢慢说。

黄　毛　（再次被激怒）你搜我的房间？

大个子　（严肃起来）哦，这倒有点儿过分。

秀　兰　黄毛，爸妈都是为你好，你说清楚呀！

黄　毛　本来，我早就想找个机会跟你们说清楚，可今天，爸爸怎么能不分青红皂白就在大街上羞辱我，说我去鬼混！现在，又没经我同意就搜查我的房间！告诉你们，我会说的，但是，（一字一顿）爸爸得先认认真真跟我道个歉！

黄主任　向你道歉？

秀　兰　黄毛，别太犟了，他是你爸爸啊！

黄　毛　爸爸就怎样了，这个世界最容易的就是当爸爸啦，又不用考执照，谁想当都可以！

黄主任　你、你、你放肆！

大个子　您别上火！

黄　毛　不道歉，那……我走啦！（断然朝门口走）

　　　　〔黄主任往门口一拦，目光冷峻。

　　　　〔黄毛突然从窗户跳出去，跑下。

秀　兰　（追到窗边）黄毛，你去哪儿？

　　　　〔黄毛内应："红——树——林——"。

大个子　对，太好了！

　　　　〔黄主任和秀兰各自叹口气，相视。

黄主任　唉，教子无方，江郎才尽——没辙啦！

大个子　你能这么想，那还有救。

　　　　〔黄主任重重地坐到沙发上，随手拿起一张报纸阅读。

　　　　〔黄毛从舞台另一侧走进"义工联"值班室。

大个子　对对，你能这么想，我就放心啦，再见！（放话筒）又是一个跟爸妈吵架的！

黄　毛　我也和爸妈吵架！

大个子　啊？

黄　毛　（改口）我也和爸妈吵过架。

大个子　那你的经验特别有用。对了，那个杜佳佳，又给你来信了。

　　　　〔电话铃响了，大个子再次拿起话筒。

秀　兰　你还有心思看报！（抢报纸）

黄主任　哎，别、别、别——（念）"让世界充满爱——深圳义工在行动……'深圳市义务工作者联合会'，即志愿者组织，是市团委发起成立的全国第一个义务工作团体。她以出色的工作催生了'中国青年志愿者行动'赢得了社会和人们的赞誉……"

大个子　对，'义工联'开设"热线电话服务""青少年信箱服务""中小学生助学服务"……

黄主任　（感兴趣地）听听，中小学生服务，这种服务的对象，一、因家庭经济困难，孩子无法……（跳过下行）二、因心理问题……是这一类！义工联其优越之处在于：义工是以大朋友的身份上门辅导，与孩子的沟通，特别有效……（重重拍了一下大腿）有救啦！（拨打电话）

[幕内喊声："小张，你过来一下！"

大个子　哎——（入内）

[电话铃响，黄毛犹豫一下，偷偷回头，横下心抓起话筒。

黄　毛　（亲切地）"您好，义工联热线！"

黄主任　喂喂，我是急于求救的学生家长，我姓黄……

[黄毛突然瞪大眼睛，用手捂住话筒口，但继续听下去。

黄主任　我那宝贝儿子念高一，是个十足的问题学生，我真拿他没办法，请你们派出助学小组帮帮我！

黄　毛　（又好气又好笑）放心——我的编号正是"995"（读成"救救我"）"救救你"，是我们的承诺。

[大个子上。

黄主任　"995"，拜托啦！

大个子　你怎能……

黄　毛　（急忙把话筒塞到大个子手中）快，又是跟爸妈吵架的。

黄主任　我家住在红荔村六幢103。

大个子　你能不能把问题说详细点儿？

黄主任　（着急地）见面细谈，救救我，越快越好！

大个子　放心，我们马上赶到，（看着黄毛，对话筒补上一句）"995"号义工，这方面特别有经验！

［黄毛一听慌忙欲溜，被大个子叫住。

大个子　走吧，995！

黄　毛　我？

［切光。

十一

［光启。紧接上场。黄毛家中。

［秀兰忙着收拾客厅，黄主任急切地来回踱步，时而看看表。

黄主任　（对秀兰）快点儿，"义工联"的同志就要到了。

［大个子拉着黄毛上，黄毛无奈地跟着。

大个子　挺起胸来，头回做家庭服务的确有点别扭，不过，你会找到成就感的。

黄　毛　（大个子声）饶了我吧！（转身想溜）

大个子　（拉住黄毛）你每次义工活动都风风火火的，这次怎么啦？

黄　毛　这次我根本没做准备！

大个子　没做准备？上一回戒毒所帮教你有啥准备？结果最成功的是你！其实，跟捣蛋的学生沟通，你比我强！

黄　毛　（大声）慢！我肚子疼！我去买盒"驱风油"。

大个子　哎（拉住）"驱风油"谁家没有呀？进去！（敲门，进屋）我们是"义工联"中小学生助学小组的，您就是黄先生吧，您好！（上前握手）

黄主任　您好，您好，太感谢您啦！

［黄毛眼睛看着脚尖，双手不知怎么放才好。

大个子　（把黄毛拉到一旁）肚子疼得厉害？

黄　毛　不，全好了！

黄主任　（看清了大个子身后是黄毛，目瞪口呆）神了！（对秀兰）这义工真神了！刚接到电话就帮咱把儿子给找回来了！

秀　兰　（高兴得说不出话）感谢感谢……真的太感谢了！

大个子　（对黄毛）我们得热情点儿，人家出了个捣蛋儿子，本来就有点儿自卑，快去握个手。

［静场片刻。

黄　毛　（硬着头皮走到黄主任跟前，伸出手）您好。

黄主任　（犹豫一下，伸过手去）你好。

秀　兰　（热情地）大家坐，坐呀，吃水果吃水果（捧来水果盘）

大个子　谢谢！

［黄毛随手拿起一个苹果就啃，大个子狠狠地踩了一下他。

黄　毛　哎哟……（继而傻笑）

［大个子无奈地摇摇头。

大个子　环境真不错，这是四室两厅?

黄主任　对，参观参观……（带大个子四下看看）

［黄毛跟在他们身后。

黄主任　这是我们夫妇的卧室。

大个子　你儿子住在哪儿?

黄主任　（指了指黄毛的房门）就在这儿。

大个子　哦！在这儿（招呼黄毛）进去看看。

［黄毛顺势跑进屋。

秀　兰　（端来饮料）义工同志，喝"粒粒橙"！

大个子　（闻声礼貌地返回沙发边，坐下）谢谢，谢谢！黄主任您儿子眼下在哪儿?

黄主任　（摸不着头脑）眼下? 不就在里面嘛！

大个子　噢，在里面。

［黄毛从房间里漫步走出来。

大个子　（对黄毛）咱俩兵分两路，我在外边跟家长谈，你进去！（目光示意黄毛大胆开始工作）

［黄毛再次走进自己的房间。

大个子　（对黄主任）"995"呀，是有经验的！你尽管相信！

黄主任　（误会了大个子的意思，附和）我绝对相信您！

秀　兰　到如今，我们就全靠义工同志啦！（入内）

黄主任　哎，喝呀，快喝呀——

　　　　［蔡爷爷上。

蔡爷爷　请问这是黄主任的家吗？

黄主任　我就是，您——

蔡爷爷　你们学校的杜佳佳同学，说您想……

黄主任　（高叫）蔡爷爷！快进来，快进来——（对大个子）我来介绍……

蔡爷爷　大个子！我们是老相识了。

黄主任　那就更好啦！是这样，隔壁有我一个学生，最近拿了一篇演讲稿给我看，里头写到了蔡爷爷，给我印象太深了！而学校新学期加强素质教育，我就想，能不能请蔡爷爷做校外辅导员。

蔡爷爷　我是个闲不住的老头，用得着我，尽管说！我现在已是义工联"关心青少年活动组"的成员呢！

黄主任　只是怕影响你养病……

蔡爷爷　没事！经过手术后观察这些天，医生正式告诉我，手术是成功的……

众　人　太好了！

蔡爷爷　大个子，您怎么在这儿？

　　　　［大个子笑了笑，用眼神征询一下黄主任。

黄主任　（尴尬地对蔡爷爷）不瞒你说，真不巧，今天家里出了点儿事……

蔡爷爷　啥事呀？

黄主任　（咬咬牙）算了，家丑外扬就外扬吧！我拿我家的小子全没办法，最后只得请义工来"重拳出击"！

蔡爷爷　哎，又不是"扫黄打非"，什么"重拳出击"！孩子究竟怎么啦？

黄主任　气死我啦！不自爱，爸妈的脸快让给他丢光了！

大个子　小声点（往里一指）你知道，我们的义工正给你儿子做工作呢！

黄主任　什么什么？里面有义工？

大个子　怎么没有呢？

黄主任　你这"995"明明在这儿啊！

　　　　[黄毛容光焕发地出现在房门口。

黄　毛　（大声）我——"995"号义工！

　　　　[黄主任差点儿昏过去，众人忙扶住。

蔡爷爷　没错，黄毛才是"995"，这位是义工联的张理事！

大个子　（笑了笑）黄主任，似乎你对年轻一点儿的义工不大信任？

黄主任　哪里，哪里，你……"995"？

黄　毛　我，"995"！

大个子　黄毛同志是我们"义工联"里的一块宝啊！他善于用一种朋友的姿态做青少年工作，他能很快地跟帮教对象拉得很近，这一点，我不如他！

蔡爷爷　最近，还帮助公安机关查获了一个贩毒团伙呢！

黄主任　啊？

大个子　黄毛，刚才和那孩子谈得怎样了？

黄　毛　（极深沉地）问题非常严重，黄主任您感觉到了吧？

黄主任　（环顾周围，苦叹）怎么都想不到，问题是，是这样严重！

蔡爷爷　哎，别灰心！黄毛，你拿出你的想法来！

黄　毛　（模仿黄主任的语调）毛主席说过："严重的问题在于教育农民"，现在呢"严重的问题在于教育家长！"在交谈中，我发现黄主任的孩子有满肚苦水……

秀　兰　（端一盘荔枝走出，对黄毛）快叫大家吃荔枝。

黄主任　（急拉秀兰至一旁）糟啦，大水冲了龙王庙，请来帮助黄毛的义工就是——

秀　兰　就是什么？

　　　　[黄主任用眼睛示意，就是黄毛。

秀　兰　是黄毛！

黄主任　（急忙捂住秀兰嘴）不能说！说了，不就自打耳光吗？

秀　兰　怎么办？

黄主任　怎么办？把戏演下去！哑巴吃黄连。

秀　兰　（忍不住笑出声来）吃你的黄连吧！

黄主任　（跺脚）你——

秀　兰　（转身喊道）大家吃荔枝，"增城挂绿"比蜜糖还甜！

　　　　〔佳佳喊着"黄主任"，手捧奖杯闯了进来。

佳　佳　（兴奋地）蔡爷爷您已经来了，对不起，我本来该陪您来才对，可刚巧"中学生形象大赛"今天是决赛。

黄主任　怎么样？

佳　佳　（高举奖杯）第一名！大赛相当激烈，除了比仪表，还比唱歌、跳舞、演讲。我主要是凭着真情实感的演讲夺分，我讲了蔡爷爷和潘明姐姐，打动了在场每个人！（动感情地）蔡爷爷，本来，我，我是不应该拿这个杯的……

蔡爷爷　为啥呀？

佳　佳　（害羞地）是您和潘明姐姐给了我灵魂的洗洁精，我，我才明白，真正可爱的中学生，该是什么样子！谢谢您！

大个子　哎，（笑）你呀，还要谢谢那位耐心给你写信的义工！他就在这儿！

佳　佳　（激动）"995"？

黄主任　（叫起来）"995"？

佳　佳　对呀，我做梦都想着他呢！

秀　兰　（喜不自禁）是吗？

佳　佳　没想到今天……（热切仰望大个子）

大个子　（笑）等一会！"995"正在帮黄主任教育孩子呢！

佳　佳　（安慰黄毛）这是好事，义工是我们的好朋友！

大个子　继续吧——

黄主任　要不，佳佳你先回去？

佳　佳　不，我要听"995"说话！

　　　　〔黄主任欲再拉住佳佳，被黄毛拦住。

黄　毛　其实世上没两片相同的叶子，条条道路通罗马，黄主任你怎么能断定，你的孩子就是"一丈高九尺无用"的废物？而可怕的是，你的孩子差一点儿也被你牵着鼻子走，认定自己是废物！

佳　佳　（越听越不对劲）啊？（走向黄毛）

黄主任　佳佳，你在学校是最听话的学生，现在黄主任要求你，听下去。

黄　毛　一个孩子，如果生活在耻辱之中，他就学会了自卑；如果生活在认可之中，他就学会了自尊；如生活在接受之中，他就学会了爱别人……

〔秀兰根本不管黄毛的滔滔不绝，她留意到他的指甲又长了，马上掏出指甲剪，在众目睽睽之下，抓过他的手就剪。

〔黄毛完全沉浸在演讲中，对妈妈的举动没觉察。

〔众人面面相觑。

大个子　（忍无可忍）黄毛同志！

黄　毛　（不解其意）就要完了！"如果生活在鼓励之中，他就学会……"（觉察到异样，回头一看，着急地）哎呀，别，别这样，我自己……

秀　兰　你继续演讲吧。

黄　毛　（更着急）不能（大声）妈！

大个子
蔡爷爷　（同时）妈？

蔡爷爷　（恍然大悟）原来"995"和你的儿子都是他呀！

佳　佳　（惊呆）9……99……995？黄主任——

〔黄主任点头。众人也都点头。

佳　佳　（对黄毛）原来是你呀！

〔众人大笑。

〔香妹带着潘明上。

香　妹　黄毛哥！——

黄　毛　香妹、潘明！

佳　佳　（跑过来）潘明姐姐！

蔡爷爷　黄主任，这就是潘明。

黄主任　久仰，久仰，我早就在佳佳的讲演稿里认识你了。

香　妹　黄毛哥，我家的花店就打算开在你们红荔村33幢楼下，以后，咱们就是邻居了！另外，刚才我不知道那个人就是你爸爸，所以也特来向黄伯伯道个歉（鞠躬）。黄伯伯，我还咬了您，还痛吗？

黄主任　咬得好……不不，误会，误会啦！

潘　　明　昨天，黄毛和香妹搬床是支持我们的"自强盲人按摩所"！

黄主任　（笑）误会了！黄伯伯正头疼，该怎样向儿子道歉呢！

黄　　毛　不不，爸爸，我刚才……（不好意思，诚恳地）其实，你要我认真读书是对的，我今后……

[周记者手拿报纸兴冲冲地上。

周记者　（兴奋地）黄毛，快，快过来，这样——（给黄毛示范了一个威武形象，要拍照）

黄　　毛　（莫名其妙）干吗？

周记者　（把报纸递给黄主任）是这样，黄毛的那篇《我暑假的义工生活》在《特区报》发表啦！（向众人分发报纸）

黄　　毛　我没有投稿呀！

周记者　是我们老总无意中在《义工通讯》上发现的。今天一发，读者纷纷来电，老总指示再搞个独家专访……

黄　　毛　天下掉下这么大的馅饼，我，我怎么消受得了啊！

佳　　佳　祝贺你，"995"，你的暑假过得真棒。

黄　　毛　不不，我是什么熊样我清楚，（诚恳地）学习上，我比你差远了！今后你就是我的"995"！对了，我得向你承认，你说的那片红树林确实是绿色的，不是红色的。

佳　　佳　我说的也不全对，红树林的树叶虽然是绿色的，可它的树心是红色的。

周记者　我想好了，我的采访标题就叫《一个勇于奉献的少年义工》。

黄　　毛　勇于奉献？我只觉得开心、痛快！我头一次发现我对别人有用，我好像长出了翅膀，我不仅在救别人，而且在救自己！

佳　　佳　不仅救别人，而且救自己！

黄主任　（笑）递进复句！

秀　　兰　（激动）咱儿子"递进"了。

黄　　毛　短短的一个暑假，我认识了大个子、香妹、蔡爷爷、潘明姐，还有许许多多我从来都没见过的人。活着原来这么有意思！（不好意思）爸爸，我以前总是懵懵懂懂的，一拿起书本就迷糊，现在想起来的确伤了您的心……爸爸，我再也不是从前的黄毛了，尽管我将来还可能考不上大学，可我平凡却决不会平庸！爸爸，相信我！

黄主任　（走向黄毛）今天老子都栽到儿子手里了，还敢不信？你好，黄毛。

黄　毛　您好，爸爸——

黄主任　你好，"995"。（给黄毛一拳）

黄　毛　（作打拳状）你好，黄主任！

黄主任　明天，我们就去红树林。

黄　毛　爸爸，我已经找到了我的红树林！

黄主任　你的红树林？

黄　毛　它就在我们每个人的心中！

［主题音乐启，景片徐徐上升，黑色的天幕缓缓打开了，露出一片绚丽殷红的梦幻境地的"红树林"。

黄　毛　爸爸，你看——

［众人转身仰望之。

［众义工缓缓走上，庄严地注视"红树林"。

［激越的主题歌合唱响起，刹那间红光满天。舞台与观众席全都变得流光溢彩……

［歌声：

"窗外有片红树林，它很远、很远；

心中有片红树林，它很近、很近！

红树林，红树林，它很远，又很近！

红树林，红树林，很远又很近……

枝牵着枝，根缠着根，

窗外的红树林！

一片绿，一片春，

一片春，一片绿，

手挽着手，心贴着心，

心中的红树林！

很温暖，很亲近，很亲近……"

[剧终。

（剧本版本：作者提供，1997年深圳大学艺术学院与福田区文化局联合首演）